我们的祖祖辈辈，大多来自广袤的农村，出身于布衣。无数农民的默默奉献，成就了伟大的中华人民共和国，我们这一代人应该传承，我们的下一代人更应该铭记。农民是我们的衣食父母，贫穷时了然于胸，富裕了更不能忘祖。中华人民共和国的大厦，是成千上万农民的浴血奋战，用孱弱的身躯垒起来的。当年被迫给苏联还债，是无数农民勒紧裤带忍饥挨饿交付的。为缓解城市压力，知识青年上山下乡，是广大厚道的农民张开双臂接纳的。改革开放以来城市化的进程，是几亿农民用辛勤的汗水一砖一瓦铸就的。

　　祖国富强了，家庭富有了，千万不能忘记我们赖以生存的农民朋友。

**　　谨以本书，向千千万万的农民朋友致敬。**

一

坐西向东，背靠土坡，土坡不高，海拔大约 300 米。面向堰塘，堰塘不大，28 户人家都可以走出自家小院，径直走到堰塘边。堰堤靠南，下方有一孔水井，是全村人唯一饮用水的源泉。走过堰堤，一片硕大的柿子树林映入眼帘，微风吹过，巴掌大的柿叶抖动着身躯，像欢迎凯旋的将士般热情。经过柿子园再向东，要爬一个坡，牛车宽的土路一直延伸到坡顶，这条路是出村的唯一通道。

村北有棵百年的梨树，三人牵手合抱有余，每年秋季摘下的酥梨，家家户户可分到两大筐。村南有两棵皂角树：一棵是公树，树上有很多拳头大的皂角刺核；一棵是母树，总会结很多长长的皂角，男人们把它戳下来，村妇们洗衣时拿上三两条，用棒槌在水边一砸，天然的洗涤剂就派上了用场。

这个村还有 4 户人家，住在两公里外的岭上，羊肠小道崎岖不堪，雨雪天气都是人驮自行车，吃水靠岭上的一眼山泉，生活物资都是靠人背牛驮。

这个村叫朱家湾，据说是炎帝的出生地，远古时期曾经辉煌得璀璨夺目。

单从房屋的大梁和檩条看，都是完整的杉树，连接处看不到一颗抓钉，都是榫卯巧妙契合。原以为这些上等的杉树来源于本地，可一打听，朱家湾方圆百里并不出产杉树。由此可见，杉树来自异地。当年能把粗壮的杉树运到朱家湾来，说明当时的朱家湾，财力是十分雄厚的。

朱家湾是万福镇最北面的一个村，山多平地少，最高的山叫卧龙寨。朱家湾的房屋很有特色，除北头的成大因与父母分家，是后来建造的独门独院独户外，其他家的房屋都是紧密相连，邻居间住房共墙、院落共墙是普遍现象。虽说都是就地取土，一锹一锹夯起来的土墙，但隔音好，冬暖夏凉。单从这共墙一事来说，就足以证明朱家湾的村民凝聚力强，同心同德，民风淳朴，心里相互装着对方。

不知从何时起，曾经名闻数百里的朱家湾就败落了下来，不像有的村，早就改成了红砖楼板房，家家都有农用车。

第一书记龚道辉在万福镇张强镇长的陪同下，围绕朱家湾转了两个圈，对朱家湾的地形地貌、风土人情，还有贫困的原因，有了初步的认识。他像是对张镇长说，也像是自言自语："这个驻村第一书记，担子重啊！"

"是啊！朱家湾是我们镇最穷的村，没有照明用电，靠天吃饭，院场和出村的道路都没有硬化，联系外界只靠村口老王家简易小卖部的一部电话，这部电话还是老王在电信局的大儿子开后门给装的……"

二

"发爷，不反对我住你家吧？"第一书记龚道辉试探性地问发爷。

"反对啥？我一个孤老头子，成天连个说话的人都没有。你来了，还有个伴，免得我心里闹得慌。只是，我这房子低矮潮湿，让你住埋汰了你。"发爷没有拒绝。

发爷有两间房，一间堂屋一间卧房，房子由于长年不透风，有一股潮霉味，做饭没有专门的灶房，而是在屋檐下搭了个土灶，凑合着做饭。本来镇上要把原来麦场边的两间小房改造一下，作为第一书记龚道辉的住处。第一书记龚道辉一看，小房在村南300米处，住在那孤独不说，人身安全也得不到保障，更重要的是不接村气，不能跟村民打成一片，也不便于掌握村里情况。

发爷是村里唯一的五保户。住在村中央，已过古稀之年，个子不高，背微驼，为人厚道，从不多事，特别喜欢小孩。别看发爷在朱家湾最年长，但他家的整洁程度，全村无可比拟。地面没一根草渣，床铺平展，被子叠得有棱有角。

为了解决发爷没有灶房的问题，第一书记龚道辉和村主任胡家鲜一起动手，把发爷的屋檐向下延伸了3米，盖了个不怕雨淋的灶房。为改变发爷屋内的气味，二人又在发爷房屋后墙上开了一扇窗，方便了空气的流动。一周后，发爷家里的潮霉味基本消失了。发爷还是住在内屋，第一书记龚道辉在堂屋支了张钢丝床，铺上带来的被褥，就算是他的落脚点了。这里，就是隋阳市派来的朱家湾第一书记龚道辉的办公室兼寝室。

第一书记龚道辉在这一住就是三年。这三年里，朱家湾告别了煤油灯，通上了照明电；告别了泥巴路，通上了水泥道；告别了靠天收的苦日子，有了多种副业收益……

三

忙碌了一天，躺在折叠钢丝床上，第一书记龚道辉心里五味杂陈。别的驻村干部，大都是被派遣，属于服从型的那种。唯独自己有点反其道而行之，是主动请缨到朱家湾的。明知这个脱贫工程有许多艰难险阻，明知住在穷乡僻壤有好多不适应，但还是想搏一搏。古人说三十而立，自己都四十多岁了，还没有立起来，在正科的岗位上原地踏步七八年了，许多以前的下级，现在都成了他的上级了，很多以前仰视他的人，现在都在平视，甚至是俯视他。他觉得自己的仕途光阴不多了，就在这几年的关键期，如果不审时度势地攥住，就会一江春水地向东流了。

龚道辉有个习性，喜欢挑战硬骨头。朱家湾就是整个隋阳市最穷的村庄，他选择朱家湾，就是要挑战一下自己的工作能力，做一件让人刮目相看的大事情。

龚道辉到朱家湾来，还有个不愿告人的家庭因素。要强的妻子李琰琪用冷暴力折磨了他十多年，在外，人人都说他们是恩爱夫妻，只有龚道辉自己心里有杆秤，秤杆早已挂不住秤砣了。他不离开妻子李琰琪，他们的婚姻就会像一个不断充气的气球，早晚有一天，会"砰"的一声爆炸，碎片不仅会伤害到双方的父母，也会殃及到自己的儿子。对儿子的成长，无疑会带来巨大的负能量冲击波。虽说当下的婚姻世界不是那么平静，许多曾经恩爱有加的夫妻分道扬镳，但龚道辉不想婚姻破裂。妻子李琰琪的冷暴力就让她冷吧，冷到一定程度，需要温暖的时候，她就会想到丈夫的长处。

接下来，他要集中自己所有的精力，在朱家湾甩开膀子干一场，给隋阳市委、市政府，给朱家湾的全体村民，交一份满意的答卷，也给自己的生涯增添一道亮丽的彩虹。

想着想着，龚道辉进入了梦乡。

四

朱家湾的气温比隋阳市低得多，长在朱家湾的夏晨水每次从省城回来还要适应几天，才能习惯这种严寒。为了御寒，这地方的男人女人像俄罗斯的人一样，都有些酒量，可夏晨水有点例外，他的酒量一直不咋样，在省城跑销售那阵子，他很想练出来，但他的肠胃对酒不待见，肝脏对酒精也过敏，他与客户在一起喝酒，大都迫于无奈。不端杯体现不了诚意，他逢酒必喝，逢喝必醉，每每想到那端杯时的豪爽，一仰脖子的畅快，客户信任的眼神和签字成交的喜悦，都会有一种短暂的满足感和成就感。现实中，大家都知道喝酒有害，但遇到开心和发愁的事，都会端起杯子来几盅。有的给上司送酒，从肤浅的意义上说，那不是坑害上司吗？要是那样想，你就大错特错了，上司收到你的酒，非但没有责怪之意，反而眉梢里透着喜气。你看那中国的股票，最高价是白酒的领头羊。夏晨水对中国的酒文化研究了多次，喝醉了不能怪酒，而是怪喝酒人的酒量不咋样。每次酒后的头重脚轻，肠胃食物的返流，吐完酒菜吐苦胆水，吐得昏天暗地，那种肉体和精神的双重折磨，想起来直发怵。

走往汽车站的途中，夏晨水打了好几个寒战。这一哆嗦的警醒，仿佛把他从闵珍珍的情感纠结中拽了出来。曾经的校园爱情，是那么的纯洁，那么的令人心动。闵珍珍不为金钱所动，不为物质所惑，主动到校园套套机上取套套。这一点上，山村长大的夏晨水一直迷惑不解，倒是城里长大的闵珍珍比较开化。她调侃地对夏晨水说："学校想得真周到，连避孕的套套都免费准备好了。"夏晨水则嗤之以鼻，"我一直纳闷儿，学校里为啥要挂那个套套机，这不是在鼓励学生们做那事吗？"闵珍珍在夏晨水的鼻子上用力刮了一下，说道："老土一个！那是担心女生怀孕，还有防止传染病的作用。"

离开校门走向社会，所有的单纯都被大染缸过了一遍，物质化的泛滥，都给爱情贴上了不一样的标签，就像走进琳琅满目的百货超市，所有物品都有明码标价，传统的牛郎织女式的恩爱，早已被铜臭味彻底取代了。衡量一个人的成功与否，许多时候都是用放大镜看他的经济价值，即使是一只潜力股，很多人也会不屑一顾的。按照朱家湾老辈们的观念，夏晨水在省城学校教书，按部就班，稳稳当当，是令人羡慕的职业，但夏晨水不满足现状，他有自己的想法。他是唯一一个从朱家湾里考出去的大学生，几年前全村人敲锣打鼓把他送出了朱家湾，那轰动的场面在朱家湾几十年难得遇到一次。

一向沉默寡言的父亲，见人就骄傲地说："我儿中秀才了，我儿中秀才了。"尽管晚上还在为夏晨水的学费熬煎得在床上"烙烧饼"，白天还得觍着脸悄悄地找乡亲们东借西凑。

夏晨水姊妹两个，他是老大。这个大学录取通知书，给他们家增添了不小的光彩。父母商量着，再没钱也得按村里老规矩庆贺庆贺，也要唱一台影戏，庆祝一下。朱家湾的影戏传了几十代人了，最早是遇到天灾人祸时，祈求上天保佑，请求神灵免除灾祸，唱一台影戏来答谢神灵。村里人说的影戏，现在叫"皮影戏"，简称"唱影"。影台在村头的麦场上，架几根木头，铺几块板，上面罩上帆布。七八个人组成戏班子，有唱腔的，有敲锣打鼓的，有拉二胡、弹三弦的，有提线摆弄人影儿的，场面十分热闹。后来演变成红白喜事或有大事，都要痛痛快快来一场。

戏开场之前，几个人敲敲打打，先闹活一阵子，村里人把这叫"开场锣"。山沟里人不多，一般来说都比较静谧，开场锣咚咚锵锵，好几里外都能听见，附近村庄的人都会闻声而至，人头攒动的场面很是热闹。就像20世纪70年代的露天电影，人们宁愿走上七八里地，甚至更远，都会风雨无阻地去观看。现在的电影都在电影院放，也很少下乡了，倒是影戏一如既往地比较红火。别看影戏的舞台不太大，可台下的场面还是比较壮观的，麦场上坐得满满当当，用密密麻麻来描述，毫不为过。大家难得见一面，相互打着招呼，拉着家常话，伸着脖子瞧着舞台上的一举一动。年龄大的听得津津有味，有的还跟着哼哼，挺享受的那种神态。有的年轻人，特别是小孩，一句都听不懂，但也不愿意离去。有的听着听着，就进入了梦乡。直到影戏散场，才揉揉眼睛，起身搬着椅子回家。

当然，请影戏班子不是空口说白话的事儿，是要拿钱的，这笔钱一般家庭是舍不得的。对夏晨水家来说，也是请不起的，可夏晨水的爸爸又于心不甘，不想把这大喜事就悄无声息地抹过去，让村里人小瞧自己。钱是为人服务的，不管咋说，这次也得打肿脸充胖子一回，给老夏家祖上添点喜气。况且，这几年朱家湾兴起了随礼的习俗，谁家要是唱影戏，必定是有大事儿，村里人都要上礼，在朱家湾叫"赶情"，亲戚们知道了会不请自来，主人家要摆几桌流水席，招待客人。夏晨水的父母算了算，夏晨水考上大学，在村里没有先例，夫妻俩想了想，这么些年往外随的份子钱不少了，唱影戏就会收回来。于是，夏家在村南麦场里搭起了舞台，请影戏班子大张旗鼓地唱了三个小时，只可惜村里人比以前少了，不像前几年，谁家唱个影戏，台下里三层外三层，挤得水泄不通。现在年轻人都到城里打工去了，村里只留下老人和孩子了。年轻人有的在城里赚了钱，买了房子，不再回山村了。有的买不起房子，在城里租房。夏家的这台影戏，虽说还算排场，也不断地有喝彩声，但场子里人没有往年那么拥挤。

夏家万万没有想到，风风光光去省城上大学的夏晨水，毕业在省城不到两年就待不下去了，像一条丧家犬，夹着尾巴灰溜溜地回到了村里。

五

夏大柱见儿子夏晨水怏怏不乐地回来了，气得吹胡子瞪眼的，背着手在堂屋里来来回回地踱着步子，不像过往把儿子拉到热炕上，又是嘘寒又是问暖。"你这个不争气的东西，真是烂泥巴扶不上墙，给老夏家丢大脸了。你就是在省城要饭，也比回村里说起来好听。早知如此，老子给你借钱上学做啥？"母亲向荣在一旁悄悄地抹眼泪，说："娃呀，供你上大学借的债钱，还没给人家还清哩，人家都是冲着你上了大学后有出息，才肯借给咱钱的，现在你一回来，村里人咋看我们？咋瞧得起我们呀？"

夏晨水站在屋中间，像个做错了事儿的孩子，一脸地沮丧，任由爸妈数落。他看到家里破烂不堪，土炕、灶房等依然灰头灰脸，没有一点光泽。家里除了一台大屁股电视机外，没有其他任何电器。院落里即将倾覆的围墙，用几根木头支撑着。

爸妈穿着多年的黑色棉袄棉裤，正在四方桌上吃饭，看到夏晨水进门，搁下筷子再没有拿起来。在爸妈埋怨的间隙，夏晨水叹气道："爸妈，你们的观念得改一改了，不是考上大学，在城里上班就风光无限，实话说我在省城里干得并不差，在一所专科学校当老师，但我想，按部就班拿点死工资，有啥出息？还债、买房、娶老婆，这些都要花钱，要创造财富，趁自己年轻时奋斗一把，改变村里家里面貌，不是更好吗？在你们身边，还能孝敬你们。再说，国家现在也提倡大学生回乡创业。很多贫困村都有扶持项目，听第一书记龚道辉说，咱们村里也会争取的。"

"早知道你想在农村创业，老子还花那么多钱供你上学干啥？"夏大柱把半截烟戳灭在一只豁口碗里，满脸的疑惑，他完全不理解儿子的做法。

夏晨水觉得，父母的眼光还没有走出朱家湾，甚至还没有到万福镇上，没有一点远见卓识。跟糊涂的人再讲道理，也是瞎子点灯——白费蜡。于是，他便不再争辩了，转身往院外走。

六

"朱家湾有祖辈传下来的老话，几百年以前，有位皇帝打了败仗，带着几个护卫一路向西逃跑，到我们这块儿，追兵越来越近，几个人慌忙中钻进后山的松树林里。这时候，老天爷突然刮起了大风，风吹得树林哗哗作响，像很多战马在奔驰，又像战马在嘶鸣，声音顺着风向传到追兵的耳朵里，追兵还以为中了埋伏，顿时吓得乱作一团，赶紧抓住缰绳，掉转马头撤了回去。皇帝感激树林救驾之恩，把我们这块山冲封为救驾沟，并派兵马驻在我们这儿，日夜守护这片松树林。后来皇帝驾崩，新皇帝登基，就慢慢把我们这块地方淡忘了，守林的人为了生存，只好靠山吃山，砍树卖，造房也用它，烧柴做饭取暖也用它，时间一长，几百年下来，曾经救过皇帝的松树林接近砍光了，山上的植被越来越少了，土地也越来越贫瘠了。由于粮食产量太低，完全靠天吃饭，遇上干旱时节，或者洪涝年景，人们就得挨饿。不过，据说远古时期的炎帝在朱家湾歇过脚，给朱家湾镀上了神密的光环。"村主任胡家鲜说。

"哦，朱家湾既有炎帝的光环，还有皇家的风水，今后的发展不会差的。"第一书记龚道辉点了点头。

"唉，现在的年轻人受不了委屈，都向往好的生活，都去城里打工了。稍微有点出息的，在外面结婚生孩子，然后送回来老人带。我们这朱家湾啊，天气好路还好走，一到下雨天，黄泥巴粘在自行车轮子上，推都推不动，感觉就像走在阴曹地府里，要多艰难有多艰难。"妇女主任曾晓萍说道。

"村里没想办法修一下吗？"第一书记龚道辉问。

"修，用啥修？要人没人，要钱没钱。"村主任胡家鲜一脸的漠然。

听说夏大柱的儿子夏晨水告别了省城，回到朱家湾想创业，第一书记龚道辉特意来到夏大柱家，想让夏晨水率先垂范做个样板，用成功创业来吸引更多的青年回到朱家湾，建设朱家湾。

第一书记龚道辉刚落座一会儿，夏大柱的唠叨就开始了："龚书记，你来得正好，我这儿子好不容易考上大学，念了四年，按说有了知识，就可以留在城里，做一份像模像样的工作，这孬种倒好，前天他辞了学校的老师，不声不响地回来了。你看他这瘦弱的身板，回来能干啥？"

第一书记龚道辉这才意识到，夏大柱把回乡创业当耻辱，当没本事，就规劝说："老哥，孩子上了大学后，见识广了，想法多了，可以自己把握人生。再说，现在国家也提倡大学生返乡创业，你不能小看他，说不定他还能干一番大事哩。你也别为这事过分纠结，也别太难为他了。"

"就是，我回来肯定有我回来的道理，不用您操什么心，我上大学的欠账，都由我来还。"夏晨水见龚书记帮自己说话，挺了挺胸脯，一下子有了底气。

夏大柱乜斜了夏晨水一眼，嘴一撇，扭过头去不看儿子。如果不是有龚书记在，估计夏大柱又要发飙了。夏晨水腿站酸了，仗着有第一书记龚道辉在，索性坐在旁边的椅子上，说起自己的打算来。"我琢磨好久了，在城里打工挣那么点儿钱，租房、吃饭一花销，剩不了几个钱，以后谈对象，买车买房，那都是一个个大坑，蹚不过去，就会淹死在坑里。想了想，还不如回来自己做点事，不看人脸色。我在网上查了不少资料，觉得在我们这养长毛兔挺不错的。"

"啥？你要养长毛兔？我供你念几年大学，你就回家养长毛兔？糟蹋我那些钱，真可惜了。早知道你回来养长毛兔，我才不会去……去给你借钱。"夏大柱有点控制不住自己的情绪，说话竟然语无伦次起来。

"老哥，您先别生气，我虽然刚来，可我听出来了。其实啊，现在这个时代，只要你有头脑，在城里工作，在乡下工作，都没多大差别。您儿子要自己做事，您应该高兴才对，应该鼓励他。至于几年大学，肯定是没有白念，他要是不上大学，哪有创业的头脑啊？养长毛兔，您可别小瞧，在城里很有市场，是很好的食材。"第一书记龚道辉说。

听第一书记龚道辉一说，夏晨水的精神头一下子来了，暗忖总算遇到知音了，有人理解他的苦衷了，太好了。他问第一书记龚道辉："龚书记，您懂得养殖长毛兔吗？"

"具体怎么养我不清楚，但我知道长毛兔很有市场前景。我大力支持你，以后有什么难处尽管找我，我想办法解决。"

"好、好，不过我缺少经验，还得好好学习相关技术。"

"我明天就联系，问问隋阳市的同学，看有没有养殖长毛兔的。"

七

"哼！臭小子，我看你能折腾出个子丑寅卯来。"夏大柱一脸的鄙视，站起来往屋外走。

夏晨水也不搭理他，第一书记龚道辉知趣地站起身，拍拍夏晨水的肩膀，示意他不要跟父亲较劲，第一书记会支持他的，夏晨水心照不宣地点点头，二人配合得很默契。二人走出堂屋，外面纷纷扬扬开始下雪了。

夏大柱已经走出院子，忽然又踅了回来，像想起啥事似的，跟第一书记龚道辉说："龚书记是从城里来的吧？别怪我嘴说话直，有些事不是你们说帮就能帮的，像我们这朱家湾，穷得一毛没有，想拔，都没啥拔的。"

第一书记龚道辉被夏大柱一呛，一时间不知说啥好。夏晨水听到父亲这句话，气不打一处来，当即就给父亲一个难堪，"有你这样做爹的吗？我自己想做点事，你这也不对那也不是，有人帮我，你还泼冷水作梗，你……你到底存的啥心？"

夏大柱不理睬夏晨水，又"哼"了一声，背着手径直进了屋子，第一书记龚道辉愣了一下，走出了夏家。

入夜，山沟里静悄悄的。鸡进了笼，狗入了梦，朱家湾静得掉一根针都能听见。第一书记龚道辉翻来覆去，怎么也睡不着，他反复琢磨着夏大柱的话，有种前路未卜的忧虑。窗外的积雪映亮室内，发爷翻一下身，他一目了然。第一书记龚道辉有些茫然，悄悄地套上棉衣，尽量动作轻点，慢慢拉开门走了出去，外面的大雪在张牙舞爪地下着，他给炕炉子里添了几根柴火，赶紧回到屋内。发爷睡得很香，呼吸声均匀有力。他想起年轻的时候写过的雪景，今天突然有了写诗的冲动，坐进被窝，摁下手机照明键，翻开日志本，提笔写道：

雪

漫天的花瓣
踩着北风的乐点
翩翩起舞

倘若说
倾盆雨的洒脱
是天和地在做一场
轰轰烈烈的爱
那么
今天你无数晶莹剔透的
呢喃唇语
就是天和地在悄无声息地
缠绵相恋

剥离所有虚伪的外套
荡涤一切骗人的美丽谎言
倾注一生的洁白

17

撒下一地的情书

此时此刻

顿觉醍醐灌顶

这种庄严的倾诉

是何等的恢宏　壮观

你不辞劳苦

把千山万壑妆点

树梢有你歇脚的影子

屋顶有你眺望的眼神

原野有你身披大氅的雄姿

虽然　你没有

春天青草和树芽的拔节声响

也没有

夏季热烈奔放的拥抱

更没有

仲秋饱满果实的胎动

但你的无私　大气和纯洁

让无数生灵铭记　眷想

仰望苍穹

洁净得没一丝污秽

伸开双手

接几片在掌中

来不及品赏

就化作了嫦娥的泪滴

一向善良的我
不舍地缩回手
生怕打扰了
你满身的
诗情画意

回望一串串的脚印
曲里拐弯写满了依恋
回到小屋
你依然在眼眶里蠕动

多么期盼
芸芸众生都栖息在
你的怀抱里
无忧无虑
不为房贷愁眉
不为就医倾囊
不为子孙入学折腰
随着自然的融化
滴成涓涓溪流
哼着情歌奔向江河
终了甘愿汇入大海
来无声　去无影
一生不留遗憾
……

19

翻到在省城培训时密密麻麻做的笔记，那些培训的场面历历在目，省情介绍、专业知识、农民的期望、扶贫的目标等，一下子把满脑子的诗情画意赶得无影无踪，他的感性认识瞬间转化成了理性思考。心情也逐渐复杂起来，既有雄心壮志，想在朱家湾搏一把，做出一些成绩，宛若孔雀开屏一样，来一次美丽的展翅，但也有惴惴不安的一面，担心把扶贫搞砸了，完成不了组织上交给的任务，或者出个什么差错来。他暗暗提醒自己，要尽快适应角色，端正身份——朱家湾党支部第一书记，这是个实实在在的职务，不是形同虚设的名誉书记。

第一书记龚道辉一边想着，一边翻看笔记，看到动员会那页时，回忆起省委组织部常务副部长米军民的讲话："我们驻村第一书记的主要任务：一是先摸底，找准致贫原因，针对性地精准施策；二是抓好特色产业，增强造血功能；三是发挥好班子的作用，把党员的表率积极性调动起来；四是宣传扶贫政策，解决脱贫中的各种矛盾；五是设身处地为老百姓解难题，办好事，办实事。"

还有省农业大学甄教授讲的，"南方脱贫主要是治水，我们北方脱贫主要是治山。我们省山区多，凭我的经验，无论是搞产业、搞副业，还是建项目，一定要进行深入的调查研究，挖掘当地的优势资源，结合当地实际，先搞一两个样板项目，带动农民脱贫致富。我们的目标是让贫困户脱贫，贫困村出列。只有深度了解工作的对象，才能精准施策；只有掌握了本地区优势资源，才能持久地培育好相关产业，产生内部动力和造血功能；只有找到了致贫的原因，才能有效地引导贫困户走出贫困，脱贫致富。因此，调查研究是工作组最重要的工作，是精准扶贫工作的第一步，是今后各项工作的基础之基础……"

第一书记龚道辉理出了头绪，心里终于有谱了，他打了个哈欠，慢慢地躺下。

八

第二天起床后，第一书记龚道辉就把当天的事务安排好，决定第二次走访。第一次摸清了情况，但忘了了解每户脱贫的想法。

第一书记龚道辉刚把碗端到手里，跟发爷准备吃饭，就听到外面吵吵嚷嚷的，"我家也有困难，龚书记能帮老夏家那不成器的夏晨水，就得帮帮我家！"

随着说话声的临近，棉门帘被掀开，一个膀大腰圆的男人闯了进来。他瞅瞅第一书记龚道辉，手拍着饭桌问："你是来扶贫的吗？你只扶老夏家的贫吗？啊？我困难大了，你管不管？我家揭不开锅，为啥不先给我家扶贫？啊？"说着说着竟然激动了起来，用手指点着第一书记龚道辉，唾沫星子四溅。

第一书记龚道辉见得多了，对付这种人，他有的是办法。他一点儿也不怕，眼睛瞪着他，直瞪得对方眼神开始躲闪。第一书记龚道辉一字一板地说："我跟你有仇吗？我欠你多少钱？啊？"第一书记龚道辉这个"啊"，以牙还牙，话一出口，对方就软了下来，向后退了一步，露出理亏的神情。

第一书记龚道辉语重心长地说："我大老远来，是为大伙儿服务的，为大伙儿解决难处的，你有困难可以尽管说，我们会想办法帮你解决。但你得有话好好说，你这样气哼哼地喊叫没一点用处，还让人反感。"

"我没有胡来的意思，只是来评评理，谁叫你来到朱家湾，就帮老夏一家呢？那小子念完大学不在省城好好发展，偏偏跑回来，对这样不争气的小子，你们咋还要帮他？"

第一书记龚道辉听明白了，这是自己的好心惹来的麻烦。他不清楚眼前这个汉子跟老夏家有什么过节，以至于对这件事反应这么强烈。看来，培训班里说得对，真的要好好了解了解情况。

这件事也给他提了个醒，今后说话办事得谨慎些，不再轻易承诺什么了。

"他想回村里来创业，这是政府提倡的，对咱村也有好处，我们帮他很正常。不管谁创业，包括你在内，我们都欢迎，对朱家湾脱贫致富有贡献的，我们不但要帮，还要帮到底。"

来人看看身材高大的第一书记龚道辉，又体味他句句在理的说教，想想自己也的确有些冲动，便软了不少。"你是领导。说话可算话？"

"当然算话。"

"那我也要创业，你也会帮我吗？"

"凡是脱贫致富的创业，我们肯定帮。"

"好吧，我回去就琢磨做点啥，琢磨好了过来找你。"说完，头也不回地走了。

现实中，第一书记龚道辉才体会到扶贫不是件简单的事情。出征时踌躇满志地宣誓，到实际工作环境里，面对落后的农村，面对朴实的农民，正应了那句老话：道理好说，事情难做。

工作刚有点起色，麻烦就不请自到。第一书记龚道辉决定跟村委会好好沟通后，再走下一步路。

九

方丫丫家住在朱家湾南边倒数第二家，这几天她心情糟透了。虽说湾子里新来了个龚书记，听说是来帮大家过好日子的，也来过自己家，但好日子不是说说就会来的。

妈妈高柳梅前天回来了，头发像水塘边的杨柳，一绺绺垂下来，花裙子一走一闪，晃得我的小眼睛麻酥酥的。妈妈身上的香味，比后山上的野花香多了。妈妈给我买了卜卜星、数字饼干、锅巴、小豌豆、土豆片、沙琪玛，还有我叫不上名字的，一大包好吃的，还有两身衣服两双鞋，我穿得可合身啦。村西头的小欢羡慕得眼神都直了，她说她妈妈过年回来也会给她买的。只可惜，妈妈昨天走了，她说她要去很远的地方，再也不回来了。原来以为妈妈跟我开玩笑，昨天早晨醒来时，看到妈妈在我枕边放了一张照片，还有200块钱，我知道妈妈真的走了，我的眼泪止不住地流，我不敢哭出声，我怕躺在床上的奶奶伤心。

来到村南头的皂角树下，看着出村的羊肠土路，我放声地哭了，"妈妈，妈妈呀！丫丫是个乖孩子，丫丫从来没有做错事，丫丫从来没有惹你生过气，丫丫从来没有向你要过钱，你咋不要丫丫了，啊？你为啥不要丫丫了……"

看到爸爸方刚远远地扛着锄头，蹒跚地往回走，我赶紧抬起手臂揩了揩眼泪，我不能让爸爸看到我哭了。我悄悄回家了。

妈妈成天不着家，回来就跟爸爸吵架，爸爸本来就心烦，我不能让爸爸看到我伤心的样子，再给爸爸心里添堵。

我慢慢地往回走，爸爸妈妈吵架的样子好像就在眼前，妈妈大声嚷嚷："你个猪，成天窝在家里生儿子呀？你看看人家，都出去打工了，挣了钱都在万福镇上盖房，村里就剩下20多户了，再过几年，就剩下你一家子了，丫丫上学都没有个伴儿，早知你这么窝囊，打死我都不会嫁给你！"爸爸姓方，妈妈每次都骂爸爸是头猪。

"你呀，不要喊叫行不行？我不是不想出去打工，你看不到吗？我妈的腿不带劲，自己顾不住自己，丫丫还是个孩子，我出去了，家里咋办？谁来照顾我妈？谁来带丫丫？"

"我给你说了几遍了，这回回来是跟你离婚的。你不是嫌弃我在外面做皮肉生意吗？实话告诉你，现在是笑贫不笑娼，有钱便是娘，不管做啥，手里有钱才能挺起腰杆。"

驻村的龚书记听说妈妈回来了，专门来做妈妈的工作，把妈妈叫到院子里，说歌舞厅的灯光再好看，只是青春最后的闪光，人终究会老的，让妈妈不要跟爸爸离婚，看着我还小的面子上，可妈妈的脑袋抬得高高的，根本不把龚书记放在眼里，把龚书记当空气。龚书记见妈妈油盐不进，再劝下去已经毫无意义，便摸摸我的头，走到奶奶的床边，安慰了奶奶几句，就离开了。

从村南头回到家里，我把鸡笼门的挡板取了，十多只鸡子钻出来，扇动翅膀在院子里撒着欢，我习惯性地弯腰看鸡笼，噢，里面有两个白花花的鸡蛋哩，我蹲在地上用力伸胳膊，才够着两个鸡蛋，鸡蛋还热乎着。我把鸡蛋搁进篮子里，又去牛圈里牵牛，牛很乖，每次见了我都温顺地瞅着我，长长的尾巴像狗一样，还高兴地摆动好几下。我把牛牵出院子，爸爸回来了，"丫丫，把牛给我，你把锄头扛回去。"

"呃——"我接过了锄头。

早饭是爸爸做的，稀饭、馍馍，还有咸菜，我把奶奶的饭端到床边。

吃饭的时候，我对爸爸说："爸爸，要不，你也出去打工吧。"

爸爸停下碗筷，用奇怪的眼神瞅着我，"乖孩子，咱丫丫还是个5岁的娃娃，爸爸咋能忍心把你和奶奶撇下呀？"

"丫丫已经长大了，上次爸爸到镇上赶集卖菜，给奶奶买药，太阳落山爸爸才回来，丫丫不是做了饭，洗了衣服吗？爸爸你放心。"

爸爸不再言声，闷着头吃完饭又下地去了。我洗了碗，把房子、院子齐齐地打扫了一遍，带着镰刀去菜地割了把韭菜，拔了四兜菠菜，在水塘里洗干净，搬了个小凳子站上去，把韭菜、菠菜切好，又提着水壶到水塘边的井里提水，然后学着爸爸的样子和面，加了水，有点稀，加了点面，又干了，我把盆端到奶奶床前，请奶奶指导，终于和好了面。面团太大，我用擀面杖擀不动，就把面团掰成几个小块，再一个个擀成薄片，然后卷在一起，用菜刀一切，撒点干面粉，就好了。我把小凳子搬到灶台前，站上去给锅里添好水，盖上锅盖，在灶膛里点着柴火，不一会儿，水就开始冒泡，我把面条下进去，用筷子拨动，免得面条粘在一起，看着面条快好的时候，放进韭菜和菠菜，最后放了盐，先给奶奶盛了一碗，奶奶豁着牙说："我的丫丫真能干。"

趁奶奶吃饭的工夫，我跑到村头看爸爸回来没有，跑到皂角树下，远远看到爸爸扛着犁铧往回走，我返身回去给爸爸下了面，爸爸回来看到我下好的面条，惊喜地问："丫丫，面是你做的吗？"

"是啊！丫丫说了，丫丫什么都能干。爸爸尝尝，味道咋样？"

"嗯，好吃，比爸爸做得好吃。"爸爸夸道。

看到爸爸香甜地吃着，别提我有多高兴了。我觉得我不是个5岁的孩子，我是个大姑娘了，能给爸爸分担家务了。

吃完饭，爸爸要洗碗，我不让爸爸洗，我说："让丫丫来吧。"爸爸走出灶房，我尝了尝爸爸碗底的面汤，好咸啊！"爸爸！面咸了，你咋不给我说呀？你说了，下次我就少放点盐。"

"丫丫，你做的面再咸，爸爸吃到嘴里都是香的。"

"爸爸，你咋哭了？"看到爸爸脸上的泪水，我小心地问道。

"爸爸看到丫丫会做面了，爸爸是高兴，是高兴。"爸爸的声音越来越小，我看得出来，爸爸的泪水不仅仅是高兴，更多的是酸楚和无奈。

十

朱家湾党支部书记、村书记邱道君，矮矮的个子，黑黝黝的脸庞，一边倒的三七分发型。村主任胡家鲜胖胖乎乎的，大眼睛厚嘴唇。二人第一次见到第一书记龚道辉时，大家热情握手，说些客套话。村主任胡家鲜埋怨说："龚书记也不提前打电话告诉我们一声，让我们给安排个住处，这真的不太好。你大老远跑来，还自己找地方，显得我们朱家湾人也太不热情了。"

第一书记龚道辉说："本来市上镇上要派人陪同来的，都被我婉拒了。我想悄悄地来，不给你们添麻烦，看样子不添麻烦不行，今天咱们先坐在一起，你们给我们介绍一下朱家湾的情况，然后咱们共同探讨下一步的工作方向。"

村主任胡家鲜显得很兴奋，赶紧给其他班子成员打电话，让他们都来村书记邱道君家参加会议。会上，相互介绍后，第一书记龚道辉讲了来朱家湾精准扶贫的工作目标。

他说："要脱贫致富，必须要转变思想，不能等、靠、要。要知道，一切事物都是内因是根本，外因是条件，外因通过内因而起作用。就比如鸡蛋，从外面打破，只能是食物，要是从内部打破，出来的就是生命！我们的目标是让家家户户主动作为，掌握致富的本事。扶贫必须先扶志，把志气充满，如同汽车轮胎，气充足了才能跑起

27

来，没有气，再怎么加油门，也是跑不快的。希望大家都把头昂起来，也就是我说的扶贫第二个要点，就是扶智，智力的智，把技能掌握到手里，最后从根本上拔出贫根！从今天起，我就是朱家湾的村民，凭着我们村勤劳、善良、淳朴的民风，还有被皇恩赐福过，我们坚信，我们脱贫致富的目标，一定会实现，一定能实现！"

第一书记龚道辉越说声音越大，激情饱满，没想到把自己都感动了。说完，再看看大家，气氛明显不一样了。他做过十几年的文化科长，做思想动员工作很拿手。村书记邱道君第一个带头鼓掌，会场气氛一下子热烈起来，像一壶水突然开了似的。村主任胡家鲜接着介绍了朱家湾的基本情况。

村书记邱道君说："朱家湾地处连绵起伏的秦岭山麓，是一个偏远的小山村。村里可以说是一穷二白，基本上没有来钱的项目，村民们都过着传统的农耕生活，种地辛辛苦苦，忙忙碌碌，一年到头好了能挣点口粮，年景不好反而会亏损。全村70%的人口生活在贫困线以下，人均年收入不到3000元。耕地面积410亩，人均耕地不足1亩，多为山坡旱田，靠天吃饭。主要农作物是种植小麦、玉米，水稻只有水库下面的几十块田能种，平均单产300公斤左右，买肥料买农药，再加上人工，大多数处于亏损状态……"

第一书记龚道辉见自己的讲话起到了抛砖引玉的效果，就说："接下来，我看还是继续调研，掌握每家每户的基本情况吧……"

十一

天气寒冷，第一书记龚道辉和村书记邱道君、村主任胡家鲜，还有妇女主任曾晓萍，几个人咯吱咯吱踏着积雪，一户一户地再次走访。每到一家，都聊家常，看吃的啥饭，养殖的啥家禽家畜，住的啥房屋，他们见人就主动打招呼，见房子就进。所有情况登记在册，一直到天色擦黑，才各自回到家里。

回到了住处，第一书记龚道辉用力地跺了跺脚，把鞋底粘的雪跺掉，随后一边和发爷一起做饭，一边脑海里还翻滚着下午的一件事。

第一书记龚道辉一行刚走进一个破旧的小院，就听见一个女人扯着嗓子哭，声音有些凄惨。第一书记龚道辉进门看见女人躺在床上，就问："大姐，你怎么了？我是来咱们村扶贫的第一书记龚道辉，有什么困难你直管说。"女人一把鼻涕一把泪，哭得泪人似的，妇女主任曾晓萍拍拍她的肩膀，示意她别哭了，她一下子坐起来，一把扯下头巾，露出很短的发根，估计有两毫米长，紧贴着头皮，而且剪得参差不齐，跟狗啃了似的，又像是小娃割的韭菜，高低不平的，长短也不一。

"呀！秦姨，你的头发呢？哪去了？"妇女主任曾晓萍惊呼道。

话音刚落，女人又号哭起来。曾晓萍连忙安慰她："秦姨莫哭，你说说是咋回事。"

　　女人叫秦小玉，原来有一头乌黑浓密的长发，有时编成麻花辫，有时披在后背上，是朱家湾一道美丽的风景。因为孙女上学报名钱不够，秦小玉好面子，不想张口找别人借，思来想去，就把蓄了好多年的长辫子卖掉了，一共卖了 150 块钱。第一书记龚道辉等人进院子时，辫子刚被拿走一会儿。她哭她的辫子，梳了那么多年，一般人都会舍不得，她心疼她难过，也在情理之中。

　　第一书记龚道辉赶紧劝她不要太伤心，"头发已经卖了，再哭也回不来了，不要多想了，后面还会长起来的。上级派我来朱家湾，就是帮大家解决困难来了。"秦小玉这才停止了哭泣，把家里情况简要说了一下。"儿子靠几亩地根本养活不了这个家，我身体长年有病，帮不了家里多少忙，还得花家里的钱买药。儿媳妇出去打工了，开始还给家里寄个三百二百的，后来不但不给钱了，连人的音讯也没有了。这已经两年多了，也不管我的孙女，唉……"

　　回来的途中，第一书记龚道辉还在说她家的情况，曾晓萍说她家也的确困难。

十二

秋雨绵绵，一下就是一个星期。它发脾气时，对着朱家湾的树木、房屋、院落、堰塘，粗喉咙大嗓子地咋咋呼呼，就连屋檐、屋后的水沟，也是吵吵嚷嚷的不得安宁。它温柔时，像一袅袅雾气，在朱家湾的前后山坡上嬉嬉闹闹，追追打打，累了，歇息下来，雾慢慢散尽，羊毛般细细地在树叶上屋顶上小孩的头顶上轻轻地抚摸。如果不到屋外走动，你是感受不到它的存在的，是无法体味杜甫那种"润物细无声"的妙趣的。

雨，对于靠天收的朱家湾来说，应该是好事。秋季是收获的季节，有了雨水的滋润，果实会更加饱满，丰收的希望会更大。然而，过度的雨水有时会演变成一场灾害，造成无法估量的损失。

第一书记龚道辉借用这雨天的机会，一户一户地走访，每户的人口数量、年龄层次、健康状况、家庭收益、个人特长等，记了满满一本子，脑海里对朱家湾的现状，还有未来的发展方向，有了初步的构想。

第一书记龚道辉回到住处，发爷已经做好了晚饭，三个小菜已经摆上了桌，炒瓠子，凉拌豇豆，韭菜炒鸡蛋，小焖锅里正熬着两碗稀饭。"发爷，您老以后不用这么辛苦，饭由我来做。"第一书记龚道辉说。

　　"哎，我身子骨还行，能动就动一动，你来村里为大伙儿做事，我为你做点饭，就是为村里做点小贡献。"发爷说。

　　"谢谢发爷，您老还有自己一套哲学。"第一书记龚道辉把灶膛的余火拖到灶膛口，让它们自动熄灭。

　　"这两天，我一直在寻思，这雨啊，这么没完没了地下，村后的排水沟千万别堵住了，不然啊，这村里几百号人就会遭殃。"发爷提醒道。

　　"我问村主任胡家鲜了，他说每天都巡查了，水都排到村里堰塘了。您老放心。"

　　"那就好，就好。今晚可以睡个安稳觉了。"

　　饭后，二人用温水泡了脚，就各自上床睡觉了。

十三

二更起，雨水噼里啪啦狂吼了起来，一直到天蒙蒙亮，都没有打个盹。

发爷起夜听到院子的流水哗哗响，似乎感到不妙，本来想叫醒龚书记的，看到龚书记睡得很熟，没好意思打扰。起夜后，又钻进了被窝。由于心里有事，发爷再也没有睡着，他担心老天爷这么没完没了的发威，会给村里带来不幸。果不然，不一会儿就听到了一声巨大的轰鸣声，像房屋倒塌的声音，他一激灵，从床上弹了起来，随即叫道："龚书记、龚书记！不好了，谁家房子倒了！"

第一书记龚道辉也感到了震动，立马坐了起来，穿上衣服就往外跑，发爷抓起门边的雨伞喊道："拿雨伞，龚书记！"

"顾不得了，发爷！"第一书记龚道辉头也不回地在雨中应道。

冲出小院，第一书记龚道辉看到村民都在往村北头跑，他意识到肯定是村北出了问题。

第一书记龚道辉满脚泥泞地跑到成大家前，看到成大家的三间房倒了两间，一身蓑衣的成大无望地看着自家的房子，他老婆米小菊在一旁放声大哭。第一书记龚道辉问成大："咋回事？"

"我们睡得正香，听到有人砸我们家的门，我和米小菊赶紧穿衣服出门，刚走到屋外面，房子就塌了。"成大说。

"两个孩子呢？"第一书记龚道辉急切地问。

"儿子和姑娘去他们姥姥家了。"

"哦，成大媳妇别哭了，人没事，就是最大的幸事。谁敲你们家的门，你们看到了吗？"第一书记龚道辉问成大。

"没看到，我们出来，人早走了。"成大回答时，眼神有点迷茫。

第一书记龚道辉也觉得蹊跷，成大家是朱家湾唯一一家独门独户单住的，之前墙壁没有倾斜，没有裂缝，也没有掉土，咋会说倒塌就倒塌了呢？是不是有人为的破坏呢？第一书记龚道辉想着，就到房屋后面查看雨情，几米外的排水沟有一道豁口，流水直接冲到成大家的后墙，后墙滴水檐下面的排水道一侧沟底有淤泥，一侧被堆土堵死了，雨水根本流不出去。

第一书记龚道辉看到这情形，心里有了答案：这不是天灾，应该是人祸！

"龚书记，你也不打个伞，衣服都湿透了。"村主任胡家鲜走过来，从头上取下斗笠递给第一书记龚道辉，第一书记龚道辉说："不用了，已经湿了。"

村主任胡家鲜是土生土长的朱家湾人，到成大屋后一站，瞟两眼就知道是咋回事。他严肃地看着第一书记龚道辉，第一书记龚道辉正一脸问号地盯着他，"胡主任，成大在村里有仇人没有？"

"成大是村里为数不多的几个高中生中的其中一个，喜欢唐诗宋词，说话爱咬文嚼字，这些年做人还算厚道，应该没有仇人。"村主任胡家鲜明白第一书记龚道辉的意思。

二人正说着话，突然又一声巨响，不知是哪家的房屋又倒塌了。

十四

可憎的雨总算偃旗息鼓了，太阳的笑容映在方丫丫的脸上，方丫丫高兴得手舞足蹈。

哈哈，我6岁了，穿着爸爸买的新衣服，背着爸爸买的新书包，牵着爸爸的大手，走在上学的崎岖山路上，我感到好幸福。难得爸爸把农活搁下来，温暖地拉着我的小手。

三口堰小学不大，报名的新生不到30人，看到其他的家长交书费、交学费，都是50元、100元的大面额，唯独我爸爸掏出来的钱，除了一张10元钱的纸币，其他都是几元的小面值，还皱皱巴巴的，我知道那些钱都是爸爸起早贪黑，到万福镇上卖菜卖鸡蛋攒的，每一张钱里，都浸着爸爸辛勤的汗水。

报了名，领了书，爸爸带我来到学校门口的小卖店，"丫丫，你想吃啥给爸爸说，爸爸给你买。"我看了看，小孩子吃的东西真不少，花花绿绿的几排货架上摆满了各种小吃，好多我叫不上名称，我选了好几样，问每样多少钱，卖货的阿姨一一回答了我，每样都在3元以上。"那这个呢？"我捧着早餐饼干，一大卷，一看都想吃，我没有吃过大饼干，很想尝尝大饼干的味道，阿姨说："6元。"我失望地放回原处。一旁的爸爸看出来我很想吃，对我说："丫丫想吃饼干，那就买吧。爸爸有钱。"

"太贵了，我不要。"我迟疑了一下，问卖货的妇女："阿姨，最便宜的多少钱？"阿姨说："最便宜的一块钱，棒棒糖。"

"那我就买一个棒棒糖吧。"阿姨把棒棒糖递到我的小手里。

一路上，我手里捏着棒棒糖，生怕丢了。爸爸问我："你咋不吃呀？丫丫。"我轻轻剥开糖纸，看到晶黄发亮的棒棒糖，用舌头舔了舔，又香又甜，真好吃。我递给爸爸，"爸爸你尝尝，很好吃。"爸爸说："爸爸不爱吃甜的，你含在嘴里吃吧。"我又用舌头舔了舔，味道还是那么香甜，我轻轻咽下，从嘴里甜到心里。喺了两口，我赶紧用糖纸小心翼翼地包好，生怕棒棒糖的味道被太阳晒走了。爸爸说："包着干啥？好吃就吃了。"我说："丫丫舔舔就行了，剩下的拿回去给奶奶吃，奶奶肯定没有尝过棒棒糖的味道。"奶奶是个可怜人，到深山里采药不幸摔折了腿，是爸爸千辛万苦把奶奶背回家的。村医说要去市里住院做手术，得一两万。爸爸要借钱去看医生，奶奶坚决不同意，说躺一两个月就好了。没想到耽误了最好治疗机会，奶奶成了实实在在的瘫子。

"丫丫真是个懂事的孩子。"爸爸拉着我的小手，好半天没有再说话，看得出来，爸爸的心情像快要下雨的乌云，有些沉重。

"爸爸，你不用担心我和奶奶，我已经长大了，我啥都能干，做饭洗衣服，给奶奶拿药送水，给奶奶擦洗身子，我都会干。你放心打工去吧。你看二黑的爸爸和哥哥都打工去了，家里去年都盖新房子了。我们家的房子还漏雨，等爸爸挣了钱，给奶奶看好腿，把我们家的房顶补好了，我们家就幸福了。"我找话说，想打破爸爸的沉默，让他心里好受点。

爸爸停下脚步，摸着我的头，叹了一口气说："丫丫，都是爸爸没本事，让你和奶奶跟着我受苦。"爸爸满脸的愁苦。

　　"没有啊，爸爸。你是天底下最好的爸爸，现在你吃苦，等丫丫长大了，一定好好孝顺你。"我摸着爸爸粗糙的大手，他手上翘起的老茧夹住了我的头发，真有点疼。

　　"有丫丫孝顺爸爸，爸爸就是累死，也值得。以后你上学眼睛放尖点，路上有自行车、汽车、拖拉机经过时，一定要往路边上站。"

　　"嗯，丫丫知道。"我用力点了点头。

十五

一听到响声，大伙儿一哄而散，不顾雨水的咆哮，纷纷朝着发出响声的地方跑去，都担心是自家的房屋遭遇不测。

当跑到夏大柱家的门楼跟前时，看到他家与徐小月家共用的院墙倒了。徐小月站在屋檐下，愣愣地看着一地狼藉的院墙土，不知所措。她问过老公陈大为，"这院墙为啥修得曲里拐弯的？咋看咋别扭。"她不明白，公公家当初为啥不拉条笔直的墙线，按墙线把院墙修得直溜溜的呢？陈大为说："父辈们为墙基闹过别扭，能弯曲地达成协议，把它修好，也就不错了。"可惜，那场车祸把陈大为变成了植物人，五年了都没有醒过来。拖拉机报废，铁路方面只付了陈大为当时的医疗费，借亲友们买拖拉机的钱一直在半空里吊着，徐小月既要侍弄几亩田地，管女儿上学，还要照顾陈大为，日子也够艰难的。面对变成一堆废墟的院墙，徐小月噙着眼泪，傻了一般杵在那儿，直到村主任胡家鲜叫了声："徐小月！"她才像在梦里被叫醒一样，"哇"的一声哭了。第一书记龚道辉说："徐小月莫哭，村里会想办法帮助你的。"

夏大柱看到后，心里也不是滋味。这两家共用的院墙，虽说只有20来米长，上辈人说一半是夏家人修的，一半是徐小月的公公家修的，至于修到哪个位置，谁也说不清。上辈人都入了黄土，据说两家人为这堵墙曾经大打出手，还是村南刘厚淳的父亲出面调解，才把事情平息了下来。夏大柱担心，把这墙修起来，两家会再起冲突。

刘厚淳走近看了看，对围观的乡亲们说："是福不是祸，是祸躲不过，这院墙倒了，表面上看是坏事，反过来看也是好事，起码没有砸着人。两家人好着的，就是最大的福分。各家回去看看，房前屋后，还有院墙根，有没有渗水的问题。没有就好，要是有啊，赶紧堵住。"

"刘大哥说得对，大家立马回去检查一下。"第一书记龚道辉接过刘厚淳的话茬。

村民们陆续散去，各自检查自家的房屋去了。

十六

第一书记龚道辉和村主任胡家鲜商议，把成大一家安顿在村南麦场边的两间小屋里。

至于二人心里的疑问，二人都不愿意点破。第一书记龚道辉想：来朱家湾时间不长，脱贫工作还八字没有一撇，就出现人为的房屋损毁事件，这要是传到隋阳市，自己的脸面往哪里搁？就是自己的老婆，也会接受不了。还有职务提升的想法，也有可能泡汤。

村主任胡家鲜也有自己的小九九，作为一村之主任，中国最小的政府官员，几十户人家都管不好，管出了乱子，副乡长的梦可能永远就是梦了。

成大心里一直犯嘀咕，他猜想砸门的人，有可能就是在屋后排水沟做文章的人。他或她，到底是谁呢？难道是她？成大没敢给老婆米小菊说，因为没有真凭实据，更没有抓到现行，他担心给米小菊吐露了，米小菊沉不住气，从西头骂到东头，把事情闹得一团糟。

"发爷，成大两口子人咋样？"第一书记龚道辉问。

"成大是中发的大儿子，脑瓜子聪明，是朱家湾第一个高中生。那时没有考大学这一说，要是现在，他肯定能考上大学。他人不错，当初方花花的大姑娘谢梅看上了成大，两人还谈了一段时间，不知啥原因，成大把谢梅甩了，娶了卧龙寨后面橡树村的米小菊。论长相，米小菊有一只眼有点斜视，比不上谢梅。成大结婚的时候，谢梅当面跟成大耍怪，把手伸进成大的裤裆里，弄得闹新婚的所有人喝倒彩。米小菊肺都气炸了，抓起煤油灯就要砸谢梅，被在场的人拦住了，不然啊，就会跟谢梅打起来。米小菊嫁到朱家湾十多个年头了，她手脚麻利，是干庄稼活的好把式，性子急，心直口快，心里不藏事，与村里人处得不错。"

"米小菊后来与谢梅关系咋样？"

"还可以。结婚图个热闹，图个喜气，谢梅虽说有点过，但只是给米小菊做示范。我们这有个习俗，新婚的当晚闹新娘无大小，长辈晚辈一起说笑逗乐，直到后半夜才散场。那天我在场，先是摸黄豆。把一粒黄豆从米小菊的颈脖放进去，大家推推搡搡，让成大从米小菊的裤裆里把黄豆接住。米小菊不愿意，成大也难为情。大家说让成大示范，成大扭扭捏捏半天，才红着脸说可以。大家不愿意了，说成大示范得用芝麻，不能用黄豆。成大无可奈何，只好同意了。一粒芝麻就从成大的颈脖里丢了进去，大家起哄，要米小菊手在成大裤裆里接。米小菊哪能答应，说了好一阵子，米小菊就是不愿意。热闹的场面就僵持在那了。没想到谢梅喊了声'我来'，这一下就把场面推到了高潮，大家又是鼓掌又是吹口哨，就把谢梅让到成大近前，几个小伙拉着成大的胳膊，不让成大乱动，大家一齐喊着：'谢梅摸芝麻！谢梅摸芝麻！'这谢梅也不怕羞，涂着红指甲的手就伸进了成大的裤裆里。芝麻还没摸到，米小菊就不依不饶了。"

"哦。这习俗挺有意思。谢梅后来嫁到哪里了？"

"嫁给枣县一个加工厂的工人了。听说谢梅裤带有点松，两口子经常打打闹闹，至今也没有生个一儿半女。唉，人不检点，早晚都要遭报应。"

"看来谢梅也是个苦命人。她最近回娘家没有？"

　　"回来了，回来一个多月了，估计跟她丈夫又杠上了。以往她回娘家最多五六天，她丈夫都来接她了。这回，一个多月了，都没见她丈夫的影子。"

　　"哦。"第一书记龚道辉心中有数了，没再追问下去。

十七

夜色沉沉，整个朱家湾笼罩在暴雨的洗礼中。

第一书记龚道辉用回形针把煤油灯的灯芯拨了拨，拔掉硬疙瘩，房间瞬间亮堂多了。他在日志本上把当天的工作简单地记录了一下，起身打水抹了一把脸，泡了一会儿脚，就上床了。因为发爷有早睡的习惯，他不能熬夜影响发爷的生活规律。

"这老天爷啊！不知是谁用竹竿戳了个窟窿，没完没了地发飙，看这个劲儿啊，是要给朱家湾下出点祸害来。"谢大拿抿了一口散酒，说道。

"你这个谢大拿，酒都塞不住你这张乌鸦嘴，这雨，下了一周多，还不收住脚，大人小孩都闹心。你不说点吉利话也就算了，还希望出点灾祸，出了灾祸，对你有啥好处？"方花花把一碗蛋炒饭"嗵"一下放到桌子上，以示对谢大拿的不满。

谢大拿瞪了方花花一眼，不再言声了。

谢梅看到谢大拿把酒杯往旁边一推，就知道父亲不喝酒了，就把酒瓶子、酒杯子收到柜子上。"爸，你看这雨越下越大，会不会下一晚上？"

"看这阵势，一时半晌不会停下来的。"谢大拿回道。

谢梅打了把伞,去院子的厕所了。

"这天和地呀,没黑没昼地做爱,天能受了,地估计会招架不住。你听这水响,哗哗往外溢。天色不早了,吃了饭早点洗洗睡觉。"方花花说。

"你这个骚婆子,又有想法了?"

"有想法咋?三十如狼,四十如虎,五十坐地能吸土,把你吸一下咋了?"

"昨晚才做过,今宿又要,把大拿都吸干了。"

"还大拿哩,当初就是听到你的名字有两下,才嫁给你的。人要跟自然走,天地爱得如胶似漆,难分难舍,人要积极响应自然,跟上节拍才对。"

"今晚饶了我吧,我叫你一声'奶',行不?"

听到谢梅从院子往回走的声音,方花花住了口。

十八

　　谢梅翻来覆去睡不着，她本想跟过去一样，赌气回娘家最多一周，那该死的丁大山就会来接她。这回，一个月了，丁大山的影子都不见，看样子丁大山要跟自己耗下去。对待自己的男人，该狠就得狠一点，啥时候都不能认输。女人一旦软下来，男人就会更加硬气，不把女人当回事。这几天，她几次看到成大和米小菊一同下地，一同回来，心里的羡慕、嫉妒、恨，一下子就涌上了心头。这个王八羔子成大太不讲情谊了，跟他断断续续谈了一年，便宜让他占了，他翻脸比翻书还快，说断就断了。他心眼儿也太小了，那天在万福镇看露天电影，遇到了后湾村的初中同学肖晟，肖晟长得帅，毕业前跟谢梅还相互写过情书。初恋的影子，一直跟在两人的身后，好不容易在影戏场见到，旧情像堰塘鲤鱼甩子的涟漪，瞬间泛滥。不知不觉，就和肖晟积极拥抱在一起，刚亲上嘴，就听见成大在后面咳嗽了一声。这一声可不得了，像个炸弹一样，一下子炸飞了和成大的姻缘。你成大有啥牛皮可吹的，不是跟自己一样，也是修地球的吗？本姑娘宁可高傲地另嫁，也不会卑微地向你低头。谢梅做到了，嫁给了一个旱涝保收的工人。谢梅本想把日子过得风生水起，让成大后悔他断绝关系的选择，没想到自己嫁给的是痛苦。

　　唉，谢梅心里长叹了一口气。她一直忌恨着成大，那天成大的婚礼上，她故意抓成大的卵蛋，就是要给成大难堪，同时也给他的新娘子米小菊一个下马威。她的怨恨就像村里堰塘里的水，越涨越高，漫过了堰堤，泄了下去。如果不泄，就会把堰堤撑破，造成决堤的后果。今天晚上再不能失眠了，要有所动作，要让成大和米小菊在睡梦中上西天。说干就干，不能怠慢。谢梅悄悄地穿上衣服，屏住呼吸在父母睡房门口听了听，听到二老均匀的呼吸声，确认二老熟睡了，才蹑手蹑脚地轻打开房门，闪身钻了出去，把门又拉上，摁亮手电，戴上屋檐下的斗笠，摸了把锄头，在雨水中绕到村后径直来到成大的房后，排水沟里哗哗排着水，就像老天爷的冷笑，她对准成大的堂屋，一锄接一锄地把排水沟的沟沿挖开，水放肆地冲向成大堂屋的后墙根，她还不放心，走到屋檐近前，看到水从两侧流走了，这样流一夜也伤不到成大房子的筋骨，为了她那恶毒的目的，她又把房子两侧的排水沟堵住，很快，水就漫了上来。当她的手电光像鬼火一样，照到成大房子的后墙一步步向上洇湿时，她冷冷地笑了，这就是你成大抛弃我的下场。随后，她深一脚浅一脚地从来时的路线返了回去。

还好，谢大拿和方花花并没有察觉她外出了一趟。她把斗笠挂好后，利用屋檐流下来的雨水洗了洗满脚的泥巴，轻手轻脚地回房间睡了。

也许是老天爷看到了她的恶行，觉得她的心过于歹毒，应该给她敲一敲警钟，四更天的时候，竟然轰隆隆响了几声雷鸣，特别是第三声的霹雳，给本来就有点紧张的她吓得一个哆嗦，险些从床上掉下来。她一直没有睡着，她一遍遍地问自己，这是不是在犯罪？刚才的那声惊雷，差点把她的魂都炸飞了。成大家里四口人，万一房子塌了，那可是鲜活的四条人命啊！公安局查出来了，一命抵四命，枪毙就是铁板钉钉的事。再说，这些年成大两口也没惹自己，自己也没有必要下这么重的狠手。

想来想去，她没有犹豫地爬了起来，没顾得上戴斗笠就冲进了雨里，一路小跑就到了成大的家门口，用手电使劲砸成大家的大门，估计有十几下，听到屋里面成大声问："谁呀？"她做贼一般扭身就跑了。

成大是这么想的。

第一书记龚道辉也是这样想的。

谢梅是不是这样做的，只有谢梅自己知道。

十九

过了几天，阴沉多日的老天爷终于换了副慈祥的面孔，朱家湾的夜空眨着柔和的眼神，村里的猫呀狗的，都睡得很踏实。

公鸡不知叫了几遍，我隐隐约约听见奶奶跟爸爸说话，"儿啊！你这一走，就苦了我的丫丫了。丫丫是个苦命的孩子，她妈妈狠心一走，再没见回来。你这一走，不知啥时能回来，妈太不中用了，连累了你。你跟二黑他爸一起，多长点眼色，多学着点，干活时头顶和脚下都长点眼，可不能有半点闪失啊！我和丫丫都指望你呀！我的儿……"奶奶好像在小声哭。

"妈，儿知道你心里难过，但儿不出去，家里温饱都解决不了，没钱给您老看病，儿心里熬煎啊！妈你放心，每天太阳落山的时候，我用二黑他爸的手机打村口老王小卖部的电话，响三下我就挂了，说明我都平安。丫丫放学回来经过小卖部的时候，可以问问老王，我来电话没有，你和丫丫有啥事的时候，可以用老王的电话打二黑他爸的手机。昨天天擦黑的时候，我给了老王十块钱，用作家里有急事时好打电话。这是二黑他爸的手机号码，妈你收好。"爸爸的话好凄凉。

"你去下苦力，别舍不得吃，饿坏了身子骨，钱能挣就挣，挣不到就回来。"

"嗯，儿记住了。我看看丫丫睡醒了没有。"

听到爸爸按动打火机的声音，我翻了个身，假装熟睡的样子。爸爸把打火机凑近看我的小脸，粗糙的指头轻轻地抹掉我的泪水，小声说："我的丫丫，爸爸真是不忍心离开你啊，你还是一个6岁的孩子，就要挑起大人的担子，还要上学，爸爸一会儿就跟二黑的爸爸一起打工去了，你要听奶奶的话。过年的时候，爸爸就回来了，爸爸给你买新衣服、新鞋子，给你买好吃的……"

"爸爸——，我不要新衣服，我不要新鞋子，我不要好吃的，我只要爸爸！"我一骨碌爬起来搂着爸爸的脖子，放声哭了起来。

爸爸赶忙用被子包着我的光脊背，小声说："丫丫不哭，丫丫不哭，你哭，奶奶会伤心的。你不是说，好多同学的爸爸妈妈都出去打工了吗？"

我咬紧牙齿，忍了又忍，终于止住了哭啼，可两个小肩膀随着我鼻子的抽泣，还是一耸一耸的。

"我的丫丫是个懂事的孩子，你不是说你长大了吗？你不是多次让爸爸出去打工挣钱吗？"

"嗯，我是说了，但爸爸真要走，我还是舍不得，我心里难过，我担心你跟妈妈一样，出去了，再也不回来了。你要是也不回来了，丫丫就成了孤儿了。"说着，我实在忍不住，又呜呜哭了起来。我害怕吵醒了奶奶，尽量压抑着哭声。

"丫丫放心，爸爸说了过年回来，就一定过年回来。来，躺下，再睡一会儿。"爸爸抱着我，慢慢放到床上，盖好被子，缓缓退出了屋子。

爸爸一出卧室门，我立马坐起来穿衣服，看到爸爸背着背包往出走，我悄悄地跟在他后面，二黑的爸爸给爸爸点燃了一支烟，两个小红点忽闪忽闪地往前移动，我跟到村南竹园前，直到两个小红点在坡下消失，我才慢慢往回走。

黎明前的夜色格外漆黑，刚才跟着爸爸走不觉得胆战，现在突然一个人孤零零地走，心里害怕起来。为了给自己壮胆，我唱起了儿歌："我有一个好爸爸，爸爸爸爸，爸爸爸爸，好爸爸，好爸爸，我有一个好爸爸；做起饭来响当当，响当当；洗起衣服嚓嚓嚓，嚓嚓嚓；高兴起来哈哈哈，哈哈哈……"到大门口，我合上半掩的大门，轻声走进堂屋，徐徐把门闭上，插上门闩。尽管我的动作幅度很小，不让声响惊动奶奶，但还是吵着了奶奶，"丫丫，我的丫丫，来，到奶奶这儿来。"奶奶点着了煤油灯，我走到奶奶的床边，看到奶奶强装出来的笑脸还泪痕片片，我摸着奶奶的手说："奶奶，我去做早饭去。""还早哩，丫丫。来，在奶奶身边偎一会儿。公鸡再叫的时候，再起来。"

"嗯。"我钻进奶奶的被窝，不一会儿就进入了梦乡。

二十

第一书记龚道辉带着村主任胡家鲜，拿着洪灾报告找到万福镇张强镇长，镇里在报告后面注明"情况属实，请予拨款救助"，并加盖了万福镇的公章。

眼看太阳照到头顶了，村主任胡家鲜说："龚书记，这班车一天两趟，下午3点才来第二趟，要不我们先吃碗面打个牙祭？"

"可以。"二人进了一家面馆，点了两碗面条。

两人边吃边聊着天，村主任胡家鲜说："这受灾的三户不知能拨多少款？"

"我们报得多，能批一半就不错了。特别是成大家，现在的确很困难。我们去市民政局的重点，就是给成大家解决燃眉之急。至于夏大柱和徐小月两家的院墙，估计能要点，但不会多。"

"今后村里再盖房，提倡用砖墙，土墙还是隐患多，特别是连阴雨，土墙最容易出事。这次成大家房塌了，幸亏没有伤着人。不然事就大了。"

"是啊！成大的房子是在老地方盖呢？还是在村堰塘的对面柿子园里盖？"

"下来我征求一下他们两口子的意见。我的想法，最好是在老地方盖。"

岁月的痕

　　幸福的家庭大同小异，一家子都过得阳光灿烂。不幸的家庭各有各的不幸，一家人都在热锅上熬煎。"方刚为了摆脱家庭困境，丢下瘫痪的母亲和6岁的方丫丫，跟着二黑的爸爸到海南省打工去了。可想而知，一个6岁的娃娃既要上学，还要照顾奶奶，做饭洗衣服，还要喂养家里的牛、鸡、猪，担子是多么的沉重啊！城里的6岁女孩，两代人视为掌上明珠，夏天怕热着，冬天怕冻着，饭来张口衣来伸手，上学有大人背着书包接送，做作业有家长陪着，辅导着。同样的年龄，不同的环境，真是天壤之别。"第一书记龚道辉说。

　　"村里的徐小月两口子曾是朱家湾最风光的两口子。徐小月的老公陈大为开着20马力的四轮拖拉机，徐小月坐在旁边，帮人耕地、送肥料、卖粮食，一天风风火火，虽说挣不了大钱，可每天都有小钱入账。姑娘陈芳菲比方丫丫大一岁，学习成绩又好，一家人的小日子过得有滋有味，全村人都羡慕不已。可好日子不到两年，就发生了意外车祸。那天是个下雪天，天上的雪花漫天飞舞，地上有薄薄的积雪，平时拖拉机路过铁路，一脚油门就过去了，可那天几脚油门都没过去，眼看火车呼啸而来，幸亏徐小月下来看路况，不在车上，火车刮着拖拉机的车厢倏忽即逝，就在那顷刻间，拖拉机翻了个底朝天，陈大为被甩出十多米远，徐小月吓懵了，傻了一样愣在那儿，好心的过路人把陈大为扶起来，陈大为满脸是血，不省人事，那好心人跟徐小月一起把陈大为送到镇医院，镇医院简单地处理了一下，就送到隋阳市医院。隋阳市医院大夫全力抢救，一个月后才把陈大为转到普通病房。陈大为的命保住了，但成了个植物人，只知道吃饭、排泄。大夫说看他的造化了，只要护理得好，有可能醒过来。徐小月起初天天喊他的名字，天天跟他说话，可陈大为没有一点意识，时间长了，徐小月不再喊了。"村主任胡家鲜说。

　　第一书记龚道辉学过医，对针灸有些了解。走访的时候得知他们家的情况，想到用自己的针灸手艺给陈大为扎一扎。这次到隋阳市政府申请洪灾救助，准备顺便找一下那个针灸老师，听听老师的意见，以便回到朱家湾后，对陈大为进行有针对性的治疗。

二十一

下午四点多，班车才到隋阳市长途汽车站。为了赶时间，第一书记龚道辉和村主任胡家鲜下车后，直接打了辆出租直奔市民政局。还好，秦局长亲自接待了他们，并说明天亲自去考察。第一书记龚道辉和村主任胡家鲜都很高兴，觉得这一趟没有白跑。临走时还对秦局长说："明天我来给您带路。"

走出秦局长办公室，已经五点半了。"走，胡主任，赶紧去一趟交通局，把我们修路的事请示一下。"

"还有半小时他们就下班了，赶得上吗？"

"看我俩的运气了，还得打出租。"

二人赶到市交通局，交通局刚开完会，看到端着水杯的梁局长，第一书记龚道辉说："梁局长，总算找到您了，我来了好几次，都没有见上您的面。"

"是吗？你个小龚可不能假报军情喔。咋样？你在朱家湾扶贫，还顺利吗？"

"不敢不敢，今天走得急，也没有给梁局长带点土特产来，不好意思。朱家湾出大事了，这洪灾把一家的房屋冲倒了，把两家的院墙冲垮了。"

"哦，没有伤到人吧？"

"没有。"

"这救济的事不在我们局呀！你应该去民政局。"

"我去了，秦局长说明天一大早就去考察。"

"那你到我这里来，是另有其事？"

"梁局长，给您打的报告忘了带，我先口头请示一下，就是朱家湾到万福镇的土路，实在是太难走了。您看看我这两脚泥。"第一书记龚道辉把右脚抬了抬，泥巴已经沾到了鞋口，已经分辨不清旅游鞋的颜色了。

"这路也是该修了。明天上午我也去一趟。"

"谢谢梁局长，谢谢。明天让村主任胡家鲜来给您引路。"

"可以。"

"梁局长，这时间到了饭点，我们请您吃顿便饭。"

"你的饭我可不敢吃，不然会落个向贫困村张开的话把。"

"梁局长，你想到哪去了，我自己掏腰包，跟朱家湾没半毛钱的关系。"

"小龚，你心意我领了。"

二十二

穷人的孩子早当家，这话是一点不假。在生活的逼迫下，6 岁的方丫丫由不得自己，她必须学着当家，学着干家务，学着料理家里的大事小情。

我每天跟村西头的二黑一起上学放学，上学前给奶奶打洗脸水，做好饭，把鸡笼门打开，牵出大黄牛，拴在周围青草旺盛的小树上，才背上书包去学校。放学回来，先把大黄牛挪个青草多的位置，再赶紧回去写作业，作业写完，熬上稀饭，太阳也就快落山了，在夜幕还没有完全落下来的时候，把大黄牛牵回来，关好牛圈的门，然后把鸡赶进鸡笼里，挡上门板。晚饭前，关好大门。虽说苦点累点，多次差点睡忘了，奶奶叫才醒过来，但每天村口老王叔说爸爸来电话了，爸爸都好，我和奶奶都觉得有个盼头，累也就不算啥了。可有一天的意外，突然打破了我和奶奶的宁静，那天我放学回来照例去给大黄牛换吃草的地方，可我一去，看到的只有一小截绳子，大黄牛不见了影子，再细看，不远处的蓬蒿根部有个野蜂窝，十多只野蜂正在飞，我明白了，一向听话的大黄牛为啥挣断绳子的原因。早晨我上学走的时候，野蜂还没有起床，所以我没有发现蜂窝。

大黄牛是我们家唯一值钱的东西，爸爸说它可以卖 1800 多块钱，它要是丢了，我们家得攒 10 年的鸡蛋，才能换回那头大黄牛。我越想越慌，一路跑回去，把书包放到奶奶床前，用水瓢喝了几口水，就去山上找，山上有很多树，我一边找，一边喊大黄，汗水浸湿了我的半个袖子，直到翻过一座山，才看到大黄的影子，我惊喜地喊："大黄！大黄!"大黄听到了我的叫声，撒开蹄子跑到我的跟前，喘着气用舌头舔着我的手，那一刻，我抱着大黄的头哭了。"大黄，你可不能丢，你丢了，奶奶看病就没指望了。走，快跟我回去。"我牵着大黄，背着路上顺带捡的一小捆柴草往回走，天色渐渐暗了下来，许多蒿草比我个子还高，若不是有大黄跟我做伴，我真有点恐慌。

一路上，我心里暗暗祈祷，千万不要遇到狼啊狐狸什么的。还好，我和大黄下山，眼看离家不远了，估计再有二三里地就到了。可是，正当我庆幸的时候，突然发现前面不远处有两只泛着绿光的眼睛，它正在向我和大黄靠近，我听奶奶说过，那是狼的眼睛。我吓得头发根一下子竖了起来，立马站住了，大黄的反应十分强烈，前脚在地上刨土，鼻腔里发出了"呜呜"的喘气声，丝毫没有逃跑的意思。我紧紧拽着牛绳，一时不知道咋办，脑袋蒙蒙的一片空白。那只狼也停了下来，我们相距十来步远，借着朦胧的月光，可以看到狼的轮廓。一时间，我和大黄跟狼对峙起来，大黄有坚硬的牛角，还喷着鼻息，狼不敢贸然进攻，过了一会儿，狼仰头"喔——"地嗥叫起来，叫得我浑身发抖。我猜想，狼是不是在叫同伴过来帮忙，吃掉我们。万一来一群狼，我和大黄就惨了，弄不好，我就成了狼群的晚饭了。要那样，我的奶奶一时间就没人照顾了，说不定会饿死在床上。

顷刻间，我的大脑乱作一团，越想越害怕，我实在控制不住自己，尿液顺着大腿流到了脚脖子。

时间越拖延，我和大黄就会越危险。得赶紧脱身，脱身得越快越好，可……可咋样才能脱身呢？可能是急中生智吧，我衣兜里恰好装了一个做饭引火用的打火机，听奶奶说过，狼都怕火光，我立马掏出来点着了身上背的柴草，狼看到火光，先是愣了一下，舌头在嘴唇上舔了舔，向后看了看，扭头溜走了。我拽了一下绳子，对大黄说："大黄，赶紧跑。"在我跑步的引领下，大黄也跟着跑了起来。

二十三

　　第一书记龚道辉车遇险情的那一刻，逃生的欲望迅疾充斥着大脑。他决定拼一把，用尽全身力气，以最快的速度推开车门往下跳。一只脚刚落地，就听到身后哗啦一声巨响，车子顺着山坡往下滑。关键时候，第一书记龚道辉也顾不得心疼车了，保命要紧。他跳下车后手脚并用，一个劲儿地朝上爬。尽管路上有霜花，又湿又滑，第一书记龚道辉终于脱离了险境。站起来走了一会儿，看到接近山顶的地方有几间茅草屋，一家的烟囱还冒着烟，他估计应该有人居住，踉踉跄跄地走进去，看到一个女人正蹲在土灶前向炉膛里添柴，第一书记龚道辉敲了一下门，女人吓得一激灵，问道："你是什么人？你找谁？"第一书记龚道辉这才看清女人，头发败蒿一般散乱地趴在头顶，脸上黑不溜秋的，两眼倒闪着光泽，"大姐，我车子出事了，让我进来暖和一下，可以吗？"女人打量他一眼，看他衣服湿漉漉的，便说："可以。"就把炉膛口的位置让了出来。第一书记龚道辉蹲了下来，两手拢在灶口，想把热浪往跟前拉一拉。

　　"大姐，我是来朱家湾扶贫的第一书记，名叫龚道辉。"

　　"哦，听说过，今天第一次见到真人。"女人把垂在脸上的一缕头发往耳际后拢了拢。

　　这时，土墙上闪过一道光，有些刺眼，第一书记龚道辉看到墙上有一条缝隙，第六感觉是房子不安全，他站起来立马拽着女人往外走，"大姐，这房子有危险，赶紧站到外面去"。

女人推开第一书记龚道辉的手说："不要紧，这条缝已经好几年了，不会有危险。"女人又到灶前烧火。

第一书记龚道辉还想劝她，这时屋里传出窸窸窣窣的声音，女人对第一书记龚道辉说："炕上还躺着一个废物，我到外面，他咋办？"

那间屋里光线昏暗，第一书记龚道辉适应了一会儿，才看清炕上瘫着个男人，盖在身上的被子有几处露出了棉絮。屋顶有水滴下来，刚好滴到炕边沿，女人拿过一个脸盆接住，水撞击脸盆发出清脆的响声。第一书记龚道辉问："住在这岭上吃菜怎么办？家里缺生活用品到哪里买？"女人说："吃的都是自家种的菜，现在吃的是白菜、萝卜，还有腌菜。"

第一书记龚道辉心里沉甸甸的，他真担心到夏季下暴雨，房子会不会塌下来，砸伤人。他习惯性地摸上衣口袋里的手机，想给村主任胡家鲜打个电话，让他想办法找个车上来一趟，可摸遍衣兜也没摸到，他忽然想起来，手机还在车上。

炕上的男人撑着胳膊吃力地往起坐，女人扶住他，他支支吾吾说着听不清的话，头左右摇摆着。女人严肃着脸，指着第一书记龚道辉说："他是来咱村扶贫的干部，说这房子危险，想让我们搬到岭下住，你看我们这情况，能行不？"

男人嘴里呜呜啦啦，显得很激动的样子。

第一书记龚道辉长叹了一口气，"没让你马上就搬，等房子弄好了，条件成熟了再搬。"

女人看看第一书记龚道辉，叹了口气说："要是听你的，搬到岭下去住，你能帮我们解决一些困难吗？不知为啥？村里说我家还不算贫困户。"

第一书记龚道辉有些纳闷，按说这家的条件，早就应该是贫困户了。"你家的问题，我们一定想办法解决。"

女人说："这几天，我就收拾一下。不过，你不能待几天就走了，我家的困难还没解决哩。"第一书记龚道辉见倔强的女人有所改变，很高兴，就说："你先忙着，我到隔壁家去看看。"

第一书记龚道辉往外走，迎面进来两个人，像一股寒风扑面而来。"哎呀，龚书记，你要吓死人啦？"村书记邱道君急切地说，村主任胡家鲜紧随其后。

"我们哪儿也不去，你们赶紧走吧，我得烧猪食了。"刚才那家的女人风风火火从屋里出来，气呼呼的。

第一书记龚道辉说："大姐，咱刚才不是都说好了吗？可以先搬出去。"

"我现在又改主意了，不搬了。"

村主任胡家鲜没好气地说："你别不识抬举了，让你搬出去是为你好啊，房子真要塌了，哪个最遭殃？"

"我们被砸死了，不用你们管！跟你们没半毛钱关系。用不着你们猫哭耗子假慈悲，赶紧走，我要锁大门了。"女人挥着烧火棍，像驱赶鸡鸭一样赶着他们，三个人只好悻悻走出了院子。

第一书记龚道辉觉得这两家人很有意思，反应完全相反。也不知那个大姐怎么那么执拗，还有，说得好好的，她为什么又变卦了呢？她家有病人，却不是贫困户，这里面到底有什么隐情呢？

在第一书记龚道辉的询问下，村书记邱道君道出了实情。

女人叫孔明英。她的确跟村主任胡家鲜有过节。她男人李庆小脑萎缩瘫痪多年了。就在第一书记龚道辉来村里前一周，孔明英坐在炕边，左手端碗小米粥，右手拿勺，一口一口喂男人吃饭。孔明英脸色十分难看，不停地唠叨着什么，喂饭的速度越来越快，最后把碗往柜子上一蹾，风一样朝朱家湾村书记邱道君家刮去。她走路像山里冬季的风，迅疾而猛烈。孔明英穿着黑色棉衣，紧身裤，脚上一双鞋已经看不清颜色。两腮被山风吹得通红，头发乱糟糟的如山上的蓬草，随着她快速行走，蓬草在她头上飞舞起来。到了村书记邱道君家门口，她双手叉腰，就朝里边吼起来："你们听着，到底啥时能有结果？再不管，我就把李庆背到这儿来，让你们伺候，我不伺候了！"

村书记邱道君站起来脸上赔着笑："明英你别急，我们正在开会商量，会给你想办法的。"

"我不信你的话，你都说过多少遍了，到现在还是这么说，今儿个不给个说法，我就不走了。"

村主任胡家鲜听不下去了，猛地站起来，一言不发，就朝门口走去。他本来想一走了之，谁知孔明英堵住门口，不给他让路，这让他更加生气，他指着孔明英大声说道："无理取闹！好像天底下的人都欠你似的，好像就你家穷，就你家需要帮助？全村比你家穷的人多了，谁像你似的这么不讲道理，不是吵架就是骂人！"

"咱朱家湾还有谁还比我家里穷？你侄儿家里比我家里穷吗？看看我家那个废物，自己不能动，拖累的我啥也干不成，去哪儿弄钱来花？"

"你养儿子干啥？咋不跟他要钱花？你儿子还有车哩。"

"哎呀呀，他那车又不能给我当饭吃，他的钱全都给媳妇花了，还有他那个老丈人呢，得了癌症，他要养活他们一家人，哪有钱给我花？"

村主任胡家鲜趁着女人挥舞胳膊的空当，从侧面挤了出去，像躲避瘟疫一样离开了。女人朝他的后背吐口水，说道："哼，我去市上告你，给亲戚走后门儿，让你这个村主任当不成。"

村主任胡家鲜回过头来说："赶紧告去，又不是我不给你办，咱走的是合法程序，你天天骂这个骂那个，谁都不愿投你的票，你怪谁？你该找找自己的原因了！"

孔明英本来就有气，这下更是恼羞成怒了，歇斯底里地哭喊道："天啦！你们都欺负我！欺负我家没有壮劳力，你们都不是人，都不是人……"

村书记邱道君说："你别骂了，胡主任说的是实情，我们刚才还在商量这件事，你又跑来骂，他昨天被你骂得气还没消哩。我们知道，你家的情况的确困难，可你儿子名下有车，不符合贫困的标准，这怪不得别人啊！"

孔明英擦了把眼泪，瞪着他们，一时又说不出什么道理来，只好转身愤愤地走了。

村书记邱道君说："情况就是这么个情况，这个女人太泼了，我们也正在想办法解决她家的困难。"

第一书记龚道辉点点头，"怪不得让她搬下来住，她那么抵触。原来她在跟村委会憋气，跟村主任胡家鲜憋气，对我来扶贫也缺乏信心，所以宁死也不搬下来。"

村书记邱道君说："这人是个犟精，难说话，慢慢来吧，后面她会想通的。"

第一书记龚道辉又问："孔明英和李庆那种情况应该符合低保标准吧，为什么没给他们办呢？"

村书记邱道君说："他们家里的确不富裕，李庆有病，没有劳动能力，但是他儿子名下有辆车，按政策家里有车的，不能办低保。村里人也知道他儿子一年也不给他们多少钱，在村部会议上我提出把她家算上，让代表们表态，可大家都不举手，没有人支持。"

"为什么不支持呢？"

村书记邱道君无奈地说："孔明英太蛮横了，在村里是出了名的

'母夜叉'，是个正儿八经的'骂民'。你刚才见识过了，跟谁都喜欢较真。就说那天我们在开村委会，正商量她家的事呢，她横冲直撞地赶进来，也不问个青红皂白，上来就一顿臭骂，还威胁村民代表，谁不选她家，她就在谁家门口天天骂。"

二十四

三个人说着走着，不知不觉就来到村书记邱道君的家，村书记邱道君指着堂屋的门说："龚书记，你看这个大洞，就是她用脚踢坏的，村民代表都很生气，她家的事儿就没通过……"

"那对父子呢？他们家应该符合条件呀！"

"他们啊，那是一对儿酒鬼，全村出了名的懒蛋。"

与村书记邱道君等人分手后，第一书记龚道辉回到了住处。

第二天，第一书记龚道辉叫上村书记邱道君、村主任胡家鲜，去给那几个人分别送钱。

陈老二接过钱时有点不好意思。第一书记龚道辉握住他的手说："谢谢你啊！为了救我不顾雨天路滑，冒着生命危险爬到山上。"

陈老二说："龚书记，当时确实不应该谈钱，可是……"他说到一半，不再往下说了，而是用眼角的余光打量村书记邱道君和村主任胡家鲜。

第一书记龚道辉接过话茬："理解理解。"然后他岔开话头，说："咱村这路可真不好走啊，居然抱着我的车摔了一跤，当作见面礼！"

几个人都笑。陈老二指着院子里的摩托车说："在我们这儿啊，还是这个能派上用场，这电驴子，去哪儿都不发愁，只要有小路，翻山越岭灵便得很。"

第一书记龚道辉说："看样子我们也得学会骑电驴子啦。"

陈老二摆摆手："你们城里人可不行，这里的路我们从小走惯了，轻车熟路的，你们走不惯的。"

第一书记龚道辉问："咱们村就没想过把路修一下吗？"

村书记邱道君说："咋没想啊，要想富，先修路，谁都明白这个道理，往市里打了两次报告都没通过，说咱们这儿没有能增加产值的农产品，也没有资金往咱们这儿投。"

"哦，咱们不要放弃，好事得多磨，只要思想不滑坡，办法总比问题多。"第一书记龚道辉鼓励大家，实际上也是在鼓励自己。

二十五

两位局长来村里，小车就停在村南头麦场里。

村里很少有小车光临，同时来了两辆小车，还是在龚书记和胡主任的带领下来的，村里人很好奇，纷纷走过来观看。

两位局长查看了成大家的临时住处，外面一间房靠墙用几块石头支着一块木板，就是切菜的案板。房中间立着一个石磙，就是一家人的饭桌。一口土灶修在门口，碗筷用一个箩筐装着。房子小，容纳三个大人就显得拥挤。里面一间房用麦草打地铺，薄薄的褥子上有两床破旧的被子。两位局长进来看了看，秦局长叹了口气，对成大说："困难是暂时的，政府一定会帮你的。"成大说了声"谢谢"，便不再作声。

"走，去看看你家的老房子。"秦局长说。

这几个人在成大倒塌的房屋前驻足，秦局长说："这确实是天灾人祸。"

"那几天雨太大了，我每天都查看雨情。也可能是该有事，出事的那天夜里，我感冒了，发烧，没有到房前屋后转转。"第一书记龚道辉说。

"房倒了可以再修，人没事就不是大事，小龚不用自责。"梁局长说。

"领导们一定要帮帮我家啊！你们刚才看了，麦场那小房子还是我小时候村里盖的，看麦子用的，临时住一下可以凑合，长期住根本不行啊！"

秦局长伸手拍了拍成大的肩膀，说："你放心，我们会按程序尽快帮扶你家的。"

随后，一行人又到徐小月院内，查看倒塌的院墙。村主任胡家鲜说："这家是个可怜家庭，男主人发生车祸成了植物人，女主人忙里忙外，非常辛苦……"

村主任胡家鲜正说着，徐小月从屋内走了出来，一看这阵势，几个当官模样的人在龚书记和胡主任的陪同下，就知道是上面领导来了，她"哇"的一声就号了起来，"我的个天啊！这还怎么活呀！这墙倒了，谁来垒啊！陈大为跟个死人差不多，只有一口气，我一个女人家，这日子咋过呀……"

第一书记龚道辉立马走了过去，说："徐嫂你别哭，这市里领导不是体恤民情来了吗？"

"我的天啊！谁来救救我们家呀！可怜可怜我们呀！啊——"徐小月的嗓门更高了，哭得撕心裂肺。

"徐嫂，哭也不是解决困难的办法啊！"第一书记龚道辉大声说。

徐小月的声音才慢慢小了。

"领导来，就是帮助我们的。有啥难处你就说，在脱贫的路上，政府不会让一个人掉队的。"第一书记龚道辉说。

"走，去你们家看看。"秦局长对徐小月说。

徐小月用衣袖擦了把鼻涕眼泪，说："谢谢领导，谢谢领导。"

走进徐小月家，一股刺鼻的臭味迎面扑来，"对不起各位领导，陈大为刚解完大手（拉屎的意思），我还没来得及清理。"徐小月说着，用一块大尿布把陈大为旁边的脏物包着提到了院子里，在脸盆里洗了洗手，"各位领导坐，我去烧点开水。"

"不用了，我们该走了。"梁局长说。

走出院外，秦局长说："村里有办公室吗？我们先坐下来，简单谈一下。"

"我家就是办公室，到我家开会吧？我已经跟我老婆说了，老母鸡都杀好了，中午在我家吃顿便饭。"村主任胡家鲜说。

在朱家湾，只有来了贵客，才会杀老母鸡招待。

"不麻烦胡主任家了，等会到麦场站着说几句就行了。梁局长，你看可以不？"秦局长问道。

"可以，秦局长今天你是主角，我就是敲边鼓的。"梁局长笑着说。

在麦场里，一行人站成一个圈，秦局长说："朱家湾的这次洪灾的确比较严重，特别是成大家，让人心里添堵。回去后，给主管的副市长汇报，力争救灾金早日到位，解决成大家的燃眉之急。徐小月家的情况，很值得同情，我们会适当给予倾斜。"

梁局长说："小龚和村里商议，尽快拿出修路方案来。这村里到镇里的路啊，实在是太多泥了。这晴了好几天，还这么难走，要是雨天，车肯定进不来。"

"我代表朱家湾全体村民谢谢二位局长不辞劳苦，来村里现场考察，并作出了明确的指示。我们会按照二位局长的要求，尽快落实相关事宜。同时，村里也会力所能及地为贫困户做些实事，减轻他们的负担。朱家湾的主业就是种地，没有任何副业，没有任何产业。如今当务之急是先修路，修好路是脱贫的第一步。谢谢秦局长、梁局长对朱家湾的支持。饭点也到了，请二位局长和随行的同志一起到胡主任家，随便吃点饭。"

"龚书记和胡主任的盛情我们心领了，今天就不去了。等你们村路修好了，把贫困村的帽子摘下来了，我们再来好好喝几杯。"秦局长的右手用力一挥，随后他们都上车走了。

二十六

方丫丫家的黄牛总算找到了。虽说方丫丫的胳膊上、脸上都被荆棘刮出了不少血道道，有些疼痛，但她的心里是甜的。刚才与狼的对峙，她用火光轻松地驱赶了狼，取得了最后胜利。

终于，家就在眼前了，我提着的心总算放了下来。

大黄摆着尾巴，紧紧跟在我身后面。快到大门口时，听见奶奶有气无力的叫声，"丫丫，丫丫"，我急忙跑过去，低头一看，奶奶爬到院子门外的地上，身后有斑斑湿迹，我把打火机按着一看，是奶奶身上磨出来的血，我大声喊道："奶奶！奶奶！你咋啦？"

"丫丫，你没有回来，奶奶担心啊！奶奶叫不应，就慢慢爬了出来，想出来接接丫丫，给我家丫丫壮个胆。"

"奶奶！奶奶！"我蹲在奶奶身边，大声号哭起来。

也许是夜深人静，我的哭声很快惊动了二黑的妈，她叫了几个邻居，用我抱出来的被子，把奶奶抬到了床上，看到奶奶腿上胳膊上都磨破了皮，我心疼地问："奶奶，你疼不？"

奶奶说："不疼。丫丫回来了，大黄也回来了，奶奶把疼都咽进肚子里了。"我抓了点盐放进碗里，兑了点水，用筷子搅开，把棉花蘸湿，给奶奶擦洗伤口，担心奶奶的伤口发炎溃了脓。

二黑的妈说："丫丫真懂事。你们还没有吃饭吧？"

"大婶不操心，我还不饿。给奶奶擦完伤口，我就去灶房下挂面。爸爸走的前一天，去镇上买了一箩筐挂面，说时间来不及，就不要蒸米饭了，下把挂面，放点酱油和盐，就可以吃了。谢谢大婶，您快回去睡觉吧。"我感激地说。

二黑的妈眼睛里闪着泪花，说了句："我可怜的孩子呀！"就悄悄地走了。

不一会儿，二黑的妈又过来了，"丫丫，大婶这有四个馍馍，还有点腌咸菜，你和奶奶压个饥吧。"

"谢谢二黑妈，谢谢了。"奶奶连忙说。

我赶紧起身接过馍馍和咸菜，对二黑的妈深深地鞠了一躬，"谢谢大婶，等我家有馍馍了，我再还给您。"

我知道他们家也不宽裕，不能白吃人家的。

我实在太饿了，二黑的妈走后，我就着咸菜和凉水狼吞虎咽地吃了两个馍馍。这是我长到6岁，吃到最好的馍馍，太香了。

奶奶也把两个馍馍吃完了。

二十七

夏晨水的长毛兔白白胖胖的，憨态可掬，十分可爱。不时有村里人来参观。为了防止有人带进来传染病毒，夏晨水在后院里放了一箱子生石灰，凡是进来的人都要在箱子里踩一踩，用夏晨水的话说叫消毒。

夏晨水每天都要去救驾沟里打青草，长毛兔的长势一天比一天好。夏大柱看到儿子不被困难所吓倒，长毛兔长势喜人，也渐渐开始支持儿子了，主动帮忙搭木架子，在后院摞起四层木架。夏晨水又买了些饲养长毛兔需要用的书籍，不断丰富知识，提升自己。

一天早上，夏晨水看见陈芳菲的车停在街口，便匆匆跑去找她，陈芳菲以为夏晨水又要搭便车哩，正想问夏晨水。夏晨水先开了口："陈芳菲，去看看我的长毛兔吧，它们长得很可爱。"这些天夏晨水憋坏了，一肚子话不知跟谁说，好不容易看见个想说话的人，他抑制不住兴奋。

陈芳菲说："晨水不急，以后我可以天天去看。"

"陈芳菲，你是什么意思？"

"我也不想打工了，不想看别人的脸色，我想回来，打算在自家地里种木耳。"

夏晨水盯住陈芳菲，好一会儿才说："没想到你这么有胆量，陈芳菲，你不怕吃苦？"

陈芳菲笑着说："我从来都不是娇气人，现在做生意不容易，网络销售把我们实体店挤得几乎没有市场了，我的服装店有时一天进不了几个人。"

"看着你胸有成竹的样子，你都准备好了吧？资金投入，还有技术？"

"前两天，我去找了来扶贫的龚书记，说了我的想法，他很支持，说会帮忙。只是我爹不同意我回来，担心我跟你一样，见不到成效……"

夏晨水沉默了。他知道有人在背地里嚼舌根，说他是败家子，把他当成了反面教材。他问陈芳菲："你也那么看我？我不认为我那是失败，反正我觉得为我今后的成功打下了基础，我感觉我前面的形势大好，曙光在向我招手哩。你应该试试，既然龚书记愿意帮你，更应该闯一闯，咱们都还年轻，何不搏一搏呢？现在网络销售渠道这么好，没准将来咱也能在网上卖货哩。要有信心，只要坚定信念，就一定能成功。有一句成语叫心想事成，你心都不想，哪来的行动，哪来的事成啊？有时东方不亮西方亮。就像我，本来想把长毛兔养好，没想到长毛兔会打洞，一夜间都跑了，当时伤心得我直想撞墙，谁承想，我再次进了长毛兔，用笼养的办法，效果马上就出来了，现在已经开始赚钱了，真是柳暗花明又一村啊！我觉得，咱们的天下要靠咱们自己去闯，父辈们的意见只能作参考，他们的观念老旧，对形势的判断有一定偏见，老是用失败的教训来衡量未知的事情，导致做什么都畏首畏脚的，什么都不敢做。现在已经是互联网时代了，有很多机遇，我们有什么理由不抓住呢？"

陈芳菲看着夏晨水，眼里充满崇拜和欣赏。她说："真不愧是大学生，说话头头是道，句句入心。好吧，就按你说的办，我回来闯闯。"

　　两个年轻人越说越投缘，不知不觉已近晌午。夏晨水看看山上，杏花开得正艳，微风送来阵阵馨香，仿佛在向他们招手，含苞待放的花骨朵像一个个少女屹立在枝头，在春风的吹拂下翩翩起舞，唱着早春的赞歌。杏花开得一朵朵、一簇簇、一片片，让人目不暇接。夏晨水忽然来了兴致，对陈芳菲说："你等我一下，我送你一样东西。"

　　没等陈芳菲回答，他三两步跑到近前的坡下，折了几枝开得艳丽的杏花，有白色的、粉色的，跑回来双手捧着递给陈芳菲："给，我提前祝你开业大吉。"

　　陈芳菲笑着说："谢谢你的吉言。"双手接了过来。

　　这一幕刚好被徐小月看见了。徐小月正在树根上蹭铁锹上的泥土，猛一抬头看见夏晨水正在给陈芳菲递杏花，气不打一处来，便叫道："陈芳菲，赶紧回来。"陈芳菲瞅瞅徐小月，又回头跟夏晨水说："谢谢。"

　　夏晨水故意冲着黑着脸的徐小月坏笑，把徐小月气得嘴都歪了。

　　夏晨水往回走时，被陈老二拦住了。陈老二的脸色也跟徐小月似的难看，夏晨水心里咯噔一下，难道他有啥事？他看着陈老二，等着他说话。半晌，陈老二才说："陈芳菲跟你说她种木耳的事了？"

　　"是啊！你怎么知道的？"

　　"手伸得够长的，不好好在省城卖她的衣裳，回来抢木耳的生意，肯定是徐小月的主意。"

　　"不会吧？陈芳菲说她妈不乐意她回来哩。"

　　"这事儿村里谁不知道？这是扶贫项目，可以申请扶贫资金。"

　　"哦。"夏晨水恍然大悟，"你也想干？"

　　"想干有什么用？也争不过人家。陈芳菲要不回来我还有希望，可她有五万块钱的启动资金，优势明显，就没有我什么事了。"陈老二不看夏晨水，满含怨恨地看着村书记邱道君家。

二十八

特事特办。朱家湾村的村委会洪灾救助报告很快得到了批复，救济款不到一周就下来了。

第一书记龚道辉、村主任胡家鲜与成大商议，最后定在成大家原址重新盖三间瓦房，到万福镇砖瓦厂购买红砖红瓦，救济款占七成，成大家出三成，村委会找人工，成大家在跟前搭土灶，负责给盖房的人管饭。

村里人开始以为只管饭没有工钱，大家热情并不高。后来听说参加者都有报酬，都踊跃报名，经过村委会获许，就过去了。快70岁的发爷也来帮忙搬砖，助一臂之力。不过，发爷声明，不要一分钱回报，也不在成大家吃饭。他说："政府这么好，发救济款，村里龚书记和胡主任跑镇里跑市里，不要半毛钱，做出了榜样。谁家没有个坎的灾的，能搭把手就搭把手。"

成大很感动。米小菊多次留发爷吃饭，都被发爷拒绝了。

成大家老屋的根基都挖出来，重新进行了铺设。村里有三个瓦工派上了用场，他们用吊锤保证墙壁的笔直，用墙线保证每块砖的平整，没几天，砖墙就垒到两米多高了。

看到成大家的房屋紧锣密鼓地动起来了，夏大柱和徐小月坐不住了，两家的院墙也得考虑了。因为两家没有这道隔墙，许多隐私暴露给对方，如啥时起床，啥时出门，啥时回来，啥时吃饭，啥时上厕所等等，都被对方看在眼里。徐小月想立马把墙修起来，要钱没钱，要劳力没劳力，是心有余而力不足。夏大柱想几天就把墙垒起来，恢复原状，他有的是力气，也能叫来亲戚搭把手，只是这道墙是两家的积怨墙、是非墙，他一时无从下手，单独与徐小月协商，有可能协商不成，还会燃起一把熊熊大火，把两家的矛盾推向风口浪尖，给下一辈造成新的矛盾。他在等待徐小月先开口。徐小月感到自己的男人不中用，自己一个女人家，相比夏大柱，肯定是弱势，她不想主动与夏大柱接触，她等着夏大柱先找她。

成大的房子开始上大梁了，鞭炮放得震天响，整个朱家湾都沸腾了。大人小孩都聚到成大新房前，看着大梁上的红布条迎风招展，成大给男人们发烟，米小菊给妇女孩子们撒糖果，大家说说笑笑，好不热闹。村主任胡家鲜站在用砖块垒砌的台子上，大声说道："大伙儿静一静，村里老少难得聚到一块，借成大和米小菊家上大梁的大好日子，我们顺便开个会，会议内容关乎我们的家家户户，就是全村如何脱贫，走上致富的道路。特别是我们的第一书记龚道辉同志，来村里后，走访了全村，对村里未来的发展勾画了美丽的蓝图，下来请龚书记讲话。"

成大带头鼓掌，大人孩子们都跟着拍起了手。

龚书记走到台子上，阳光洒在他胖瘦适中的脸上，双眼皮的大眼睛炯炯有神，两道剑眉上的额头饱满圆润，微微带卷的黑发在微风中轻松地舞动着，笔挺的 1.82 米身高透着 40 多岁成熟男人的风华正茂，他亮着嗓门说："各位乡亲，能到朱家湾来和大家共事，是我的福分，也是我们的缘分。听说炎帝在我们朱家湾住过，炎帝是农耕文明时期振聋发聩的先人，他为中华文明做出了很大贡献，朱家湾也曾经辉煌过，出了不少人才，如刘厚淳的爷爷做过县太爷，刘厚淳的儿子是部队的团长，关四爷的女儿是有名的飞机发动机设计专家。只是这几年，我们村相比全国的乡村而言，稍微落后了点。前些天，我对每家的情况进行了摸底，总体看不是太乐观，基本都在贫困线上下浮动，日子过得有些艰难。我的想法是这样的，先把路修好，把电通上，同时开展多种经营，如养鸡、养猪、养奶牛、养肉羊、养黄鳝、种核桃、种大棚菜、种木耳、种茶树，等等，每家根据自家情况，选一到两种致富门路，经过村里考察后，适当给予补贴。乡亲们，一万个零不如一个一，说破嘴皮不如来点实在的，希望每家发挥各自的潜能，坐上国家脱贫致富这趟快车，争取我们的小日子都上个台阶，每家外出有交通工具，每家的账户上有存款。"

龚书记的讲话没有大道理，都是看得见摸得着的实锤，大家听得心花怒放，不约而同地鼓起热烈的掌声。

二十九

时间如梭，飞也似的往前飙。转眼来朱家湾快两个月了，为解决第一书记龚道辉的基本生活问题，隋阳市扶贫办在朱家湾的一块空地上建了几间平房，有会议室，有办公室，有睡觉的卧室，有做饭的灶房，房前还硬化了一块平台，可供停车。按照第一书记龚道辉的要求，还特意修了个国旗底座，装上了旗杆，第一书记龚道辉让村主任胡家鲜把国旗拿出来，让村书记邱道君在手机里找到国歌的伴奏。他大步走到旗杆下面，麻利地系好绳子，村主任胡家鲜和村书记邱道君把国旗挂好，国歌声一响，村主任胡家鲜用力向上一甩，国旗迎着风向缓缓升了起来，三个人随着音乐唱起了国歌。国旗升到顶端，第一书记龚道辉系好绳子，又仰头看了好久。这么多年不知参加过多少次升旗仪式，上学时当过很多年的国旗手，虽然每一次参加升国旗都很激动，可今天却和从前任何一次都不同。今天，看着国旗在山坳间飘扬，除了激动之外，他感受到了一股强大的力量。这种力量，在给他鼓劲儿。他大步跨进办公室，办公室靠窗的位置放了两张办公桌，里面有一个文件柜，靠柜子跟前摆放着另一张办公桌，看起来有些拥挤，其实并不影响工作。三个人坐定，第一书记龚道辉拿出笔记本，开了个简短的会议。

近段时间的调研，和村干部座谈，与镇领导交流，考察环境，调研资源，终于弄清了制约朱家湾脱贫致富的主要问题及其原因。第一书记龚道辉认为，朱家湾致贫的主要原因是自然资源匮乏，农业产业结构单一，生产模式落后，产业规模小，没有集体经济，村委会没有收益，村内公用事业管理层次低，服务基本处于空白状态，信息、网络、卫生健康等公共服务，落后到再不能落后的境地，劳动力资源也稀缺，公共基础设施建设和管理严重滞后，还有3公里多的道路没有硬化，雨天一脚泥，晴天一身汗。进出村的唯一道路是条牛车道，冬季积雪不化，夏季经常滚落石块，安全隐患极大，村委会战斗力不强，年轻人和三四十岁的壮劳力大多出去打工了，五六十岁村民的业余时间，还停留在喝小酒、打打牌、看电视、聊闲话的低层面。许多村民思想保守，攀比心理严重，个别村民心理失衡，自家贫穷，还不希望别家富起来，成天怨气十足，动辄撒泼骂街。住在山上的民房年久失修，风险很大，急需搬迁下来。

三十

一连数日，第一书记龚道辉都思索着怎样让朱家湾脱贫致富，走什么路子呢？

最好找到一条捷径，一下子让全村都富起来，但这不可能，有点异想天开。

这个朱家湾的形成，有着几百年的历史。老百姓的日子一代接一代地传下来，过成现在这个样子，有自然条件的限制，有思想认识的偏差，也有人为因素的陋习，总之是多方面的原因纠织在一起。说得形象点，就像一个积劳成疾的病人，要想治好病，需要长时间的调理，很难找到特效药吃下就能痊愈。

认识到这一点，第一书记龚道辉慢慢静下心来。他让村主任胡家鲜和村书记邱道君各自写一份发展计划，把自己的想法写出来，他自己也写了一份，最后把三个人的计划汇总到一块，形成一份相对完整、相对实用的脱贫方案。第一书记龚道辉戏称，这就叫"三个臭皮匠，顶个诸葛亮"，把村主任胡家鲜和村书记邱道君说得哈哈大笑。

"正确的路线决定之后，干部就是决定的因素。"毛泽东的这句话如今仍然适用。朱家湾在村领导班子定下方案后，各路人马陆续开始行动。

第一书记龚道辉认为朱家湾最大的问题是没有集体企业，没有赚钱的门路，授人以鱼不是长久的办法。授人以渔，才是全村人脱贫的根本之道。他反复考虑，多次论证，朱家湾如此贫穷，根源在于没有像样的产业。有了产业，既能解决就业问题，还能给村民创收，他把酝酿了很久的计划和村委几个人商量，征求大家的意见，看看做什么比较合适。

朱家湾副主任詹明白有些点子，他提出：靠山吃山，朱家湾有不少山珍，如蘑菇、野菜、核桃、榛子以及小米之类的，这些东西在城里都是稀罕物，如果能打开市场那就太好了，村民们等于有了一条致富的路子。村主任胡家鲜这次很支持詹明白，他甚至还说也可以种木耳啊，养鸡啊，或者用大棚种野菜。

"事是好事，话也好说，但需要办手续，还得有启动资金，落实起来可不是件小事。"村委有人说出这句话来，村书记邱道君也连连点头。

村主任胡家鲜说："龚书记既然问咱们，他肯定早就心中有数了。"

第一书记龚道辉说："我努力去跑，尽力促成吧。"

其他事情交代给村主任胡家鲜和村书记邱道君，第一书记龚道辉专心跑工商局，听说现在注册公司不难，只要出资千把块钱，想好公司名字就可以了。第一书记龚道辉一大早就往隋阳跑，排了半天队，眼看就轮到他了，结果工作人员说系统出了问题，让后面排队的明天再来。

第二天，他去得早，时间不长就轮到他了，业务员拿过东西看了半天，"我们这儿天天注册的都是个人公司，没注册过这样的集体企业，这块儿业务我不太熟，您等等，我先帮您咨询一下，看看怎么办合适。"这一咨询就是一个多小时，人家话说得客气，第一书记龚道辉也不好说什么，等吧。一会儿，业务员出来了，"请您到我们主任那儿去办吧。"

得，又把第一书记龚道辉支到主任那儿去了。

主任看了半天材料，递给龚书记，同样客客气气地说："你们想注册的这个公司程序太复杂了，需要我们开会研究一下，局长今天没在家，这样吧，您过两天再来吧。"

第一书记龚道辉收回资料，想跟主任解释解释，又觉得没必要，算了，那就改天再来吧。

来来回回折腾了好几趟，第一书记龚道辉干脆不着急注册公司了。他跑到市里找朋友联系了几家贸易公司，一是想去取经，二是想跟人家谈谈合作。农产品收购上来后得有专门的企业进行加工、宣传、销售，朱家湾目前是起步阶段，根本没有这能力。他走了两家有资质的企业，跟人家谈合作，人家很冷淡，说没什么意向。

走出两家公司办公室，第一书记龚道辉一时愁上心头，这还是他到朱家湾以来第一次感到无助。他坐在马路边的台阶上想了想，他不想放弃，于是又找到了第三家："炎皇商贸有限公司"。这家公司的名称跟朱家湾很合拍，既有炎帝的映照，也有皇帝的庇护。这次他吸取前两次的教训，不说理由，也不兜圈子，简明扼要地直接说明来意。接待他的是个副总经理，表现出很大的兴趣，用笔一一记在台历上，最后，他说要向总经理汇报之后才能给回话。

第一书记龚道辉总算看到一点儿希望，他盼着能与这家公司合作，这样的话，生产加工、销售都可以委托给他们了。他决定与总经理面对面谈。

第一书记龚道辉为能顺利达成合作意向，用一天时间重新修改了计划书，把不必要的东西全部删掉，留下有用的，一目了然，并且把农副产品的种类和优势尽可能写得详细些，然后在心里都记下来。他做了两手准备，见面了他就用嘴说，见不到面就留下计划书。他在该公司等了一整天也没等到总经理，本来他还打算再等等，可他心里一直惦记着修路工程，虽然他给办公室的同志都说明白了，可仍然不放心，他留下计划书，在一家小面馆吃了一碗面，就往回赶。

三十一

隋阳市这两年把扶贫工作放在了重要位置，市委书记、市长开过好几次协调会，召集农业、水利、交通、工商等多部门，总是强调凡扶贫的事情，在政策范围内都要给予照顾，特事特办、手续简办。第一书记龚道辉本打算去一趟市扶贫办，开会时他见过朱主任，要是找一找朱主任，或许能够解决。但他转念一想，这种事就得按规定来，市里态度很明确了，谁也不用找。

吃完饭，他又去了趟工商局。这一次，总算是碰到局长了。第一书记龚道辉想，那些业务员大概已经把他的情况跟局长说过了吧，直截了当说最合适。于是，就把朱家湾的情况，办公司的打算以及目的一股脑都说了出来，语气十分恳切。局长一直看着他，听他说。等第一书记龚道辉说完了，局长笑了，说："哎，我还挺佩服你的，跑几趟了？"

"记不清了。几趟都没关系，只要你们给办，就值得。"

"你是个负责任的干部，是真正扶贫的第一书记。不像有的企业，有的人，来了，转一圈，拎两袋米、面，或者一壶油的，给人感觉好像扶贫来了。其实那是杯水车薪，根本不顶用，走走过场罢了。要是能用一两袋儿米面解决问题，那我们市早就脱贫了。"第一书记龚道辉认真地听着，不时地点着头。

局长接着说："你的事我听说了，你们这种类型的公司在我们系统里是不允许注册的，不是不给你办。这样吧，我帮你想点办法，就冲着你是为老百姓办实事的好干部。用你们村委会房屋核价做注册资本，然后找个人出一千块钱做自然人合资，这样就能绕过系统阻碍，然后呢，这个人需要放弃权益，把公司产权归为村民集体所有就可以了，至于找谁做自然人，你们自己决定吧。"

第一书记龚道辉激动地站起来，握住局长的手，摇了好几下才说："谢谢局长，谢谢局长。"

回朱家湾的路上，第一书记龚道辉仔细考虑了，让村书记邱道君来当这个"自然人"。

第一书记龚道辉充满了信心，心想这些天总算没有白跑。车刚拐进村里岔路口时，又接到炎皇商贸有限公司总经理的电话，对方同意合作，但有个试验期，可以先拿一部分农产品进行推广试验，试验成功了，再谈进一步的合作。总经理提出的条件虽然有些苛刻，但也可以理解，因为前景无法预测，亏盈还说不准。不过，这第一脚总算迈出去了，第一书记龚道辉抑制不住内心的兴奋，大声唱起了歌曲《走四方》，匆匆忙忙赶回了朱家湾。

三十二

方丫丫上学要走 8 里多路，每天鸡叫第二遍就得起床，除了给自己做饭，还得给奶奶做好饭，双手端到奶奶床前，还得打开鸡笼的门板，还得把大黄牵到野草丰盛的地方，固定好绳子，才能去上学。

杨老师是我们的班主任，带我们的语文课。前一天去山上找大黄，回来又给奶奶擦洗伤口，睡的时候已经后半夜了。

早晨要不是二黑哥敲门叫我，肯定会迟到。杨老师讲着课，我使劲儿地听，可眼皮一个劲儿地往下耷拉，我感到眼睛实在睁不开了，的确太乏了。我掐了一把大腿，感到有些疼，坚持不了半分钟，上眼皮跟下眼皮不停地亲密接触，我实在控制不住，眼皮就合上了。

下课了，同学们像一群小鸟，叽叽喳喳飞到操场去了，我睡熟了，一点都没感觉到，仍然趴在桌子上睡觉。我梦见妈妈回来了，她身上有好闻的香味，她的新裙子在阳光下一晃一晃的，她给我带了好多的小吃，两大包哩，卜卜星、海苔、锅巴、果冻、棒棒糖、动物饼干、火腿肠，还有一些我叫不上名字。妈妈笑着说，要带我去一个很远的城市，在那里上学。我说我才不去哩，我要照顾奶奶，我要守住这个家，我要等爸爸过年回来……

"方丫丫，咋啦？咋那么困？昨天晚上没有睡觉吗？"杨老师轻轻拍拍我的肩膀，我抬起头，茫然地瞅着杨老师，才醒悟过来。这是在教室，不是在自己家里。

我揉着眼睛站了起来说："杨老师，对不起，对不起！我不是故意的，我实在太累了。真的，杨老师，我实在太累了。"说着，我不由自主地轻轻哭了出来。

杨老师掏出一张纸，给我擦着眼泪说："方丫丫不用怕，你实话实说，老师不批评你，到底是咋回事？"

我一边哭着，一边说了找大黄，遇见狼，还有给奶奶擦洗伤口的经过，杨老师听着，眼含泪花地抓起我的手，看到我的手背上有划伤，让我脱了脏兮兮的校服，我脱了校服，胳膊上露出了被荆棘划破的一道道伤口，杨老师心疼地说："可怜的方丫丫，疼吗？"我摇摇头，说："不疼，我能忍住。"

杨老师拉着我的小手，"走，我带你去卫生室上点药。"

卫生室的叔叔问我："打架了吗？咋弄成这样？"

杨老师说："方丫丫乖得很，是找她家的大黄牛，在山上刮的。"

三十三

夏大柱和徐小月先后找到龚书记，希望把修复院墙的事情尽快落实下来。

龚书记说："你们院墙的救济款很少，主要还是靠你们自己想办法，自己动手。再说，不到 20 米的院墙工程量也不大。我已经跟村委会商量了，由胡主任负责协调，从村容村貌的角度考虑，最好把院墙拉直，看得人也舒服。"

胡主任先找到夏大柱，对夏大柱说："你是大老爷们，不要跟徐小月计较，把院墙拉直。"

夏大柱很高兴，"我也觉得拐字形院墙确实不雅观，趁这次重修的机会，重新拉线，修得直直的。我完全同意村里的意见，保证积极配合。"夏大柱心里清楚，院墙拉直了，自家的院子会多出两平方米的面积。

可徐小月不乐意，表示坚决反对。她也有反对的充分理由，"胡主任，我们两家的情况你也知道。因为夏大柱的爸不正经，才导致我公公跟他家闹崩了，厕所换地方重新修了，院墙各修各的一段。拉直是不可能的，拉直我们的院子就小了。村里不能欺负我们陈家，不能因为陈大为半死不活，就向着夏大柱家。我丑话说到前头，谁敢把院墙拉直，我就跟谁拼命。"

　　胡主任看到徐小月态度如此强硬，是他万万没想到的。他想求龚书记帮忙，几次话到嘴边都没有开口。一来怕龚书记说他无能，连这么点小事都处理不好。二来觉得龚书记要处理全村脱贫的大事，既要拿方案，又要到镇里汇报，还要去市里不同的部门说好话，要钱求支持。

　　虽说有些难度，但胡主任并没有灰心。他多次到徐小月家，苦口婆心地劝说，都效果甚微，徐小月丝毫不松口。最后，胡主任使出撒手锏，要停他们家每月的困难补助款，这一下惹恼了徐小月，徐小月瞬间发飙，拽着胡主任的衣服不依不饶，又是哭又是骂又是挠，把胡主任搞得狼狈不堪，灰溜溜地逃出了徐小月家。

　　胡主任的老婆周大珍看到老公脸上有几道血印子，心疼地问道："咋回事？谁欺负你了？"

　　胡主任说："还有谁？泼妇徐小月干的。"

　　"我去找她算账去！欺负到我男人头上来了，反了！"周大珍比徐小月要高出半头，小腹上的膘一道道的鼓得老高，两个小臂比一般女人的小腿还要粗。朱家湾的女人大都不敢惹她。

　　"唉，也怪我没能力，做她的工作好多次，都没有做通。没办法，我用取消低保要挟了一下她，她一下子跳了起来。"胡主任叹了一口气。

　　"你去找刘厚淳，他以前当过乡长，还做过县公安局的副局长，做工作有一套。你又不是不知道，黄三爷家婆媳不和，每个月都要大闹一场，每次都是黄三爷请他出马，他都能把两把熊熊大火轻而易举地浇灭。"周大珍油腻腻的嘴唇一张一合。

　　"我咋不想求他。他当局长当乡长时，我有求于人家，讨好人家。此一时彼一时，现在他是我的村民，被我领导，我一个堂堂的村主任，去用热脸蹭他的凉屁股，我不去。"

　　"你个傻货，大男人能屈能伸才是本事。人家第一书记龚道辉给你安排个芝麻大的事，你都弄得鸡飞狗跳的，人家到镇领导那参你一本，够你喝一壶的，你这村主任还能骑在马上吗？听老婆的，晚上拎瓶酒去找他。求人办事，这不丢人。"

　　"那……那我试试。"

三十四

第二天是星期天，不上学，我正在洗奶奶换下来的衣服和我的校服，听到二黑哥在大门外叫我，我还没走出院子，就看见杨老师和校长在二黑的带领下，走了进来，我连忙行了一个少先队礼，大声说："杨老师好！校长好！"

杨老师问："方丫丫，吃早饭没有？"

"吃了。"

"你奶奶在家吗？"

"在家。"

"走，带我们看看去。"

"好。"我一边走，一边喊："奶奶！杨老师和校长来看您了。"

"哦。"奶奶欠了欠身子，费力地用胳膊支起身体半躺着，"谢谢你们了。"

杨老师把一塑料袋食品放到奶奶床跟前的纸箱子上，"奶奶好，这是校长给您老买的东西。"

"谢谢校长。"

"奶奶，你身上还疼不？昨天丫丫把情况都给我说了，我给校长汇报后，校长说一定要来看看您老。"

"谢谢校长。我一个残疾老婆子，让你们挂念，耽搁你们的时间，真是谢谢你们了。"

"方丫丫真是好样的，爸妈都打工去了，她一人挑起这个家，太不容易了。"

"是啊！孩子才6岁，做饭还没有灶台高，还得垫个凳子。哦，丫丫，去烧点水给校长和老师喝。"

"嗯。"我到灶房烧水去了，不知道奶奶跟杨老师和校长说些啥，我把两碗白开水端过去时，看到奶奶在抹眼泪，杨老师和校长也泪眼潸然。

"杨老师、校长，实在不好意思，家里没有茶叶，请你们喝点白开水。"

杨老师和校长接过碗，校长说："马上入冬了，你们的窗子连块玻璃都没有，明天我安排学校的修理工过来，把你们家的门窗都修理一下，另外，我个人给你们200元，冬季添件棉衣。"

杨老师也从包里拿出200块钱，"这是我给奶奶和丫丫的，希望能给你们救点急。"

奶奶说："使不得、使不得，万万使不得。虽说我们过得寒酸点，但还有口饭吃，饿不着。你们的钱也是辛辛苦苦挣来的，当老师的也不容易，你们的心意我领了。钱，我坚决不能要。"奶奶的眼泪又流了出来。

"奶奶不用客气，方丫丫是我们的学生，以前我们不知道你们家的困难，现在看到你们生活的艰辛，就是铁石心肠的人也会动容的。"校长心情沉重地说。

奶奶再三推辞，校长还是把钱塞到了奶奶的手里。

送走了杨老师和校长，我心里别提有多温暖了。我到村口老王叔的小卖部里给爸爸打电话，电话铃声响了好久，才听到二黑爸爸的声音，我"喂"了一声，二黑爸爸听出来是我，连忙说："老方，你姑娘的电话。"

"丫丫——"是爸爸的声音，几个月没听到爸爸的声音了。

"爸爸——"我大叫了一声，就憋不住"哇"地哭了起来，爸爸吓坏了，连忙问："出啥事了？丫丫！"我赶紧回答说："爸爸，没出事，刚才杨老师和校长来我们家了，还给了奶奶400块钱，刚好可以给奶奶买药。"

"好人，好人啊！替爸爸谢谢他们，你和奶奶都好吗？"

"都好，有丫丫哩，爸爸不用挂牵。"

"那就好，爸爸不说了，免得浪费电话费，你给奶奶说，爸爸好着的，过年就回来了啊！"

"嗯，我会给奶奶说的。"能听见爸爸的声音，是我最大的奢望。虽然和爸爸说话不到一分钟，但我知道爸爸很健康，我心里踏实了许多。这一块钱花得值，可能在很多人眼里，一块钱不值一提，甚至在大街上看到都懒得弯腰去捡，但对于我们家来说，一块钱也算个不小的钱，我希望爸爸能原谅我的浪费。别看我只有6岁，再苦再累，都轻易不会流眼泪，但几个月了，好不容易听到爸爸亲切的声音，我流出了激动的泪水。只有留守在农村的孤独孩子，才能体会到爸爸声音的亲切和珍贵。

我多么希望天天能听到爸爸的声音啊！

我知道，要天天能看到爸爸的笑容，那比登天还难！我不敢往那儿想。

三十五

"梅花，刚才碰见黄三爷的女儿了，她说你老公让你回去。"谢大拿说。

黄三爷的女儿跟谢梅的老公在一个厂上班，谢梅的婚事还是黄三爷的女儿牵的线。

"他不来接我，我才不会回去。捎一句话，我就像个摇尾巴的狗乖乖地回去，太小看本姑娘了吧。"

"姐，你回来快两个月了，姐夫捎话也是给你台阶下。对待男人啊，不能光使性子，来硬的，有时候也得来点软的。让他信服你就行了。"谢桃的红指甲剥着花生。她嫁在下村，距离朱家湾三四里地，一支烟的工夫就回娘家来了。

"梅花，你女婿端着铁饭碗，月月有工资，虽说个子不高，长得不如你，但总的还不错。这日子呀，是慢慢过出来的。谁家没有个锅碗碰撞的，夫妻怄气很正常。《朝阳沟》里不是说了吗？白天吃的一锅饭，晚上睡的一枕头。听妈的话，你就跟黄三爷的女儿一起回去吧。"方花花说道。

"你们是不是都嫌弃我？嫁出去的姑娘泼出去的水，不受娘家待见。唉——"谢梅有些心酸。

"梅花不要叹气，爸爸不嫌弃你，你住在家里给爸爸送终才好哩。梅花啊，夫妻间没有那么多绝配，跟谁都是过日子。夫妻间哪有那么多山盟海誓，哪有那么多花前月下，哪有那么多的浪漫散步，有的只是柴米油盐酱醋茶的平淡相扶，有的只是锅碗瓢勺的交响曲调，有的只是日出而作日落而息的循环往复，谁家的日子都是一地鸡毛。脱掉美丽的外衣，谁的身上没有垢迦。不要盲目羡慕缥缈的恩爱秀，那只是雨后瞬间的彩虹。梅花啊，争吵没有了，热情退去了，才是婚姻的真正开始。经常争吵的夫妻大多能过到老，反而各自把话埋在心里，无话可说的夫妻，大多会半途而废，过不到老。"谢大拿语重心长地说。

"呃，没想到大拿今天还冒出来，说了几句人话。梅花，你爸说得对，所有的夫妻都是过出来的，一辈子不怄气的夫妻，打着灯笼也找不到。"

"你实在不想回去，就住在这，爸爸也不逼你。你自己看吧。"

"好你个谢大拿，刚说了几句人话，转头就变了卦。你个猪脑子，你安的啥心？姑娘嫁人了，就有了主，这个主就是女婿。你不撮合姑娘跟女婿好好过日子，还浇一瓢冷水，真是不安好心！"方花花向来把谢大拿不当回事。

"好好好，算我乌鸦嘴，还不行吗？梅花不要听爸爸嚼腮，多听你妈和你妹的，把小日子过好。爸还等着抱外孙哩。"

三十六

刘厚淳去堰塘挑水，准备浇菜园的茄子和辣子，恰好遇见徐小月在堰塘里洗菜，二人顺便寒暄起来。

"大为弟媳妇，大为好点了吗？"

"好个鬼，还是比死人多口气，我一天管他管娃管家，累得骨头都散了架。这累点，没有啥，更可气的是村主任胡家鲜欺负到我家了，叫我家院墙给夏大柱家让点，这不是欺负我女人家吗？要是陈大为好着的，给村主任胡家鲜80个胆，他也不敢向着邻居家啊！"

"你姑娘芳菲在省城咋样？"

"唉，她想闯一闯，减轻家里的负担，但很不容易，有时挣点，有时包不住本，还赔钱。我正揣摩着，想让她回来帮帮我哩。"

"是啊！现在做啥都不容易。还是说说你家的院墙吧，不垒起来也不是个事，鸡啊猪啊狗的万一跑到夏大柱家，两家容易起冲突。我在想，院墙拉直肯定好看些，但夏大柱多占了你家院子也不能白占，要让他给你们家补偿点。"

"还是刘大哥说话在理，起码是公道的。到底是当过大领导的，我家院墙的事就拜托刘大哥给我做主了。"

"大为弟媳妇信得过我，我就试试看吧。能成更好，成不了，你也别见怪。"刘厚淳到底见过世面，不动声色，就把徐小月的工作做到了一半。

"刘大哥，我不是不讲良心的人，只要事成，你说咋谢你都行。"

"都是乡里乡亲的，能帮衬点就帮衬点，不说谢了。"刘厚淳挑了两桶水走了。

三十七

杨老师和校长来我们家之后，龚书记也来过两次。龚书记对我奶奶说："老人家不用担心，村里副业搞起来了，家家都会有钱挣，你儿子方刚就不用在外打工了，你们家天天过着团圆的日子。"

"那敢情好啊！我做梦多次梦见我儿，都怪我腿不争气，把家拖累的，儿媳妇跑了，孙女丫丫六岁就当起了小大人。"

我知道龚书记是上面派来的，专门为我们穷困家庭帮扶来的。他的孩子应该跟我一样，也是留守家庭的孩子。他跟我爸爸一样，离开家庭离开孩子，在村里跑前跑后，一天到晚忙忙碌碌的，也是够辛苦的。

听到龚书记的一番话，我觉得日子终于有盼头了，干家务更卖力了，写作业更认真了。昨天杨老师还在班上夸我进步很大哩。上周日，学校的王叔叔到我们家修理门窗，顺便还把我们家三条腿的两把椅子也修好了，我坐在上面，再不用战战兢兢地害怕摔倒了。奶奶让我给王叔叔10元钱的辛苦费，王叔叔说啥都不要，也不在我们家吃饭，喝了几口凉水就走了。

中秋节那天，学校放假一天。好几个同学来我们家帮忙，有的帮我到井里提水，有的去山上帮我家捡柴，有的帮我家打扫屋子和院子，我好感动，奶奶一个劲儿地夸同学们好。我心里清楚，这是杨老师安排的。我没有办法报答杨老师和同学们，只有用好的学习成绩向他们致谢。我每天都学习得很晚，奶奶催好几遍，我才上床睡觉。

杨老师真好。以前我的作业本正面写完了，接着写反面，杨老师很生气。自从她和校长到我家之后，不再因我在纸的背面写作业批评我了，还给了我几支铅笔。

刘厚淳刚吃完晚饭，就听到院子里有人叫，便起身迎了过去。

"哎呀，哪阵风把我们的胡大主任吹来了？"刘厚淳笑呵呵地说。

"刘局长啊！我是无事不登三宝殿啊！"胡主任把酒递给刘厚淳。

刘厚淳摆摆手，"屋里坐，无功不受禄。"

进到堂屋，胡主任把酒放到桌子上，一本正经地说："找您还真有点事。"

"你就直说吧，不用拐弯抹角。"

胡主任就一五一十地把夏大柱和徐小月院墙的事说了一遍。之后，又特地把徐小月的诉求复述了一下，然后为难地说："我实在没招了，这个徐小月太难缠了。"

"按照原来的老根基，各建各的，不是就没事了。"

"龚书记让拉直，说跟以前一样拐弯建，影响村容村貌。"

"你觉得徐小月拒绝拉直有她的道理吗？"

"有点道理，占用了她家的院子。"

"哦。"

"我没招了，刘局长得出山帮帮我。"

"丑话说在前面，我试试看，不一定能成。"

"太谢谢您了。"胡主任起身往外走。

"这酒，你拿回去。"刘厚淳把酒提起来递给胡主任。

"给您拿来的，咋能拿回去呢？成不成没关系。"

三十八

村主任胡家鲜做了一张朱家湾学生情况说明表，把每个学生的情况写得明明白白，然后让捐资人自己选择，愿意资助哪个，怎么资助，一一登记清楚。

这天风和日丽，万里无云，捐资人带着物品从隋阳市赶往朱家湾，他们要亲自见见孩子。村委会院子里早就摆好桌椅，拉上了条幅，上面写着：朱家湾一帮一捐资助学仪式。

八点多，一切准备就绪，村委会班子成员都到位了。一辆中巴车停在村委会外面，二十几个人下车，车下围了一圈人，老人、孩子、女人，叽叽喳喳地嘀咕着。村里很少有这么多人来，他们很好奇，仰着头，茫然地看着眼前这一切。还有，来的这群人都穿得光鲜亮丽，说着让人有点听不懂的话。院子里的红色条幅，他们看着也新鲜，正纳闷呢，又来了几辆车。隋阳市教育局、万福镇的领导也来了，朱家湾村委会会议室挤得水泄不通，比过年还热闹。孩子们开始还拘谨着，后来见人和车越来越多，竟也小鸟儿似的啾啾唧唧起来。之前，他们很少见到这么多人，也很少见到这么多车，还有这么大的场面，自然兴奋起来。村委会班子几个人呢，村书记邱道君、村主任胡家鲜也忙得跑前忙后张罗着，生怕失了礼。许多座位是从村里小学借来的板凳，数量还是不够，很多人站在院子里，抬头看着朱家湾天空，有人感叹：蓝天、白云，空气真好啊！可惜村里的路不好走，房子太陈旧了。来的被资助的这些人，穿着都比较破旧，脸上红扑扑的，两腮是很有特点的"山里红"，朴实倒是朴实，就是显得有些木讷。最后，来的人看看各自资助的孩子，问孩子们的学习情况，场面十分感人。这一趟朱家湾行，来的人都是慷慨资助，他们觉得是值得的。

第一书记龚道辉慷慨激昂地念着主持词：

尊敬的各位领导、各位来宾、各位家长，同学们：

大家好！

真诚地感谢不顾旅途劳顿亲临这偏远的小山村，来资助寒门学子的朋友们。这些朋友，有来自单位的同事，有我的朋友，还有我的同学！

来朱家湾几个月，每当看到孩子们以弱小的身躯担起家庭生活重担，每当触碰到孩子们渴求知识期盼眼神的时候，每当看到家长们拖着病痛身躯为孩子筹集学费的情景，我的心情久久难以平静。我发起的"一帮一"爱心捐资助学的倡议，社会上很多有识之士，我的好同学、同事和亲朋好友，党员志愿者，积极响应，在不到一个月的时间里，就与16名贫困学生结成了"一帮一"助学对子，持续资助直至孩子初中毕业。

情系学子，让真爱永恒。当精准扶贫政策的阳光温暖着每个贫困家庭的时候，我们爱心人士的善举就像甘甜的雨露，滋润着每棵幼苗茁壮成长。

人生的目标不一定都要灿烂辉煌，但人生的真谛却一定是真、善、美的体现。让我代表朱家湾村委会和全体村民，向捐助人表示真诚的感谢！

签订协议书的场面十分热烈。朱家湾很多人都这样说："呀，比赶大集还热闹呢。"那些被捐助的学生和家长，走到台前，带着羞涩和感激的表情，有的激动得连话都说不出，让签字就签字，只知道诺诺地点着头。当人把红彤彤的一沓钱递过来时，才低低地连声说谢谢、谢谢。得到资助的人们表面上很平静，其实心里早就高兴得翻江倒海了。

参加捐助的人里，有个谭女士，十分激动。她想对朱家湾的孩子们说几句话。她即兴说道："这是心的呼唤，这是爱的奉献，这是人间的春风，这是生命的源泉。大爱无疆，人间有爱，梦想就能实现。如果说善良是一种财富，那么今天来的人，还有被资助的人，就是最富有的好人！"

村主任胡家鲜接过话筒："谭大姐说得真好，所有来捐助的善举让我们感动，你们的人格让人钦佩，我们全村人向你们致敬！"随即弯腰行礼。

受资助的学生里有个叫田颖的，稍大些，她也说了几句话："唐朝的诗人王勃说过，穷且弥坚，不坠青云之志。我们得到这么多人的关心，就更有力量了，我们全体同学要自强、自立，勤奋学习，用好的成绩报答捐助我们的好人，将来一定要成为对社会有用的人才。"在场的人都给予了掌声。

站在一边的成立安老人，激动得不知说什么好，他把手在衣服上擦了好几遍，紧紧握着捐助人的双手，眼圈红红的、潮潮的。

村主任胡家鲜提前写好了稿子，就照着念了："今天，我们看到了社会各界对贫困家庭的关心和帮助，看到了政府对教育事业发展的支持和关注，看到了全社会对我们贫困村未来的期盼！我们相信，伴随'一帮一'爱心捐资助学活动的深入开展，一定会有更多有识之士像今天的这些爱心人士一样热心社会公益事业、热爱教育，为我们每位同学撑起晴朗的天空。我们深信，朱家湾的每位学子一定会不忘恩情，珍惜机会，好好学习，天天向上，以优异的成绩回报恩人，回报祖国，回报社会!"

这个场面，令朱家湾的老老少少心情拂动了好些日子。

三十九

早春的朱家湾，乍暖还寒，一大早天擦黑时说话，能看到嘴里呼出的白气。朱家湾人把老祖宗"春捂秋冻"这个古训传承得比较好，人们身上还都穿着棉衣。陈芳菲在夏家后院找到夏晨水时，夏晨水穿了一件蓝棉袄，正聚精会神地站在木架旁查看长毛兔。

"晨水，你都快成长毛兔了，没事儿就看着它们。"

"多看看就能发现一些门道，比如说，它们的长毛是否光滑，颜色是否纯正，吃草速度是快还是慢，粪便是干还是湿，以此来判断它们身体咋样，消化咋样。来来，你过来看看。"

"呀，还是算了吧，一看见长毛兔我就浑身起鸡皮疙瘩，心里跟猫抓了一样，实在难受。"

夏晨水哈哈大笑地走过来。

"要不是有事相求，我可不想来这儿。"陈芳菲噘着嘴唇，扮了个怪脸。

夏晨水在水池里洗了洗手，慢慢走出来，问道："什么事儿还要求我呢？"

陈芳菲脸色黯淡下来，有点伤感地说："这个季节正是木耳栽培最佳的时机，再往后拖就晚了。"

"那就赶紧建大棚啊！"

"是啊，我也着急。本打算雇几个人把大棚建起来的，谁料想在租地这个环节上出了问题。先是村里贫困户都来找我，希望我能租他们的地，挣点租金。我跟他们解释半天，木耳大棚不是建在什么地方都可以的，要光照好，水源充足，需要建在平坦的地方。有几家的地距离河边太远，也不平坦，没法用。虽然我不愿意，他们也没再说啥，毕竟这个大棚建起来也有他们的股份，政府给他们出股金，然后我答应他们能出力干活的可以来挣工钱。好不容易把这个麻烦解决了，我也看好了地方，只有孔明英和你表哥家河边那几块地符合条件，既平整又不担心水源的问题。"

听到这儿，夏晨水已经明白陈芳菲的意思了。他沉吟一会儿，问道："我表哥不愿意把地租给你，对吧？"

"是的。你怎么知道的？他告诉你了吗？"

"没有，但我能想到，他本来也想弄个木耳项目的，结果你回来了，抢先他一步，他当然不乐意。"

陈芳菲一时语塞，不知道该怎么说了。过了一会儿，陈芳菲才说："你能不能做做你表哥的工作，让他把地租给我呢？我知道他心里不舒服，把我当成了竞争对手，甚至敌人。可是你想过了吗？即使我不回来，你表哥也照样争不上。技术上他要去学肯定也没问题，就是这前期投入，一般人都承受不了。租金都是少不了的，雇的人要先用贫困户。你也知道，他们的工钱是不能拖欠的，干完活就得给钱，工钱都是按天算。我这几年的积蓄，启动阶段就用去了差不多一半了。"

夏晨水说："我表哥是个很要面子的人。这事儿从一开始他就积极参与，本以为十拿九稳，没想到半路杀出你这个程咬金来，连我也没想到……"

"我……"

"别说了，我去劝劝他，但也不能保证就能成。"

四十

上第二节课的时候，天色突然暗了下来，杨老师打开灯，我们才能看清黑板上的字。下课铃声响了，我们蜂拥地跑出教室，在操场上奇怪地看着天，这老天爷的脸，咋说沉就沉下来了呢？

有同学喊："下雨了！"

是的，雨点儿像撒豆子一样洒在我们的身上，先是稀稀拉拉的，跟羊拉屎一样。不一会儿，就密密麻麻地跟过筛子一样，噼里啪啦地赶了过来，砸在头上像豌豆一样有点疼，地上的灰土随着雨点儿溅到我们的小腿上，裤脚顷刻间就脏成一片。同学们不约而同地快步冲到屋檐下，地面上的雨水像烧开了的水泡，争先恐后地蹦蹦跳跳，接着，雨水溪流般地顺着房顶哗哗啦啦地倾泻下来。上课铃响的时候，地上已经是一片汪洋。

虽然听着老师的讲课，但我心里想着大黄。它该不会又挣断绳子吧？该不会又乱跑吧？有了上次寻找的教训，聪明的大黄不会再犯同样的错误吧？幸亏我没有晾衣服晾被子，不然都淋湿了。十多只鸡崽不用我担心，它们会张着膀子跑到屋檐下避雨的。

"方丫丫，你来回答一岁一枯荣是啥意思？"杨老师直接提问我，她肯定发现我思想开小差了。

我立马站了起来，思绪180度急转弯，回到了语文课本的唐诗上。"一岁就是一年，一枯就是一年死一回。"

"方丫丫答对了一大半，荣是啥意思？"杨老师再问。

"荣华富贵的意思。"我回答道。

"这句话的完整意思是，植物每年的秋冬季都会枯死，在来年的春季又会发芽新生，繁荣起来。"杨老师解说道。

放学了，老天爷还在一个劲儿地撒野，很多家长拿着雨伞雨衣在教室外等候孩子。看到他们，我想起了我的爸爸妈妈，他们要是在家，一定会跟这些同学的家长一样，给我送雨具的。可惜，妈妈跟爸爸离婚了，不会再回来了。爸爸在几百里外的城市打工，不可能赶回来。

我站在屋檐下，正发愁咋回去，看到校长举着伞从雨幕里走了过来，"方丫丫，估计你没有带伞，你打我的伞回去吧。"

"谢谢校长，我不要，我用了你的伞，你回去咋办？"我正在推辞的时候，二黑的妈妈牵着二黑的手走了过来，"校长您好！丫丫的雨伞我捎来了，你不用操心。"我接过二黑妈妈捎来的伞，心里热乎乎的，连说了三声"谢谢阿姨、谢谢阿姨、谢谢阿姨"。

平时放学的路上，太阳还有一竿子高，到处亮堂堂的。那天下雨，天早早地就暗了下来。我去牵大黄时，大黄浑身是雨水，"哞哞"地对我叫，像个受了委屈的孩子见到妈妈一样，我知道它在用叫声感谢我，我用袖子揩掉它眼睛和脸上的雨水，它伸出舌头舔着我的手，我的手痒痒的，润润的，很舒服。

走在草丛里，我的鞋和裤腿湿透了。把大黄牵回牛圈里后，我担心大黄被雨淋了会感冒，特意用破毛巾擦除它身上的水，抱了一捆干草铺在一个角落里，以便它卧在上面暖和一些。大黄的大眼睛紧紧地盯住我，当我离开牛圈用手摸它的大鼻子时，它的眼睛顿时泪汪汪的，我知道它那是感激的泪水。大黄真的长大了，像一个懂事的少年，知道感恩了。

四十一

在朱家湾，人有四席。出生一个月，有满月席。长到十二岁，有个少年席。结婚的时候，有个婚庆席。最后就是在生命尽头的时候，有个白事席。

夏大柱的小儿子过十二岁，请村里人吃儿子的少年席，自然会请到刘厚淳。刘厚淳借用夏大柱单个敬酒的机会，把夏大柱让到一边，对夏大柱说："你家的院墙赶紧修，这倒了一摊子土坷垃，走路碍事，也不雅观。"

"也是。我巴不得明天就修好，可胡主任出面没做通徐小月的工作，皇帝不急太监急，我急也没用。"

"我可以说服她，但你们两口要配合我，你听不听我的劝？"

"当然听，你可以直说。"

"我问你，你如实回答我。院墙拉直，是她家占便宜，还是你家占便宜？"

"我家占便宜。她家院子少了两个平方米，我家院子多了两个平方米。"

"人家徐小月不同意拉直在理不？"

"按说，也在理。"

"这就对了，你家给她家补偿点，不就谈成了。"

"咋补偿？给钱是不可能的。"

"没让你给钱，我想了个好办法，你得先同意，随后我再给徐小月去说。"

"你说。"

"你家有七八棵枣树，给徐小月一棵，不就得了。"

"枣树每年都在长，一年比一年结枣多，长期下去，我家不是吃亏了。"

"那你占用徐小月的两平方米院子，也不是只一年就还给人家了，同样是长期占有。"

"那……那，酒席后我跟老婆商量一下，明天给你回话。"夏大柱自知有些理亏。

"行，明天我等你信。"

成大的房子是朱家湾唯一的红砖红瓦结构，路过的村民都会投去羡慕的眼光。每当人们恭维成大两口因祸得福时，米小菊笑得心花怒放，眉眼都跟着放光彩，可成大不一样，他虽说也笑，但笑得有点勉强，似乎隐隐约约还有些怨恨。尽管隋阳市里补贴了一部分房款，占了总房款的大头，但盖起来并不是太容易，要请熟练的工匠，还要给大工小工们都管饭。为了这房子，成大花光了所有积蓄，还找亲友借了债。

农村的收益，不像城里，看准市场做好质量，再加上大脑和手上的勤奋，达不到财源滚滚，也会小钱流水般流进你的腰包。日积月累，集腋成裘，也会摆脱贫困。可是在乡下，你日复一日周而复始地脸朝黄土背朝天，特别是在朱家湾水源有限的情况下，风调雨顺还能混个肚儿圆，要是遇到天旱时节，眼看着禾苗枯萎，你就是泪水哭干，也只能乖乖地认卯。

　　成大家里的每一分钱，都是成大和米小菊在泥土里抠出来的。

　　本来几间土房中规中矩的，冬暖夏凉，一家的小日子不缺吃不缺穿，算个丰衣足食吧，这下被房倒搅和的，老底也搭进去了，还欠了一屁股债。成大这些年，除谢梅忌恨他外，跟其他人没有任何恩怨。他查看了房前屋后，就断定是有人故意作恶，特别是黎明前的砸门声，更坚定了他这个猜测。他想报案，但雨水冲刷了所有痕迹，凶手抓住了还好说，万一找不到凶手，他不但得不到洪灾的补贴，还惹一身骚。有人会说他不善良，不然，人家咋会下如此毒手。还有，就是把谢梅揪出来了，自己也得不到任何好处，还把谢大拿一家子都惹成了仇人。

　　冤家宜解不宜结，成大思来想去，觉得还是暂时咽下这口恶气好。只是暂时，以后会不会报复，那是以后的事。不是有君子报仇十年不晚的说辞吗？

四十二

客人散了，两口子收拾完碗筷，夏大柱点上一支烟吸了起来。

"哎，大柱，敬酒的时候，刘厚淳跟你单独说的啥？"夏大柱的老婆问道。

"说院墙的事，希望尽快把院墙垒起来。"

"村主任胡家鲜不是说了，拉直吗？"

"徐小月不情愿，你没看到村主任胡家鲜的脸上挂彩了吗？那都是被徐小月挠的。"

"刘厚淳的意思，我们占了徐小月两平方米的面积，给徐小月补偿点。"

"咋补偿？"

"让我们家给徐小月家一棵枣树。"

"你答应了吗？"

"我哪敢答应，这不是跟你商量嘛。昨天老大夏晨水来电话，我说了这事，他说给徐小月家一棵枣树，是应该的，可以给棵大点的。昨天去镇上卖菜，回来忘了给你说。"

"这个晨水，胳膊咋往外拐？莫非他跟徐小月的姑娘陈芳菲搅和在一起了？"

"还真让你说着了，他说在省城见到了徐小月的姑娘陈芳菲，说

111

陈芳菲开了家服装店，人洋气得很，两个人还在一起吃了顿饭。"

"得了得了，赶紧打住。两家上一辈都结了怨，这堵院墙就是例证，你让晨水离陈芳菲远一点。"

"好了好了，年轻人一起吃顿饭没有啥。你说说枣树的事儿。"

"要给就给最小的那一棵，前年都开始结枣了。"

"可以，我明天给刘厚淳回话。"

按说，两口子说到这，院墙的事已经没有啥非议了。可第二天起床，夏大柱的老婆就变卦了。她说："大柱，我一夜没睡好。苦思冥想了一夜，都觉得给徐小月家一棵枣树，我们家吃亏了。你想啊，枣树年年长，越往后越大，枣子只会越结越多，但我们占他们家院子的两平方米一直还是那么大一点，是不是我们吃亏了？"

"哎，还是老婆有见识，说得太有理了。我这就给刘厚淳回话去，说我们不给枣树。"

龚书记一趟接一趟地跑隋阳市电力局，终于把电力局说通了。条件是，电力局出材料，出技术人员，拉线，立架子等体力活，由朱家湾出劳力，没有劳动报酬。龚书记与村委会几个人商议，按户头出劳力，轮流上工，男人在外打工的，家里想办法，或自己去，或请人代劳。

龚书记身先士卒，每天早晨8点，准时带领劳力们去扛电线，拉电线，用两轮车拉电杆，用杠杆原理往起立电杆，每个活都是体力活，全部都是在坡坡沟沟的野外作业，衣服上、鞋上都沾满了树叶和灰尘。

中午饭是电线架到哪吃到哪，随行带着锅碗瓢勺和米面蔬菜，临近中午就地挖个坑，锅架上去，就地找些柴草，用盆接点山泉水，点上火就做上了饭，饭菜的味道如何，大家并不计较，只要能填饱肚皮就可以了。有时咸了淡了，有的人想发几句牢骚，一看到生在城里长在城里的龚书记都不在乎，也就把话咽了回去，坐在土坎上香甜地吃着。看到龚书记在闷头吃饭，即使不满的人也无话可说。

由于时值秋后，天气变凉，当天晚上洗的衣服，翌日天明根本干不了。村民们有换洗的衣服，第二天可以穿得干干净净地去上工。

龚书记只带了三身衣服，换洗根本不够，有时穿着前一天脏兮兮的衣服，看到满身的汗迹，跟一个叫花子差不多。刘厚淳看不过眼，就把自己的衣服拿给龚书记换洗，两人的身高相仿，开始龚书记说啥都不要，说山上树多，担心把衣服刮破了。但经不住刘厚淳的一番规劝，龚书记也不再推辞了，直接套在身上。在龚书记身先士卒地带领下，辛辛苦苦了 10 天，终于把电线拉到了朱家湾。

四十三

　　刘厚淳知道夏大柱两口的想法后，很不高兴。这两口也太精明了。不过，刘厚淳毕竟当过领导，当夏大柱说他老婆不同意时，刘厚淳只是微微笑了笑，轻描淡写地说："哦，我知道了。"但刘厚淳心里并不平静。人可以聪明，但不要精明；人可以一时占点便宜，但不要长期占便宜。他暗暗地想，徐小月相对夏大柱本来就是弱势一方，院墙拉直，明显是徐小月家吃亏。这事，他不介入便罢了，一旦介入就得把事摆平，不能留后遗症。他想了一招，让夏大柱两口乖乖地就范。

　　胡主任得知夏大柱两口的想法后，很是意外。他没想到，一向在朱家湾有较高威望的刘厚淳，这次也要走麦城。想想刘厚淳，不好好当他的局长和乡长，甘愿回乡下跟土疙瘩打交道，违背了现在很多人削尖脑袋往公务员队伍里挤的常理，真有点不可思议。他曾经旁敲侧击地问过刘厚淳："你干得好好的，也没犯啥错误，还有较高的威信，咋把很多人梦寐以求的领导岗位拱手让出来呢？"刘厚淳只是淡淡一笑，"燕雀哪知鸿鹄之志，人各有不同的人生理念，我觉得简单就好。"胡主任听得云里雾里，不明白"简单"二字的含义。本想再深一步问问，又担心刘厚淳笑话他没文化，是对牛弹琴，便把喉咙准备发出的话，硬生生憋了回去。

胡主任盘算着，一时没了主意，刘厚淳搞不定的事，自己更是一筹莫展。这两家的院墙，唉，可咋办？给村里拉电线的大事，龚书记没让他参加，就是让他尽快协调两家关系，把院墙垒起来。这么点小事要是办黄了，龚书记不小瞧自己才怪哩。

谁叫自己没本事呢？胡主任琢磨来琢磨去，还是硬着头皮去找刘厚淳。刘厚淳没跟他多费口舌，只是提议两家在倒墙的地方面对面地坐下来，由胡主任主持，由自己协调定方案，最后达成一致意见，第二天就动工。胡主任忐忑地问："刘局长有把握吗？万一谈不拢，后面的工作就更难做了。"

刘厚淳瞅了一眼胡主任，说道："没有金刚钻，就不要揽这瓷器活。"

"那好，今天下午太阳还有一竿子高的时候，我们去。"

四十四

通往朱家湾的照明主线架好了，进每家的电线和灯泡，都由各家自己准备。

为了保证合理用电、安全用电，龚书记特意派成大去参加市里乡村电工培训班，让成大学到实用的电工知识，以便回村里为大伙儿服务。

每户的电线走向、灯泡安装，由万福镇派内行人员与村里共同完成。村里要求，电线必须是铜芯线，灯具必须是节能灯。为了防止有的村民不懂，图便宜，买了假冒伪劣电线和灯具，种下危险的隐患，村里联系了三四家专门从事电线和灯具的经销商，直接把货拉到朱家湾的麦场来，由村民自由选购。

夏大柱和徐小月两家的矛盾，起于夏大柱的父亲夏天雷，他听到陈大为母亲戴红玲戴的铃铛在茅房响时，就趴在院墙小孔里看戴红玲尿尿。本来院墙没有小孔，夏天雷听到女人们说闲话，说伏天里女人们在鲁城河里洗澡时看到了戴红玲的私处像朵石榴花。出于好奇心，夏天雷就找了一截粗铁丝，在35多厘米的土墙上蘸水钻孔，一天几厘米，数天后终于打通，孔不大，高度恰好到成人的大腿处，平时用小土块堵住，需要看时，把小土块取掉。

这个夏天雷凑近墙眼只看了一回，就像抽大烟一样上了瘾。只要听到戴红玲的铃铛在茅房里响，他就像一块铁锭接收到了巨大的磁力，立马跑到茅房里查看。每次从茅房里出来，他脸上都堆满了笑容，老婆开玩笑说他每次上完茅房，跟吃了笑糖一样乐呵呵的。他也不说话，心里的小九九不便露出来，总是满足地叼上一支九毛钱一盒的大公鸡香烟，左手捏住火柴盒，磷面朝上，右手用力一擦，火柴头的火光就亲切地吻上烟头，他眼睛似闭非闭地狠劲地吸上一口，然后张开嘴巴，任烟雾在头顶上盘旋，一副特别享受的样子。

当时两家的茅房都依院墙搭建，并且相向而修，面对着面。那时为了积肥，茅坑都比较大，在上面架两块木板，踏上去就可以方便。

说起戴红玲身上的铃铛，还有一段鲜为人知的故事。

戴红玲年轻时长得水灵，一双大眼睛像两个泛光的玻璃弹球，有很大的慑服力，男人看到后就会被降服，如同掉进情感的旋涡不能自拔。还有她的水蛇腰，一走一扭，腰细屁股大，扭动时两个屁股相互揉搓着，扭得人总想多看几眼。这么俊的一个姑娘，按说媒婆会踩破门槛来说媒，但戴红玲18岁了，还没有谈婚论嫁，她妈着急了，就带着戴红玲去寺庙算了一卦，老和尚看了两眼戴红玲，就给戴红玲的妈说，让戴红玲在殿外等候，戴红玲就走出了大殿。老和尚看看戴红玲的妈，说道："施主与人为善，上天赐给了你闺女姣好的容颜，眼如铜铃，密处恰如石榴含苞，也形似铃铛，女性中的上品啊！不过，上天是公平的，不会让一切好事都落入你闺女的怀中，上天给你闺女的右手多赐了一根指头，这根指头有不祥之运。"

戴红玲的妈连忙问："大师，这可用解法？"顺便在大师的木鱼旁边放了一块银元，那时的银元可不是当今的一枚硬币，它要值现在的300多块呀。这老和尚真是神算啊！女儿右手六指，他有可能看到了，女儿的私密处他咋能知道呢？女儿又没脱衣服露出光腚。

117

大师敲了一下木鱼，闭目念道："阿弥陀佛！施主莫急，有法可解。鉴于闺女与铃铛有缘，想要改变她的命运，可让闺女在裤腰上系一小铃铛，大小跟石榴花苞差不多就行了，闺女走路时会发出悦耳的铃声，这响动啊，就会驱散霉运，霉运听到悦耳的铃声，自然就会躲得远远的。"

"大师，我女儿的婚姻今年有着落吗？"

"有的，你们家的东边，有一个陈姓男人，这个男人就是你们家未来的女婿。"

"好，太好了，解了我的心头大患啊！谢谢大师！谢谢大师！"

戴红玲的妈走出大殿，没看到女儿的踪影，一时慌了神，一边往出跑，一边喊着红玲的名字，跑出庙门，看到红玲瘫在地上，脸色发白，没有了知觉。她哭着掐红玲的人中和虎口，好一会儿，红玲才醒过来神来，"妈，我饿。"

"红玲，等着妈。"红玲的妈跑到老和尚跟前哭着连连磕头，"大师给点吃的，她饿昏了，请大师救救我的女儿。"

老和尚得知情况，赶紧端了碗菜汤随红玲妈来到庙门外，亲手用木勺喂到红玲嘴里。一边喂一边说："这闺女难逃这一劫，这一劫是个坎，过了这个坎就顺利了。"闹饥荒的那年月，寺庙里的和尚也是难以果腹。

喝完了那碗汤，红玲才在母亲的搀扶下慢慢站起来。回家的路还有好几里地，红玲走走歇歇，走到一多半时又晕倒了，红玲妈吓坏了，手足无措，不知如何是好。恰在此时，一个背着弹棉花工具的青年路过此地，就把包里的半块饼给了红玲妈，红玲妈嚼碎喂给红玲，红玲才又醒了过来。

红玲妈便跟弹棉花青年攀谈起来，说了好一会儿话，才得知弹棉花青年姓陈，家在朱家湾东边。

红玲妈听到姓陈，家在朱家湾东边，心中暗喜，这不就是老和尚卦中的青年吗？再进一步叙谈，陈姓青年还未婚配，因父母早亡跟着姑姑长大。红玲妈试探让陈姓青年帮忙把红玲送回朱家湾，陈姓青年没有半点犹豫，欣然答应了下来，背着红玲就往回走。

后来这个陈姓青年成了陈大为的父亲，倒插门来到了朱家湾。

四十五

煤油灯在朱家湾用了多少年、多少代，无从考证，但它确实给朱家湾人的生活带来了很多便利。掌灯时分，孩子写作业，妇人做针线活，男人编箩筐，一家人吃夜饭，都少不了它。雨天看雨情，去田地里看庄稼，拎着个马灯就可以上路。没想到，在第一书记龚道辉的带领下，仅仅十来天就把煤油灯的日子终结了。天一擦黑，家家户户一拉开关，房间就灯火通明了。通电那一天，不少村民放起了鞭炮，刘厚淳家的鞭炮最长最响。

几个妇女相约到山上采了不少鲜花，编成一个大大的花环，在村民大会上戴在了第一书记龚道辉的脖子上。第一书记龚道辉很激动，甚至有点不好意思，他第一次感到有付出就有回报，对朱家湾的挚爱更进了一步。

虽说架线一周多了，吃不好饭，满身的灰尘泥泞，脸上胳膊上被荆棘刮出不少血道子，汗水浸到里面生疼，但付出的苦是值得的。

入夜，第一书记龚道辉在日志本上记录了今天的工作，也准备着下一步修路的计划。刚把本子合上，手机响了，是老婆李琰琪打来的，李琰琪在电话里大发雷霆："龚道辉！你在朱家湾一人吃饱，全家不饿。老娘在隋阳忙得焦头烂额，医院要值班，几乎天天有手术，有时饭都吃不到嘴，儿子上初中很关键，放任下去肯定要出事。他的班主任打了几次电话，表示强烈不满。他在学校跟同学打架，一副天不怕地不怕的牛犊样，再不好好管教就会被学校开除。"

"你把电话给他，我有话给他说。"

"他今天去他姥姥家了。我在医院给你打的，今天我值班。"

"老婆别生气，我知道你工作压力大，儿子正处在叛逆期，不太听话，我抽时间回来一趟，找他好好谈谈。你早点休息吧。"

"唉，我知道你也想在朱家湾干出点成绩，为脱贫助一把力，体现一下自己的人生价值，但小家不能不闻不问啊！你尽快回来一趟吧。还有，一个人在乡下照顾好自己。你也早点睡吧。"李琰琪虽说喊叫了几句，但本来的善良还在。

挂了电话，龚道辉久久不能入眠……

石榴花是一种很平常的花卉。在曲径通幽的路边，在小区楼旁的空壤，在山野田冲的塄坎等地，都会睹到她们的风采。石榴花不大，没有牡丹、玉兰花、菊花那么硕大；也不是太香，没有百合花、山茶花、栀子花那么馨香。但她那鲜艳的红，是其他花卉无法比拟的。石榴花含苞欲放的样子，最为赏心悦目。它有花心、花瓣、花座，花瓣和花座是红色的，花心是粉色的，嫩嫩的，像喇叭又像铃铛。石榴花开的季节，粉红的花苞像一团团火焰在燃烧。

清晨，石榴花含着露水，娇柔萼片包着的花瓣清晰可见，有一股甜甜的淡香在你鼻孔周围氤氲，一直会扩散到你的全身。这方面，夏大柱的父亲夏天雷感受最为真切，每当窥探到戴红玲的那朵石榴花时，夏天雷的每一个毛孔，每一寸肌肤，每一块骨骼，好像在烤箱里过了一遍，立马变得又酥又软了。看着戴红玲花蕊微露，四片娇嫩的花瓣随着液体而翕动，恰如石榴花似放未放的柔姿，夏天雷觉得嘴里狠劲吸的不是烟，分明就是那朵石榴花。冬去春来，那石榴花的嫣美如同烙铁一般，烙进了夏天雷的心灵深处。夏天雷像中了邪一样，对那朵石榴花是百读不厌，百赏不烦。不过，从道德品行角度来讲，夏天雷只是饱饱眼福，满足一下按捺不住的蹊跷心理，并没有想到亵玩、占有，或找机会爱抚地摸上一把。

世上万物都是有灵性的，人是万物之主，灵犀自然在万物之上。戴红玲在下意识中，总感到有人在窥视她。这个窥视来自哪里，是何人呢？苦于没有一点线索，没有一点实据，所以一直没有答案。每次上厕所一蹲下来，她心里都有惴惴不安的感觉，下身的液体像一连串的问号响在茅厕里，也萦绕在她的脑海里。直到有一天下午，突然乌云遮日，天色沉重得几近傍晚，戴红玲急急呼呼地收完晾晒的小麦，匆匆地赶到茅厕小解，急促的铃声在院子里跳舞，夏天雷听到铃响的第一时间，像小学生听到上课铃响往教室里跑一样，三两步就奔到自家茅厕里，用早已备好的小棍把泥灰挡住的小孔捅开，宛若猫偷腥一般猛地吸了一口烟，烟头的火光恰好被戴红玲发现，戴红玲不动声色地抽下一根扫帚棍，用力从小孔里戳过去，夏天雷急忙后撤，竹棍虽然没有戳到夏天雷的眼睛，但还是戳到夏天雷的脸颊上，痛得夏天雷"呀"地大叫了一声。

夏天雷吃了个哑巴亏，脸上的皮都翘了起来。有人问他咋啦，他哭丧着脸说："下大雨往回跑，不小心碰了。"

戴红玲也不便说出去，担心被人耻笑。第二天，戴红玲就让陈大为的爸爸把茅厕移到了院子另一侧，从此与夏家不再来往。

四十六

这天万里无云，天空像被水洗过一样干净，村主任胡家鲜约了刘厚淳，还有夏大柱和徐小月两家的当事人，在两家前院院墙的坍塌处谈起了修复的事情，开始两家的气氛都很好，都希望尽快把院墙垒起来，按照龚书记的意思把院墙拉直。可谈到拉直后的补偿问题时，夏大柱觉得抵一棵枣树有点吃亏，枣树年年长，占用徐小月院子的两平方米不会长，还是他老婆那套理论。徐小月坚持不补偿不能拉直，按照老墙根，各垒各的墙，互不干涉。要拉直，夏大柱家必须补偿一棵枣树。"虽说你家的枣树年年长，年年结枣子，但我家的两个多平方米的地基，你也年年用啊！再说了，万一你家的那棵枣树发生意外，死了，我家的这两平方米地基，你家会还回来吗？"

谈了一个多小时，双方互不相让，村主任胡家鲜和刘厚淳磨破了嘴皮子都谈不拢。

刘厚淳见这样僵持下去不是办法，就把事先琢磨好的方案抖搂了出来。刘厚淳说："我提议，采取抓阄的办法解决。我写两个阄，一个是夏大柱的意思，把院墙拉直，不给徐小月家补偿那棵枣树。一个是徐小月的意思，院墙拉直，夏大柱家必须补偿一棵枣树。你们两人认可不？"

夏大柱说："我同意，这样最公平，看运气不用说那么多没用的。"

徐小月说："这样明显不公平，万一抓到拉直墙，枣树也不给，我们家就亏大了。大为要是醒过来知道了，还不把我埋怨死。但看到厚淳哥和胡主任这些天的操心，我就认命了，赌一把。厚淳哥，我听你的，你就写阄吧。"

村主任胡家鲜从衣兜里掏出个烟盒，把剩下的两支烟拿出来，一支给了刘厚淳，一支夹到自己耳朵上，把烟盒给了刘厚淳，刘厚淳接过烟盒，撕成对半，分别在上面写了字，卷成两个阄，放在手心里抖了抖，对着夏大柱说："大柱，你先来吧。"

"行。"夏大柱没有犹豫地随手抓起一个阄，慢慢打开，村主任胡家鲜凑近念道："院墙拉直，夏大柱家给徐小月家一棵枣树。"

"我认了，把看好的那棵枣树给徐小月。"夏大柱有点沮丧地说。

"那就这么定了。"刘厚淳说。

"明天开始动工，上面给的救灾款不够的部分，两家平摊。"村主任胡家鲜说。

徐小月回到家，给陈大为翻了个身，用温水擦了擦陈大为的身子，边擦边说："大为，前院的院墙定下来了，把墙拉直垒，夏大柱家补偿我们家一棵枣树。"虽说陈大为没有一点反应，但徐小月依然把陈大为当作家里的主人，大事小事都要给陈大为诉说。

徐小月说着说着，突然想起来兜里装的另一个阄，就掏出来看，她一点点地拆开，十几个醒目的字映在眼前："院墙拉直，夏大柱家给徐小月家一棵枣树。"她终于明白，刘厚淳大哥为了维护陈家的利益，用了智慧的一招，既不伤害两家的和气，也把事情办得滴水不漏。还是厚淳大哥有办法，水平确实高。她从心底里感谢刘厚淳，佩服刘厚淳。

四十七

大家正说着话，一个醉汉大喊大叫着，摇摇晃晃地走过来，说话舌头都捋不直了，"我家娃，也上不起学了，咋就没人管呢？"

第一书记龚道辉一看，正是岭上那个肖森林。没想到此人嗜酒到这种程度，上午都能醉成这个样子。

村书记邱道君说："跟酒鬼打交道有理说不清啊，这可咋办？"

村主任胡家鲜皱皱眉头，说"不理他，让他闹吧，闹累了他就走了。"

第一书记龚道辉说："咱这工作不能这么干啊，要想干好，必须取得村民的信任，获得他们的支持才行。"

第一书记龚道辉穿过人群走过去。肖森林见有人出来，走到第一书记龚道辉跟前，一把抓住第一书记龚道辉的衣领，龇牙咧嘴一使劲，想把第一书记龚道辉举起来，可惜第一书记龚道辉个子太高了，双脚踏地一点儿都没动弹，倒是肖森林自己站不稳，东倒西歪，差点趴到第一书记龚道辉身上。第一书记龚道辉顺势抓住他的手腕，拉开他的手说："肖大哥，你又喝多了？咱山里酒劲儿大是吧？"

肖森林手一挥，"谁说我喝多了？谁说我喝多了？"

村书记邱道君和村主任胡家鲜走过来，两人都有气，高高兴兴的村民大会，眼看就圆满结束了，却发生这样不痛快的事。

村主任胡家鲜没好气地说："你不劳动，就会喝大酒，哪像个爷们儿，简直就是个窝囊废！"

"你说谁是窝囊废？你说谁是窝囊废？"肖森林被激怒了，说着话就向村主任胡家鲜扑过来，村主任胡家鲜撇着嘴，并不躲闪，第一书记龚道辉和村书记邱道君赶紧上前拦他。

再看村主任胡家鲜，脸都气青了。村主任胡家鲜正是年轻气盛的当儿，脾气上来了，也是很暴躁的。今天这种情况他是按捺不住的，见肖森林跟自己叫板，正好借机教训教训肖森林，于是他冲第一书记龚道辉喊道："龚书记您别拦他，让他过来，他不是有血性吗？看他喝醉了还有什么血性，还敢伸手打人？不教训他一顿，他就不知道天有多高地有多厚了！"

眼看两人就要扭打到一起，村书记邱道君扭头拦腰抱住村主任胡家鲜，"你疯了？咱是村委会干部，咋能跟村民发生冲突打架啊？！你看龚书记，脸都气白了。"村书记邱道君行事作风和村主任胡家鲜正好相反，他稳重谨慎，规规矩矩，绝不做一点儿违规出格的事，村主任胡家鲜的举动吓坏他了，他生怕村主任胡家鲜动手，真要动了手肯定会受政纪处分，哪能这么办事呀？这个村主任胡家鲜啊，真叫人不省心，村书记邱道君在心里叫苦不迭，不时还看看第一书记龚道辉。

第一书记龚道辉火冒三丈，他朝村主任胡家鲜大声呵斥道，"胡主任，你给我住手！"声音之大似雷霆万钧，是以前从来没有过的，村主任胡家鲜听到第一书记龚道辉一声断喝，一下子愣在那儿了。肖森林也一愣，趁着这个空档，第一书记龚道辉把肖森林拽到了办公室。村主任胡家鲜气呼呼地挣脱村书记邱道君，一转眼没影儿了。

幸好捐助的人都走了。朱家湾的人都习惯了肖森林醉醺醺的样子，也没人在意，随后各自都散去了。肖森林可能也累了，加上酒劲儿上头，一到办公室就趴在第一书记龚道辉的办公桌上睡着了。第一书记龚道辉找回村主任胡家鲜，跟他讲了半天道理。他理解村主任胡家鲜心里的委屈，觉得自己满腔热情做点事，结果还没落着好，年轻气盛难免冲动。

第一书记龚道辉说："胡主任，你跟个醉鬼计较，也太较真了吧。肖森林发酒疯，也不是头一遭，你跟他没必要推推搡搡。"

村主任胡家鲜绷着脸，低着头，脸色红红了。他说："龚书记，我太冲动了，刚做的事儿不符合我的身份，我错了，我给你检讨。"

第一书记龚道辉笑了，"那就不用我再说什么了。人都是在摔摔打打中不断成长起来的。乡村工作就是这个性质，鸡毛蒜皮的事情很多，有时还充满很多未知的变数，咱们都得控制好情绪，不能随着性子来。凡事多想想再做，话也要多想想再说。咱们面对的是最基层的老百姓，他们也是有思想有个性的人，哪能都随着我们的心意来呢？再说，本来咱们都是为村民服务的，这样一想，什么委屈都不在乎了。"

村主任胡家鲜连连点头说："好的，我记住了。"

四十八

不知过了多久，肖森林终于醒过来了。他瞅瞅屋子，看看第一书记龚道辉，眼睛睡意蒙眬地眨巴着。第一书记龚道辉没理睬他，他自己倒有点儿不自然了，他梗着脖子说："你们为啥不管我们家，啊？你咋不说话，理亏了吧？"

第一书记龚道辉说："也可以帮啊，朱家湾的每户村民都可以帮的。"

肖森林咧着嘴呵呵笑着："这还差不多，你们当干部的办事儿得公平，对不对？"

第一书记龚道辉说："帮是帮，但有个条件，你们爷俩得忌酒，好好过日子，只要你们答应了这个条件，我们肯定帮。"

"不喝酒呀，那太难了。"

"那你还有啥资格要资助？"

肖森林噎住了，好一会儿不吱声。可能是肚子饿了，他站起来摸了摸肚皮，没趣地往出走，边走嘴里边唠叨着："喝酒和资助有啥关系呢？真是搞不懂……"

四十九

常言道：万事开头难。朱家湾成立企业刚刚有了眉目，农产品如何往外运输还是个问题。看来这只是个开始，摆在第一书记龚道辉面前的难题还很多。第一书记龚道辉心里很清楚，一口吞不下个胖子，万事只能一个一个来。接下来，修路的问题摆上了议事日程。

朱家湾通往外面的路不光是难走，还特别狭窄，两辆小车都无法错开，更别说运输车了。当务之急就是先修路，不把路修好，哪个公司也不可能跟朱家湾合作，更谈不上脱贫和发展了。修路这事不是件小事，要得到市里支持才行。第一书记龚道辉向市里打了一份报告，建议市里适当拨些资金。他的设计是把朱家湾岭下南沟北沟横向连成一条线，纵向通往外面，设计成一条 T 字形的乡村公路。

汇报没多久，市公路局领导带人来朱家湾实地考察，也都认为给朱家湾修路十分有必要。公路局领导开会讨论，通过了报告，资金也很快到位了。

其实，在第一书记龚道辉驻村之初，隋阳市扶贫办领导就来过朱家湾，当时对朱家湾印象最深的就是路太难走。这也是第一书记龚道辉的修路报告得以顺利通过，修路资金很快到位的主要原因。

有钱修路了！这一好消息一传开，在朱家湾引起轩然大波，人们奔走相告，跟湾子里通了电一样兴奋。

村书记邱道君一听说朱家湾修路的事有了着落，比任何人都激动。他当村支书这两年，没少为修路的事儿犯愁。别的不说，就说朱家湾那座大岭，夏天下雨泥泞，冬天下雪冰滑，连摩托车都骑不了，只能用脚一步一步地丈量。岭上人下来一趟也不容易，赶上下雨下雪就困在上面下不来了。村主任胡家鲜把修路的事根本没当回事，他心里早就盘算过了，没有个几十万根本修不了路，这么多钱去哪儿找？直到第一书记龚道辉给他看了市里的批文，他才相信这是真的。虽然那座大岭不在修路的计划内，可岭上那些人家早晚要搬出来，以后那岭就不用管了，他一高兴就说了句，"正好给贫困户一个挣钱的机会，让他们每家出个人，参加修路。"

陈老二不干了，他跑到村部找村书记邱道君，"凭啥好事儿都给贫困户？别的好处给他们也就算了，家门口挣钱的机会也都给他们？我家也不富裕，要不是家里有老人孩子，我早去城里打工挣钱了。"

"就是，谁家不困难啊？都想挣俩钱用哩。"陈老二身后跟来好几个人，也随声附和。

几个人正说着，忽然传来一声女高音："我儿子没车了，没车了，赶紧给我家办低保！"孔明英把前边几个人扒拉开，挤到村书记邱道君办公桌前，"我儿子没车了，这回你得给低保了吧？"孔明英得意扬扬，双手叉腰，俨然一副胜利者的姿态。

"没车了？啥意思？"

"还能有啥意思？你们不是说有车就不能办低保吗？我让儿子把车卖了，反正儿子在外面日子也不好过，我叫他回来，参加湾子里修路挣钱。"

村书记邱道君不知说啥好了，张张嘴又闭上了。过了好一会儿，他才说："贫困户可以修路挣钱，这话还没和村委们商量，只是我随便说的。"村主任胡家鲜在他对面坐着，一言不发，一副事不关己高高挂起的神情。

孔明英紧盯着村书记邱道君的脸，"你到底回个话啊！"

村书记邱道君说："符合条件咱就办，咋，还跟我要打架吗？你不就是想挣钱吗？"

"是啊、是啊。"孔明英没有发火。

"到时候得先看施工方需不需要人手，要是不需要，你们可就白忙乎了。"

"不中，啥叫白忙乎呀？修路肯定需要人手啊！不然活儿咋干？"几个人就这么叽叽喳喳地嚷嚷着，村部就像煮开的一锅粥。

村书记邱道君给第一书记龚道辉打电话，叫他到村部来一趟。半路上，第一书记龚道辉碰见带着一身酒气的肖森林。肖森林问他："龚书记，这回修路可得有我的份儿啊！"

第一书记龚道辉说："不把酒戒了，你就没资格去。"

"那么多人都有资格，为啥就我没有资格？"

第一书记龚道辉的手机响了，他说："就到了。"第一书记龚道辉赶紧往村部走，肖森林在后面寸步不离。两个人刚走到村部外边儿，就听见里面乱糟糟的吵闹声。第一书记龚道辉走进去时，屋里顿时安静下来，大家一起看向他。村书记邱道君招呼他说："龚书记，他们都想修路挣钱，你看用得了这么多人吗？"第一书记龚道辉朝四周扫了一眼，认出几个人，从这些人的脸上他大概也明白了目前的情况。还没等他说话，肖森林嗷一嗓子，"我也要参加修路，有钱谁不想挣啊？"

第一书记龚道辉说："谁想参加修路都行，但这活儿不是谁都能干的，一是要不怕苦不怕累，二是干活就不能喝酒，符合这两个条件就行，愿意干的就报名。"

陈老二高兴地连声说："好、好。龚书记，你不知道，我家那口子身体不好，我不能像别人那样去外面打工挣钱，没想到在家门口给自家修路还能赚到钱，真是一件大好事啊！"

第一书记龚道辉冲陈老二笑笑，"凭力气挣钱，只要能吃苦就有钱赚。其他人呢，怎么都不说话了？"

人群静了一会儿，又热闹起来，到村主任胡家鲜那边去报名的人真不少。肖森林一个劲儿往人群后边儿退，最后站到门外去了。他也听出来了，那条不能喝酒的禁令就是给他定的，他不打算争了，一跺脚，走了。第一书记龚道辉看着他的背影嘴角笑了一下，他有预感，这个肖森林还会回来的。

五十

市里很快调拨了修路资金，具体施工进程由第一书记龚道辉负责。

有方案、有了钱、有劳力，看起来朱家湾通往万福镇的道路，似乎进展得十分顺利。工程队技术人员进驻到朱家湾，加上几个村的农民，队伍比较庞大，修路的场面热火朝天。爱喝酒的肖森林每天向山下张望，修路队伍忙忙碌碌，站在他家大门口正好能看到那热闹的阵势。

肖森林的儿子说："我决定去干，酒嘛，不喝就不喝，没有啥大不了的。"

肖森林说："对呀，干完活咱再喝呗。"

爷俩就这样也加入到修路队伍里去了。第一天干完活回来，第一书记龚道辉叫住他们，"你们想好了啊，不喝酒啦？"

"不喝了。"肖森林的儿子在草皮上蹭着铁锹上的水泥灰。

"龚书记，不就几个月吗？忍一忍就过去了。实在瘾上来了，晚上钻被窝的时候，抿一口就行了。"肖森林把毛巾往肩膀上一甩。

第一书记龚道辉愣住了，"肖大哥的意思是戒几个月？"

"是啊，路修完了可以继续喝啊！"

第一书记龚道辉暗笑了一下，不再搭理他们，转身往回走。路上，碰见村主任胡家鲜，相互打了个招呼，胡家鲜跟他唠了起来，"龚书记，你看出来了吗？现在这人啊，还有争当贫困户的。孔明英的儿子把小车卖了，最近回来了，总算当上了贫困户。听说她儿子离婚了，这一周多一直在家里待着，连修路的活儿也不愿意干，嫌累，你说这人不知咋想的。她家里有个瘫子，儿子还不正干，咋能不受穷呢……"

"他们家的情况很特殊，我们得想想办法，给他们家量身定做一个恰到好处的法子。"

"办法呀，也没少想，但根本无济于事。孔明英的儿子说，不想在朱家湾这穷地方受穷，还是要到外边去混。"

"等咱这里富裕了，他就不想往外面跑了。目前主要是朱家湾的吸引力还不够。"

两个人走到山谷里，工程队的项目经理走了过来，"龚书记，有一段路需要改变设计路线，按图纸进行的话困难太大，你们过来看看。"

几个人站在一大片石头碴子上，新路被拦腰截断了，要想继续往前铺路，就要炸开石头碴子，工程量太大，还增加了难度。

项目经理说："还有个办法，就是把石头碴子变成岭……"

"不行不行，再想想别的办法吧。"不等项目经理再说下去，第一书记龚道辉坚决否定了这个提议，一想到朱家湾那大岭心里就恐惧。他说："咱修路就是为了让朱家湾的路从此平坦，不再有什么岭啊沟啊的。"

村主任胡家鲜一拍大腿，"这还不简单？咱绕个弯儿不就行了，往那边拐一下，绕开这石头碴子，从那片荒岭修过去，不就好了。"

"还真是，你这个办法真不错，那就这么定了吧，你们同意的话我把设计图纸改一下，就这么干吧。"第一书记龚道辉说。

"哪能这么简单，变更路线需要向规划部门报批，占山需要林业部门批准。"项目经理说。

"哎呀，龚书记，这算个啥事儿嘛，没人管的，这么多年这里就是荒山，啥用也没有，林业部门我来疏通，那个路线啥的我可不懂，你看着办吧。"村主任胡家鲜说。

"那就这么办，咱们分头行动。"第一书记龚道辉说。

"咱们能不能三头一块儿行动？这样不影响工程进度。"项目经理说。

第一书记龚道辉犹豫了，"这样恐怕不行吧，万一林业局的手续批不下来怎么办？"

"哎呀，龚书记，你可真是个秀才呀，怕这个怕那个啥也不要干了，你不想早点儿修完早省心啊！这点小事儿有啥批不下来的？干吧，别婆婆妈妈的啦。"村主任胡家鲜变得急躁起来。

第一书记龚道辉心里也着急，朱家湾这条路关系到他的下一步计划，他当然希望快点儿修好。听村主任胡家鲜这么说，想想也有道理，应该没什么难办的，最后他也同意了，三头并进，都不耽误。

路线变更果然十分顺利，第一书记龚道辉只跑了一趟，隋阳的主管部门就同意了。

五十一

　　也许是大黄有预感，也许是我们家有一劫，第二天上学时，我照例去牵大黄出去吃草时，可牛圈里连大黄的影子都没有，我记得清清楚楚，绳子我拴得牢牢的，大黄不可能挣脱呀，肯定是被盗牛贼偷了。我转身走到奶奶床前，本来想给奶奶说的，话到口边吞回去了，我不能让奶奶跟着怄气。另外，我心里不是很慌，按奶奶说的，丢了东西不慌，说明还能找回来。去学校的路上，我想咋样找回大黄呢？

　　到校后，早读刚刚开始，我立马写了个《寻牛启事》。

　　叔叔或阿姨：

　　我叫方丫丫，是三口堰小学的学生，妈妈离家出走了，爸爸在外打工，我奶奶有病起不了床，大黄是我一天一天养大的，它的右耳朵上有个白色的斑点，家里靠大黄长大后卖点钱，给奶奶看病。请牵走我牛的叔叔或阿姨，看到启事后，可怜可怜我，可怜可怜我的奶奶，还回我的大黄。我知道您也是不富裕的人，有钱人不会做这事的，但人穷志不能短啊，我会记住您的大恩大德的。我的大黄认路，请您赶到村口，它自己会找到家的。谢谢啦！

　　　　　　　　　　　　　　　　　　一年级学生　方丫丫

我刚写完，杨老师走了过来，"方丫丫，你写啥呢？"

我立马站起来，恭恭敬敬把纸条递给杨老师，杨老师接过纸条，示意全班的朗读停下，对同学们说："方丫丫家里牛丢了，我们一定要帮她找回来，有手机的请转发到微信群和QQ群里，没有手机的，抄写方丫丫写的寻牛启事，在附近村里，还有大街上张贴出去。"

很快，我寻牛的启事，贴满大街小巷，再加上许多好心人在微信和QQ群的转发，一时间在朱家湾方圆几十里的地界，传得人人皆知。很多人骂偷牛贼坏了良心，偷牛贼知道后，会不会有悔过之意呢？我多灾多难的大黄，它会不会回来呀？

说实话，我心里很不安。虽说表面上假装镇静，但我心里实际上很着急。大黄丢了，我咋跟奶奶说呀，咋跟爸爸交代呀？

龚书记听说了此事，亲自到我家里查看，还专门召开了村委班子会议。让村委会成员多方打听，还派了几个人到附近牛集市上打探，询问有没有人看到我家的牛。可惜，都没有一点下落。

一连多日，我每天早晨起床，放学回来，第一件事就是去牛圈一趟，看看我的大黄回来没有。

太阳落了又升，升了又落，我等了一天又一天，真有点望眼欲穿的感觉。一直等到第八天早晨，我一边穿衣服一边想，如果今天再没有大黄的音讯，我放学回来就给奶奶道出实情。

我刚穿好衣服下地，突然听到大门外大黄"哞哞"的叫声，奶奶说："丫丫，快去看看大黄，它一大早就叫，是不是有啥事了？"

我欣喜地答道："哎——"

我顾不得弯腰提上鞋跟，趿拉着鞋跑到大门外，果真是大黄回来了，它瘦了很多，我忍不住叫了声："大黄，你到哪里去了？可把丫丫急坏了。"我摸着大黄的头，摸着摸着，忍不住号哭了起来。

"我的大黄啊！你可不敢有个闪失，家里的生活还要靠你啊！这几天，我提心吊胆，生怕你有个闪失啊……"

大黄用舌头舔着我的手，眼睛里泪汪汪的，它一定受了不少委屈，只是不会说话而已。

五十二

陈老二在表弟夏晨水和陈芳菲之间做着选择。

他听从表弟的建议，不再跟陈芳菲对着干了，把河边两块地租给了陈芳菲。陈老二说他可以去帮陈芳菲管理大棚。夏晨水让陈老二跟自己一起养长毛兔。

陈老二想来想去，决定谁的忙也不帮，不想寄人篱下。表弟夏晨水和陈芳菲回朱家湾所做的事情，对他打击很大。他心里清楚得很，朱家湾从东到西找不出一个像他这样的年轻人，留在湾子里的人，要么太老，要么太小。他呢，因为媳妇身体不好，才没去外面打工，凭什么就要落在他们之后呢？他很不服气。

陈老二漫不经心地转悠着，不知不觉就转到河边那两块地里。往年这时候，他早把地里的石头、茬子搂到地边去了，去年这块地种的是谷子，谷茬子已经刨完，就等着打理干净，清明一过，天气转暖，就可以种庄稼了。今年他本打算种苞米，庄稼不重茬，去年种过今年就得换换样儿。朱家湾的好劳力所剩无几，要么身体残疾有病干不了活儿，要么不务种地游手好闲，要么外出打工再也不回来。如今他这好地租出去，他还真有点舍不得。不像孔明英那两块，他们家男人有病，儿子常年在外游荡，男人没人伺候，荒着也是荒着，租出去还能派上了用场，换几个钱。他长叹了一口气，有点茫然，眼里到处是荒地，远处近处哪哪都是，朱家湾真不缺地。还有一些条件不错的地，因为主人去城里看孙子孙女，顾不上管，来回跑着种还要搭路费，不划算，也在那里荒着。地里长满衰败的荒草，像个弃妇似的，满脸是哀怨的神情，让人不忍心看，看了叫人心疼。这些荒地，能干点什么呢？陈芳菲说种木耳需要水，这些离河边太远的地不适合建大棚，那么，这些荒地能干点什么呢？

陈老二望着村里那面迎风招展的五星红旗，脑子飞速旋转着。不知不觉就走到村委会的院子里。听到有人在说话，他站在院里没动弹，他也说不清为啥转到这儿来了。

"这里都是绿色食品，无污染无公害，小米、野菜之类的农产品都可以通过公司卖到城里去……"

陈老二听出龚书记的声音。他忽然冒出个想法，转身朝外走，却听到身后有人叫他。

陈老二被第一书记龚道辉叫住了。陈老二说了自己的想法，龚书记让他放手去做，打多少粮食龚书记负责出售。陈老二心里有了底，逐个给城里的村里人打电话，跟他们商量种地的事。"你那地荒着也是荒着，我帮你打理，到年底给你拿点儿小米，行不？"陈老二不停地说着这同样的话，得到的答复都差不多，对他表示感谢，有的说给不给粮食都无所谓，只要不让地荒着就行。

陈老二不是所有的地都要，而是有选择性的。他挑了几块土质厚，比较平整的地，加起来有个五六亩吧，太多了他也种不过来。别人指望不上，但靠一己之力，从种到收，又要薅苗、耪地、施肥，雇人又不合算。这样先试试，一年下来到底能挣多少。虽然没有后顾之忧，可他担心年景里雨水少，也不敢太冒险。表弟又给他出了主意，告诉他种点黄小米，再来点黑小米。表弟说现在城里人都讲究养生，黑小米好卖。

　　荒了好几年的地拾掇起来有些吃力，但陈老二不灰心。自己给自己干活，再累也高兴。他有时望望陈芳菲的大棚，村里有几个人给她正支架子呢，给她干活倒是省心，拿力气换钱，也不用操心挣了赔了的，他本来也可以像他们那样，挣点省心钱。为这事媳妇跟他生了好几天气，埋怨他瞎折腾，到头来会不会白搭工，连工钱也赚不回来。媳妇还说："别以为白种人家的地就省钱，一年你得投入多少？种地要雇驴，还要买化肥，还要……"他没让媳妇继续往下说，他说他不用化肥，他全部用有机肥。

　　这样，陈老二又多了个活计，就是收集有机肥。他把家里猪圈的粪拉到院子外面，堆在大门口，然后又去别人家问，看看谁家有猪粪，他帮人家免费拉，然后一并运到自家大门口，堆着，发酵。不过，走了一圈也没收集多少。现在农村养猪的人越来越少，猪崽儿太贵，三四十斤的就要八九百块钱，喂猪的饲料也贵，不买饲料光吃苞米又吃不起，一旦发生瘟疫，猪就没了，连本钱也搭进去了。猪少粪少，陈老二计算着还需要一些化肥，能少用尽量少用，据说那除草剂对人伤害特别大。除草剂是坚决不用的，谷子就有这样的好处，用了除草剂连种子也会坏死。现在这粮食，大概也就小米最让人省心了。

　　清明下了一场小雨。陈老二趁着这点宝贵的雨水，开始保墒，耕种，他特意从附近老辈家里找来谷种。这种谷子磨出的米黄亮，色泽鲜，煮出粥来黏糊糊地冒香气，肯定能卖个好价钱，还会留住回头客。他不怕麻烦，跑了好几天，可是没花几个钱，全是靠脸，靠人情要来的。

　　陈老二一边忙乎着，一边盘算着，这一年要是白忙乎了，不光媳妇跟他吵不完，还会在朱家湾丢脸哩。

五十三

学校快要期终考试了，每天的家庭作业越来越多，我越来越感到时间不够用了。每天晚上做作业，都做到很晚才睡觉。早晨，都是奶奶叫几遍才迷迷糊糊起床。冬季来了，天慢慢冷了，一双小手经常冻得红扑扑的，经常肿得跟面包一样。

一天上体育课的时候，杨老师把我从操场上叫过来，说有个报社的记者要采访我，我双手在衣襟上搓来搓去，一下子紧张起来。杨老师说："方丫丫，不要紧张，记者问啥你说啥，实事求是说说上次大黄丢失，过了几天又被送回来的经过就行了。"

记者问得很详细，我都一一做了回答，包括我家穷的情况。

不几天，报纸就刊登了出来，还有我的照片。我拿回报纸给奶奶看，奶奶笑得合不拢嘴。

一个星期日中午，我跟平时一样，正在做午饭，龚书记和胡家鲜主任带着几个人走进我家，一个当官模样的人拉着我的手，很亲切地问："你叫方丫丫吗？"我说："是的。我的手很脏，不要把你的手弄脏了。"

我用力抽回了小手，胡家鲜主任说："方丫丫，这是隋阳市的黄市长，他在报纸上看到你的事迹后，牺牲休息时间特意来看你。"

我激动地说："谢谢，谢谢黄市长。"

"孩子，来，让我看看你的手。"黄市长拉过我的小手，摸着我满手的老茧，表情有些沉重，他颤着声音说："你小小年纪，既要上学，又要照顾奶奶，还要种菜，喂牛、养鸡，真是不容易啊！"

我笑着说："没事，我已经习惯了。"

"城里像你这么大的孩子，父母还给穿衣服，上学都要送到学校门口，你这么小，做饭还要垫凳子，真是穷人的孩子早当家啊！"

黄市长一行跟我说了一会儿话，又到奶奶床前看望奶奶，奶奶感动得一双手不停地作揖，黄市长拉着奶奶的手，温和地说："大娘不要客气，我是全市人民的市长，来看看您老，是应该的。看到小丫丫满手的老茧，我心里很难过，很沉重，我这个市长没有当好，精准扶贫没有到位，这是我的失职啊！"

"我也没做好，黄市长，来朱家湾几个月了，只顾抓大的方面工作，对方丫丫家关注度不够。不过，我已经跟方丫丫的爸爸方刚取得了联系，请他回来参加村里新建设，既能照顾老人孩子，又能创收。请市长放心，我们村委会不会让全村在致富的道路上，落下一户。"第一书记龚道辉打着包票说。

稍后，黄市长又接着说："大娘，这是市上给您家的救济款，您拿着。"

我看着好厚一沓子，足有两千块，奶奶推辞了一下，接过钱，又是不停地作揖，"谢谢市长，谢谢市长惦记我这个老婆子。"

市长又从自己衣兜里掏出一沓钱，"大娘，这是我个人的一点心意。天冷了，让龚书记他们帮忙买些过冬的棉衣、被褥，把门窗糊一下，过一个不冷的冬天。"随行的几个人都学着黄市长，都从自己腰包里掏钱给奶奶，奶奶流着泪说："谢谢你们，这么多钱，够我用半辈子了。"

黄市长说："大娘啊！市上已经定下了扶贫的决心，在扶贫的这条路上没有终点，市上不会让任何一个贫困户掉队的……"

　　黄市长走后不几天，乡上来人帮我家里修理了破损的门窗，处理了漏雨的房顶，还给我们家送来了两床被子，晚上我把新被子盖在身上，好暖和啊！我真的好开心……

五十四

孔明英的贫困户名额报上去了，但迟迟没有动静。也不知是谁跟她说的，村里的名额用完了，都让村主任胡家鲜给了自己的亲戚了。

孔明英有点火星都喋喋不休，这一下有了火苗，她当即火冒三丈，跑到村部又是哭又是叫，大闹了一场。她像个刺猬一样，逮着谁扎谁。她把两双棉鞋扔进河里，用力地搓着，像跟棉鞋在打仗。刷完，气鼓鼓地上岸，手上拿着鞋，鞋滴着水，滴滴答答湿了一条街。她用手上下不停地甩，嘴里也不闲着："缺德，这种人还能当干部吗？不把贫困户名额给我，我就去镇里告你，镇里不行就去市里，我去找市长，看有人管不……"正骂着，对面来了几个人，看穿着打扮不像村里人，孔明英见来人了，忽然来了精神，她把湿鞋甩得老高，声音提到高八度，喊着："我要去告你！我就不信告不了你！"

有两个人果然停了下来，问孔明英："大姐要去告谁？"

"我们村主任胡家鲜，他以权谋私。"

"你能说说具体情况吗？"

"你们是干什么的？我说了你们能管吗？"

"能。"

"朱家湾谁不知道我家里有个废物啊，常年瘫痪在炕上，我想去外面打工挣钱也走不开，就得在家伺候他。一年到头没挣头，没钱花，我这样的条件还不够评贫困户吗？村主任胡家鲜却不给我，都给了他们老胡家人，他们哪个不比我家条件好？"

"大姐，你的情况我们知道了，回去我们就调查，如果情况属实，我们一定严肃处理。你家这种困难情况，应该定为贫困户，我们都记下了，这你放心。"

孔明英看着一行人走远，嘟囔道："我就知道早晚有一天，能有人管我家的事。"她再次把鞋甩得老高，特别用力地想甩掉鞋上的水分。她挺着胸脯往家里走，边走边激动地唱了起来："今日痛饮庆功酒，来日方长显身手……"还有点京腔京韵的味道。

孔明英遇到的是市巡视组的人，她反映的问题很快得到落实，村主任胡家鲜的确存在问题。在贫困户名额分配上有谋私之嫌。村主任胡家鲜因此受到行政警告处分。孔明英如愿以偿，胡健的名额被剔除，给了孔明英。

正可谓几家欢乐几家愁。孔明英高兴了，胡健家发愁了。

五十五

今天语文课杨老师念了一首诗，说是朱家湾刘厚淳的儿子公刘四年级时写的，杨老师深情地念道："夏/四年级学生 公刘/伸手抓一把阳光/洒向大地/顷刻间/大地一片金黄……"念完后，老师停顿了一会儿，问："同学们谁能理解公刘这首诗的含义？理解的请举手。"

我担心地里的麦子，它们一天天黄了，昨天放学我还去看了，麦穗上的小麦已经睁开了眼睛，得赶紧割，不然一场雨下来，爸爸辛辛苦苦种的小麦就会颗粒无收。杨老师念到这首诗，我一下对公刘叔叔崇敬起来，听爸爸说他家的门画不用买，都是公刘叔叔自己画的。他后来参军了，当了军官。他真厉害，四年级就写出这么好的诗，难怪杨老师念这首诗的时候那么自豪，公刘叔叔曾经是杨老师的学生。

前天，我看到刘厚淳爷爷手里拿着本杂志，在村南边皂角树下很享受地看着，我好奇地问道："刘爷爷，啥好书呀？你看得那么认真？"

刘爷爷笑着说："《中国人才》杂志采访我儿子公刘的文章，你看，还有他的照片。"

　　我顺着刘爷爷的手指看上去，上面有刘叔叔英俊潇洒的照片，我情不自禁地说："刘叔叔真是好样的。"

　　"丫丫，你长大了一定会比你公刘叔叔更厉害。"刘爷爷慈祥地望着我。

　　"我会加倍努力的，刘爷爷。"我不敢停留太久，得赶紧回去给奶奶做饭。

　　"丫丫，你公刘叔叔这两句话，刘爷爷很欣赏，你也可以记在心里，以后有用。"刘爷爷眼神里充满期盼。

　　"刘爷爷，快告诉我，是哪两句。"我赶紧从书包里拿出铅笔和用过的作业本，把作业本背面翻出来。

　　"奋斗有可能不成功，但不奋斗，永远不会成功。"刘爷爷念得很慢，担心我记不住。

　　我写好了，给刘爷爷看。刘爷爷眯缝着眼睛看了看，点了点头，"丫丫的字写得真好，你这么节约啊！用过的本子都舍不得扔。"

　　"刘爷爷，我这本子还是用鸡蛋换的，我们家太穷了。"我难为情地低下了头。

　　刘爷爷从衬衣口袋里掏出几张零钱递给我，"丫丫，刘爷爷这有点零钱，都给你，可以买几个本子。"

　　"我不要，这背面可以打草稿，都可以用上。"

　　"拿着，听话。"刘爷爷把零钱塞进我的书包。

　　"谢谢刘爷爷。"我把几张零钱掏出来，有十元的五元的一元的五角的，我抽了一张五元的，其他的都递给刘爷爷，"刘爷爷，五块钱就够了，可以买两个新本子。"

　　"丫丫，你都拿着，刘爷爷有钱。"

　　前天的事儿在我脑海里一闪而过，我还是想着公刘叔叔的那首诗，想着我家的麦子，我第一个举起了手，杨老师高兴地叫我："方丫丫，你说说你对公刘这首诗的看法。"

我一下子站了起来，"我感觉公刘叔叔写的是农村丰收的景象，太阳照着农田，小麦都发黄成熟了，等待收割。"

"好，方丫丫的回答十分准确。"

五十六

胡健被孔明英闹得丢了贫困户名额，心里忌恨着孔明英，他琢磨着怎么治治这个女人，突然就想到了表妹陈芳菲。陈芳菲回家时，胡健在大门口堵住她，说："你把孔明英给我辞了，朱家湾没人了吗？干吗要用她？"

"为啥要辞？人家干得好好的，她干活特别能吃苦，还细心。"

"你说为啥？她抢了我家东西你不知道吗？胳膊肘朝外拐啊！你——"

"表哥，你能不能有点儿出息呀！一个大男人，不缺胳膊不少腿的，你干吗要跟一个老公瘫痪在床上的女人争那点钱呢？你不嫌丢人吗？我都替你害臊。难道你想打一辈子光棍呀？"

"你少废话，我叫你辞你就辞，别说那些没用的。"胡健用命令的口吻说道。

"我不会听你的。"

陈芳菲说完就走，看也不看他。胡健伤了面子，头一次脸上有热辣辣的感觉。别人可以这么跟他说话，没想到自己的表妹也这么硬气，完全不把他这个表哥放在眼里，让他脸都没处搁，他四下里望望，生怕刚才那一幕被谁看见了。还好，除了站在不远处的徐小月，没别人，他这才放心。他朝徐小月瞪了瞪眼睛，徐小月懒得理他，转身回自家屋里去了，胡健见没趣，也悻悻地转身回了家。

下午，陈芳菲想到自己对表哥胡健的态度有点过分了，就去胡健家看看。胡健的房子不通透，冬冷夏热，他正躺在床上生闷气。陈芳菲喊他，他腾一下坐起来，说："你是不是特别瞧不起你这个表哥？"陈芳菲很干脆，说："是的。"胡健满脸通红，也斜着陈芳菲，样子有点狰狞，好像要把陈芳菲吃了似的。

缓了一会儿，陈芳菲才和颜悦色地说："表哥，你说现在这年代，但凡勤快点的谁还在家里受穷啊，连老实巴交的陈老二都琢磨着干点事情，你脑子那么好使，特别聪明的一个人，你咋就不想想干点儿啥呢？"

胡健被数落得一声不吭，他气得连晚饭都没有吃，就到当街瞎逛去了。

胡健二十四岁结婚，不到两年就离婚了。媳妇嫌他太懒，庄稼活儿不下力干，也不出门去打工挣钱。每天像丢了魂一样，有事没事就在村里闲逛。胡健还有个臭毛病，就是爱赌钱。陈芳菲还帮他还了两次赌债，他是十赌九输，多次找别人借钱，村里能借的，他几乎都借过，到现在还欠很多人的钱。

陈芳菲生气时，埋怨说他是寄生虫。媳妇跟他生不起气，离婚之后带着孩子走了。如今胡健光棍一个，吃老啃老，啥也不干。村主任胡家鲜是本家叔叔，被他软磨硬泡，还央求徐小月帮忙求情，这才要了个贫困户指标。按条件一项一项地扣，胡健是不太符合的，可他喝了酒胆子就大，他把朱家湾的人都不放在眼里，他红着眼睛说："谁敢跟我作对，我就让他全家不得好死。"他就这么嚷嚷着，很多人看他有点二劲，也不敢吱声。

世上很多事，是胆小的怕胆大的，胆大的怕不要命的。孔明英就不怕胡健。孔明英认为那个名额就应该是她家的，谁还能比她家更惨？整天伺候一个废物。就这样，两个人打打闹闹一直没消停，直到如今孔明英胜出，才画上了句号。

胡健闷头走着，一辆轿车从身后过来，停住了，车里人探出头跟他说话。胡健见是龚书记，忽又想起那天薅人家脖领子的事来，显得十分不自在。

胡健迟疑了一下，嘴里忽然冒出一句："龚书记，我正想去找你哩。"话一出口，连他自己也吃了一惊，就在几秒钟前他连这个想法都没有。

"好啊，那就到我那儿去谝一谝吧。"

第一书记龚道辉特意用了"谝一谝"这个词儿，这是他到朱家湾之后学到的第一句方言，实际上就是拉拉家常的意思。老乡们都爱说谝一谝，他也跟着他们说谝一谝，这样相互随和一些，比"谈一谈""聊一聊"亲切得多。

到了办公室，胡健呵呵地笑着给第一书记龚道辉递了一支烟，并表示对那天的鲁莽道歉，说自己不该那么冲动。

"你要是跟我谝这个事，那没必要，过去的事就过去了。我想跟你谝的不是这个事，我是觉得咱朱家湾除了老弱病残之外，都有自己家的致富想法，都想做点什么，你就没什么想法吗？"

"没想过，我也不知道我能干点啥。除了耍钱我啥都不会，开一家赌场，村里也不会允许啊！"

"这可不行，赌场的事儿想都不要想，这是违法的事！你要不是赌钱，你媳妇能跟你离婚吗？以后你得戒掉这个毛病。你看现在咱们只有农副产品，还没有肉类养殖呢。你要不开个养鸡场或养鸭场的场之类的，你觉得可以吗？"

"我不喜欢，我见了鸡粪鸭粪，就犯恶心。"

"不喜欢干这活儿，你想干点啥？"

"龚书记，你要理解我。我不喜欢养动物，不喜欢鸡鸭牛羊类的。养牛养羊太累人，每天得放它们去山上，冬天还得和饲料。养鸡养鸭，也挺烦人的，要是养几十只鹅，我觉得还行。"

"嗯，行啊，那就养鹅吧。"第一书记龚道辉点了点头，总算给这个懒人找了个营生。

"隋阳城里有道菜叫'竹荪鹅'，好几个饭店都把这道菜作为招牌菜。你要养鹅，肯定有销路，我可以帮你联络。但是咱先说好了，养鹅也不是简单的事，光说不练不行。你得好好学习技术，科学喂养。吃什么东西，怎么预防疾病之类的知识，你都得学。准备好了再买来养。"

胡健说："龚书记还小瞧我呀！我虽然懒点，可脑子不笨，学东西挺快的。这样，养鹅的资金您给解决了，销路再帮我联系好，我就一门心思地养。"

胡健在村里吵吵着要养鹅了。朱家湾人都了解他，空话大话一大堆，从来就没干成过什么正经事情。何况养鹅又不是简单的事，不是说说就成了的，所以当胡健遇人就说他要养鹅时，村里人都当笑话听，没人当真。有的撇撇嘴搭讪一两句："等你那鹅养大了，我们买来炖着吃。"

五十七

今天是星期天不上学，鸡叫头遍我就起来了，拿着昨晚磨好的镰刀，趁着月色往我家的麦地里走。

收音机里说隋阳市今天有小雨，我家那张开嘴的麦穗千万不能淋雨，淋雨就会发霉发芽。爸爸说工地赶进度，他请不动假回不来，让我收好等他回来。别看我个子只有小麦秆高，我有能力把小麦收好。这个季节，村里人都忙，想请别人帮忙，张不开口。即使人家不忙，我也不能麻烦人家，因为我家给不起工钱，更管不起饭。想想我家大黄牛的几次遭遇都挺过来了，两亩地的麦子真的不算啥。爸爸回来看到我把麦子都收了，堆得很好，没有被淋雨，爸爸一定会夸我能干的，一定会奖励我棒棒糖的。一路想着，我的小步子走得更快了。

快到麦地时，看到月影下有三个人在割我家的麦子，我的心都快提到嗓子眼了。这几人心眼真坏啊！我家就两亩地麦子，满打满算也值不了几个钱，三个人还起大早来偷，唉——

我在心里叹了口气，生怕自己的响动惊到了偷麦子的人，给自己带来什么危险。爸爸给我说过，生命只有一次，生命是一，其他事情都是零。我赶紧蹲下看看他们究竟是谁，这三个人中两个小个子手脚很麻利，只听到镰刀割麦子的"嚯嚯"声响，连腰都不直一下。那个大个子好像体力不够用，割几刀就要站起来捶捶背，我感觉大个子像村里一个人，但又不敢确认。我往前悄悄地挪动身子，借着东方鱼肚白的光亮仔细辨认，终于看清了。大个子就是来村里的第一书记龚道辉。

我站起来大喊了一声："龚书记！"就跑了过去，扔下镰刀抓住龚书记的手哭了，"谢谢你们啊！"

另外两个人听到我的哭声，放下镰刀走了过来，看到是我，村书记邱道君惊奇地问："丫丫，高兴才对，咋哭了？"

"我还以为是有人偷我家的麦子，没想到三个叔叔天没亮就帮我家割麦子，我是感动地哭。"我给三位叔叔行少先队礼。

"好了，丫丫不哭了，赶紧割麦子，要赶在下雨前割完收完。"村主任胡家鲜说。

五十八

朱家湾上空阴沉沉的，一场暴风雨就要来临。朱家湾村委会会议室里气氛凝重，像酝酿着一场史无前例的战争一样，让人心情沉重。村书记邱道君黑着脸，村主任胡家鲜喘着粗气，还有两个穿警服的陌生人严肃地坐在那里，一言不发。

村主任胡家鲜呼地一下站了起来，啪，一拍桌子，其他几个人吓得一哆嗦，齐刷刷看向他。村主任胡家鲜满脸通红，大声说道："是我耽误事儿了，这点事儿都没办好，我还在龚书记面前打了包票，整的这叫啥事儿啊？啥事儿啊！"

"我们也没办法，没有正式批文那就是违法，不管是谁都得为此负责。"一个穿警服的人说。

"你们胡说。那山头荒了多少年了，一处羊都不拉屎的地方，没有树的时候，你们到哪里去了？如今那片荒岭派上用场了，这是多么好的事儿，咋就不行了呢？啊？你们想要钱，就明说。"村主任胡家鲜有点儿冲动。

"羊不拉屎放着行，你们要使用它，就得按规定依法有手续，就是这么个理儿。我们来制止，这是我们的职责。"另一个警察说。

村书记邱道君说："咱们赶紧打报告，抓紧时间把手续办下来。"

"哼，说得轻巧，要那么容易，我不早就办好了？我说没问题，让龚书记放心，他才走的。"村主任胡家鲜想到这儿，心里十分难受。他当时站在石头砬子上，拍着胸脯跟第一书记龚道辉说审批手续交给他，没问题，第一书记龚道辉才放心去了隋阳，谁知道手续还没办下来，就出现这样的事儿呢？手续啊手续，看样子边干边办手续，抢时间抢进度的想法，真是有点幼稚了。两位森林公安，不请自己就到了。

村主任胡家鲜给村书记邱道君使了个眼色，自己先起身往外面走，村书记邱道君会意地点了点头，随后跟了出来。村主任胡家鲜压低声音说："哎，你说咱俩是不是应该和龚书记先说一下，让他别回来，或者等森林公安走了，晚点儿再回来。这事儿尽量往后拖一拖，再等等，没准儿手续就办下来了。"

村书记邱道君说："那样好吗？我担心你不打这个电话还好，一打肯定就会把龚书记给催回来了。"

"也是啊，龚书记那人那性格，他怎么可能逃避呢？唉唉，真难呐！"村主任胡家鲜一脸的沮丧。

"这可不是你村主任胡家鲜的性格啊，跟人打架那劲头哪去了？"村书记邱道君说。

"唉，那你说，咱就这样等着龚书记回来，被他们带走吗？"

"要不要告诉龚书记一声，让他有个心理准备啥的，不至于回来了措手不及呀！"

村主任胡家鲜赶紧摆摆手，"不行不行，不能说。目前最要紧的是赶紧跑手续。"两人你一言我一语，说了好一会儿，还是一筹莫展，只好又都回到会议室了。

五十九

折腾了大半个月，第一书记龚道辉瘦了好几斤，黑眼圈都出来了，但他一点儿不知疲倦，从隋阳市到村里兴奋了一路，开着快车，听着摇滚，一改往日沉稳的形象，进了村委会院子就喊道："邱道君，胡家鲜！事儿成了，成了，终于办成了！"

没人应他。

"人呢？"

第一书记龚道辉自言自语地推门进屋，脸上的笑立刻凝固了，屋里几个人同时站了起来，怔怔地看着他，就像不认识他似的。第一书记龚道辉也算是见过世面的人，可这种情况他还是头一次遇到，心里不免泛起了嘀咕，迅速想着各种可能性，想着想着，一个可怕的念头冒了出来，难道是工程出了什么问题？村主任胡家鲜走过来，小声对他说："龚书记，你要有心理准备，那个，那个修路的事儿，出了点儿问题。"

"什么问题？"

两个森林公安也走了过来，"你是龚书记吧？我们是森林公安执法队的，你们修路占用了山岭的林地，涉嫌违法了，请你跟我们走一趟，接受调查。"

村主任胡家鲜挡在第一书记龚道辉前面，"非得现在吗？让龚书记休息一会儿再去吧。"

"是啊是啊，龚书记去外面跑公司的事儿刚回来。"副主任詹明白也赶紧过来，村主任胡家鲜干脆拉住两个公安的胳膊，直接往后拽他俩。

"你们想干啥？你们都是干部，这么做过不过分、合不合法？"两个森林公安显然急了，一扑棱把村主任胡家鲜扒拉到一边去了。

第一书记龚道辉过来拦住村主任胡家鲜，"詹副主任别激动，我也没犯法，咱用不着这样，人家说得也对，都是干部，咱都懂法，不能妨碍人家办案。"

两个森林公安也缓和下来了，"你们先不要紧张，我们也是先调查，具体结果怎么处理，还要经过多方论证，最后由法院来裁决。"

第一书记龚道辉说："麻烦二位同志先等等，我还有些事儿得跟他们交代一下。"大家重新坐下来，气氛仍然沉重。第一书记龚道辉却笑了，"公司的事儿成啦，你们高不高兴？都沉着脸干吗呀！这是好事儿，咱朱家湾往后有钱赚了。"

"哼，有啥高兴的，眼看你都要被起诉了……"村书记邱道君低着头嘟囔着。

第一书记龚道辉没理他，继续说："明天邱书记拿着身份证，让村主任胡家鲜陪你，拿两千块钱，去市工商局注册。你是公司法定代表人，虽然是集体企业，得以你的名字注册，这还是局长给我出的主意呢，公司名字就叫'青山绿水农业开发公司'，回来之后你们就着手收购农产品。"

第一书记龚道辉的情绪还没完全从兴奋中走出来，安排完这些工作，觉得轻松不少。他站起来对两位森林公安说："好了，可以走了，这次谁也别拦着。"就站了起来往外走。刚到院子里，外面拥来好多人，陈老二打头，肖森林父子以及参加修路的乡亲们都来了，大家七嘴八舌地问："龚书记，听说出事了，到底咋啦？咋还来了公安呢？"

"没事没事，咱的路啊有点儿情况没说清，我去林业局说清楚就行。"看这阵势，第一书记龚道辉心里暗暗叫苦。

"说明情况咋还得上警车吗？"

"是啊，龚书记好心帮我们修路咋还犯法了呢？"

"犯啥法呀，他是好干部，为啥抓他？不中，我们不让。"

两位森林公安也犯难了，赶紧出来解释，"乡亲们，让龚书记去一趟就是为了解释清楚，没说他犯法，也没抓他。"

"没抓他为啥要用警车带他走？"

大家你一言我一语，人越聚越多。

村民们的情绪越来越激动，警车根本就走不了。第一书记龚道辉只好摆手叫大家安静，"大家就不要为难两位公安了，没有你们想的那么复杂，我一会儿就回来，大家回去干活吧，路早点儿修好了，大家早一天享福。"

"路暂时不能修，等调查结果出来后再说，现在必须马上停工。"其中一个公安说。

第一书记龚道辉有点无可奈何，他不想再说什么了，满心欢喜的心情，这会儿被搅和得索然无味了。

六十

星期天，我正在院子里搓洗我的校服和奶奶的衣服，听到有人叫我的名字，"丫丫！"我抬头一看是爸爸，爸爸背上背着背囊，手里提着两个大提包，一脸的笑容。我答应了一声，起身跑向爸爸，爸爸放下提包，一把搂着我，我哭着说："丫丫可把爸爸盼回来了。爸爸，这回回来了，再不要走了。"

"爸爸回来了，再不走了。"

"真的吗？"

"真的。走，快进屋，看奶奶去。"

奶奶听到了爸爸的声音，大声叫着："刚刚！刚刚！"

"妈——"爸爸顾不得放下背囊，就走进里屋，拉着奶奶的手，"妈，您都好吗？"

"好，好着的，村里龚书记，市上的黄市长，都来看我了，还给了钱，给丫丫来年买书本，给我买药，绰绰有余。儿啊，让妈看看，瘦了没有？"

爸爸放下背囊，坐到奶奶的床沿上，"嗯，我儿子还胖了点，就是皮肤比以前黑多了。"

"妈，龚书记给我打了好几次电话，说夏家的晨水回来了，陈大为的姑娘陈芳菲也回来了，村书记邱道君的儿子邱小强也回来了，都在村里挣钱，我这次回来了，再不出去打工了，把您老照顾好，让丫丫也有个依靠。"

"儿啊！政府派龚书记下来为我们穷人做事，村里变化是一天一个样。你身体好，啥力气活都能干，脑子也不赖，在村里同样有赚头。"

爸爸给奶奶和我都买了几身衣服，还给我买了好多零嘴吃，我心里别提多高兴了。

朱家湾这几天有点儿反常。修路的村民憋着一股子劲儿，像是跟谁赌气似的，只顾闷头干活。

村委会院子里像集贸市场一样，许多人来赶集，村干部们都在忙着收购小米、榛子、板栗等农产品，原先慵懒的空气突然快速流动起来，大家都忙着各自手中的活计。

村书记邱道君本来想拦着修路工程队，让他们马上停工。森林公安说得很清楚，再修下去的话不是问题更大了？万一调查结果不好，那龚书记咋回来？

村主任胡家鲜说："龚书记临走时啥都不说，意思就是要咱们快点儿修路，生米煮成熟饭，看他们还咋办？"

村书记邱道君说："你这不是瞎胡闹吗？刚受了处分得长记性啊！人家不让修，咱还顶风继续修，龚书记的问题不就更大了！"

村书记邱道君这句话，让村主任胡家鲜马上红了脸。

村主任胡家鲜有点生气地说："受了处分就不干工作了？我那处分受得不冤，我没啥说的，可工作该咋干还得咋干。给朱家湾修路这是正经事，咱们做得没错，这么畏手畏脚的，遇到芝麻大点儿事，就往后闪，能干成啥事？"

村书记邱道君被村主任胡家鲜的这几句话呛得无言以对。

村主任胡家鲜稍后又说道："停工的话会影响修路的进程，还会耽误农产品的运输，这样的话，龚书记会更加着急的!"

......

就在两个人为修路争论不下时，村主任胡家鲜收到第一书记龚道辉的短信："抓紧修路!"

于是，就出现了一群人闷头抢活儿干的画面。整个朱家湾绷着一根弦，把每个村民的神经拽得紧紧的。这根弦把胡健也拽出了家，他在修路队旁边走了一遭，又朝着村部走去，刚好碰上要去隋阳的村主任胡家鲜。他问村主任胡家鲜，"龚书记真犯事儿了?"村主任胡家鲜正一肚子气没处发泄，眼睛一瞪，对胡健吼道："你个混球，在家养着那么舒坦，跑出来胡溜达个啥?龚书记犯不犯事儿，关你个毛啊!"

"哎，你们一个个看我都来气，是吧?人家龚书记不像你们没涵养，他还说要帮我养鹅哩。"

"帮你养鹅，你鹅呢?光嘴说不练，有个屁用。就你那一身懒筋，要是不抽了，你能干活?啥活儿不累不苦，你看看修路的那些人，都一把年龄了，还在那儿流着汗呢，他们都珍惜这次挣钱的机会。哪像你，把媳妇混丢了，还天天在家养着......"

胡健被村主任胡家鲜说得满脸通红，特别是话里球呀屁的，他有点受不了了，竟然捂着脸呜呜地哭了起来。

村主任胡家鲜就是想触及胡健的灵魂，见胡健哭了也不搭理他，头也没回一下就走了。胡健觉得太丢脸了，站起来就想回家。这一切都被不远处的村书记邱道君看在眼里，他走过去问明情况，带胡健到村部报到，让胡健给自己帮忙，负责收购农产品。

胡健跟着村书记邱道君到各家去收购，手提肩扛干得很卖力。收上来的东西虽然品种比较多，但因为朱家湾土地贫瘠，数量都不大。

村书记邱道君时刻想着龚书记说的那句话："等他回来。"村书记邱道君心里着急，既然成立了公司，怎么说也得有个规模呀，东西这么少怎么行？于是他就开着车，让胡健帮忙挨家挨户收购。

村部里，村主任胡家鲜负责接待那些自己前来送货的村民，他们也不知道哪些农产品好卖，哪些不好卖，只能先收购起来，后面再说。

第一书记龚道辉带领村民开山修路的事，惊动到市林业局。鉴于此事情况复杂，他们决定组成特别专案组，到朱家湾来实地调查。第一书记龚道辉没太把这事儿放在心上，他一心想的是千万别影响新公司的运营。他走出林业局又去了一趟炎皇公司，这次他总算见到炎皇公司总经理了，他把朱家湾的自然环境说得特别诱人。他说："那里山清水秀，没有一点儿污染，那儿的农产品绝对是真正的绿色产品，现在的人都讲究养生，将来市场前景一定特别光明……"说得总经理动了心，当即就要随第一书记龚道辉来朱家湾现场看看。

第一书记龚道辉满心欢喜，他有信心让总经理满意。他连电话都没打，就直接带着总经理一行到了朱家湾。

在他们前面不远处还有一队人马，是市特别专案组的几个人。第一书记龚道辉与他们相遇在大石碰子上。专案组的人正在看那块儿没有手续的荒地，第一书记龚道辉也没问，接着向炎黄公司总经理介绍情况。他说："修路只是改变朱家湾面貌的第一步，接下来还要把村民积压的山果野菜等绿色农产品变成商品销售出去，增加村民们的收入。等秋后路修好了，我们打算发展乡村旅游，城里人周末可以来这儿休闲度假，享受青山绿水的同时，再品尝山珍野味……再把岭上人家搬到岭下来……"

第一书记龚道辉正给总经理说着，专案组的几个人走了过来，龚书记跟几个人一一握手，相互做了自我介绍，龚书记恳切地对专案组的几个人说："这条路对朱家湾来说，实在是太重要了！本来我们计划从山谷修到岭上，但岭上几乎没有年轻人了，我们计划让他们搬到岭下来，不管从资金的角度考虑，还是从别的方面着想，都比较合适。至于怎么搬，我们村委会还没做出最终决定。"

专案组的人还没说话，炎皇公司的总经理就给第一书记龚道辉竖起了大拇指，"好，好啊！朱家湾虽然穷，可自然环境好，你这些打算充分利用了这里自然环境的优势，一定有前途，就冲你这第一书记绘制的蓝图，我同意跟你们村合作！"

当天下午，在村部，第一书记龚道辉邀请了市、镇有关领导，还有林业局调查组的人参加。他慷慨激昂地主持了签约仪式：

各位领导、各位来宾，乡亲们：

大家好！今天我们迎来了一个非常值得纪念的日子，我们朱家湾的集体企业——青山绿水农业开发公司与隋阳市炎皇商贸有限公司将正式达成战略合作伙伴关系。这是在市、镇两级党委、政府的关怀支持下，在村委会的努力下取得的，这是送给朱家湾全体村民的一份厚礼！

……

六十一

朱家湾的农产品收购成果喜人，炎皇公司的总经理当天就带走了一部分，算是青山绿水公司成立以来的第一笔业务。别小看这第一笔业务，这是个良好的开端，让朱家湾的人看到了希望。

深秋在即，青山绿水公司收购的榛子、核桃、栗子、小米、玉米、红薯等农产品种类越来越多，数量也在成倍增加。附近几个村子听说青山绿水公司大量收购农产品，许多村民不辞劳苦，翻山越岭，把自家的果子和杂粮送到朱家湾，公司的出纳见到过了磅的收据，当即就把钱数给村民，村民个个脸上都泛起了笑容，青山绿水公司的收入也很快有了积累。

这天，不少村民给青山绿水公司交完特产，聚在村部有说有笑，都在憧憬美好的未来。第一书记龚道辉从镇上回来，村民们都高兴地叫着龚书记好，龚书记借此机会说："谢谢大家的支持，回去把邻居，还有亲戚们，都动员起来。"

龚书记把村委和村民代表召集到一起，他说：青山绿水公司光靠收购农副产品明显没有后劲，时间久了，没有可持续发展的保障。以后，陈芳菲的木耳、陈老二的黄金小米，夏晨水的长毛兔等等，也可以通过青山绿水公司销售。当然，如果有更好的销售渠道，青山绿水公司也不强收强买。一番话说得大家信心更足了。

　　道路专案组的几个人，把调查的结果汇报给相关领导后，市林业局不再找碴反对了。那天专案组的朱家湾之行，受到很大震动，一方面被第一书记龚道辉关于朱家湾的规划蓝图所折服，另一方面也确认那片荒山并不是什么林地，也就是说，第一书记龚道辉他们并没有毁林修路。随后不久，正式的审批手续就下来了。至此，那段让人不快的插曲，总算最终结束了。

六十二

同性相斥，异性相吸，这不仅仅是个物理定律，在年轻人的交往中更显得淋漓尽致。就说夏晨水和陈芳菲吧，既是同龄人，又是同村人，而且都是从省城回来的，都是见过世面的。夏晨水常常跑去找陈芳菲聊天，看她的木耳。夏晨水与刚回来时的穿着大相径庭了，才回来那阵，穿得跟城里人一样整洁，衣服上的褶子都要用热水杯子熨了又熨，直到光鲜平整为止。现在每天跟长毛兔打交道，要观看兔毛的长势，还有兔子粪便的干稀和颜色，好衣裳根本穿不上，早已变得跟村里人一样不太讲究，常常是一件破旧的夹克衫随随便便地往肩膀上一搭，一条发白的蓝色牛仔裤往腿上一套，就出门了。一张小白脸，早已被风吹日晒侵袭得黑不溜秋的，疯长的胡须有时几天都不刮。

这几天，天气反常地沤热，像进了桑拿屋一样，出去就是一身汗。他脱掉夹克，穿一件蓝格子短袖T恤，鞋上也换成了轻便的露气凉鞋。他走着走着，就走到了陈芳菲的大棚前，正好陈芳菲在大棚里检查菌棒。

夏晨水悄没声地站在门口，恰好看到陈芳菲的侧面的脸。陈芳菲穿一件粉色上衣，戴一顶黑色棒球帽，吊着马尾辫，夏晨水头一次见她这样打扮，与之前完全不同，倒像他们一起上初中时的装扮。想起上学时，夏晨水总把陈芳菲当个假小子看待，因为那时陈芳菲总和男生一起飙自行车。他们上学要经过两个挺高的山岭，有一次从岭上下来，夏晨水在前面，陈芳菲紧随其后，在夏晨水前边有个小个子男生骑得飞快，车子打着趔趄，陈芳菲在后面大喊大叫，倒把夏晨水吓得直哆嗦，一下子摔倒了，自行车前轮腾空，飞速打转。陈芳菲从他飞速旋转的车轮上碾过去，然后在前边下了车，回头看着夏晨水哈哈大笑，窘得夏晨水满脸通红，哭笑不得。后来他就一直觉得陈芳菲是个"汉子"，令人有点讨厌……

夏晨水情不自禁地笑起来，冲着陈芳菲的侧影笑。棚里闷，湿度大，有水珠滴落，砸在夏晨水的头顶上，夏晨水忽然觉得这一刻时光有一种静止般的美好。陈芳菲集中精力检查菌棒，开始没注意到夏晨水进来，后来听到有动静，扭头一看是夏晨水，马上会意地笑了。

"来了也不吱一声，你在想啥呢？"陈芳菲嗔怪地扮了个鬼脸。

"看你聚精会神的样子，很好看。你研究明白了吗？陈小姐。"夏晨水调侃道。

"不能叫小姐，小姐是贬义词。要么叫大姐，要么叫阿姨。"

"好了，打住。说正经的，你研究有啥收获？"

"不研究怎么办？本想请个技术员，可人家一个月要八千块钱哩，咱给不起啊！现在，我连本钱能不能收回来，还心里直打鼓哩。况且还有贫困户的股份，怎么也不能让入股的人家赔钱啊！这不是什么高科技，自己摸索学习，也没什么难的，主要是得细心，得用心，水分、湿度和温度，这三样都得控制好，才行。"

"真没想到你陈芳菲……"

"什么？"

"没想到你这么能吃苦，以前只觉得你性格像个男娃，没承想，你做事也有男人的做派，有股不服输的韧劲儿。"

陈芳菲笑着问："夏公子，你的长毛兔最近怎么样？"

"不错，有了开始的教训，长毛兔上架后，比以前好伺候多了，现在，我已经掌握了它们的生活规律。不过养长毛兔技术含量并不高，我常常觉得，我有点大材小用了。"

"咦——你还真是自恋，眼头越来越高了，那你说说看，你还想养什么？"

"野猪。"

"啊？野猪啊！真够执着的，长毛兔还没有收回成本，又要养野猪，还没吃够苦头啊！野猪再跑了咋办？"

"你咋只盯着走麦城的那负面东西，刚养长毛兔时经验不足，不知道它们会挖洞逃跑。后来，我用架子圈养，不是就解决问题了吗？再养野猪，我肯定会提前做足功课，不会凑合了，得把方方面面的准备工作都做好，绝对不会再发生那种情况。前几天我跟龚书记说起这事，他说带我去一个野猪养殖场参观学习，等把技术学到手后，再买野猪崽回来养，不会像刚养长毛兔那阵儿，仓促上阵的。"

"是吗？那可好，还能去外面学习。我也想去。"

"没问题，龚书记支持咱们创业，只要想出去学东西，他肯定会想办法帮你联系。带咱们出去都不用咱自己花钱，他说了，费用他全包。"

不久，两个人随第一书记龚道辉去市里一家农业开发有限公司去参观，夏晨水眼界大开。人家叫野猪生态养殖基地，地面上养野猪，利用野猪的粪便做有机肥料，种植农作物。他忽然想到表哥为寻找有机肥奔走的情景，心情兴奋起来。如果自己也搞这样一个养殖基地，表哥还发愁缺肥吗？要是他把这个情况告诉表哥，表哥一定会很开心。他又重点看了人家的防护措施，大网罩得很严实，就算野猪长翅膀，也很难逃出去。

夏晨水细心地把看到的、听到的都记录下来，有些还拍照下来。

有的养殖细节问题，他问得十分恳切，像个小学生似的。

陈芳菲去的地方是在隋阳市郊区，这是一家大型木耳养殖基地。人家有专门的技术人员，还有几十个工人，分工特别明确，水有专人负责，湿度有专人监测，温度也有人时刻监管着。每处出现问题都能及时找到负责人，可谓层层把关，严格管理。陈芳菲感叹自己孤陋寡闻，凭着脑子一热就种木耳，什么管理、问责一概没有想到，就认为懂了点技术层面的东西就可以放手一搏了，怪不得自己总感觉忙忙碌碌，毫无头绪呢。她一边参观一边在心里想，回去也得分工，让爹负责水，孔明英负责检测温度，湿度也得有专人把控，尽量把工作细化。

回朱家湾的路上，龚书记跟夏晨水说："我有个想法，请你当副业项目带头人，带领大家一块儿脱贫致富。一人快乐不如大家一起快乐，先富起来的带动贫穷的人一块儿富。况且你还是个党员，一定能担当起这个重任。"

"啊？不行不行，我自己还在摸索，都还没弄明白哩。"

"你先别急着拒绝呀！先听我说，咱朱家湾那地方，冬季寒冷期长，长毛兔没事，它可以正常越冬，况且它浑身都是宝，用途那么多，咱何不利用它建造一个循环生物链呢？我已经反复论证过，也考察过了，在朱家湾创建一个生态养殖观光园。种植物，养动物，用动物的粪便再喂庄稼……"

夏晨水被龚书记丰富的知识和灵活的头脑所折服，但是他还是不愿意当这个带头人。他这人虽然肯动脑筋，整天琢磨如何赚钱，可他不想太操心。让他带着大家伙一块儿干，那得操多大心啊！尤其是朱家湾那些人，他太了解他们了，大多数人品行很好，但也有少数人心眼儿小，没啥见识，有时还十分势利。你有时帮这种人做了好事，不但落不到好，稍微有点不顺，就会落下很多埋怨。夏晨水从省城回来那阵子，有些人用鄙视的眼神瞅他，爱搭不理的那表情，至今在他心里还隐隐作痛。跟这种人打交道，他真有点心有余悸。

夏晨水一脸的严肃，头摇得像个拨浪鼓，当即就回绝了第一书记龚道辉。

"好你个夏晨水，你先别急。你回去好好考虑考虑，再摇头吧，别让龚书记失望。你这'大材'，说不定就有大用场了。"陈芳菲笑他有点懦弱。

夏晨水瞟了陈芳菲一眼，低下了头，不再言语了。

龚书记哈哈笑了，"这事，夏晨水不着急，你回去先把野猪养殖基地设想拿出来，再建起来，需要我帮忙尽管说话，然后，你再考虑我的建议。"

六十三

朱家湾的村领导班子关系有点复杂。万福镇对朱家湾的脱贫进程也比较关注，一直想开发朱家湾的旅游资源，把朱家湾打造成"美丽乡村"。镇里提出这个想法之后，专门召开了镇村联席会商讨这事的可行性，讨论的结果是一致认为主要困难是资金缺口比较大。村书记邱道君提出了一个办法，他说如果谁能为美丽乡村建设出资出力，我这个书记可以让他来当。这个消息很快传到朱家湾村民的耳朵里，就连在市里省里的朱家湾人也都知道了。

从前为了争这个村支书的位置，好几个人绞尽脑汁，想尽了办法。如今邱道君为了村里脱贫，甘愿把这个位置让出来，用村里人的话说叫主动让贤。这事，在朱家湾的历史上是开天辟地头一遭，像在村子里突然燃放冲天爆竹一样，响彻云霄。

大家都在期待谁来接这个招，等了半个月，风声是传出去了，爆竹也响了，但没有一点回音。看样子，这个村书记的诱惑力还是不够，归根结底还是朱家湾太穷了。

村书记邱道君主动联系了好几个人，这几个人都没有多大兴趣，觉得操心不拿工资，事做好了大家夸赞。万一做砸了，大家的唾沫星子会把人淹死。这天清晨，顶着霏霏细雨，邱道君到村南竹园去挖竹笋，两镐下去，鲜嫩的笋尖崭露出头角，睹物思人，突然想起小时候一起挖竹笋的堂弟邱道民。五六年没见面了，听说他搞房地产发财后，又改行搞起了军工。

　　邱道民是邱道君没出五服的堂弟，上初中时爹妈都先后病逝，被迫辍学到隋阳打拼。早年和社会混混打得火热，后来做了黑道老二。有了点势力，有了点财力，就想到做点正事。这邱道民有眼光，房地产最红火的时候，他咬牙砸钱，轻松地接下了几个楼盘，自然，大钱小钱像流水一样进入了他的腰包。房地产像一个大姑娘一样，根本不愁嫁。只要前期的功课做好，中标那是盘中的泥鳅，再滑腻也逃不出餐桌。有了地盘，设计楼盘和户型，还没开工就开始卖房，一些水泥、沙子、钢筋、搅拌机、塔吊、施工队等会不请自到，先供货后结算，先施工后算工钱，开发商坐地圈钱。有的拿下了地皮，嫌跑设计、跑施工许可证等太麻烦，干脆来个利索的，把地皮倒出去，不费吹灰之力，就赚得盆满钵满。

　　邱道君不顾夏天的炎热，经过多方打听，终于找到了邱道民。提起小时候一起挖竹笋的日子，邱道民开心得一脸的欢笑。在天外天大酒店，邱道民给邱道君倒了一大杯茅台酒，二人推杯换盏，喝得尤为开心。当邱道君问起他房地产干得红红火火，由隋阳扩展到省城，为啥突然一个转身，改行干起了军工时，邱道民放下夹菜的筷子，用餐巾纸抹了一下嘴唇，说道："哥呀！我在城里摸爬滚打了这么些年，明白一个理，最赚钱的行业，也是最危险的行业。房地产不会永远屹立不倒，再挺拔的劲松，没有外力的支撑，早晚也会风雨飘摇。你想想，京城的一套房，动辄就上千万，即使每月工资上万，也得工作上千年。即使一家三口不吃不喝，每月都有上万的工资，买一套房，也得工作三百多年。三百多年是个什么概念，你的名字早已随着几十代人的繁衍，连同你的骨灰，一同灰飞烟灭。现在十几亿人，就有三十多亿套房，平均每人住三套还绰绰有余。稍微有点脑子的人，就会明白那多出人口几倍的房子到底由谁来买单？人一生不易，很多人因为房子的债务，压得喘不过气。接着，还有后面的生子、入托、上学、就业、结婚等，犹如一座座大山，把你的脊梁压得几乎直不起，哭都没有眼泪。弟弟我敢大胆预测：房地产的泡沫早晚会被时代风力的吹拂，一下子失去平衡，连踪迹都找不到。我每年都要自驾游玩几天，开车走过很多城市，一座座积木搭起来的高楼大厦，看不到尽头，彩虹一样的繁荣看得人眼花缭乱。哥你想想，当你眼睛都被多种亮丽的色彩看得疲惫不堪的时候，你的身体会舒服吗？现在有些人，为啥不想结婚？为啥结了婚不想要孩子？除喝了西方的毒鸡汤外，主要是面对把脊梁压弯的现实，不敢往前走了，明明看到前面有陷阱，他肯定会止步不前。面对陷阱，只有三个处理办法：一是搭个架子，从陷阱上跨过去，这类人不是衙门的人，就是腰缠万贯的人；二是绕道走，另辟蹊径，正所谓扛不过去，还躲不过去吗？这类人多数处在中产阶级；三是不往前走了，直接退回去，像房贷压力大，我不买了。结婚彩礼多，我不结了。养孩子成本高，我不养了。这类人基本都是社会底层的人，他们要的是起码的基本生活。"

邱道君端起酒杯，跟邱道民碰了一下，抿了一口说："哎呀，我的好兄弟啊！这五六年没照面，你的水平越来越高了。说话一套一套的，跟大学教授一样，不用打草稿就出口成章。"

"道君哥，这些年遇到形形色色的人很多，早年跟苍蝇在一起，只能臭气相通，自己满身臭气还不觉得。后来跟蜜蜂们打得火热，就可以吃香的喝辣的了。你钱袋子鼓起来了，明知道房地产会早晚塌火，再过 50 年，随着人口的负增长，许多楼房会成为垃圾工程，只得毁掉。人生一世啊，只有先瞻前，才能顾后。明知道房地产已经到了瓶颈位置，就得见好就收。所以，我一个华丽转身，迈出了房地产行业，开始在军工上做文章。别看军工是个冷门，看不到媒体的铺天盖地轰炸，但实际上军工是个热门，眼看国家周边的安全环境越来越恶劣，军工企业的前景会越来越好。"

邱道君微微点着头，表示赞许的意思。稍后，把寒暄话题一转，问道："兄弟走出朱家湾这么多年，不想念朱家湾吗？"邱道民笑了，没有马上回答，而是问村书记邱道君："哥家里挺好的吧？"村书记邱道君说："不太好。前几天出去参观，到一个刚被评上'美丽乡村'的地方看了看，觉得咱朱家湾太落后了，不比不知道，一比，感觉我们朱家湾比人家矮了半截。我作为一村的书记，羞愧得无地自容。你离开朱家湾二十多年了吧，那时啥样，现在还是啥样，原地踏步了二十多年。不过，也有不同的地方，就是常年住在朱家湾的人越来越少了，稍微有点能耐的人都张着翅膀，飞出了朱家湾。像你这样的大能人，老早都跑出来谋生路，早就发财了，现在村里剩下的，大多是老弱病残了。"

邱道民说："你问我想不想朱家湾，在朱家湾生，在朱家湾长，说不想是假的，尤其随着年纪越来越大，想回去看看的心思，就像朱家湾南边的山竹，一年比一年旺盛。我经常梦中梦到朱家湾，也梦到过你，故乡的念想从来没有断过，跟山竹的叶子一样，再茂盛，最后还是落叶归根呀！"

村书记邱道君说："老弟，这样想就对了嘛。其实朱家湾要是好好建设一番，丝毫不比其他地方差。春天，桃花、杏花、蒲公英开的时候，满山花花绿绿、五颜六色，都是花朵，很漂亮。夏天雨水多时，小河水哗哗唱着歌，山清水秀的，特别养眼。现在就是差……"

邱道民见邱道君说到差时打住了，立即会意，截住话茬说："我现在有些积累，可以为朱家湾投点资。"

村书记邱道君笑了，端起酒杯哐当跟邱道民接触了一下，一口把杯底的酒吞下，借着酒劲儿，才豪爽地把正题抖了出来。"兄弟呀，我不是来找你要钱的。我是想啊，你要是有心思回去，我可以把这个支书让给你做，反正你也是党员，你带着大伙儿开发一些旅游项目，让村民们跟着你走上致富路，这就是我找你最大的愿望。当然，钱也是不可或缺的，前期基础设施的开发还是需要资金的，你得先垫付，项目建成后的收益先还清你的本钱。然后的收益，你和大家伙儿一块儿分红，你觉得怎么样？兄弟啊！来找你，我是下了很大决心才动身的。人啊，不能占着茅坑不拉屎，我在这个位置，不能给村民们带来看得见摸得着的福利，心里有愧呀！以前吧，我是在井底看天，自我感觉良好，还没啥愧疚的滋味，自从扶贫的第一书记龚道辉来到朱家湾，带我们村委去已经脱贫的村参观之后，看到了朱家湾跟人家的差距，哥心里不好受啊！人家的村书记带着一班人，内部抓活力抓动力，外部寻资金，内外结合，一步一步把贫困村带上了致富村，带上了小康村，硬件软件都上去了。这些年走出朱家湾的人不少，但真正有实力的人凤毛麟角，哥思来想去，你是最合适的人选。果然，你没有辜负哥的期望，我一开口，你就满口应承。"邱道君越说越激动，忽地站起来，伸出一双大手，紧紧握着邱道民的双手。

"有空回老家看看，现在家家户户都通上电了，以前的泥巴路现在都硬化了，你的车可以开到村委会院子里。你回来走走，说不定你就有新的想法了。还有啊，刚才我的话你见到朱家湾的老乡，也宣传宣传，只要想回去投资的，我们全体村民都欢迎。"

邱道民说："这样吧，吃了饭你到我们公司休息一会儿，晚上我把几个老乡吆喝到一起聚聚，你也可以说说你的想法。"

村书记邱道君说："太好了，我不走，借这个机会，正好了解一下几个老乡在城里的情况。晚上你把弟妹带上，这么些年了，我还没见过弟妹哩，咱们可是堂兄堂弟哩。"

六十四

夜灯初上，街道上灯红酒绿，人头攒动，城里人的夜生活才刚刚开始。

等几个老乡都到齐了，村书记邱道君提议吃火锅，说吃火锅气氛好，热闹。邱道民说："可以，去河底捞，我请大家吃'独捞'，那里服务好，你弟妹也爱吃。"

"啥叫独捞？"邱道君茫然地瞅着邱道民。

"就是一人一个小锅，自己涮自己的。"邱道民回道。

等到一个个小火锅端上桌。村书记邱道君才明白邱道民为啥选这个"独捞"了。包间里两个年轻妹子不停地帮忙夹菜，倒酒，小碟子里稍微有点残渣，立马换一个新碟子。邱道民的媳妇吃得优雅，一次夹一个小菜叶往锅里面放，一次夹一根小菜往嘴里送，吃两口用餐巾纸揩一下嘴唇。其他人都大口吃菜，大口喝啤酒。村书记邱道君说："这独捞味道真不错，服务也好。"

邱道民说："南方人叫'独捞'，北方人叫'火锅'。二者的区别在于，前者是自己捞自己的，后者是大家伙热火朝天地一块儿捞。"

村书记邱道君说："我看弟妹长得像南方人，白净精致，一看就是城里人。不像我，地地道道的乡下土包子。我们吃火锅，都是那种一锅炖的，用篮子装青菜，用大碗装粉皮，吃得很粗糙。"

邱道民的媳妇抿嘴笑笑，瞟了邱道君一眼，没言声。

村书记邱道君又说："我看道民弟受到弟妹的感染，变化也是不少呢。"

此刻邱道民右手举着筷子，左手捏着折叠好的餐巾纸，边吃边擦，那干净劲儿，跟他媳妇不相上下。

"老弟，现在要是回到朱家湾，一时半载你还会不适应。"

邱道民正慢悠悠地夹一块香肠，包间里开着冷气，独捞吃得恰到好处。他说："有时间回去看看，在朱家湾长大的，很快就适应了。"

邱道民媳妇幽雅地放下筷子，莞尔一笑说道："我和道民能走到一起，也算是缘分。光是卫生习惯，我就扳饬了他好几年。刚结婚那阵，他不爱刷牙，不爱洗脚。一到过年他就想老家，那几天嘟嘟囔囔的，念叨着回老家看看去。"

邱道民说："在城里过年索然无味啊！平时黏黏糊糊，没事都在一起喝上几杯的朋友，过年反而不来往了。城里那个安静啊，叫人心慌。鞭炮不让放，没有一点年气。不知是哪个忘祖的家伙，提议案说放炮污染环境，把延续几千年的放炮习俗取消了，这种人居心叵测，想把中国的传统文化湮灭掉，这种人死都不得好死。在朱家湾好啊！鞭炮由着性子放，不会被城管撵着跑，不担心公安找你事。村里人相互拜年，瓜子、花生、糖果、麻叶等，摆一大桌子，米花茶又香又甜，大人小孩都穿着新衣服，笑呵呵地问好，相互请客也是实诚待人，把最好的厨艺、最好的饭菜端给来客，那才叫过年……"

几个人没等邱道民说完，撂下筷子纷纷发表自己的看法。

"是啊，是啊！瓜子皮随地一扔，吃完了一块儿打扫。随随便便的，那才叫惬意呀！"

"还有包饺子哩，一家人一块儿弄，和面的和面，剁馅儿的剁馅儿，擀皮子的擀皮子，悄不然地还包进去几分钱，最后看谁能吃到

'彩头'。"

"小孩来拜年，给个五块十块的压岁钱，钱虽然不多，但可以讨个喜气。"

"我喜欢放二踢脚。把二踢脚立在墙头上，一溜排开，用烟头挨个点着，咚咚咚咚，挨个响，真痛快！"

满桌的人都随声附和着。大家你一句，我一言，越说越热闹。最后，邱道民干脆把椅子往后一挪，上去蹲到椅子上，就像老家那些人捧着玉米粥碗，蹲在地上喝粥一样。他说："媳妇儿，你就让我粗俗一回吧，让我过一下蹲着吃饭的瘾吧，多少年没这吃相了，憋得难受啊！今天见着老乡们高兴，就让我放松放松吧。"

大伙儿都大笑，邱道君说："你还是坐下吧，这又不是在朱家湾的院场里，大家都蹲着，相互吃着饭，拉着家常话。"

邱道民乜斜了媳妇沉下来的脸，迟疑了一下，最终还是坐下了。

这一趟总算没有白跑，村书记邱道君心里有底了。他断定邱道民肯定会抽时间回来看看的，他是属于朱家湾的。虽然他在隋阳、在省城干得风生水起，但一直在大笼子困着，缺少自由自在的环境。总体上说，他还是向往朱家湾这片无拘无束的天地的。

六十五

考察回来，陈芳菲的木耳遭了灾。

徐小月生怕伺候不好那些小东西，天天浇水。木耳正是耳芽期，水不能太大，正确方法是水量小，勤浇。由于浇水太多，耳芽开始腐烂。陈芳菲急坏了，赶紧把菌棒拿出去晾晒，几个人都累得够呛。

陈芳菲跟大家说："大伙儿看看，不懂技术后果多可怕啊！"她趁此机会跟大家讲起了出去学到的知识，顺便给几个人细化分工，分别嘱咐他们各自工作的注意事项。

忙乎了好几天，从外面参观回来的好心情，像炊烟一样飘得无影无踪，剩下的只是一脸的沮丧，满肚子的委屈，她又不能怨谁，只能怪自己没有提前预防。她不埋怨，老妈就够上火的了，像个知错的孩子，蔫头耷脑地闷声干活，一声不吭。她知道自己闯了祸，既后悔又心疼闺女。她本来就没文化，更不懂这方面的技术。

陈芳菲忽然有种感觉，认为从省城回来是个错误，在村里干这种有技术含量的活儿，真是有点难了。

顺着地边的小路往下走，陈芳菲的眼泪不知不觉流出来了。她不仅灰心，而且开始伤心了。因为她投资的那些钱，是这些年辛辛苦苦在外面做服装生意一分一厘积攒挣来的，挣那些钱很不容易。熬来熬去，把自己熬到大龄剩女了，也没熬出个什么名堂来。本来想借着好政策干点事业，挣点嫁妆钱，把老爸陈大为的病治好，没想到遭遇如此不测，现在前途未卜，心里十分难受。她看着河面上被风吹落的一片片花瓣，竟像林黛玉似的伤感起来。走累了，坐在河边一块大石头上，她放声哭了起来。

"你这是怎么啦？女汉子咋就柔弱了？"

陈芳菲头也不抬，撩了两把河水洗脸。好半天才说话："你怎么来了，不好好养你的长毛兔，老往我这跑啥？"

夏晨水说："看你心情不好，我就跟过来了。别哭了，谁也不可能生下来什么都会，我们都不是在慢慢摸索吗？我第一次购买的长毛兔，不是都跑了吗？况且你这损失也不是太大。刚才我去大棚里看了，应该没太大问题，也就个别的腐烂了。"

陈芳菲抬头看看夏晨水，问道："你什么时候进去看的？我怎么没见着。"

"就刚才啊，你出大棚，我进大棚，你只顾伤心，没看到我。"

夏晨水挨着陈芳菲坐了下来，拍了拍陈芳菲的肩膀说："来吧，借你个肩膀靠一靠，想哭就放开哭，哭完了就舒坦了，继续把木耳种好。"

陈芳菲红肿的眼睛瞪着他，"我陈芳菲是个女汉子，自己的事情自己扛，不需要你的肩膀。"

夏晨水叹了口气，"唉，哪个人不需要肩膀啊！我有时候也想找一个肩膀靠一靠哩。其实我特别理解你的心情，你现在肯定跟我当初的想法一样，后悔、难过。不过再往前走，等熬过这一段之后，你就会发现这种想法很幼稚，这才芝麻点困难，就把你难住了？想想古今中外那些伟人、名人，哪个经历的挫折少？不都是跌倒了，爬起来，再跌倒，再爬起来，一步一步走向成功的吗？咱这点事儿，只是破了点皮毛，连筋骨都没伤到，真的不算什么。要说算的话，哎，你猜，算什么？"

"算什么？"

"往文里说，算一阵清风，算一片浮云，算一捧河水。往俗里说，就是个狗屁。"

"哎、哎，你还大学生哩，说话一点都不高雅。这么俗气，真是不文明。"

"在你跟前，有时不文明就是文明，把你劝得开心，就是最大的文明。"

陈芳菲也不再流泪了，侧着脸问夏晨水："那件事，你想好了没有呀？"

"什么事？"

"龚书记说的让你当个带头人的事儿啊！"

"没想好。我自己还在成功的路上探索哩，真不愿操那份儿心。"

"你是咱村唯一的大学生，你要不回来也就算了，既然回来就应该干一番事业，给那些瞧不起的人看看，争口气，难道你不想为生养自己的朱家湾做点事情吗？说做贡献好像有点空了，我相信你有这个能力。"

夏晨水怔怔地看着陈芳菲，他忽然觉得几年的大学白读了，还不如一个高中生境界高，眼光远。他看陈芳菲的眼神慢慢地起着变化，心里有种说不清的感觉，像雨天的河水在迅速滋长，是那种欣赏，还带点波澜的痴恋。这种眼神，只有初恋的情人之间才会有的。

陈芳菲似乎读懂了他的眼神，被他看得脸如桃花，粉中带红，但她有很强的抑制力，特别是想到两家几代人的积怨已深，前不久还为院墙的事闹得不愉快，她噌地一下站起来，避开他的眼神说道："我该回去了，听你的话，我把那些耳芽全部检查一遍，免得造成更大的损失。还有我爸，需要我的照顾，龚书记给我爸做针灸治疗好几回了，最近一次好像有效果了。龚书记进针后捻针的时候，我爸的眉头有皱的反应，说明我爸感到疼了。"

夏晨水感觉到陈芳菲是在有意回避他，赶紧收回了他那多情的眼眸，十分平静地说："知道你还是学生时代的女汉子，会立马振作起来的。至于龚书记说的事，我或许会采纳你的建议的，为了朱家湾也为我自己，做点有意义的事。还有大为叔的病，有效果就好。没想到龚书记真有两手，不仅扶贫做得好，还懂得针灸。但愿大为叔早点康复。"

夏晨水刚说完，手机响了起来，是女朋友闵珍珍打来的，说是要来看他。

陈芳菲听到是个女声，调侃地说："哎呀！不错嘛，还有相好的来看你。"

夏晨水瞟了陈芳菲一眼，说道："什么相好的？大学同学而已。"

六十六

没过多久，邱道民驾着大奔回来了，据说还带回来了几十万块钱。这个消息像一声霹雳的炸雷，响在了朱家湾的上空，震惊了朱家湾的男男女女、老老少少，也让第一书记龚道辉为之一振。

按照事先的约定，村书记邱道君辞去村支书一职，支部开会确认后，由邱道民接任。人们对村书记邱道君这一行为充满了敬意。他这一举动在万福镇乃至隋阳市，都是史无前例的。谁也没想到，他真的要让出村支书的位子来。镇里经过考察、研究之后，对他的高风亮节行为给予了高度评价。邱道民本想让村书记邱道君再干一段时间，因为多年没回来，村里情况他不是很清楚，怕干不到项上。可村书记邱道君态度坚决，他说："有什么问题我能帮上忙的，肯定会尽力帮，咱说话得算话，说到哪儿就要做到哪儿。"

邱道民说："不急，我在省城还有很多事，我可能不能亲为，我让公司的党支部书记何晓功过来任代书记，他是隋阳郊区农村长大的，对农村比较熟悉，来我这之前，就是他们村的书记，工作经验比较丰富。"

第一书记龚道辉高兴地说："谢谢邱总支持。鉴于目前情况，何晓功来之前，邱道君书记继续履行书记职责。"

185

岁月的痕

第一书记龚道辉去市里参加扶贫工作会议，村委会只有村主任胡家鲜和村书记邱道君在。外面来了两名记者，村书记邱道君一向胆小怕事，见到记者心里直打鼓，什么也不敢说，生怕那句话说错了让人家大做文章，招惹麻烦。村主任胡家鲜和他正好相反，实事求是，有啥说啥。

记者问到修路是否存在手续不合格问题。村书记邱道君连连摆手，他说："不是的，都是误会，一切都已经解决了。"说着，他央求记者千万别写这件事了，刚刚过去的事，别再有什么新的麻烦，龚书记还在为村里跑新的项目，那石头坡的事太捉弄人了。别说没什么大问题，就是有点疏漏也是正常现象，谁的脸上还不会有个痦子。龚书记在朱家湾抛家舍业，没日没夜地忙活，不求有功但求无过，他担心给龚书记添乱……

两位记者不好意思地笑笑说："我们是本市记者，就想报道一下龚书记的扶贫事迹，听说他为村里做了不少好事。"

村主任胡家鲜说："记者同志，像龚书记这样的村第一书记，在隋阳市是少有的。听说朱家湾是隋阳最穷的村，许多扶贫干部都绕道了。唯有龚书记，主动请缨来我们朱家湾，先是找电力局，亲自背电线和村民们一起干，把我们的照明电问题解决了。现在水泥路马上修到朱家湾了……"

几个人正说着话，第一书记龚道辉回来了。村主任胡家鲜连忙给第一书记龚道辉介绍两位记者，第一书记龚道辉请两位记者喝茶，"先谢谢你们！报道就不要写了。党中央作出扶贫这一决策，市上派我来朱家湾，这都是我应该做的，没什么可写的。要是聊聊来朱家湾后的感触我倒是有，刚来这儿时心里特别震撼，我从小到大生活在城里，过惯了城里生活，没想到时代发展到今天，还有朱家湾这么穷的地方，很多村民温饱问题都没有解决，到这里，我才真正体会到，国家定的扶贫方略，真是太有必要了！"

……

两位记者走后，第一书记龚道辉拍拍村书记邱道君的肩膀，语重心长地说："做事要拿得起放得下，不要惹事，但也不能怕事。我们要尽量做好每一件事，但遇到问题也要勇敢面对。"

村书记邱道君挠挠后脑勺，不好意思地笑了。他很佩服龚书记不管面对什么难题，都能泰然处之的风度，可是他一时半载学不来。

二人正聊着，第一书记龚道辉的电话响了，他走出会议室，在外面接电话。村书记邱道君小声问村主任胡家鲜："哎，你说龚书记在咱朱家湾几个月了，家里难道就没事儿吗？总也不见他回去。"

"怎么没有？上次他老爹住院，他不是回去看了吗？是顺便去看的，就是带着夏晨水和陈芳菲去市里参观那一次。他一天忙忙碌碌的，顾不上家，听说他儿子不太听话，老婆管不住哩。"村主任胡家鲜说。

"龚书记科级干部干了好几年了，许多跟他职务差不多、年龄差不多的，都倚老卖老，上班喝茶看报，享着福哩，他则不同，有拼命三郎的劲头，一心一意为我们村里做事，真是个好干部。"书记邱道君说。

"上次我跟他在路上往回走，他说：'在朱家湾虽然辛苦点，但想想为老乡们做的都是有意义的实在事，就觉得自己的人生特别有价值，特别是落实党的脱贫致富工程，中间也有我的一分子，将来老了回忆起来，也值得骄傲啊！'"村主任胡家鲜喝了一口水，说道。

第一书记龚道辉的电话是妻子李琰琪打来的。李琰琪让龚道辉赶紧回去一趟，她说："……你再不回来，就看不到儿子啦！"

龚道辉说："你先别着急，好好说，儿子怎么啦？生病了吗？"

李琰琪哭了，呜呜地哭，隔着一百多公里，仅仅从手机听筒里传出来的声音，龚道辉就感觉到了李琰琪满腹的委屈，像积累了千年突然爆发了似的放声大哭。他静静地听着她哭，让她发泄完，等着她平静。他很理解李琰琪的心情，虽然不知道儿子出了什么问题，可这一年家里老人总是住院，她耗费了太多的心血和精力，身边没有人帮她，也没有一个肩膀可供她依靠。李琰琪哭累了，终于不哭了，转而低声抽泣。

龚道辉小心地说："对不起，李琰琪，让你受苦了！"

这么一句话又不得了，又勾起李琰琪的情绪，她又哭起来。龚道辉这次等不起了，他说："你别哭了，快说儿子怎么啦？"

"他要学你，也要去农村锻炼！"

龚道辉长出了一口气，提着的心总算放下了。没出什么事，儿子大学毕业了，只是想去农村体验生活，这没什么大不了的。但他话到嘴边，忍了忍咽了回去。他不能说，他知道李琰琪现在的心情，如果他支持儿子的想法，李琰琪会愤怒不已的。

龚道辉说："你别哭了。你说说具体情况，他去农村干什么？"

"他要考什么村官，去农村当个大学生村官，你说他是不是傻呀？昨天江院长媳妇找我了，让咱们管管孩子，别让孩子由着性子。儿子想在市委上班的话，江院长的弟在市委组织部当部长，能帮忙，他们家媛媛市师院毕业留校任教了。儿子要是去农村，他俩以后怎么过日子？"

龚道辉听明白了，儿子要去农村当村官，对象不乐意，对象的父母也不理解。这事不能怪媛媛，也不能怪江院长两口。儿子跟媛媛谈恋爱三年多了，二人感情很好，搁谁都会有意见。龚道辉为了缓和妻子李琰琪的情绪，当即答应一定做好儿子的思想工作。

龚道辉心里清楚，儿子的性格和自己很像，认定的事情别人很难改变。这小子主意比较正，一般自己深思熟虑的事情，大人很难撼动他的意愿。说实话，他听到妻子李琰琪的哭诉，开始一惊，后来听清了来由，不但不难过，反而从内心里替儿子感到高兴，儿子不为市委上班而欣慰，而是想趁年轻去农村体验生活，锻炼锻炼自己，这是多少大学毕业生想都不愿意想的事情，看来自己的表率对儿子起到了潜移默化的作用。龚道辉品着朱家湾的柿叶茶，想着想着，他开心地笑了，拿起电话拨通了儿子的手机，刚响一声，他赶紧挂了。他担心鼓励儿子的所想所做，李琰琪更加愤慨。他想等儿子把电话打过来，亲耳聆听一下儿子的想法，还有儿子对自己未来的预判。

一杯茶喝完，儿子的电话没等来，倒等来了江院长的电话。江院长是龚道辉高中的同学，还是妻子李琰琪医院的一把手。龚道辉看着来电显示，心里瞬间闪过一个念头，这是个雷！迟迟疑疑地按下接听键，龚道辉心里像十五个吊桶打水——七上八下。果然不出龚道辉所料，江院长在电话里大喊大叫："老龚，第一书记龚道辉！你的儿子咋回事啊？不留在城里，坚决要到农村去体验生活，是不是你给出的馊主意？"

龚道辉回复道："老同学，我的江大院长，你先消消气，我也是李琰琪哭哭啼啼打来电话，才知道的。我也没想到，儿子会有那种想法。"

"我告诉你，龚道辉，我家媛媛，我可是交给你和李琰琪了，你要是管不住大伟，我跟你没完！"江院长说完，没等龚道辉表态，就挂了电话。

龚道辉捧着茶杯，一脸的苦笑。这个老江呀，就是个冲天炮，准是被他媳妇点了引线，他这一通炸呀，炸得第一书记龚道辉的骄傲劲，像刚飞走的斑鸠，顿时无踪无影了。

龚道辉本想以儿子为傲的，没想到江院长的一盆冷水，彻底把他泼懵了。李琰琪在江院长的医院上班，明年面临职称评定。江院长是党政一把手，他一句话就能决定一个医护人员的命运。以前在一起喝酒时，龚道辉和江院长就商定，两个孩子大学毕业上班后，就把喜事办了。儿子执意要去农村发展，媛媛肯定接受不了，江院长两口也不会答应。唉——这事咋办啊？

六十七

儿子大伟跟媛媛从高中时候就走得近。两家住在一个家属楼，两个人上学放学一起走，大学虽不在一个学校，但都在省城。媛媛的父亲是隋阳中心医院的院长，性格直爽，是个急脾气。对两个大男人的约定，两家的夫人都比较满意。由于都住在一起，李琰琪和媛媛的妈经常约在一起买菜、逛街，像亲姐妹似的。媛媛见到李琰琪，一口一个阿姨地叫着，李琰琪也很喜欢媛媛，从来没把她当外人。按说，大伟跟媛媛青梅竹马，一起长大，两小无猜，现在到了谈婚论嫁的地步，这个大伟不顾两家大人和媛媛的感受，一心一意想到农村去闯荡，把李琰琪煎熬得吃不好饭，睡不好觉。

大伟对母亲李琰琪说："我去农村又不是不回来了，只是去丰富一下我的经历，为今后的人生路奠定一下基础。我也不是不同意结婚，只是现在结婚还早了点。等我们俩工作都稳定下来，再结婚也不迟。"

媛媛对大伟说："我不反对你有抱负有理想，鸿鹄在哪里都可以高飞，偌大个隋阳市，难道就没有你施展才华的地方吗？"

大伟对媛媛说："隋阳是很大，有很多人梦想的职业。但广袤的乡村更大，中华人民共和国的成立，是靠农村包围城市取得的。给苏联还债，是全国的农民勒紧裤腰带省出来的。当城里无法容纳成千上

191

万的年轻人的时候，是我们农村好心的农民接纳了知青。现在城市的繁荣，哪一点不是农民工朋友一滴滴汗水换来的呀！我要去农村当村官，就是想感受一下我们祖辈的农村生活，为农民做点我们应该做的事。祖国强大了，我们不能忘记农民。家庭生活富裕了，我们更不能忘记农民。"

媛媛沉默了，抹着泪水，悄悄地走了。

两个年轻人恋爱以来，第一次发生不愉快。媛媛哭着给妈妈说了大伟不肯回头，执拗地要去农村，一时半载不想走进婚姻的想法，媛媛的母亲感到很意外，一通脾气撒在江院长身上，让他赶紧跟同学龚道辉施压，不能让这桩婚事夭折在成功的半道上。难怪江院长会发那么大的火，龚道辉心里有种说不出的苦涩。媛媛是个相当不错的女孩子，龚道辉和李琰琪都希望媛媛能成为自家的儿媳妇。

龚道辉等不及了，他直接给儿子打了电话，嗓门很大："大伟，我不管你如何选择，但是，你要把个人问题解决好，不要伤害媛媛！"

六十八

　　这天，天上飘着毛毛细雨，朱家湾的山腰里雾蒙蒙的，煞是好看。邱道民开着大奔，在轻音乐的伴奏下，带着自己的支部书记何晓功来到朱家湾。第一书记龚道辉带着村委会一班人，冒雨在村委会大院门口迎接。看到邱道民把公司的支部书记何晓功带来了，大家热情握手，气氛非常融洽。

　　在会议室里，龚道辉把村委会成员一一向新来的村书记何晓功作了介绍。邱道民介绍了何晓功："我们的何晓功书记是部队转业回来的，以前担任过营教导员，熟悉党务工作。特别是他在山村长大，对农村生活相当熟悉，由他来配合村委会的工作，比我更合适。希望在第一书记龚道辉的领导下，你们一班人把朱家湾建设得越来越美好，让所有村民早日摆脱贫困生活。"

　　接下来是工作交接。虽说村书记邱道君是自愿为了朱家湾脱贫攻坚，主动提出来给投资朱家湾的党员让贤，但真正交班的时候，情绪还是有些低落的，手抖得厉害。他一边收拾文件，一边哆嗦，刚摞起来的文件哗啦一下子又散落一地，他也不想捡，就那么看着，看着，眼睛开始潮湿了。三年了，他已经习惯了这些文件，一抬眼就是，好多文件上还有他画出来的道道。就这一刻，他有点后悔了。

　　为了啥？到底为了啥呢？他跟别人说就是为了朱家湾的发展，为了朱家湾的未来。但他心里清楚,他也是有点厌烦了,尤其厌烦跟村主任胡家鲜之间钩心斗角的种种矛盾,这种想法在一段时间里像初春的青蒿,在田冲里疯长,起到了很大作用。可是到真把这位子让出去,这办公桌、椅子,包括这间屋子,他今后再也用不着了,也没理由再坐在这儿了,不可能再来摸这些物件了。他有点后悔,有点舍不得,要这世界上真有卖后悔药的,他此刻一定会买来吃的,收回自己所谓的高风亮节。

邱道君难过地掉下了眼泪,默默地离开了办公室。一路上神情落寞,生怕遇到什么熟人,让人看见他落魄沮丧的样子。

有时真是怕什么来什么,邱道君正低着头往回走,何晓功迎面走了过来。邱道君本来想躲过去,却来不及了。何晓功心里咯噔一下,莫不是他反悔了?这个决定的确有点唐突,人家这个支书当得好好的,突然就让出来,搁到谁,谁心里都不好受。何晓功这样想着,一把抓住邱道君的手,强行把他拉了回去,又把他的东西放到原来的办公桌上。何晓功说:"邱书记,你先别急着走,有些事我还没跟你说清楚哩。你看我这两眼一抹黑,什么情况都不了解,你不能走。有些事没有你不行,你得帮我把把关。"

邱道君闷闷不乐地低着头,连连摆手,不愿意回去。

"你要非走不可,那这支书还是你来当。"

邱道君突然脾气上来了,他抬头看着何晓功,恼怒地说道:"何书记,你当这是小孩儿过家家呀?今儿你当明儿我当,这是朱家湾脱贫致富带头人的位子,怎么能当儿戏?"

何晓功也很强硬,"那你说怎么办?你这样走了,一是我心里过意不去,二是还有很多实际问题。"

两个人僵持不下,事情闹得村委会成员都知道了。第一书记龚道辉提议让邱道君来担任"青山绿水公司"的法定代表人，负责公司一切运营事项。提议在村民代表会议上得到通过，这样，邱道君仍然留在村部。为了让邱道君没有失落感，还让他用原来的办公桌。何晓功也支持龚道辉的做法，力荐邱道君负责"青山绿水公司"，另外置办了办公桌，这些做法让邱道君打心眼里感动，觉得自己没看错人，冲着何晓功的人品，朱家湾的支书交到他手里，让人很放心。

事实上，何晓功来到朱家湾也充满雄心壮志。他昂首阔步走在朱家湾的小路上，看着漫山遍野的山杏花，他心花怒放。他想，朱家湾的景色这么美，有董事长邱道民做后盾，很快就能让它焕然一新。

他对未来充满期待！

六十九

何晓功被派过来当书记，遇到的最大阻力谁都没料到。他本人没想到，朱家湾任何一个人也没想到，竟然是邱道君的儿子邱小强。

邱小强光头，一米八的个子，看着就有几分痞子气。原本在隋阳交通局工作，整天在路上检查违法车辆。他听说父亲邱道君拱手让出村支书这个事后，特别生气，骂他父亲真是个窝囊废。他有一股子二劲，交通局一般没人敢惹他。

邱小强生气的真正原因，只有他自己心知肚明，他惦记着村支书这个位子哩。过去村支书为村民服务是尽义务，没有任何报酬，这一年多有工资了，很多有点能力的人都惦记着职位。没工资的时候，邱道君撅着屁股干，现在有工资了，他主动让出来，白送给人家干，是不是脑子让驴踢了？邱小强一肚子的牢骚。

邱小强心里有个小九九，本想在他爹退下来前，他就回村里接他爹的班。他盘算着下次换届前，先回到村里混个脸熟，到选举跟前再努力一把。他万万没想到，糊涂爹竟然让出了这个位子，不但让出去了，连个副书记也不是了，这把他的计划全打乱了。他不明白，爹为什么没提前跟他商量一下，就擅自做主，做出这让人匪夷所思的荒唐事。邱小强从老乡那儿得知这一消息，立马就赶回来了，可是一切都晚了。但邱小强并不甘心，他还想努力争一争。

邱小强打道回府，何晓功的难题就来了。

根据国家相关文化扶贫政策，省里下发了《乡村综合文化中心实施方案》，国家和省里拿一点，市里先在示范村进行试点，第一书记龚道辉得知这一消息，觉得应该把朱家湾报上去，为朱家湾建一个文化广场，建一个文化活动室。资金的问题，找上面争取一点，请何晓功的单位资助一点，应该缺口不大。

由于龚道辉信息灵通，向隋阳相关部门请示得最早，朱家湾终于被列入了隋阳的文化示范村。本来市里预定的村里，压根儿就没有朱家湾村，因为朱家湾村相对其他很多村来说，软件、硬件都落后一大截子。但龚道辉有个特点，越是难办的事情，他越是要争取办好。他有一套说服市里相关部门的理论，如果在全隋阳最贫困的朱家湾建成文化示范村，那才是最有说服力的，那才叫把国家的方案落到了实处。为了防止朱家湾的文化示范村落空，他甚至采用了拉关系的手段，给管事的几个人发了红包，说是请他们喝茶的，几个人都说不用。但在他的一再催促下，几个人才收了红包。

第一书记龚道辉和村书记何晓功仔细勘察地形，计划在村里建个戏台和小广场，选来选去，看上了邱道君家门前的一块地方，并跟邱道君商量，适当给他家一点儿补偿。

邱道君毕竟当过村书记，当即说我考虑考虑，考虑好了回信儿。儿子邱小强知道这事后，瞪直眼睛对邱道君说："能补偿多少？"

邱道君说："才征求我的意见，还没说到补偿款的事儿。"

邱小强说："爸，这事你别管，我来跟他们交涉。你就听好吧。"

七十

村书记何晓功见到邱小强，看到邱小强梗着脖子，眼睛里透着桀骜不驯的目光。凭他多年的工作经验，这个邱小强是个难缠的主儿。何晓功懒得跟他理论，转身往村委会大院走。

邱小强在市里干过几年，察言观色还是在行的。他明白村书记何晓功不想理他，便叫道："哎，何书记，咋走呀？你不是要我们家这块场院做文化广场吗？还要不？"

"要啊！这是第一书记龚道辉好不容易争取来的项目。其他场院有些小，就你们家宽敞点。"何晓功停下来，回过头说。

"你们打算给我们家多少补偿款？"邱小强直截了当。

"你想要多少？"

"我知道村里不宽裕，要十万二十万，村里也拿不出来。但我叔邱道民有的是钱，起码不能低于八万。"

"你家这场院闲着也是闲着，又没种庄稼，也没有树，建个广场，你家近水楼台先得月啊！也最受益呀！村里人扭扭秧歌，健健身什么的，不是挺好吗？村里又不是白用，给你们适当补偿点，差不多就可以了。你狮子大张口，要八万，不是明显地抬杠吗？"

邱小强说："邱道民叔的公司不是有钱吗？你是代表他来我们村，准备给村里投资，建广场不就是投资吗？村民没人选你当这个支书？你借建广场的机会，给大伙分点，大伙高兴了，以后啥事不都好办了吗？"

何晓功说："我带来的钱，是给村里搞建设、搞开发的，不是给哪个具体人花的。你在市里工作过，一个大老爷们张口跟别人要钱，你觉得合适吗？"

"你是别人吗？你是我叔的代理人，是我们的村支书，你要不是支书，我能管你要钱吗？你要没这个能耐，你就辞职，别当这个支书了。我来接任这个村支书，我有能力给大伙儿分钱。"

邱小强一番呛白，把何晓功说得脸色红一阵白一阵的，真有点挂不住了。

但何晓功毕竟见过世面，脑海里快速寻找反击的办法，今天不把这小子的嚣张气焰压下去，今后咋在朱家湾施展拳脚？咋能完成邱道民董事长交给的任务呢？

"邱小强，你连党员都不是，就是我想把支书的位置给你，你看村里党员们谁会同意？啥事都有个原则。你既然回来了，首先要做个好村民，取得朱家湾老少的好评，然后写申请书，一步一步向组织靠拢，这才是正道。如果你想借文化广场建设的机会，向村里敲竹杠，顺手捞一把，你想想，村里人咋看你？何况村里并不富裕。你好好想想吧。"

邱小强并不理会村书记何晓功的好意，"你别给我唱高调，我不会被你三言两语就忽悠过去的。我说八万，并不是敲竹杠，在城里，我家的这块地，起码得两百万。我给你不拐弯抹角，八万一分钱都不能少。"

村书记何晓功感觉到跟这个愣头青再说下去，是白费口舌。凭他这些年在社会上跟多种人打交道的经验，对付这种人不能示弱。要么不理他，要么让他感到疼，这样才能起到效果。想到这儿，他话锋一转，一字一顿地对邱小强说："你给我听着，耍无赖的人最后都没有好下场！"

二人的声音越来越大，邱道君听到后，赶紧从家里走出来，对何晓功点了一下头，把邱小强拽扯回去了。

七十一

最近，市里扶贫办催要多种报表，每家每户都是厚厚的一沓子。这些表格精准到养了多少鸡，种了多少菜，有几床被子，第一书记龚道辉天天挑灯夜战，都是把白天的摸底情况，再埋头一一填写在一堆表格里。

龚书记确实辛苦，需要掌握的信息很多，需要填的表格也多，像信息采集表、帮扶卡、扶贫手册、收支台账、贫困户建档立卡、信息表等。有一次又新来了一沓表，第一书记龚道辉没时间填写，就让村主任胡家鲜帮忙。村主任胡家鲜脾气急，他说其实有些表可以精简，把主要精力放在实际工作中去多好。他有时偷懒，把这项工作推给村书记何晓功，反正村书记何晓功有耐心。胆小也有胆小的好处，村书记何晓功填表特别认真，生怕哪儿填错了，每张表都认真看，认真填。村主任胡家鲜偷懒这事，后来被第一书记龚道辉发现了。他很严肃地跟村主任胡家鲜谈了一次话。他说："谁负责的贫困户谁熟悉情况，走访之后或者走访中就把表填了，让别人代劳那不是做假吗？这样的信息也就失去真实性，也就没有意义了。"

村主任胡家鲜想了想，上次龚书记交给的夏家和徐小月两家院墙的纠纷，若不是请刘厚淳出面，估计那院墙现在都建不起来。这次偷懒，被龚书记抓了个现行，狡辩是没有用的，他赶紧承认错误，说以后保证做好。

　　第一书记龚道辉点到为止，以身作则，用行动说话，做出表率。按照上面的要求，及时记录，及时填写。除了这些必填的表格信息，市里扶贫办还要求第一书记每天上传驻村工作照片或驻村的视频。第一书记龚道辉每天晚上坚持写日记，把一天的行程，做的事情，所思、所感，都一一记录下来。几个月下来，他就写了厚厚几大本。别看当时辛苦点，后来发现这种做法对工作十分有用，帮了他不少忙，例如写总结，写心得，厘清思路时，翻翻日记，灵感就来了。但任何事情都有它的两面性，一面是正能量，一面是负能量，或许是正能量多一些，或许是负能量多一些。就说龚道辉写日记吧，好处不少，但也有坏处，那就是经常熬夜。

　　年轻的时候累一点不觉得，睡一觉就恢复了体能。现在龚道辉也是四十好几的人了，熬夜睡得晚，早晨总感觉没睡醒，还想赖一会儿床，但这不是龚道辉的风格。他从来不睡懒觉，在家里，给儿子做表率。在朱家湾，得给村委会成员们做出样子。他这种工作节奏，身体长期处在疲劳之中，为他后来埋下了祸根。

七十二

　　陈大为终于有了点意识，徐小月逢人就说："我的大为眼皮会动了，多亏了龚书记，龚书记的针灸真是厉害。"

　　龚书记笑着说："你别夸奖了，夸奖多了，我会骄傲的。我的目标是让陈大为站起来，成为你家里的顶梁柱，成为朱家湾的壮劳力。"龚书记一边说一边给陈大为进针，不到一分钟，20 根银针都扎进了陈大为的不同穴位。

　　徐小月给龚书记倒了一杯水，就闪到灶房里吃饭去了。

　　银针扎到穴位，一般 20 分钟后捻一次针，增加针的功力。这天把针扎好了，龚书记看了一眼手表，心里念叨着，20 分钟是 9 点 45，随后，喝了一口水，眼皮就上下打架，他极力往开里睁，可上眼皮上好像吊了一个秤砣一样的沉重，根本赶不走。不知不觉，他就进入了梦乡。

　　李琰琪又开始冷战了。龚道辉谨小慎微，生怕哪一点没做到位，惹恼了李琰琪。李琰琪要去看望她的堂舅，龚道辉说这几天事多，让李琰琪自己去，李琰琪就自己开车去了，回来后就鼻子不是鼻子，眼不是眼地掉链子，龚道辉主动跟她说话，她待理不待理的。龚道辉想，老子一个七尺男儿，吃喝嫖赌都没有，在单位认真工作，对儿子尽心尽力，你还动不动就寻事。本来当初谈对象，龚道辉对医护人员都不感兴趣，多数医院都有值夜班的规定，而且为安全起见，都是男女搭配。更让人不放心的是，两个值班人员的房间还是紧挨着的。这些，龚道辉经过多次思想斗争，考虑到那么多的医院，那么多的医护人员，即使有见不得人的猫腻，只能是少数，只能是品行不好的人。李琰琪是不是在那少数人的范畴里，龚道辉没有抓住把柄，也就无从谈起，慢慢地，随着时间的推移，那方面的臆想也就逐渐淡化了，也懒得去想了。但有一件事令龚道辉至今耿耿于怀，可以说不能容忍。李琰琪有个男闺蜜，二人经常聊天，有时在家里当着龚道辉的面，李琰琪与那男闺蜜一聊一个多小时，龚道辉特别反感。更让人无法接受的是，前年盛夏的一个周末，李琰琪与那男闺蜜约会吃饭，龚道辉让把儿子大伟带上，大伟调皮地说：我才不去当电灯泡。龚道辉极力阻止，李琰琪打扮一番，不听劝阻地去了。中午快一点的时候，龚道辉坐卧不宁，就给李琰琪打了个视频，视频响了很久，李琰琪才把电话接起来。电话反扣着，没有任何影像，周围鸦雀无声。龚道辉挂了电话，心里的火苗一个劲儿地往上蹿。下午四点多见李琰琪回来，龚道辉心里的烈火一下子烧了起来，他像一个斗红了眼的公牛，咆哮道："你个骚货，还晓得回来？你跟他过去吧！"李琰琪也不示弱，"吃顿饭咋啦？啊？"随即给二人婚姻的介绍人打电话，龚道辉嗓门更高了，"你跟男人约会，臭婊子！还有脸给介绍人说……"

此事后，龚道辉不止一次地想着离婚，跟这种女人过下去，是对自己洁白灵魂的亵渎。虽说生活在一个屋檐下，但早已心猿意马。有时睡在一张床上，龚道辉不止一次地质问自己：李琰琪还是自己的老婆吗？

如果不是有儿子大伟，龚道辉早就跟李琰琪分道扬镳了。大人之间的恩怨，不能让儿子大伟接盘，让孩子受到伤害。即使李琰琪跟男人约会回来，龚道辉发飙，也是看到儿子大伟没在家才霹雳闪电的。

李琰琪的冷暴力有多种花样，就说正常的夫妻生活，李琰琪是十次九拒，最严重的时候，连续多天穿戴整齐地睡觉。龚道辉恨得牙齿直痒痒，恨不得把她掐死。这天周末，李琰琪正在洗澡，龚道辉被哗哗的水声刺激得精神亢奋，突然有了想法，便脱光衣服钻了进去，李琰琪又是推又是叫地骂着，二人正扭打在一起……

"龚书记，龚书记，该拔针了。"徐小月轻声叫着龚道辉。

龚道辉一个激灵，站了起来，连忙说："不好意思，不好意思，我太乏了。"一看手表，超过拔针时间半个小时了。

徐小月去灶房吃完饭进来过一趟，见龚书记头枕在椅子靠背上，呼噜打得正酣。徐小月想叫醒龚书记，20分钟的捻针时间已经到了，但看到龚书记半张着嘴，呼噜均匀而有力，不忍心打扰他的美梦，就去灶房把锅碗洗了，又把洗锅碗的水倒进猪圈的猪槽里，收拾停当再进去，看见龚书记越睡越香，就走到丈夫床前，学着龚书记捻针的动作，右手大拇指和食指捏着银针顶端，轻轻地捻动。她一边捻一边留意丈夫的表情，当看到丈夫受到穴位捻针的刺激，眼皮微微抖动的时候，她心里立马高兴起来，觉得丈夫总有一天会站起来，这个家的苦日子，总有一天会像抗战胜利时日本鬼子的膏药旗，被中国人民踩在脚下。

捻完针，徐小月端了盆热水，把擦脚毛巾放在热水里浴湿，然后趁着热气给丈夫擦脚，擦完后把水倒了，再次走进来，看到墙上的挂钟已经晚上10点50了，才把龚书记叫醒。

龚书记赶紧把20根银针一一拔了，说了声对不起，就匆匆离开了徐小月家。

七十三

太阳接近地平面的时候，下湾村的广场舞曲随着一阵南风飘了过来，在朱家湾上空盘旋，那节奏明快的乐调很有感染力，王琪的那首经典歌曲《可可托海的牧羊人》，一下子飘进朱家湾人的耳朵里："……山谷的风/它陪着我哭泣/你的驼铃声/仿佛还在我耳边响起/告诉我/你曾来过这里/我酿的酒/喝不醉我自己/你唱的歌/却让我一醉不起/我愿意陪你/翻过雪山/穿越戈壁/可你不辞而别/还断绝了/所有的消息/心上人/我在可可托海/等你……"音乐声搅得很多人心里直痒痒，陈芳菲就说："咱村什么时候也能这么开心就好了。"夏晨水瞟了一眼陈芳菲，说道："看看咱村这地方，院墙连院墙，房屋连房屋，没有一块像样的空地可以做文化广场。村委会好不容易相中邱道君家的一块院场，可被邱道君的儿子邱小强给搅和得一团糟。听说有的器材都拉回来了，放在村委会里，相信村委会总有办法解决的。"

邱道君硬着头皮又去找村新书记何晓功。何晓功苦着脸说："邱老兄，你知道你堂弟邱道民派我来，就是要帮忙摘掉朱家湾的贫困帽子。在村里建文化广场，选中你家的院场，应该是打着灯笼都难找的好事。你儿子小强一根筋，非要村里给他 8 万元，你知道的，村里哪来的这么多钱？我也有难处，希望你理解我。"

邱道君有点难为情，苦笑了一下，说："那小子天天给我惹是生非，我一时半载，也想不出其他的好办法。"

何晓功扫兴而归。这来朱家湾几天了，头一脚都没踢开，往后的工作还怎么进行？他开始怀疑自己的工作能力。他心里十分清楚，这个邱小强回来，就是专门给何晓功使绊子的。他虽然这么想，但嘴里没有说出来。他还想通过邱道君说服邱小强，让邱小强早日融于朱家湾这个大家庭里来！

何晓功在村里转悠，想在别处再物色个地方。转来转去也没有找到合适的场地，心里很不畅快。

他正埋头往村委会走，忽见邱道君急匆匆地往村外跑。他就喊："道君，你干啥去呀？急乎乎的。"

"唉，何书记，我家邱小强出事了。"邱道君停住脚步，一脸的恐慌。

何晓功紧走几步跟上去，问道："出什么事了？需要我帮忙吗？"

邱道君眼圈瞬间红了，弱弱地说："这个小崽子，开车把人给撞死了。"

何晓功二话没说，没有半点犹豫，大声说："走，我陪你去。"

七十四

邱小强开车把一个老汉撞了，等 120 车赶到，老人已经死亡。

老汉在路边走着，邱小强开小车经过，车速比较快，迎面来了辆大货车，鸣着喇叭，邱小强为了避开大货车，一边踩刹车，一边向右打方向，一下子就把老汉撞到路边沟里去了。等把老汉救上来，老汉已经没有呼吸了，120 车的大夫检查后，摇着头说："没办法了。"

何晓功和邱道君赶到现场时，邱小强像个失败的斗鸡，耷拉着脑袋，满脸的苍白。何晓功感叹：这个浑小子，前两天还梗着脖子，那么张狂，如今吓成这个样子，也是可怜。

交警处理事故时，老汉的女儿哭着说："我们不要钱，非要把肇事的人送去坐牢不可。"

邱道君让何晓功开车拉着他，找到那户人家，进门就给老汉的老婆跪下了。邱道君哭着央求对方："你们失去亲人的痛苦，我完全理解，虽说是偶然事故，我家跟你们家前世无怨，今世无仇，但我心里非常自责，我替我儿子给你们赔罪，对不起！可我们一万个不情愿，但事情已经发生了，人死不能复生，你们让他去坐牢，也换不回老人家的命。我就这一个儿子，他去坐牢，我这当爹的也没脸活啊！请你们设身处地为我想想，就原谅他吧。我们多给你们一些钱，弥补你们的损失……"

七十五

邱道君一直跪着，嘴上不停地说着求饶的话。一个年近半百的大男人跪在人家的堂屋里，一把鼻涕一把泪地哀求着，很快引来了村里人，有老人，有年轻人，还有几个孩子，这场面的确有些凄凉。一方面是对方失去了亲人，另一方面是肇事人的父亲跪地求饶，即使铁石心肠，也会被感化。

村书记何晓功打心眼里佩服这个邱道君！

邱道君当过几年村书记，会做人会处事，能屈能伸，在朱家湾的口碑还是不错的。如果换成自己，自己肯定不会跪下去。这个邱道君，今天真的给自己上了一堂课。他觉得一个顶天立地大男人，在关键的时候，该低头就得低头，如果有必要，给人家下跪也不是什么寒碜事。

何晓功见老汉家是女儿拿事，就把老汉的女儿叫到院子里，设身处地地相劝："大妹子，老爷子已经走了，人死不能复生，就是把那开车的小子判个死刑，也于事无补。我看你家里也不宽裕，与其说给那小子判几年刑，倒不如我们坐下来，好好协商一下，就老爷子的丧葬费、你妈和你的精神损失费，还有其他赔偿费，一并地商量一下，让你们家得到一些实惠，也给交警部门一个交代。"

老汉的女儿听了何晓功的一番话，并没有改变主意，她还沉浸在失去父亲的悲痛中。"我们家虽然不富裕，但我们一家过得很快乐。我爸的命都让他毁了，他坐几年牢是罪有应得。以后他就会吸取教训，不再开快车了。"

"我理解你的悲痛，不论遇到谁，好好的一个人，说没就没了，确实接受不了。但你想想，我们活着的人还得过日子。他们家就那一个儿子，年龄也不小了，给你们家赔偿的不会少。你还是听叔一句劝吧，好好想想。你可以跟亲友们合计合计，听听他们的意见，你现在思想还没有转过弯，我也不催你。明天我们再过来。"

"好吧。明天再说。"

何晓功把跪在地上的邱道君拉了起来，告诉他已与老汉的女儿沟通了。约好了，明天过来解决。

七十六

夏晨水辞掉学校的工作，没跟闵珍珍通气。直到夏晨水收拾行李准备返回朱家湾时，闵珍珍才知道。当时二人争得脸红脖子粗，夏晨水执意要回农村发展，闵珍珍坚决不同意，闵珍珍的父母更是不同意。闵珍珍觉得夏晨水脑子进水了，现在农村人都向往城里生活，想办法削尖脑袋往城里钻，夏晨水却反其道而行之，从繁华的省城往穷山沟里跑。

夏晨水有自己的想法，作为村里第一个考上大学的人，不能忘了挖井人。他想回到朱家湾好好创业，给村民们做个榜样，带领大家一起走致富之路。虽说理想很壮观，现实很残酷，但毕竟走出了第一步。长毛兔的兔毛、兔肉，都不愁销售。特别是驻村第一书记龚道辉极力扶持，他对未来充满了期待。

至于与闵珍珍的不欢而散，他觉得只是早晚的问题。但凡大学的恋爱，只是生理的兴起，只是心理饥渴的索源，经济来源大都靠父母的解囊，毕业后的就业连影子都没有，所以说大学的爱恋只是好看的花朵，90%只是昙花一现，不会有结果的。离开省城时，二人闹得都不开心。很长一段时间，夏晨水手机里的闵珍珍跟个哑巴一样，没有一点声响。闵珍珍干脆把夏晨水的微信设置成免打扰，不愿意接收夏晨水的任何信息。夏晨水也根本没有联系闵珍珍的欲望，回到朱家湾后，一条信息都没有给闵珍珍发过。

　　闵珍珍虽然在省城生在省城长，但家里只是个普通工薪家庭。毕业后应聘了好几家公司，高不成低不就，好不容易被一个小学同学的公司录用，也是凑合有点事干。眼看同龄人都是出双入对，自己还是形单影只，不免有些没落，就想到大学时的恋人夏晨水。他把夏晨水的微信免打扰解除了，还指望有夏晨水的几条微信，可开了半个月，连个只言片字都没有，闵珍珍十分落寞。连续几天吃不香睡不踏实，只得放下高贵的优越感，主动给夏晨水发了条问候的短信。夏晨水看到短信，心想快一年了都不联系，其间自己还给闵珍珍发过信息，但回复的是拒接。夏晨水心里明白，闵珍珍已经把自己拉黑了，他的自尊心受到严重伤害。此后再没有给闵珍珍发一次信息，闵珍珍的形象渐渐淡化了。有时偶尔想到闵珍珍，把闵珍珍长得啥样都忘了。

　　在夏晨水的心里，闵珍珍不过是他初恋的一个过客，不会在他心里驻足一辈子。今天看到闵珍珍的问候，出于礼貌，他回了个信息，不冷不热，不喜不惊。闵珍珍看到夏晨水的信息，就像发现了星星之火，她相信夏晨水还恋着她，只是回乡的事业还没有成燎原之势，一旦成鲲鹏展翅之情形，会到省城找她的。但凡男人成功之前，都会低调前行，宛若健身男，肌肉没发达前是不会登上舞台展示的。闵珍珍看男人有六条标准：一是有恒心，认准的事会持之以恒地钻研，九头牛也拉不回来；二是喜欢独处，不随波逐流，有一种大智若愚的自律；三是懂得舍得，该舍去的事、该舍去的人、该舍去的钱，眼睛不带眨地舍去，不值得挽留的片刻都不留，该得到的要毫不谦虚毫不留情地得到，不存在发扬风格，更不会要徒有虚名的高风亮节；四是屈伸有度，该屈的时候就弯腰，甚至可以跪地求生，该伸的时候就抬头挺胸，亮出你坚毅的体魄；五是阳光上进，交往正能量的朋友，不与井底之蛙谈心，不与酒肉朋友共餐，不怕跌倒，能和挫折共舞，总是把挫折甩在身后，越甩越远；六是有领导力和执行力，能审时度势处事，能团结不同政见的人，能给另一半当主心骨，有雷厉风行的做事风格，不推诿不拖沓，大事大办，小事不马虎。

在闵珍珍的心里，夏晨水有这六条标准的绝大部分。她认准夏晨水就是这样的好男人，她还恋着夏晨水。一年没联系，主要是憋气所致，不代表心里就把对方剔除了。她主动给夏晨水打了语音电话，恰好被陈芳菲听到。从陈芳菲的眼神和语气看，陈芳菲对夏晨水还是有点妒忌的，夏晨水解释说："一个同学，她想来朱家湾看看，我不能拒之门外。"

闵珍珍要来，夏晨水一家子都很高兴。夏大柱把房子里里外外都打扫得干干净净，夏妻把被褥都清洗晾晒了一番，还特意杀了只老母鸡，一家人都换上了干净衣服，迎接省城的姑娘。

夏晨水骑摩托到万福镇汽车站，顺带买了一些菜。

上午11点20分，闵珍珍转隋阳的班车到达万福镇，车还没停稳，夏晨水就看到了戴着墨镜的闵珍珍。闵珍珍可能是见夏晨水心切，车一进万福镇，她就站了起来，想早点看到夏晨水。二人都看到了对方，都相互摆手示好。车停稳后，夏晨水就跑到车门外等候，当闵珍珍走下车时，夏晨水赶紧接过她的包，牵着她的手，二人有种久违的欢欣。

"皮肤黑了，身体比以前壮实了。"闵珍珍取下墨镜，上下打量着夏晨水。

"你没有变，还是那么靓丽。"夏晨水一脸的笑容。

走到摩托跟前，夏晨水调侃地说："我的省城小姐，坐我的摩托，委屈你了。"

闵珍珍抬腿跨上摩托后座，双手搂着夏晨水的腰，"不委屈，这样挺好。"

夏晨水一脚稍用力一蹬,摩托"突、突"发动了,右手把油门向怀里一拧,摩托骏马一样就驰骋起来。走在乡间的道路上,两边的青山绿水尽收眼底,鸟雀和知了的叫声此起彼伏,快到朱家湾时,夏晨水选择一个纬度较高的山岭停下来,几乎是同时,二人都抬腿下了摩托,没有语言的交流,没有眼神的对视,二人瞬间抱在了一起,轻车熟路地接吻,轻车熟路地摩挲,轻车熟路地倒在了地上……

二人面对面坐着,蝴蝶在身边翩翩舞动着翅膀,松树和青草的味道在鼻子周围闲庭信步,山风在松毛、树叶和草尖上顾盼地盈动着,大自然的魅力再次醉倒了二人。

直到头顶的阳光累得再也无法伫立,缓缓地向西走去的时候,夏晨水的父亲夏大柱在电话里嚷嚷咋还没到的时候,二人才从桑拿屋里走出来一般,大汗淋漓地嬉笑着,诱得松树上的一对大斑鸠忘记了给"呀呀"叫的小斑鸠喂食,夏晨水媚笑闵珍珍的嘴唇咋肿得那么高,闵珍珍嘲笑夏晨水的膝盖咋破了皮。

夏晨水风趣地笑道:"大哥莫说弟,二人差不离。"

闵珍珍嫣然一笑:"大姐休说妹,都是姐不对。"

说完,二人开怀大笑。随后,二人随着摩托发动机的声响,从岭上顺路向河边驶去。

小河水在太阳的映照下波光粼粼,一路仿佛唱着马玉涛的经典老歌:"小河的水清悠悠,庄稼盖满了沟……"

"晨水,停下停下,我们去河边洗个脸,满脸的汗水都是咸的。"

"知道了。"

摩托停在了小桥边,二人撩水一边洗脸,一边嬉皮笑脸地说着俏皮话。

"这朱家湾有山有水,蛮好看的呀!难怪你要回来,难怪我爸那个老知青，动不动，他就说农村是个广阔的天地，在那里可以大有作为。"

"那不是你爸说的，那是你爸背诵毛老人家的语录。"

二人刚跨上摩托车准备走的时候，陈芳菲拿着一把木耳从大棚里走出来，一眼就看到夏晨水带着一个时髦女子，她毫无顾忌地喊道："夏晨水！我正要去找你，快来看看我的木耳，这茬都成了！"

"恭喜啊！我抽时间来看看。"夏晨水发动摩托，准备离开。

"那是谁呀？叫你的声音蛮亲热的嘛。"

"我们赶紧回去吃饭，爸妈的豆芽菜都等弯了。"

"咋了？有了新人把老同学都不认了吗？"陈芳菲远远地瞅着夏晨水和闵珍珍，话中有话地调侃道。她想看看省城的闵珍珍，到底是个啥模样。

"唉——真是的。"夏晨水有点不想过去。

"路过，不妨去看看。"闵珍珍也想看看这个山里妹子，看她叫夏晨水的嗲腔，感觉她和夏晨水的关系不一般，该不会是他俩已经擦出了爱的火花了吧？

夏晨水一把油门，就把摩托骑到了大棚近前。

陈芳菲为了好看，把木耳用托盘盛着，仔细看了眼闵珍珍，对夏晨水说："呀！难怪叫不来呢，原来是被大美女黏住了。"

夏晨水微笑地对陈芳菲说："她叫闵珍珍，我的大学同学。"

"你好，你真能干。"闵珍珍莞尔一笑，伸出了右手。

"你好，我叫陈芳菲，夏晨水的中学同学，兼邻居。"陈芳菲腾出右手，赶紧握了上去。

简单的寒暄之后，陈芳菲激动地说："你们快看，这木耳长得多好，鲜灵灵的，嫩悠悠的，真像一片片耳朵，怪不得人们一直把它叫木耳哩。"

夏晨水拿起木耳在手里掂了掂，又凑近用鼻子闻了闻，一边往托盘里放，一边端详着说："嗯，真是不错，总算大功告成了，准能卖个好价钱。"

陈芳菲笑得像头顶的阳光一样灿烂，"还要谢谢你夏晨水！这里还有你的功劳哩，真的感谢你！"

夏晨水不好意思地陪着笑颜。他身边闵珍珍的微笑似乎有点凝固了，笑得不是很自然。她能感觉到，陈芳菲在故意卖弄她跟夏晨水之间的关系，让她心里很不自在。

夏晨水觉察到两个女人僵硬的笑，赶紧礼节性地跟陈芳非说了几句奉承的话，就带着闵珍珍一溜烟地消失在去朱家湾的路上。

闵珍珍酸溜溜地问夏晨水："这一年来，你和她是不是经常一块儿啊？我不联系你，你连一声问候都没有，是不是快把我忘了吧？"

夏晨水违心地说："我给你发信息了，都被弹了回来，你不需要我的问候。"其实，夏晨水压根儿就没有主动给闵珍珍发过信息。

闵珍珍的猜测基本是实情。夏晨水心里承认，这一年里他和陈芳菲之间关系有些微妙，他们都是从城里回乡创业的，一个是种植，一个是养殖，虽然是两大行业，但具有相通性。有句话叫山不亲水亲，水不亲人亲，人不亲行亲，他们一起出去参观，一起跑销路，一起受第一书记龚道辉感化，自然有不少共同话题。再一个是，男大当婚女大当嫁，两个人都到了谈婚论嫁的年龄，有些想法完全在情理之中。他喜欢接近陈芳菲，喜欢陈芳菲的男人性格，喜欢跟陈芳菲一起分享自己养殖长毛兔，还有陈芳菲种植木耳的喜怒哀乐。对曾经的恋人闵珍珍，如果不是闵珍珍主动联系，他几乎把闵珍珍忘得一干二净，甚至把闵珍珍长得啥样都淡忘了。

他和闵珍珍的生活环境完全不同，每天接触的人，每天经历的事，每天走的路，相差十万八千里。繁华的省城，车水马龙，人流如织，积木一样的高楼层层叠叠地比着高矮，宽敞的街道，整齐的绿化带，匆匆的行人，唱着歌的洒水车，鸣着笛的救护车、消防车，整个省城就像一台喧嚣的机器，昼夜不停地运转着，一刻都不曾停歇。即使到了深夜，酒吧里的碰杯声，卡拉OK的练歌声，随着霓虹灯的旋转，不知疲乏地交相辉映着。一个个大人小孩，被五颜六色的不同欲望包裹着，膨胀着。每个人的后面，都有一台巨型的推土机推着你往前走，稍微慢一点就有可能被掩埋。而在朱家湾，不存在喘不过气的压力，不存在红绿灯的逆行，没有城管的吆三呼四，没有幼儿园和学校门前的拥挤，不担心上下班小车的限行，所有食物都没有添加剂方面，是绝对的绿色食品。逢年过节，谁家有个红白喜事，鞭炮可以由着性子放，不担心被抓现行罚款，能尽情地体验并享受华夏民族的老传统。朱家湾这么多年，没有出现儿媳妇不孝顺公婆，儿女不赡养父母的逆子事件，邻里之间总体和睦向善。几百年来，没有发生一起恶性案件。

总体来说，城乡各有千秋。从乡村搬到城市，不仅要经过一场灵魂的洗礼，还要面对钱袋子的尴尬，尤其是住房、就业、入学、看病、墓地等一个个明枪暗堡，会打得你抬不起头，稍有不慎，就会倒在攻坚的路上。从城市奔向乡村，要有接受繁华到简陋的心理准备，甚至要面对脏、乱、差的窘境，起初天地的广袤，绿色的富氧，天人合一的滋养，随着酷热的难耐，雨天的泥泞，还有牛、羊、猪圈味道的散发，你就会想到逃离，一刻都不想待。

乡村长大的人入城容易，虽说有一时半载的难堪，但苦点累点，也有成了城里人的自豪。而城里长大的人来到乡村，几天的新鲜感后，就会变得焦虑不安，巴不得马上回到城里。闵珍珍因为留恋夏晨水，兴冲冲地来到朱家湾，看到眼前的山水草木，一切都是美好的。可最多三天，她就会从乡村与省城的巨大落差中选择告辞。

　　午饭比较丰盛，餐桌上摆满了各类菜肴，最诱人的是炖老母鸡和炒腊肉，可能是过了饭点或者体力消耗过大，闵珍珍感到前所未有的饥饿。饿了，吃什么都是香甜的。闵珍珍直夸夏晨水的母亲饭做得好，她破例吃了一大碗米饭。饭后跟夏晨水来到后院参观长毛兔，几个木架的长毛兔以为夏晨水喂食来了，都坐在架口等待，看到夏晨水还带着一个时髦女子，都探头惊讶地瞅着闵珍珍，闵珍珍好奇地抚摸着白绒绒的兔毛，心里对夏晨水有种钦佩的感觉。

七十七

第二天上午十点多，何晓功陪着邱道君再次来到老汉家，向老汉的遗像鞠了三个躬，就和老汉的女儿走出堂屋来到院子里，何晓功直截了当地问老汉的女儿考虑好了吗？

老汉的女儿说："昨天你们走了后，我和几个亲戚商议了一下，觉得何书记说得有道理，我想听听你们的意见，打算赔偿多少？"

何晓功问："你们商议的结果是多少？"

老汉的女儿从裤兜里掏出一张纸，"这是我们计算的结果，你看一下。"

何晓功接过账单，密密麻麻写满了 A4 纸，有什么养老费、丧葬费、误工费、精神损失费等，何晓功没有细看，直接看了最下面的汇总，一共是 102.8 万元。

一旁的邱道君看到这个天文数字，扑通给老汉的女儿跪下了，流着泪说："姑娘啊！你就是把我和我儿子都卖了，也卖不了 100 万啊！我知道我们有错在先，但也要考虑我们的承受能力啊！"

老汉的女儿说："你起来，我可受不起。你说 100 万多了，你想给多少？"何晓功觉得这事还有商量的余地，感到邱道君跪在地上也不是个事儿，就顺手把邱道君拽了起来，"道君你起来，姑娘是个明白人，我们可以坐下来好好商量。"

恰在此时，何晓功接到一个电话，是一个律师朋友打来的，邀请何晓功参加他儿子的婚礼，何晓功说："我正要找你咨询事儿，你的电话就来了，真是太巧了。儿子的婚礼我一定参加。"随后一五一十地把邱小强开车撞死老汉的经过诉说给律师朋友，倾听律师朋友的意见。律师朋友说："只要对方撤诉，在交警的协调下，赔偿60万左右，双方达成谅解就可以了。"

何晓功心里有了数，就对老汉的女儿说："姑娘，刚才的电话你也听到了，他是我的一个律师朋友，按照我们当地的生活标准，各种费用算下来，就60万左右。"何晓功不想偏袒任何一方，他想用公心来处理此事。

老汉的女儿不肯做大的让步，说90万可以考虑一下，少了90万免谈。

事情就僵持了。邱道君生怕儿子邱小强坐牢，央求何晓功再想想别的办法。何晓功琢磨着，正面强攻不行，就得来个迂回包抄。他想到老汉的弟弟，他自己做个小买卖，有一定主见。何晓功找到老汉的弟弟，发一支中华烟，把这事的利弊一一进行了分析，老汉的弟弟明事理，当即答应找侄女试一下。

在老汉弟弟的斡旋下，老汉的女儿终于松了口，答应80万了结此事，少一分都不要再张口。

何晓功和邱道君一合计，只能这样了。随即在交警的协调下，当即签订了事故谅解书，老汉的女儿撤回了诉状。

七十八

方刚在第一书记龚道辉的劝说下回到了朱家湾，方丫丫有了依靠，方丫丫的奶奶也过上了安稳的日子。村里修公路、陈芳菲的木耳大棚等，方刚都积极参与，也有了收入。这两天在陈芳菲的木耳大棚里干活，听陈芳菲说她爸爸陈大为的病有好转了，每次扎针都有反应了，都是第一书记龚道辉扎银针的结果。

说者无意，听者有心。方刚也想请第一书记龚道辉给自己的母亲扎针，他知道龚书记很忙，但有一线希望就不能放弃。许多事情，你用心了就能抓住机遇，或许可以改变你的人生，但倘若你处事庸怠，该投入精力和物力的时候却置若罔闻，这好事就有可能与你擦肩而过，永远跟你拜拜。方刚觉得有可能梦想成真，昨天做梦还梦见母亲连续多日扎针后，竟然拄着棍子站了起来，丫丫高兴地牵着奶奶的手，笑得像一朵山菊花。

方刚想了想，不能让龚书记白辛苦，要给龚书记报酬。

太阳缓缓地向西天落去，家家户户开始做晚饭，方刚炒了两个菜，热了中午的剩米饭，给母亲分了点端过去，就和丫丫在餐桌上匆匆吃了饭，让丫丫洗锅，就在箱子底里摸出来几张百元纸钞，兴冲冲朝村委会院子走去，看到龚书记房间里亮着灯，他敲了敲门，听到龚书记说"进来"，他迟疑了一下才走进去。

"方刚啊！你第一次来我办公室吧？"

"是的，知道你挺忙，不好意思打扰您。"

"你不用客气，有啥事就直说。"

方刚用手挠着头，难为情地笑道："我……我想请龚书记给我帮个忙，不知道龚书记有时间没有？"

"你说帮啥忙，只要我能做到的，没半点问题。"

方刚犹犹豫豫地从怀里掏出几张大团结，勉强地笑着说："听陈芳菲说，她爸大为在您的治疗下，一天比一天好转。我……我想请龚书记有时间给我妈也扎一扎针，这是我的一点心意。"方刚把几百块钱放在龚书记的办公桌上。

"你这是干啥？扎针我同意，钱是万万不能收的。"

"我虽然穷点，但我知道请人看病得付费啊！龚书记，你就别推辞了。"

"方刚，你把钱收回去，我就去给老人家扎针，你不收回去，我不会去的。"

"那……那好吧。不过，最后我还得把钱给您的。"

"那是以后的事，先不谈这些。走，我现在就跟你去。"

七十九

80 万可不是个小数目，但总比坐牢要划算点。

邱道君回到朱家湾四处筹钱，东凑西拼，可以说是焦头烂额。他要邱小强把隋阳的一处 60 多平方米的房子卖掉了，还差 20 万。谅解书写得很清楚，3 天内把 80 万交给交警队，由交警队转给老汉的女儿。转眼过去了两天，借了 15 万，还有 5 万的缺口，邱道君一家子都被乌云笼罩着，每个人都是一脸的愁苦相，邱小强也跟单位请假了，暂时在家休养几天，那场车祸对他打击太大了，心里的阴影秤砣一般压着，晚上睡觉噩梦不断，整个人蔫头蔫脑的没一点精气神。

这天晚上，邱道君一家人刚放下饭碗，何晓功就带着第一书记龚道辉和董事长邱道民过来了。邱道君连忙让座递烟，一股劲儿地说："谢谢你们，谢谢你们，你们那么忙，还来看望我们，真是患难见真情啊！"

邱道君的妻子给三人倒了三杯茶，叹了一声气，闪到一旁坐下。邱小强受到了打击后，变得木讷胆小，瞟了三人一眼后，像根木桩一样杵在那里一言不发。何晓功说："人一生啊，都有个不顺的时候，你们家遇到的这个大坎，一般的家庭都难以蹚过去，但事情已经发生了，80 万的大头都落实了，5 万的缺口我给你带来了，3 万是邱总从公司拿来的，两万是征用你们家院场的补贴。"何晓功一边说着，一边从包里拿出 5 捆钱放在桌子上。

邱道民说："道君哥，我那 3 万给你们救急，不用还。"

邱道君说："那可使不得，这算我借的，等哥有了钱，再还你。"

邱道民说："一笔难写一个邱字，我们是堂兄弟，不是外人。以后再说吧。"

第一书记龚道辉说："上面文化扶贫的款还没有到，这两万是我们村委会几个人凑的，算是征用你们家场院的补偿款，先给你们家救急。"

邱道君一只手握着邱道民，一只手抓住第一书记龚道辉，声音颤抖地说："谢谢你们，谢谢你们，患难时候见真情啊！"说着说着，大滴的泪水滚落在脸颊。

杵在一旁的邱小强受到感染，眼圈红红地说："谢谢道民叔，谢谢第一书记龚道辉，谢谢书记何晓功。何书记不见我的怪，我前几天有点对不住您！是我混球，给您添堵了！没想到您不但不记仇，还和龚书记惦记我的事……"邱小强说着，竟然呜呜地哭了。

何晓功走过去拍拍他的肩膀，"小强你别说了，谁一生不会有个差错？那事已经过去了，以后我们好好地就行。明天跟你爸把钱送到交警队，咱人好着的，比啥都强。"

邱小强擦了把眼泪说："何书记，龚书记，我家的场院，村里随便用。"

八十

闵珍珍这次来朱家湾，心情比较复杂。家里一直在托人给她介绍对象，她心里还装着夏晨水，夏晨水的音容笑貌一直在她脑海里萦回，她还不想放弃夏晨水。尽管夏晨水生在朱家湾，长在朱家湾，但他身上的许多亮点还是值得称道的。你看那新中国的许多开国元勋，大都是从农村走出来的，他们既有农民的勤劳和朴实，也有不畏苦难艰险，勇往直前的担当。找个农村长大的老公，心里踏实。他们大多没有好色的花花肠子，没有逢场作戏的交际，没有唯利是图的铜臭气，没有知难而退的萎缩样。这些话，是闵珍珍的爷爷亲口给她说的。

闵珍珍看到夏晨水还是那么阳光，虽然黑了点，但身子骨比以前壮实多了。岭上的一番"交流"，远比在省城的出租屋获得感强多了，这是婚姻中不可小觑的一个方面。凡是那方面不行的男人，大多没多少出息，更做不出任何惊天动地的大事。现在真好，婚前就可以体验男人那方面的功夫。

这次来，闵珍珍想看看夏晨水回乡创业到底如何，从心底来说，她不希望夏晨水创业成功，甚至希望他的创业一塌糊涂。这样，她就会有理由说服夏晨水放弃山沟沟的生活，跟她一起返回省城，在省城发展，继续他们的准夫妻生活。如果夏晨水创业前景灿烂，他肯定不会放弃期待的辉煌，告别朱家湾跟自己回到省城。她看到夏晨水的长毛兔毛茸茸的，像个洁白的雪球，金黄色的眼睛好奇地瞅着你，鼻子一嗅一嗅地翕动，似乎闻到自己身上的香粉味道，嫩乎乎的长耳朵上仿佛爬着很多鲜红的小蚯蚓。它们的确很可爱，虽说长毛兔粪便的味道让人难以接受，但待上一会儿，看到它们灵动的身体，就不那么讨厌了。

凭闵珍珍的直觉，她感觉到夏晨水的长毛兔养殖已经有了规模，正在走向成功。如果后面再开野猪养殖场，成功的概率会更大。她提前打好的腹稿，试探地问夏晨水回省城的事儿，根本就偃旗息鼓，没有了用场。她知道夏晨水的性格，不屈不挠，越挫越勇，直至到达成功的彼岸。如果让他回省城去，只能是自讨没趣，反而会引来他的反感。她还有个敏感的预料，就是种木耳的陈芳菲，这女子也是见过世面的人，都是从城里回乡创业的。从二人对话的言谈举止看，关系不一般，凭女人对女人的了解，应该是双方互有好感，快进入恋爱的前戏了。陈芳菲已经是熟透的苹果，随手抓住咬一口，就会满嘴留香。她鼓囊囊的胸部宛若夏晨水的长毛兔，随时可能窜出笼子。她甜蜜地望着夏晨水，说木耳的种植成功有夏晨水的功劳，闵珍珍一听就会意是她故意说给自己的，给闵珍珍的印象，似乎在稳操胜券地说："闵珍珍，你就别跟我抢了，夏晨水是我的，铁板钉钉的事儿。你就知趣吧，别跟我来抢了。"

闵珍珍在朱家湾待了两天，晚上想搂着夏晨水睡，担心夏大柱两口有看法，只得跟夏晨水的妹妹同床，夜晚的躁动如发情的母牛，涟漪如朱家湾的堰塘，一圈又一圈地散发。为了缓解亢奋的身体，也为了排遣多日的思念，她上午下午都要牵着夏晨水的手去山上看风景。

夏晨水心里跟明镜似的，她看风景是借口，做天地之合才是真谛。二人心知肚明，这次的会面有可能是最后的告别，都想尽情地释放，犹如白雪唱的那首经典歌曲《久别的人》："久别的人谁不盼重逢，重逢就怕日匆匆。忙不完的旧情，续不完的梦，快刀难断藕丝情。你可记得那个霜冷日，你可记得那阵木鱼声，情侣走尽天涯路，双眸痴痴伴孤灯。噜噜噜噜噜……久别的人盼重逢，重逢就怕日匆匆。情丝正像藕丝织缆绳，拴住日光和月影。久别的人盼重逢，重逢就怕日匆匆。情丝正像藕丝织缆绳，拴住日光和月影……"二人躺在核桃树下，手机里播放着这首百听不厌的好歌曲。"词作家张藜不愧为大家，写得太精道了。哎，珍珍，你说实话，你最欣赏这首歌的那几句？"夏晨水吻着闵珍珍的脖子。

"我最喜欢前两句，道出了无数牛郎织女的思恋之情，见面都怕日匆匆。"闵珍珍挑逗的眼神瞅着夏晨水。

"好你个骚珍珍，咋跟我骚到一起了。我最喜欢的也是这两句，来，别匆匆了。"夏晨水贪婪地瞟了一眼闵珍珍白晃晃的身子，一个翻身骑马一般跨了上去……

山风饱含花草的馨香凉凉地抚摸着二人的身体，山鸟唱着悦耳的山歌摩挲在二人的耳畔，干柴烈火燃尽后，二人慵懒地各自想着心事。夏晨水知道闵珍珍这次来的用意，也清楚闵珍珍不会因为自己留在朱家湾。闵珍珍也不糊涂，让夏晨水刚有点起色的创业就此偃旗息鼓，心甘情愿地跟着自己回到省城重新开始，那只是痴人说梦。自己留下来，成天与这青山绿水相伴，告别熟悉了二十多载的省城，生活标准一落千丈，那是不可想象的。

两个聪明人在一起，看破不说破，才是真正的高智商。一个眼神，一个手势，相互都心领神会，但有些话不说比说出来更有涵养。与其说出来，彼此都难堪，倒不如把那些话深埋在心底，永远不让它发芽。

很多时候，给对方留面子，就是给自己挣颜面。给对方留余地，就是给自己挣天地。闵珍珍和夏晨水都晓得，闵珍珍这次的朱家湾之行，是第一次，也是最后一次。所以，二人都很珍惜在一起的分分秒秒，除身体的本能之外，也聊一些大学时期的花边趣事，都避讳的是对方的婚姻和未来。

八十一

隋阳市的文化示范村扶持资金终于下来了。有了钱就有了动力，朱家湾的文化广场不到一周，就在村委会的组织下，风风火火地建起来了。为了庆祝广场的启用，村书记何晓功按照第一书记龚道辉的旨意，特意联系了万福镇文化站，在广场放一场电影。全村老少早早地吃了晚饭，搬着椅子、板凳抢占有利位置，有的到村头老王商店买了零嘴，有的炒了花生、瓜子，大家有说有笑地坐在一块儿拉着家常，小孩们蹦蹦跳跳在广场跳绳、吹气泡。邱小强一改消沉的狼狈相，高兴地给大家散着糖果，一副热热闹闹、和睦祥和的乡村景象。

随后的日子里，村民们渐渐活跃起来了。有人拿来音响设备，有人跳广场舞，有人扭秧歌。有几个经历了"文革"的老年人，还随着音乐跳起了忠字舞。锻炼身体，活跃气氛，开心就好，也没人说三道四地指指点点。

村里规定，白天干活，晚上 7:30 到 9:00 是广场娱乐活动。为了保持广场的整洁，村里还安排徐小月照顾丈夫陈大为的同时，打扫广场和村委会大院的卫生。

在第一书记龚道辉的支持下，村书记何晓功来朱家湾的头一脚总算踢开了，文化广场得到了全村老少的认可。

这天放下饭碗，何晓功在广场上溜达，抬头看到村主任胡家鲜踱过来，便主动打了声招呼："胡主任早！"

胡家鲜笑呵呵地应道："何书记早，今天咋还有雅兴在这信步游疆啊？"

何晓功说："我在想，万事开头难，邱总安排我来当这个书记，我这建文化广场的第一件事还算说得过去吧？"

胡家鲜伸出大拇指说："那是没说的，是相当成功。没想到你把小强那个愣头青，能治理得服服帖帖，真的不简单，我是佩服得五体投地。"

何晓功问道："你帮我预测一下，我接下来的工作应该会比较顺利吧？"

村主任胡家鲜说："那也不一定。朱家湾历史悠久，各有各的小心思，大事很多，鸡毛蒜皮的小事儿也不少。说不定哪天你不小心就惹到了谁，让谁不高兴了，随后麻烦就来了。村干部的差事很辛苦，以后你慢慢都会体会到。"

八十二

朱家湾的领导班子成员跟许多乡村领导班子成员一样，都有这样或那样的矛盾，包括跟党员和村民之间，也有一些闹心事儿。这很正常，历史车轮滚滚向前，前进途中磕磕碰碰，旧问题解决了，新的矛盾就会涌现出来。有的一事当前，不是考虑到村集体，不是考虑的村民利益，总是先权衡自己有无得失，把自己的利益放在第一位。有的干劲儿不足，接受任务不坚决，完成任务不上心，抱着和尚撞钟的心理，能凑合就凑合，敷衍塞责。

第一书记龚道辉思前想后，觉得有必要给党员们上上课，学习些理论知识，充实一下匮乏的大脑，提高工作的热情，把朱家湾彻底脱贫的任务落到实处。

龚道辉的想法恰好迎合了隋阳市委的通知要求，《通知》上明确指出：扶贫的第一书记要给党员们讲党课。龚道辉白天忙于具体事务，就利用晚上时间找资料，写讲稿，然后又跟何晓功沟通，确定了上课时间。龚道辉明白，给农村的党员、干部上课，不能长篇大论地讲，不能讲得太深奥，要结合农村实际，有的放矢地讲，通俗易懂地讲，精练亲切地讲，讲到点子上，讲得恰到好处。

讲课定在一个雨天的下午，雨水哗哗啦啦砸在屋顶上，不用麦克风都听不清讲话。村书记何晓功主持会议，第一书记龚道辉呷了一口水就开讲了："咱们有机会坐在一起，一块儿学习交流，很难得。雨天大伙儿下地不方便，聚在一起充充电，增加一些能量。大家都是党员，党员就得上党课，我今天打头炮，讲第一课，大家认真听，听懂了回去给家里人讲讲。马上'七一'节了，'七一'是我们中国共产党的生日，我们村很多党员在微信群中留言，表达了对党的热爱与祝福。岁月如梭，斗转星移，想想我们党的奋斗历程，把一个备受外辱的殖民地半殖民地的封建国家，建设成为今天强大的社会主义国家，屹立于世界东方，使我们能够在和平的环境中繁衍生息，非常不容易，这印证了一句老话，'没有共产党就没有新中国'，今天的幸福生活是无数先烈用生命换来的啊！"

"但现实生活中总有一些人，有些党员，看不到灿烂的旭日东升，看不到祖国的一步步繁荣富强，而老是盯在一些负面事务上，心态不那么平和，牢骚满腹，怨气冲天，这也看不上，那也看不惯，将我们的短处与外国的长处比较，越比越短，越比越自卑……中国改革开放这三四十年，很多方面超过了西方发达国家一百多年的发展，中国制造的商品遍及全世界，更可喜的是中国制造正在变成中国创造，我们的综合实力已经走到世界老二的位置，作为一个中国人，是多么的自豪啊！"

"这几十年，我们几亿农民告别了贫穷，祖国的基础建设突飞猛进，我们的用水、用电、用气、出行等，出现了前所未有的变化。有着数千年历史的朱家湾，告别了挑水吃，告别了煤油灯，下一步再把乡村旅游搞起来，相信随着扶贫的大潮，很快会走上小康之路的！"

听讲的人，都鼓起了掌，掌声远远盖过了会议室外的雨声。

"说得好！"村主任胡家鲜听得激情满怀，当即大声呼叫道。

第一书记龚道辉继续说道，"大家都看了今年'七一'建党节的纪念大会，会上多次说到'不忘初心'，谁知道啥叫'不忘初心'？"

大家面面相觑，没有一个人能够回答上来。

第一书记龚道辉说："不忘初心就是不忘当初的心愿，走得再远，走到再辉煌的未来，都不能忘记走过的过去，不能忘记为什么出发，也就是出发的初衷。面向未来，面对挑战，党员同志一定要不忘初心，继续前进。一定要坚持建党之初的共产主义理想信念，这就是一名共产党员起码的党性。作为一名共产党员，最关键的是要有党性观念，无论是在什么情况下，你都要记住自己是一名共产党员。那么，如何增强党性观念呢？只有一个途径，就是学习。学习什么？学习党章党规、学习习近平总书记的系列讲话。学习是有先决条件的，就是要放下架子，消除抵触情绪……"

第一书记龚道辉又给大家解释了什么是"两学一做"，学习的目的意义是什么，最后他又慷慨激昂地提出希望："作为共产党员，必须时时警醒，时时铭记，坚定共产主义追求，坚定社会主义信仰，具体而言就是把这种信仰转化成带领群众脱贫致富、建设美丽乡村的激情和能量。只要信念不滑坡，办法总比困难多。我相信，在全村党员的共同努力下，我们朱家湾一定能够走出大山，脱贫致富，让全村百姓过上好日子！"

八十三

第一书记龚道辉讲得很有激情。朱家湾的党员干部很久都没这么振奋过了。邱道君说："咱们以后是得经常听听这样的课，长知识，长志气。以前怪我，这样纯理论的党课几乎没怎么安排过。"

何晓功说："我很有收获！龚书记说得对，这理论学习，什么时候都不能丢。"

大家纷纷发言表态后，第一书记龚道辉也很激动，没想到自己的课讲得如此有感染力。

又一个仲夏雨天，许多树木的裙裾被狂风拽到地面剧烈地强吻着蒿草，雨水在河道、在山涧、在房前屋后扯着嗓门吼着摇滚，耀眼的闪电中不时夹杂着轰隆隆的闷雷声，收核桃累了一天的妻子和写完作业的孩子们早已进入了梦乡，可成大咋也睡不着。每当暴雨天，他都会条件反射似的总感到有人在敲门，爬起来去看又没有见人，又戴上斗笠到屋后排水渠看看，确认没有隐患才回来睡下。此类情景不知循环了多少回，他知道自己得了强迫症，一时半会儿是走不出这片沼泽地了。今天已经起来看了两回了，还是有些不放心。他突然想到这都是谢梅造的孽，如果不是谢梅作梗，他的老房子也不会坍塌，也不会花完积蓄盖这新房。他对谢梅的憎恨像湾子前的堰塘水一个劲儿地往上涨，很快没过堰堤，溢出来了。

成大冲动的情绪难以掌控，又一次起身套上了衣服，戴上斗笠穿好蓑衣，特意到灶房挖了把熟猪油放进小塑料袋里，就出院门径直前往谢大拿家。他知道谢梅与老公闹矛盾一直住在娘家，她家的茅厕是朱家湾最大的，直径和深度起码都有两米，两个木杆架在茅厕中间供人方便时踩踏。谢大拿建这么大的茅厕，是为了多积攒些有机肥，省下买肥料的钱。现在的肥料一天一个价，很多人不种庄稼了，宁愿让田地荒芜，也不想忙碌了一个春夏，秋天的收成还不够投入的肥料钱。

接近谢大拿家，谢大拿院门楼的大黄狗并没有狂吠，反而冲成大摇着尾巴。以前成大和谢梅热恋时经常来往，大黄狗早就不把成大当外人了。进院子就朝茅厕走去，借着打火机的光亮，成大把猪油抹到两根木杆的踩踏位置，随手把小塑料袋扔进了茅坑。

谢大拿家谁半夜来上茅厕，谁几点来上茅厕，是无定数的。

成大就闪到茅厕外等候，他有的是耐心。与其说在家受煎熬睡不着，倒不如在这来把恩怨了结一下，也把一年多的强迫症顺带排遣掉，免得一到大雨天就神经兮兮地不正常。那强迫症太烦人了，窝在心里早晚会窝出大毛病的。那事跟谁都说不成，给米小菊说，米小菊会像鞭炮一样一点就燃。给孩子说，会给孩子纯洁的心灵留下终生的阴影。给村干部说，很快就会引来公检法的人破案。谢梅被抓判刑了，自己也得不到任何好处，两家人就会死扛到底。夏大柱和陈大为两家就是个例子，祖辈间的矛盾延续到下一代，总是相互别扭不畅快。

第一书记龚道辉站在国旗下，仰望蓝天，白色的云朵在头顶盘旋。广袤的天地间，个人显得格外渺小；鲜红的国旗下，个人的儿女情长显得微不足道。

他又爬到对面的半山腰，俯瞰整个朱家湾，除了新修的水泥路有一股新意之外，还看不出太大变化。他信步朝另一个岭上走，山顶上的三户人家很快映入眼帘。他先走进孔明英家，孔明英家房屋虽然低矮阴暗，但地面收拾得挺干净，物品也放得很整齐，一搭眼就能看出孔明英是个利索人。

龚道辉坐在炕沿儿上，握住张林的手说："有什么困难跟我说，我们会力所能及地帮你解决。"张林有些激动，支支吾吾说话含糊不清，龚道辉问孔明英他在说什么，孔明英说："家里没钱看病，他不想活了。"龚道辉从兜里掏出一千块钱，对孔明英两口说："我刚发了工资，先给你们家救点急，村里也会想办法让你们不为治病发愁。"孔明英连忙说："谢谢龚书记。"张林又呜呜啦啦说着什么。

第一书记龚道辉问孔明英："你知不知道，村里为啥不给你办低保吗？"

孔明英说："不就是我儿子有那辆破车吗？还有村主任胡家鲜以权谋私。"

第一书记龚道辉说："也不全是因为这些，你记住，以后有话好好说，不要稍微有点不顺心，就骂人。"

孔明英自知理亏，脸一下子红到了脖子根，头低下了。

龚道辉接着说："人都有个面子，你尊重人家三分，别人就会让你三分。村里没有谁欠你家的，你跟大家过不去，大家就会跟你过不去。低保要村委会和村民代表多数人同意才行。"

孔明英连连点头，说："我从今天开始，好好改正。"

第一书记龚道辉刚走出孔明英家大院，就看见一个满头白发的老大爷佝偻着腰在门外站着，见到龚道辉，老大爷杵了杵拐杖说："唉——为要个低保，让孩子把车卖了，至于吗？"

孔明英听到这番话气不打一处来，转身捡起一块砖头就向隔壁扔过去，砖头恰好砸在隔壁家的房顶上。老大爷的房子本来就摇摇欲坠，泥坯墙早就裂开了缝，房顶见下雨就漏雨，只好用脸盆接着，孔明英这一砖头威力不小，只听"轰"的一声响，房顶塌了一个窟窿，第一书记龚道辉正跟着老人走到屋门口，就差那么一步，两人就进屋了。真有些危险！

"唉，村之不幸，村之不幸啊！"老大爷直摇头。第一书记龚道辉拉着老大爷往外边走，他也吓了一大跳。老大爷挣开第一书记龚道辉的手，着急地说："你去管别家吧，我就孤身一人，不用龚书记为我操心。"

第一书记龚道辉小心翼翼地看了看房子，语重心长地说："老人家，您先到我办公室凑合住两天吧，然后再想办法，像您家这样的房子本来就不该再住人了，现在更不能再住了。"

老大爷不再说话，一屁股坐在院子里的破椅子上。

第一书记龚道辉好说歹说，才把老大爷动员到村部自己的隔壁房间住。

第一书记龚道辉是个心细的人，他担心老大爷吃饭是个问题，翌日一大早就敲大爷的门，敲了五六下没人应声，就推门进去，只见简易床上的被子叠得整整齐齐，人却不见了。龚道辉心里一惊，他猜测老人一定是又回到山上自己家去了。

八十四

雨水噼里啪啦没有停，成大等了快一个小时了，也没见谢家一个人起来上茅厕。他心想：这么等下去也不是办法，精力体力都受不了。也许是上天不给我这个报复的机会，他抖了抖蓑衣上滚动的雨水，挪动了一下高脚雨靴，准备起步回家。他刚走了一半，突然发现谢家的电灯亮了，它在漆黑的夜里格外地晃眼，他赶紧回到原处。不一会儿，就发现一个打着手电的长发女人向茅厕走了过来。谢家有三个女人，谢大拿的老婆方花花，短发；大女儿谢梅，长发；二女儿谢桃，短发。成大一阵窃喜，庆幸这一个小时等得值，真乃老天不负有心人啊！上茅厕的谢梅恰好就是他忌恨在心的人，他等着好戏上演。谁让你不做好，丧心病狂地害人呢？啥事都有个报应，善有善报恶有恶报，不是不报，是时候不到。你让我一到雨天就过敏，我也让你品尝一下雨天遭殃的滋味。

很快，谢梅身着背心短裤匆匆走向茅厕，成大屏住呼吸，就等那一声惨叫。

果然，谢梅刚进茅厕，两脚一踏上木杆，就"呀"地叫了一声，滋溜一下就滑落到茅坑里。谢梅随身带的手电瞬间落入茅坑，失去了光泽。谢梅大喊"救命"，并在茅坑里拼命扑腾，茅坑里的粪水足可以把谢梅淹没得无踪无影。谢梅的呼救声只有成大听得真真切切，在屋里的谢大拿、方花花、谢桃何况在睡熟里，即使清醒着，谢梅的叫声也会被巨大的雨声湮灭，根本传不到屋内。

谢梅一边大叫一边竭尽全力想抓住茅坑的边沿，可惜茅坑太深，谢梅再扑腾也无济于事。凭直觉，成大能感受到谢梅的叫声里掺杂着粪水的吞咽声，且声音越来越微弱。

危急时刻，成大倘若转身离去，谢梅必死无疑，并且死得很悲惨，而且没有凭据证明是成大所害。也许是谢梅不该命绝，也许是那晚的敲门声正响在成大的耳畔，也许是成大的良心发现不应该把谢梅置于死地，成大大步跨进茅厕，用打火机照着茅坑，只见谢梅在拼命地挣扎，他赶紧拿起一根木杆竖起来伸给谢梅，谢梅一把抓住木杆，嘴里吐着粪水，一股臭气熏得成大只想呕吐，但他没有放弃拽谢梅上来，粪坑内壁恶臭滑腻，成大几次用力往上拉都没见成效，他干脆弯腰把手伸进茅坑，一把抓住谢梅的手腕，连续上拉，终于把谢梅拉了上来。

谢梅问："你是谁?"

成大没吭气，转身跑出了谢家院子。

八十五

第一书记龚道辉猜得没错，等他到山顶找到老大爷时，老大爷正在清扫灶台的灰尘。房顶塌陷的地方正好是屋子与灶台的连接处，他把灶台上的尘土打扫干净，正准备做饭。第一书记龚道辉蹲下，没有责怪老大爷，而是蹲下帮老大爷添柴烧火，这次老大爷没再撵他。

"现在这人啊！也不知道都怎么了？太矫情，吃点苦受不了，吃点亏更受不了，我们年轻那会儿若能吃饱肚子就觉得特别幸福了，哪还计较其他的。"

"时代变了，人们对生活的要求高了，这很正常。还有一个很重要的原因，现在学校只看成绩，成绩好了，一好百好。至于品德、体育等其他方面，仅仅作为参考而已。以前提倡学习雷锋做好人好事，现在别说学习雷锋了，就是眼睁睁地看到老人倒地，也不敢去扶，担心被讹诈。不过，这种不好的现象正在治理。相信社会风气会越来越好的。"

老大爷盛出一碗小米，一边淘米一边念叨："唉，是该治理治理了，我是不是老了，村里一些人的做法，我总也看不惯。"

"您能不能跟我絮叨絮叨，都看不惯哪些做法？"

"远的不说，就说我的邻居肖森林父子，老子好喝几口，挣点钱就在家喝酒，喝得醉醺醺的就去学校闹，说家里穷，孙子上不起学，要求减免费用。他儿子受他的遗传，和他一样样的，挣点钱就吃喝，身懒嘴馋，不想下力还想吃好的，有点钱就跟肖森林对瓶吹，儿媳妇受不了两个大男人不上进，一生气就出去打工了，这一打工就再也没回来，三年多了，娃不管。"

第一书记龚道辉想起那次下雨天，两个嬉皮笑脸的男人在村委会似醉非醉的状态，心里就不舒服。

老人做饭，第一书记龚道辉帮老人把屋子简单打扫了一下，二人就坐在灶房里，就着灶台上的咸菜吃了早餐。

第一书记龚道辉说："这房子实在是太危险了，说不定什么时候就会塌下来。对了，您昨天为啥不让我进屋呢？"

老人说："我这把老骨头没啥金贵的，不想给你添麻烦。"

第一书记龚道辉心里不是滋味，想到来朱家湾的初衷，就说："我们不怕麻烦，我申请来朱家湾，就是来帮大家办事的。"

"唉，我一个人孤独惯了，老婆子早没了，唯一的儿子去了国外，已经五年没回来了，我也不需要什么照顾，你就别再来看我了。房子塌就塌了吧，活到这把年纪我也知足了。"

聊了会儿，第一书记龚道辉开始下山。他一路走着，一路想着老人说的话，心里越发不是滋味。

当天，他跟村委会几个人爬到老人的房顶，用麦草和黄泥把屋顶全面检修了一番，起码不漏雨了。

回村部的路上，龚道辉对村委会的几个人说："山顶的三户人家，我们一定要想办法把他们搬迁下来……"

八十六

闵珍珍走了，夏晨水把她送到万福镇的班车上，把一包土特产放到闵珍珍的座位旁边。班车启动的时候，夏晨水才缓缓地下车。他心里清楚，这就是最后的告别，闵珍珍不会再来朱家湾了。闵珍珍也走得很平静，没有临别时的牵手，没有临别时的拥抱。此次的分别，二人的恋人关系就会降格为朋友关系。同学关系是恒久不变的，一时的同学，终身是同学。

骑着摩托返回朱家湾，路过陈芳菲的大棚时，他鬼使神差地把摩托骑到了大棚跟前，还没下车，就听到陈芳菲叫他，他再次见到陈芳菲，看到陈芳菲在对他甜蜜蜜地笑，他心里陡生一种久违的亲切感。

这两天他跟闵珍珍形影不离，陈芳菲丝毫没往心里去。她觉得同学之间的情谊应该是纯洁的，她曾在入夜时分，垫着凳子在墙头观望夏晨水是不是跟闵珍珍睡在一个房间，观望的结果是闵珍珍在夏晨水的妹妹房间里住，她心里踏实了不少。她已经有点喜欢上夏晨水了。夏晨水也有同感，本来大棚距离大路还有 100 多米，他想都没想，就稀里糊涂地来到大棚外边，可能是第六感应吧，陈芳菲恰好走出大棚，四目相对，夏晨水才意识到自己喜欢上这个女人了。

"夏晨水，那个事，你考虑得咋样了？"陈芳菲走到夏晨水身边，问道。

"啥事？"这几天，夏晨水除了晚上睡觉外，分分秒秒都跟闵珍珍在一起，当陈芳菲问他那个事时，他大脑里面一片空白，所以回问了过去。

"你不是说要养野猪吗？咋啦？得了健忘症吗？"陈芳菲满眼的问号。

"哦，你瞧我这猪脑子。肯定要弄，下午我就去找龚书记，争取村上支持一下。"

"你抓紧点，我听说谢大拿的二女儿谢桃也要回来养野猪，并且把方案都准备好了，已经开始跟龚书记对接了，想争取资金哩。"

"真的吗？谢桃那细皮嫩肉的，拿根灯芯草都嫌重，看到苍蝇都嫌脏，她还能养野猪吗？她老公在镇上的百货店，不是生意很好吗？"夏晨水觉得很奇怪。

"我也不知道谢桃葫芦里卖的啥药？我也不相信她会养野猪。"

"那我赶紧得下手了，下午听听龚书记的意见。"夏晨水想离开这里，回去吃中午饭，但眼睛不听使唤，宛若被陈芳菲身上的磁铁吸住了一般，老瞅着陈芳菲，瞅得陈芳菲都有点不好意思了。

八十七

谢桃嫁到镇上，婆家开了家镇上最大的超市，生意一直不错。谢桃吃穿不愁，老公对她也不错，可就是跟她姐谢梅一样，结婚几年怀不上孩子。婆婆经常吊着脸，话里带刺地暗讽她如不下蛋的老母鸡，光吃食不下蛋，她也很苦恼，曾和丈夫一起去省城专科医院诊疗，专家说二人都没有生理问题，可能是火候没有掌握好，注意每个月的排卵期，千万不要错过。二人按照专家的指导，没少做功课，可一个月又一个月地荏苒离去，谢桃的小腹如同发面慢慢鼓起来的期待，总是以失望的叹息终结。谢桃为躲避婆婆那鄙视的眼神，经常找借口回朱家湾娘家，小住一两个周，大住几个月，每次都是丈夫来接才嘟嘟囔囔地跟着回去。

这次回来刚好谢梅也在家，姊妹俩一起长大，从小关系就密切。俩人住在一张床上，有说不完的悄悄话。上周下大雨的那天晚上，谢梅满身臭气地上完厕所，还特意去院子外的堰塘里洗了一把，但仍然没有洗掉身上的臭味，回到卧室叫醒谢桃，又烧水冲澡，冲了近一个小时，才上床睡觉。

"姐，你咋那么不小心，掉进了粪坑？"谢桃问。

"唉，睡得迷迷瞪瞪的，一脚踩空了，就跌了下去。"

"粪坑那么深，你咋爬上来的？"

　　"我抓住木杆，拼命地往上爬，终于爬上来了。"谢梅不想说破被人救起的经过。她猜想救她的应该是成大，想害她的也是成大。她也知道这是她的报应，当初把成大家屋后的排水渠堵上，险些酿成大祸。若不是自己半夜又去猛地砸门，那朱家湾的山上就会添几座新坟。也好，成大的举动也算报仇了，跟成大的恩恩怨怨也算两清了。人来这世上走一遭，有的遇见是上天安排好的，说不定你一个华丽转身就碰到他（或她）火辣辣的眼神，说不定就会续一段情缘。有的遇见只是擦肩而过，就连爱的涟漪都不曾泛一下，就销声匿迹得连一缕影子都瞧不见。自己和成大的情愫，就定格在那一段的姻缘桥上，连桥头都没有走到。这就是自己婚恋的命运，爱有多少路程，恨都有多少距离，一来一去一个轮回，爱就爱了，恨就恨了，该抽身时就不要丝毫地逗留。任何拖泥带水的爱或恨，都只能是在爱的疮疤上撒盐，留下痛苦的记忆。现在，她不恨成大了，两人的恩怨情仇随着她冒雨敲成大家的大门，随着成大把自己从两米深的粪坑拽起来那一刻起，两人不该延续的记忆就画上了句号。

　　谢桃仿佛在聆听谢梅的心声，默默地听，不曾有半句的打扰。

　　这一夜，谢梅睡得很踏实，而谢桃翻来覆去难以入眠。她在想老公的那壶水总也烧不开，何不换个炉子试验一下。她早已准备好煤炭，寻寻觅觅了多次，没有相中的炉子。当几次回娘家看到风风火火的第一书记龚道辉时，龚道辉那两道剑眉，那双眼皮下有神的眸子，那坚挺的鼻梁，那有担当的双肩，那一米八的身板，像钉子般戳进她的心底。她心里多次酝酿着咋样把这个健硕的男人斩于麾下，烧壶别样的开水尝尝，来一个柳暗花明又一村。龚书记大自己十多岁，浑身散发着成熟男人的魅力，何况他在朱家湾几个月才回隋阳市一次，估计如同朱家湾后山的泉水凼，早已盈满为患了。

　　万事都得有个由头。谢桃想：鲁莽地去找龚书记，说来舀泉水凼的水，龚书记不但会低眼看自己轻浮，还有可能拒自己于千里之外，不仅会使自己颜面尽失，还有可能传得沸沸扬扬，在朱家湾丢人，在万福镇也无立足之地，被婆家扫地出门。谢桃是个聪明人，不然不会嫁到家底丰厚的老公家。想来想去，终于想出一条妙计……

八十八

第一书记龚道辉听到夏晨水养殖野猪的想法，大为赞赏。

"夏晨水，你来得正好，我正要去找你。你的第一步养殖长毛兔，已经步入了正轨。兔毛、兔肉都有对口的公司收购，现在已经有规模了。我和何晓功书记、胡家鲜主任商量过了，想请你给卖头发的女人和那个伺候儿媳的老汉赊几只种兔，让他们不出门也能养殖长毛兔，兔毛和兔肉都由你收购，你看咋样？"

夏晨水连连点头，"我的长毛兔有今天的规模，多亏龚书记的扶持和引导，吃水不忘挖井人，一人富不算富，大家都富才叫真富。支持他们几户，没问题。龚书记尽管放心。"

"好，不愧为当代大学生，不仅能干，而且有大局观念。我推荐你当朱家湾致富带头人，看样子瞅得准，摸得实。你申请养野猪的事情，我还是比较赞成的。昨天谢大拿的二女儿谢桃找我，说准备养野猪，希望得到村里支持。我让她拿个方案，看看可行性。"

"我听陈芳菲说了，她消息真灵通。她从镇上回来养野猪，看她那红指甲足有一公分半长，别说养野猪，就是做饭养人都有问题，再说，她婆家未必同意。在这个好多诚信生了锈的年代，我估计她是冲补贴来的。不过龚书记别多心，她如果是真心实意做，我就退出来。这个项目不比养长毛兔，可以架养，而是要场地，要电源，要水源，还要懂得科学养殖，预防猪瘟什么的。"

"你说得有道理，我会认真对待的。"

第一书记龚道辉带着村书记何晓功和村主任胡家鲜，分头找几家贫困户，跟他们说夏晨水的情况，鼓励他们加入到养殖长毛兔的队伍中来。自从村里想办法解决了孩子们上学的难题后，几个贫困户对龚书记非常信任，只要龚书记说的事儿，他们百分之百地举双手拥护。第一书记龚道辉还没说几句话，卖头发的女人和那个伺候儿媳的老汉就连连点头，伺候儿媳的老汉说："行，没问题，赊着养，又不用我们出钱，养好了，兔毛和兔肉他都全收，给我们报酬。这样的好事儿，我们一百个赞成。"

在村委会会议室，在第一书记龚道辉、村书记何晓功和村主任胡家鲜三人的见证下，夏晨水与几个贫困户签订了赊兔和收购协议，互惠互利，双方都比较满意。随后，夏晨水把长毛兔的习性，如何观察长毛兔的吃相、耳朵、眼睛、粪便，还有养殖中的注意事项，都给几户讲得很详细。那几户像小学生听课一样，都拿本子记得清清楚楚。

八十九

夏晨水与几家贫困户签了合同，他的父亲夏大柱很不理解，问夏晨水："你把长毛兔赊给他们养，你有什么好处吗？"

夏晨水说："除了操心，基本没什么好处。"

夏大柱说："你呀，我看你到时候准得落下埋怨。要是人家挣了钱，那没啥说的；要是人家不挣钱，还不埋怨你吗？要是人家赔了钱，不找你要损失才怪。你最近是不是脑子不好使了，自己把长毛兔养得好好的，赊给人家养，养死了你承担责任，人家零风险，你这不是自找麻烦吗？"

"爸，遇事要往远处看，不能鼠目寸光啊！他们把长毛兔逮回去，就得操心长毛兔的生长，就会想办法养好，毛和肉都有收益。谁会故意把它们养死？给人家做点好事，也是给我们夏家积德啊！再说，他们养成功了，我多少也有点微利。很多时候帮别人也就是帮自己，不要时时处处都把利益放在首位，有时暂时放弃一些蝇头小利，是为了长远的更大的利益。要想在对方身上得到好处，必须先把自己的好处慷慨给对方。利益对等输出是交往的法宝，只想占便宜的人是不会有长久的朋友的，无数次的付出得不到回报，他（她）的付出会逐步递减，直至得数为零。聚财人散，散财人聚，是一条亘古不变的定律。儿子虽然年少，一些处事的道理还是懂得一些的。"

"听你这么一说，爸觉得你真的长大了，爸支持你的决定。"

"谢谢老爸的理解，儿子不会让你失望的。给几个贫困户一点好处，也是一个善良的举动，也是对龚书记支持我长毛兔项目的一个交代，也是真心帮帮那些人。下一步，儿子还要准备办一个养猪场，养野猪，在场地和资金上，都要有村委会的扶持才行，要相信你的儿子。"

夏大柱很享受地吸了一口烟，眯缝着眼睛瞅着夏晨水，眼神里充满温暖、信赖和期待。

九十

累了一天，太阳钻进被窝里睡觉去了。朱家湾的大人把牛赶进了圈，把鸡撵进了笼，把孩子们吆到了床上，也洗洗涮涮准备休息了。

村委会院子里的第一书记龚道辉刚泡完脚，正准备倒洗脚水的时候，听到敲大门的声音，他顺手把洗脚水倒进屋檐下的排水沟里，就朝大门口走，"笃笃笃"，敲门声还在继续，他问了声："谁呀？"

"是我，龚书记，我是谢桃。"

"这么晚，你有事吗？"

"龚书记，给你送方案来了，只占用你一会儿时间。"

村委会院子里就住龚书记一个人，为了避嫌，一到晚上他就会关上大门插上门闩，免得有女性上门，给村里人落下话柄。谢桃敲门送养野猪的方案是正常工作，龚书记没有理由不给开门。

随着大门的徐徐打开，一股栀子花的香味扑鼻而来。栀子花是龚书记尤为喜欢的一种花卉，他在隋阳时养了好几盆，端回家时洁白的花朵挂满枝头，整个客厅洋溢在香气的笼罩中，令人心旷神怡，就连爱找事的老婆李琰琪也会安稳好几天。可是，栀子花十分难养，要么水多了，要么水少了，要么缺肥了，用心伺候的结果都是一周后变得无精打采，随后就蔫头搭脑，开始落花掉叶子，最后一命呜呼。来到朱家湾后，看到后山上一株栀子花长得葳蕤茂盛，招人喜爱，他就随手折了一枝插到河边，平时忙于村里事情，早把这事抛到九霄云外去了。

上个月跟何晓功一起到河边考察漂流项目后，蓦然看到插的那株栀子花不仅活了，而且长高了，两朵栀子花还朝着他笑哩。他随即给夏晨水打了个电话，问他们家有空置的花盆没有，夏晨水说没有花盆，有一个冬天用的烘炉，掉了把，做花盆可以。于是在夏晨水和何晓功的帮助下，就把这株栀子花移栽到烘炉里，现在已经开了五朵花了，整个房间充盈着芳香。每天在香气中入眠，又在香气中醒来，他感到神清气爽。他还从中悟出一个道理：过去养栀子花太用心，反而适得其反，这次随便地一折一插，它就生根了，还开了花，就倘若一个人的婚姻，你把对方太当回事，你累对方也累，都不愉快。如果你反其道而行之，把对方当作一般同事，不用太上心，双方的羁绊就会减少，幸福指数反而会飙升。想到他跟李琰琪的矛盾，都是过分关注对方，小的隔阂日积月累，最后难以调和。

这个谢桃还真用心，来了一次办公室，就记住了龚书记的喜好。

走进办公室，日光灯映照出谢桃姣好的面容，她的眉毛是描过的，眼睫毛修饰过，脸上有淡淡的粉状，口唇上有朝露欲滴的石榴红，连衣裙恰到好处地裹着她窈窕的身躯，凹凸有致。龚道辉来朱家湾一年多，第一次发现朱家湾还有这么俊的少妇。前几天谢桃虽然来过，办公室好几个人，龚道辉只是简单地瞟了谢桃一眼，没觉得谢桃有多么出众，可今天的谢桃，竟然让龚道辉耳目一新。谢桃一进来，龚道辉的眼神像被磁铁吸住了一般，一刻也不曾离开谢桃。谢桃心里暗喜，看样子龚道辉也是难过美人关。

"龚书记，我的方案准备好了，请你过目。"谢桃的声音柔柔的娇娇的。

龚道辉快两个月没有回家了，40多岁的大男人有点想法也在情理之中。谢桃的提醒像给龚道辉注射了一支清醒剂，龚道辉立马从失态中走了出来，连忙结结巴巴地说："哦……哦，我看看，我……我看看。"

谢桃咯咯笑了，笑得胸乳乱颤。

龚道辉仔细看着谢桃的方案，方案用万福镇镇政府的公用笺写的，字迹清秀，有五六张 A4 纸。上面写了养殖所需场地、野猪销售渠道、资金来源等七八个分项，其他项目龚道辉只是大概浏览了一下，当看到资金来源几个字时，明显放缓了速度，这是方案的重点区域。谢桃写道："启动资金 20 万，用于建猪圈、买猪崽、打预防针等，自己投资 10 万，村里补贴 10 万。"龚道辉用铅笔在两个 10 万下画了一道线，抬头瞧了下谢桃，谢桃朝龚道辉一个媚笑，"这点钱应该没问题吧?"右手食指轻敲着龚道辉的桌面，血红的染色刺得龚道辉的眼睛生疼。龚道辉心里有了数，谢桃是冲着补贴而来的。

"我得考虑考虑，10 万元可不是个小数目，得按程序申报。"龚道辉有意避开谢桃火辣的眼神。

"龚书记，你的办法跟后山的松树一样多，我知道你解决问题的渠道比朱家湾河畅通得多，在谢桃面前就不要谦虚了。你给陈芳菲的木耳大棚，给夏晨水的长毛兔木架，都争取了资金。谢桃找到你，你一点也不爽快。"谢桃说着就朝龚道辉凑了过去。

龚道辉还没反应过来，谢桃就屁股一扭坐到了龚道辉的大腿上。

"这可使不得，快起来，谢桃快起来……"龚道辉正说着，谢桃的香唇放肆地压了过去。

龚道辉一时不知所措，想躲避已经不可能了，谢桃青蛇蠕动般的舌头已经缠绕得他无法言语，栀子花的馨香已经嵌入他的胸腔，沉默一个多月的身体随即开始膨胀起来。过来人的谢桃有种前所未有的欣喜若狂，她感觉到了龚道辉的勃勃生机。她窃喜，今晚有望实现的两大愿望就在眼前。龚道辉的高大帅气早就刻在她心底了，这样强悍的人开荒种地，种子必然发芽，结果必然饱满，到时看那个嚼舌头的讨厌婆婆，还有什么资格指桑骂槐。还有开野猪养殖场的 10 万补贴，不说全部到位，有一半能兑现就心满意足了。

谢桃搂着龚道辉的脖子，慢慢移动到旁边的沙发上……

九十一

朱家湾村委会会议室，几个人争论激烈。

朱家湾这个地方相对万福镇海拔最高，风也最大，人说话的嗓门自然就大，遇上一件事情意见不一致时，相互的争辩如同吵架似的。邱道君当书记时就滋生过一个想法，可以把朱家湾申报为"美丽乡村"，第一书记龚道辉也曾经提到过，但那时条件还不够成熟，照明用的煤油灯，走路走的泥巴路，没有村企做支撑，村容村貌也不堪入目，光有设想只是天上的彩虹，够不着。让何晓功来接替邱道君任村书记，也是着眼朱家湾的发展。现在何晓功想正式提出申报，他觉得朱家湾现在有了集体企业，村里在三个地方配置了垃圾箱，安排了专人打扫村子的卫生，村容基本也符合要求了。朱家湾的自然风光没问题，如果申报成功的话，可以向相关部门申请资金支持，那对于朱家湾未来的发展只有好处，没有坏处。

村主任胡家鲜说："申报没问题，但申报的三年、五年规划怎么写？到底要规划什么？美丽乡村建设到底建什么？咱们朱家湾在第一书记龚道辉的规划和努力下才刚刚有了起色，我认为应该稳扎稳打，不要太冒进。"

何晓功说："我认为时机基本成熟。因为有第一书记龚道辉坐镇，咱们心里都有底气。再说了，咱们不能光等着上面来'扶贫'，咱们自己也要搞内循环啊！"

邱道君是被何晓功特意叫来参加会议的，邱道君表态支持何晓功的意见，认为这是个使朱家湾更进一步发展的好机会。

第一书记龚道辉让大家充分发表意见后，才把自己的想法说出来："我也同意朱家湾申报美丽乡村，一来可以促进我们的工作，二来可以申请些资金……"

何晓功的提议被顺利通过。接着商量规划的具体内容，大家的意见也基本一致，都在朱家湾的山水上动脑筋。朱家湾要建设美丽乡村，接下来必须开发旅游，这样朱家湾的美好风景才不浪费。朱家湾河道长，夏天雨水多时，哗哗地流水顺着山根儿往下走，弯弯曲曲流出很远，像条盘旋的绸带。

龚道辉说："近几年时兴漂流，我看啊，咱朱家湾的河道有长度有弯度，适合漂流。顺着河道漂下去，肯定好玩儿，可以吸引隋阳市的游客来消费。"

大家商讨了几个小时，发展规划终于有了些眉目：先清理河道，再建蓄水坝。然后，再建环山公路，让游人坐着观光电动车就能欣赏美景……

九十二

夏晨水有自己的想法，有第一书记龚道辉的支持，他准备大张旗鼓地干一场。

这次他按照村委会的安排，在一块闲置的坡地上先圈起了围墙，然后建野猪养殖场，前期投入三万多块钱。

为了做到心中有数，夏晨水在第一书记龚道辉的带领下，去了200公里外一家大型野猪养殖场，从猪舍、防病、喂食、屠宰、销售，到日常管理等，夏晨水都一一记录在心，但如何把参观学习来的知识运用到实践中，还有一定的差距。如朱家湾的地理环境和参观的地方不一样，虽说养猪场紧锣密鼓地开始修建了，但夏晨水心里如十五只桶吊水——七上八下，他担心野猪养殖能否成功。为了吸取养长毛兔的经验教训，夏晨水在围墙内侧还特意加了防护网，生怕野猪逃跑的事件发生。

听说夏晨水开始圈地甩开膀子干起来了，陈芳菲专程来看他。刚一见面，陈芳菲惊愕得说不出话，夏晨水感觉到了陈芳菲不对的眼神，忙问："咋的啦？"陈芳菲并不急于回答，两个人面面相觑，陈芳菲突然扑哧笑起来，她指着夏晨水说："几天不见，你咋黑得像锅铁了！"

夏晨水也笑了，说："我以为是啥大事儿哩，黑就黑了，我自己看不见就行，我忙得顾不上照镜子了。"

陈芳菲关心地走过来，掸了掸夏晨水短袖上的灰土说："你为啥不戴个草帽呢？"

夏晨水爽朗地说："我哪能像你一样，捂得像个养蜂的，你是美女，怕黑，我一个大男人，黑是本色。"

第二天上午，陈芳菲手里拿着一顶太阳帽过来了，夏晨水正在干活，两手脏兮兮的，陈芳菲把帽子戴在夏晨水的头上。夏晨水双眼爱意地瞅着陈芳菲，满脸的甜蜜，陈芳菲的脸也瞬间染上了桃花。夏晨水激动地说："等我把这个养猪场建好了，野猪养殖成功了，我就向你求婚！"

陈芳菲"啊"了一声，转身走了，走几步又回过头来说："那得看我的心情了，看你能不能打动本姑娘的芳心。"

九十三

谢桃胳膊紧紧勾住龚道辉的脖子，转身移动到旁边的沙发上。

龚道辉借转身的机会，终于挣脱了谢桃的双臂。"谢桃，有事说事，不能这样。"

谢桃不好意思地站起来，小声说："我去一趟洗手间。"扭身走了出去。

龚道辉随手扯了张抽纸，擦了擦嘴，一看有谢桃的口红，不禁有种莫名的滋味。这谢桃到底想干什么，想申请养野猪的补贴，至于这样霸王硬上弓吗？真是让夏晨水说对了，单看谢桃那双手的红指甲，就感觉到她根本不是养野猪的料。何况养野猪的补贴不是随随便便都可以申请下来的，有一套程序，还要考察论证。

龚道辉正想着，谢桃悄无声息地走了进来，眼睛紧盯着龚道辉的脸，柔声地说："龚书记，你一个多月没有回隋阳市了，难道就没有点想法吗？我已经把大门反锁了，你尽管放心。"说着就把身体靠在龚道辉的胸脯上。

四十多岁的大男人，一个多月没有碰女人，没有一点想法不符合情理。何况面前还是一位妙龄美女，还有自己最爱的栀子花香味，中国最早的《诗经》的第一首诗就写道"君子好逑"，龚道辉没有一点心旌摇曳是不现实的。他情不自禁地搂住了谢桃，柔情似水地说：

"谢桃，你说实话，你为啥要这样？"

谢桃转身面对着龚道辉，将头靠在龚道辉宽大的肩膀上，"龚哥，妹子虽说长得有几分姿色，在万福镇也算有回头客的女人，按说嫁给的婆家在万福镇也是挺有钱的，但谢桃并不快乐。家里的钱婆婆当家，我们花点钱还要看婆婆的脸色。结婚三年，我一直没有怀上孩子，婆家人都不待见……"谢桃说着说着，竟然小声地啼哭起来。

"你这个想法要不得，万一生下了孩子，你老公一看不像他，做DNA鉴定，你后面的日子更惨了。"龚道辉理解谢桃的苦处。

"我不管，我并不是随随便便的女人。不瞒你说，我选了几个月才选中你，我才27岁，在万福镇随手撩一下裙子，后面会跟好几个帅小伙儿。谢桃相中你的成熟，相中你的身体，相中你的本事，这事是我主动的，我要用我的小腹证明我能生，婆家不要我，我就跟你过了，不要名分，甘愿做你的小三。"谢桃把龚道辉的手抓到自己的胸上。

"那你想养野猪跟这事有关系吗？"龚道辉的双手任由谢桃摆布。

"说有关系也有关系，说没有关系也没有关系。在镇上听说养野猪，政府有补贴，我就想试一下。没有这个想法，咋有机会接触你，跟你这样在一起。我知道我不是养野猪的料，但款下来了，我会给你一些，给夏晨水一些，他有养野猪的能力，我自己多少留一点就行了。我不贪心吧？"

"就养猪这件事上说，你是个好女人。"

"好女人，你还犹豫啥？龚哥，来吧……"谢桃把龚道辉的右手拽到了自己的裙子里。

龚道辉心里一惊，仿佛触到一孔酷夏的黄鳝洞，滑腻腻的、热乎乎的、水汪汪的，他的反应被电击一般，立刻缩回了手。去年刚来时，为了改善伙食，在发爷的指导下，他去稻田抓黄鳝，烈日当空下的鳝洞滑腻腻的、热乎乎的、水汪汪的，黄鳝的尖脑袋在鳝洞深处时隐时现，鳝洞容不下一只手，只得借助外力，一只手中指在水面弹出水声，吸引黄鳝，另一只手紧握绑着蚯蚓的柳条，在洞口处进进出出地抖动，诱得贪嘴的黄鳝慢慢靠近洞口，就在黄鳝一口咬住柳条的蚯蚓时，猛地拔出柳条，黄鳝就被带了出来。把杀好的黄鳝放在有调料的瓦罐里，再送进灶膛里煨煮，火上面的米饭好了，瓦罐里的黄鳝也熟了。龚道辉和发爷享受了多次黄鳝美味。现在想起来，龚道辉还恋恋不舍。

谢桃原以为接下来的愿望会顺理成章，谁能想到龚道辉会临阵脱逃。当谢桃再次狠拽龚道辉的手时，龚道辉急促的呼吸舒缓了许多，"对不起，谢桃，我们不能越雷池。"

"你的身体没有说假话，你我都清楚，我想不通，你何必假惺惺地要装呢？"

"你的养猪补贴，我估计申请不下来。"龚道辉顾虑重重。

"不要补贴，我只要你。"谢桃说着，顺势躺在了沙发上，并一把撩开了裙子，没穿内裤的身子被日光灯照得十分晃眼，龚道辉"怦怦"的心跳立马加速，膨胀山洪一般袭遍全身，有一种箭在弦上的勃发感。饥渴了一个多月，清凉的自来水就在眼前，本能地想喝一口是生理再正常不过的需要。何况风险近乎为零。

龚道辉一步跨了上去，眼看一顿丰盛的夜餐就可以吃到嘴了，可就在这千钧一发的关键时刻，龚道辉踩了一脚急刹车，立马控制住了亢奋的情愫，"对不起，谢桃，我差点做了出格的事。"

"我不，我不，赶紧上来，不然我就喊叫了。"谢桃做最后努力。

"谢桃，起来吧。听我的话，你是个好女人，不能对不起你老公，更不能对不起你自己。"龚道辉疯长的欲望在他坚强毅力的控制下，终于慢慢偃旗息鼓了。

"我不，我就在你这睡一晚上。"谢桃丝毫没有收敛的意思。

"谢桃，我比你年长，你记住：一个再厉害的钓鱼高手，永远也钓不到闭嘴的鱼。我就是那条不愿张嘴的鱼。我以后把你当作小妹，你有啥要求，我都会尽力帮你，男女之事除外。"龚道辉语重心长。

谢桃觉得再僵持下去没有意义，"哇"的一声哭了，嗓门不大，是那种伤心欲绝的发自心底的哭，似乎沙发和整个房间都在随着谢桃的肩膀，在一起耸动。

龚道辉不再规劝，而是默默地把谢桃扶起来，撕了两张抽纸递给谢桃。

谢桃擦了擦泪水，起身一晃一晃地走出了村委会大院。

九十四

　　一分耕耘一分收获，一切事情成功的奥秘都是提前做足了功课。夏晨水的野猪养殖不是一时兴起，仓促上阵的，而是提前在网上阅读了大量野猪的生活习性，再随第一书记龚道辉去参观有经验的养殖场，现场感受养殖的技巧，才回到朱家湾动手的。

　　凡事预则立不预则废。在夏晨水的精心策划和努力下，养猪场终于建起来了，买回来的野猪也熟悉了新的环境，养猪场开始步入了正轨。雇的两个村民严格按照夏晨水定的规章制度办事，从喂食、喝水，到清理粪便、消毒等，每个环节都不马虎。俗话说"万事开头难"，为了防止意外事故，夏晨水每天住在养猪场，特意养了两条狗，一条在门口守护，一条随夏晨水巡视，对外有了威慑力，养猪场的安全也有了保障。

　　经过一个月的努力，养猪场的秩序总算井然了。他要求场在人在，场里啥时候都不能离人。一切安排妥当，他有空闲就跨上摩托往陈芳菲大棚里跑，他对陈芳菲动心了，想把陈芳菲娶为妻子。

　　一个雨后初霁的下午，太阳还有半竿子高时候，夏晨水迎面碰上陈芳菲的母亲徐小月，他赶紧停住车，叫了声"姨"。徐小月应了声"哎"，面无表情。夏晨水心里直打鼓，不知怎么惹了这个女人了。

　　夏晨水没话找话地说："姨，你去哪？我捎你去。"

徐小月不冷不热地说："不用了，你又去找陈芳菲吗？你就死了这条心吧，我闺女就算嫁不出去，也不可能嫁给你！"

夏晨水像吃东西噎住了，一下子愣在那里，不知如何是好。徐小月狠狠地瞪了夏晨水两眼，气囊囊地走了。

夏晨水被徐小月浇了一瓢冷水，正犹豫该不该再去找陈芳菲的时候，听到一个熟悉的声音在叫他："夏晨水！"

夏晨水抬头一看，陈芳菲正在朝他招手，他这才朝陈芳菲骑了过去。

陈芳菲问："我妈跟你说什么了？"

"她不让我来找你。"

"你害怕了吗？"

"笑话！我有啥害怕的？"

夏晨水是个越挫越勇的人，对徐小月的斥责只在心里走了一下过场，就忘在脑后了。陈芳菲的挑逗，反而激起了夏晨水的豪情。"明知山有虎，偏向山上行。我就是要娶你闺女，咋啦？"夏晨水使了个鬼脸，一脸坏笑地说。

"你别跟我犟。你必须跟我妈处理好关系，我妈要是不同意咱俩的事，我可不敢嫁给你。"

"啥年代了？你自己的婚姻大事，自己还做不了主！"

"别嚼舌根啊！我的事，我当然能做主，但不能跟父母作对。"

"上一辈的恩怨，不能延续到我们的头上。"夏晨水斜视着陈芳菲，坏笑着。

"有道理，慢慢来吧。"陈芳菲说。

九十五

秋高气爽，朱家湾进入了收获的季节。

家家户户都忙忙碌碌，有的收玉米，有的摘柿子，有的晒小米，有的打核桃，有的勾板栗。今年风调雨顺，农作物和果树都大丰收，青山绿水公司的库房里收购一批，很快拉走一批，真是有女不愁嫁。

秋收一过，冬天就不远了。第一书记龚道辉一直惦记着山顶上三户的危房问题，万福镇和隋阳市有关部门的领导已经来现场考察过，村、镇、市三级的意见高度一致，赶在冬季到来之前，搬迁下来。

村委会把搬迁地选在朱家湾对面的柿子园，那一片地势平坦，离水塘近，有很多便利条件。村里的报告打上去后，不到 10 天就有了批复，第三周补贴款就到位了。有了钱就有了底气，村委会很快成立了建筑队伍，材料费多少，工钱多少，工期时间等，一一有了着落。

这事由村书记何晓功具体负责。何晓功在部队当过教导员，有一定组织能力。建房工程进展得很快，也很顺利。

这天是中秋节，徐小月早早地把饭做好，还特意摆上了陈芳菲买回来的月饼，她在等待一个贵人。陈芳菲今天没去木耳大棚，帮徐小月收拾房间、洗菜，两人说着高兴的事，陈大为已经有意识了，说不定很快会醒过来。说到这，你就明白了，这个贵人就是第一书记龚道辉。他义务给陈大为扎针已经三个多月了，最近几次每次进针、捻针，陈大为都会眨眼睛，应该说距离醒过来的日子已经不远了。

徐小月打了几次电话，龚道辉实在推不过去，才勉强答应。

中午 12 点，龚道辉拎着一盒月饼来到了徐小月家，看到满桌的佳肴，龚道辉连忙说："谢谢你们母女俩，你们太客气了。"

龚道辉和徐小月母女二人分着把一瓶啤酒喝完了，吃了一块月饼和一碗米饭，然后就给陈大为扎针，龚道辉进针时说道："老陈啊！看你有知觉了，今天能不能睁开眼睛，我们认识一下啊？"

"大为，今天是中秋节，你睁眼看看，龚书记为你扎针三个多月了，你谢谢龚书记最好的办法就是赶紧醒过来。大为，我们的闺女芳菲已经长成大姑娘了，她种植的木耳也成功了……"

徐小月一直在旁边给陈大为说话，这是龚道辉要求的。要想让陈大为醒过来，语言呼唤是不可少的。

徐小月念叨时，陈大为的眼睛不停地闪动，龚道辉让陈芳菲拿条湿毛巾过来，"大为 10 年了，没睁开眼睛，估计有点粘连，用湿毛巾湿一下，说不定就睁开了。"龚道辉一遍又一遍地轻轻擦拭陈大为的双眼，眼看陈大为的眼睛抖动得越来越明显，不一会儿竟然缓缓地睁开了。

"大为、大为！你终于醒过来了！"徐小月兴奋地大声呼叫。

洗碗的陈芳菲听到徐小月的叫声连忙跑过来，高兴地叫着："爸爸！爸爸！"

陈大为看看徐小月，又看看龚道辉，最后把眼神定格在陈芳菲的脸颊上。

陈芳菲上前一把抓住陈大为的手，流着泪喊道："爸爸、爸爸，你终于醒过来了！"

徐小月说："大为啊大为，这都是龚书记的功劳，他是我们的恩人啊！快，快把柜子里的那挂长鞭拿到院子里放了，燃一下喜气。"

朱家湾有个多年的习俗，只有遇到喜事，都会放一挂鞭炮庆贺。当鞭炮响彻朱家湾上空的时候，村里老老少少都聚到徐小月的院子里，都问有啥大喜事，陈芳菲激动地说："我爸在龚书记的治疗下，已经醒过来了。"

鞭炮的火药味很快传到卧室里，大为最喜欢闻火药味道，他两眼看着龚道辉，嘴唇翕动了好一会儿，才说："谢……谢……谢谢。"

龚道辉握着陈大为的手，高兴地说："大为同志，你会慢慢好起来的。我等着你站起来的那一天，我会跟你碰两杯！"

九十六

山上几户今天搬迁，全村人像过年一样高兴。除上学的孩子外，村里人都来帮忙，就连最年长的发爷也在新房外边从三轮车上搬东西，说笑声、鞭炮声此起彼伏，十分热闹。三家还破费设置了流水席，热情招待帮忙搬家的人。第一书记龚道辉自然在被邀请之列，他借此机会讲了话，向三家表示了祝贺。同时，宣布村委会请客，晚上在小广场请大家看电影，村民们报以热烈掌声。

龚道辉刚放下饭碗，就接到隋阳市扶贫办的电话，让他下午4点赶到市里参加会议，市上主要领导要听听朱家湾村的扶贫情况，因为朱家湾是全市第一贫困村。朱家湾的扶贫现状，一定意义上代表着全市的扶贫"窥一斑而知全豹"的情况，所以备受关注。

夏晨水听说龚书记要去市里开会，立马跑回去骑摩托，以最快的速度把龚书记送到万福汽车站。还好，最后一班车还有十分钟发车，龚书记感到肚子一阵疼痛，连忙去了一趟厕所，他清楚，应该是饭菜不干净所致。

一路上，过一会儿他就喊司机停车，有厕所没厕所都得一阵风似的跑下车，拉完稀又跑上车，司机无可奈何，乘客们怨声载道，但都无计可施，只得听由他摆布。他用手按着小腹，咧着嘴丝丝地呻吟，大家都知道他很痛苦，建议他就近下车找诊所治疗，他说要赶到市上开会。好心的司机在驾驶室里翻找，终于找到几粒止痛片，交给龚道辉服下，还好，疼痛慢慢减轻了。

龚道辉浑身没一点劲儿，脑子有点混沌，似乎有点虚脱了。迷迷糊糊中，听到手机响，接起来一听，是隋阳扶贫办乔主任打来的，问他走到哪里了，他说还有 20 多公里。

乔主任问："你咋有气无力的？生病了吗？"

龚道辉不想隐瞒，咬着牙说："乔主任，我得了急性肠胃炎，太难受了。"

乔主任关切地说："我派司机带上药，在汽车站等你，车号是 S2058，直接把你接到会议室。"

龚道辉有气无力地说："谢谢乔主任关心。"

班车终于到隋阳汽车站，龚道辉下车第一件事就是跑厕所，一阵稀里哗啦后，龚道辉几乎直不起腰，他扶着厕所的墙艰难地走出厕所，他环视了一下汽车站内，除了大轿子车，没有一辆小车，他想接他的车应该在站外路边一侧，就朝大门口走，可走着走着，眼前一阵发黑，扑通一下就倒在了地上，一下子昏了过去。

汽车站的保安看见有人倒下，赶紧跑了过来。保安想把龚道辉扶起来，但是龚道辉没一点反应，保安把他身体翻过来，看他脸色苍白，就用大拇指狠掐龚道辉的人中穴位，好几分钟，龚道辉才慢慢苏醒过来。

保安问："你咋啦？哪儿不舒服？"

龚道辉微弱地说："急性肠胃炎。请你把我扶到大门口的 S2058 小车上，谢谢。"

好心的保安把龚道辉扶到大门口，果然看到大门口一侧有辆车号 S2058 的公务用车，保安敲了敲车门，司机下了车，看到龚道辉一副弱不禁风的样子，立马打开后车门，把龚道辉扶上了车。

九十七

扶贫座谈会下午四点准时开始，会议由乔主任主持。

会议邀请了扶贫第一线的六名第一书记，都是隋阳市有代表性的贫困村。除龚道辉外，其他五人都按时到达。

正在第三名第一书记刚汇报完的时候，司机敲了一下会议室大门，就推门把龚道辉扶了进来，龚道辉脸色煞白，冲开会的人说道："对不起，我迟到了。"

乔主任说："辛苦了，快坐下。"随手指了一下桌牌是龚道辉的地方，司机会意地把龚道辉扶到座位上，就退了出去。

"朱家湾是隋阳市最西边的一个村，一个地道的山区贫困村，经过第一书记龚道辉同志的不懈努力，朱家湾发生翻天覆地的变化。下来就欢迎第一书记龚道辉同志发言。"乔主任说着，带头鼓起了掌。

龚道辉双手扶着桌面吃力地站了起来，"这一年多，在市委、市政府的正确领导下，我带领村委会一班人，从摸清情况开始……"龚道辉说着说着，身子一软，就瘫倒在地上，旁边的两个人赶紧搀着他的双臂，把他拉到椅子上，他再次昏了过去。

会议立马停了下来，参加会议的市长指示赶紧送往医院抢救。

九十八

夏晨水做梦也没想到，夜里一场特大暴雨引起了山洪，洪水冲垮了围墙，部分猪圈损毁，一半的野猪逃走了。

劳累了一天，夏晨水吃了晚饭就来到野猪养殖场换员工回家，习惯性地绕猪圈一周，没有发现任何异常，才用热水泡了泡脚上床睡觉。年轻人本来就瞌睡大，加上白天来回跑后院的长毛兔，山边的野猪养殖场，下午又去了趟陈芳菲的木耳大棚，上床就睡着了。后半夜大雨倾盆时，他迷迷糊糊有点感觉，但翻了个身就又睡着了。直到天快亮时，他听到哗哗啦啦的流水声，才一骨碌爬起来，水已经把鞋漂走了，他顾不得穿雨衣，赤着脚跌跌撞撞走向猪圈，一看两处的围墙和一半的猪圈被冲毁，心情立马紧张起来。走遍了场内每个角落，除了一头30多斤重的小野猪在墙边吓得瑟瑟发抖外，其他被冲毁猪圈的野猪都不见了踪迹。

突然的惨景令夏晨水猝不及防，这可憎的山洪太没人情味了。他想哭，但忍住了，只是眼泪随着雨水流进嘴里，咸咸的，苦苦的。

"老天爷！为什么？为什么？"他对天歇斯底里地喊道。

恰在此时，来到门口的陈芳菲听到了他的喊叫，陈芳菲没有阻止他，打着雨伞径直走到他的身边，为他遮雨。

他转身看到是陈芳菲，一下子抱住了陈芳菲，像遇到救星似的。

陈芳菲撑着伞，任他湿漉漉的衣服浸湿自己的防晒衣，他叫道："我招谁惹谁了？刚有点起色，就遭到如此大祸……"

陈芳菲听他发泄完，才说道："你一个大男人，咋就经不起这点天灾呢？"

"那……那你说咋办？"陈芳菲故意激了一句。

"洪水不是没把你冲走吗？人安全就有希望，不就是跑了几十头野猪吗？想办法找回来不就行了吗？"

"我的姑奶奶！它们不是人，它们是野猪！"

"你平时喂野猪时不是先发信号再喂野猪吗？你的电广播呢？"

"陈芳菲，还是你聪明。走，拿电广播去。"

此时雨水慢慢小了，山洪也不再大声吼叫了。

夏晨水手里拿着电广播，在养猪场周围大声呼叫："开饭了！开饭了！"

陈芳菲提着铁桶给没有冲毁的猪圈里投放猪饲料，野猪高兴地吧唧着嘴。

由于平时喂食的时候，都要喊"开饭了"的号子，野猪都听习惯了。只要听到"开饭了"，就知道吃的来了。夏晨水的喊叫还真起作用，叫了十多声后，就有七八头野猪跑了回来。

见效果不错，夏晨水就在猪场100多米的范围内不停地叫唤，半小时就回来了三十多头，还有九头没有回来。

两人赶紧用砖块把三处围墙豁口垒了起来，免得回来的野猪再次逃离。

九十九

第一书记龚道辉住院了，他本来不想让李琰琪知道，但主治大夫知道龚道辉和李琰琪是夫妻，何况主治大夫跟李琰琪在省医院培训时在一个班，他的一个电话就把李琰琪邀来了。

看到丈夫微闭着双眼，一脸苍白地在输液体，李琰琪没有叫醒龚道辉，她轻手轻脚地坐到病床前，默默地盯着龚道辉。龚道辉黑了，瘦了，衣服脏兮兮的，还不如一个打工的农民衣服整洁。你这个冤家啊！不听我劝告，执意要去隋阳市最贫穷的山村朱家湾，你到底为了啥？为了当官吗？你只是个村委会第一书记，还不如一个科级干部。为了扶贫吗？全国的贫困村多了去了，你就是去也应该选一个差不多的村，何必选隋阳市最穷的村，把自己累成这样。为了摆脱我吗？虽说我们常年争争吵吵，冷战频频，但有共同的儿子，谁也没想到离婚，各奔东西。你这个示范效应太坏了，儿子大伟也要去乡村当村官，江院长两口和媛媛一百个不愿意，这影响到我的职称晋升。你个龚道辉啊！你到底是哪根筋扭了啊？

看着眼前这个既熟悉又陌生的男人，李琰琪百感交集。

陈芳菲经过好几天的思想斗争，直接找到夏晨水说："夏晨水，我们订婚吧！"

夏晨水摇着头苦笑说："我说过，野猪养殖成功后再向你求婚。你妈那一关都没有过，现在时机不成熟……"

陈芳菲说："你现在走在成功的路上，离成功越来越近了，我想给你鼓鼓劲儿，主动向你求婚，打破朱家湾多年的世俗观念，只有男人向女人求婚的惯例。"

夏晨水有些感动，他紧盯着陈芳菲的眼睛，觉得陈芳菲跟一般的女人完全不同。他经常身不由己地会想起闵珍珍，要是换成闵珍珍，她会怎样向自己表白？虽说跟闵珍珍在一起，也有不少甜蜜的回忆，但大多是生理的饥渴索然，真正发自心底的爱，用 10 分来衡量，顶多可以打 6 分。论长相，闵珍珍略胜一筹，有城市女孩的洋气，还有与自己相同的文化水准。论过日子，肯定是陈芳菲稍占上风，陈芳菲有城市生活经历，知道人生的酸甜苦辣，还有农村女孩的朴实和吃苦耐劳精神。找老婆，就应该找陈芳菲这样的人，在农村创业上，相互也有共同语言，也可以相互帮衬。别看现在很多百姓向往城镇生活，那只是农村教育资源的流失，无奈之举。将来的将来，农村生活条件的不断改善，很多离乡的村民都会回归乡村。20 世纪农民低市民一等，农村户口卑于城市户口，农民的后人被俯视，这些不公平的现象已经有了巨变。现在农民和市民没有明显的鸿沟了，农村户口的含金量反而大于城市户口，农民的后人有很多城市长大青年无可比拟的优良素质。他和陈芳菲都生在朱家湾，长在朱家湾，有很多共同语言，二人都有爱慕之意，尽管没有肌肤之亲，但心里的爱恋，早就生根发芽了。

二人在山坡上信步走着，清早的阳光柔和温情，带着青草馨香的微风吹得二人神清气爽。陈芳菲顺手扯了一把花草，捋顺了，像模像样地捧着，举到夏晨水面前，一脸严肃地说："亲爱的，嫁给我吧！"

夏晨水第一次看到陈芳菲一本正经的表情，不禁扑哧一声笑了，

"好你个陈芳菲，竟然抓把草向我求婚啊？"

陈芳菲向高处举了举花草说："赶紧接下来，本姑娘送花草，这是第一次，也是最后一次。至于送花，那是你的事儿。"

夏晨水赶紧接过了花，笑看着陈芳菲，陡然声音有些哽咽，他说："陈芳菲，真……真的谢谢你！每次在我危难之际，都有你的及时出现，让我止步沮丧，重塑信心。要是没有你，我也许就被击倒了。感谢生命中有你！让我做一个顶天立地的大男人。"他吻着花草，嗔怪道："哪有女人向男人求婚的？说出去你不怕人家笑话吗？"

陈芳菲满脸的苹果红，不好意思地说："看到你在养猪场里大喊的那一刻，我知道你快崩溃了，我担心你受不了这个打击，不知道咋样安慰你好，就想到这个下策。你把这个秘密存在心底，别人怎么会知道？我只想给你力量，给你重新振作起来的勇气。"

"谢谢，谢谢。你真是个好女人。对我事业支持力度最大的两个人，一个是你，一个是龚书记。你给了我力量，龚书记给了我方向。我会永远记住你的好。你这个花草不算数，等你妈对我有好感后，还是我来向你求婚吧。"

陈芳菲点了点头，不再言语了。她看向远处，不知在想什么。

夏晨水也不说话，他才从失败的阴影里走出来。他揣摩陈芳菲的心思，他是担心她妈不同意，还是有别的考量。不管她想的啥，她的举动确实让夏晨水感动不已，每次在他气馁绝望将要倒地的时候，都是她勇敢地站出来，用她那羸弱的肩膀支撑他的脊梁，这不就是他想要的女人吗？他要坚强起来，不能甘愿做个失败者，不能遇到点坎坷就退缩，就认输，他知道她的爱是无私的，是真诚的。这个时候他不能接受她爱的馈赠，他要用事实证明自己是个好样的男人，是个不会在半山腰停顿的男人，是个可以托付终身的男人。

许久，陈芳菲才回过头来对夏晨水说："其实，我们对朱家湾还不是完全了解。"她指着面前连绵起伏的山岭，接着说："你还记得那个传说吗？朱家湾名字由来的传说。"夏晨水点点头，蓦地明白了，他说："当年明代开国皇帝朱元璋兵败朱家湾一带，是朱家湾的人接纳了他和他的队伍，让他重振士气，他赐给村庄为朱家湾，你的意思是靠山吃山？"

陈芳菲用力地点了点头。

"是啊，我们对朱家湾了解得还不够透彻。就朱家湾的地理环境，种植比养殖更有发展潜力，你是不是这个意思？"

"嗯嗯，你想过没有，我种植的木耳已经收回成本，开始挣钱了。方丫丫的爸爸方刚被龚书记叫回来后，种了几亩板栗，明年就开始挂果了，前期投入些人力财力，今后都是稳赚不赔。这些说明朱家湾更适合种植。朱家湾不缺土地，不缺山岭，只要我们肯吃苦，肯在土地上动脑筋，致富是早晚的事儿。"

"有道理，我不止一次地想过，我们还可以种蘑菇，种药材，还可以种文玩核桃，文玩核桃的利润实在是太大了。等有时间，我俩一起去河北一趟，买几棵文玩核桃树，先在我们自家的院子里试种，等成功了再推广。龚书记不是让我做致富带头人嘛，我真的得做出样子。"

"好，这才是我想要的夏晨水……"陈芳菲还没说完，就被夏晨水热情拥抱，嘴很快被堵上了。

山上松涛阵阵，仿佛是大海的涨潮声，又近似无数人的掌声。它们尽情地呼应着夏晨水和陈芳菲急促的呼吸声，陈芳菲半两力气都没有了，她感到天地都在抖动……

一〇〇

　　龚道辉在隋阳住院期间，特意拜会了自己的针灸导师宁老中医。宁中医是祖传十一代的中医世家，有许多治病的绝招，针灸的造诣也是方圆百里无人不知无人不晓，快八十的人，还隔天坐诊半天。要挂宁中医的号，得提前一个月。

　　龚道辉把他针灸的两个患者的情况一一说给了宁中医，宁中医根据龚道辉说的陈大为和丫丫奶奶两人不同的病情，应该采取的不同疗法，龚道辉分别做了记录。

　　出院回到朱家湾后，他先对陈大为进行治疗，这次加了微电刺激，没想到第二次针灸电击效果特别好，陈大为竟然站了起来，虽说还站不稳，需要人搀扶，但毕竟站了起来。

　　龚道辉反复揉搓陈大为的小腿和大腿肌肉，并给徐小月和陈芳菲做示范，让她们母女俩每天早晚各一次按摩，每次按摩不少于 40 分钟。这样坚持了 5 天，没想到陈大为拄着拐杖会走路了。

　　在隋阳住院了十天，经过宁中医的指教，龚道辉的针灸水平有了质的飞跃。不仅让陈大为站了起来，还把丫丫奶奶的半身不遂治疗得有了效果。丫丫奶奶瘪着嘴说："龚书记呀！我这半边身子有感觉了。"丫丫奶奶指着自己的右边身子。

坏事不出门，好事传千里。经过陈大为不懈地针灸治疗，十一年植物人的陈大为终于站起来了，丫丫奶奶的半边身子也有了知觉，这事很快传到了省城，省电视台专门派记者到朱家湾现场采访。

看到省电视台标识的小轿车停在陈大为家院外，朱家湾的老老少少都围了过来。陈大为坐在院子里，美女记者手持麦克风说着动听的普通话，一旁的摄影师架好摄像机，第一书记龚道辉和刚会走路的陈大为坐在石桌旁，桌上放着几杯茶水，陈芳菲和母亲徐小月忙前忙后地张罗电视台的记者们。

那天是个阴天，光线不是太好，电视台的三盏灯把整个小院照得亮晃晃的，开始陈大为还有点紧张，美女记者先寒暄了一会儿，才开始采访龚道辉和陈大为，陈大为介绍了自己发生车祸的那一刻，徐小月讲述了抢救陈大为的全过程，重点说了龚书记不辞劳苦，不计其数地针灸治疗的很多细节，龚书记讲了治疗中的难点、重点，还有徐小月的积极配合，围观的村民不时还报以热烈掌声，场面很感人。省台记者还现场随意采访了胡家鲜、方刚、刘厚淳、米小菊和谢桃几个人，大家都夸赞第一书记龚道辉做的很多有益的工作，特别是村主任胡家鲜一改过去遇事就畏畏缩缩的做派，他说："朱家湾村要是没有第一书记龚道辉到来，就不会有现在翻天覆地的变化。没有龚书记，我们就不会用上电灯；没有龚书记，我们就不会用上自来水；没有龚书记，我们就不会有通往村外的水泥路；没有龚书记，我们的农副产品就不会卖到隋阳，卖到省城……"

整个节目录制进行了将近两个小时，省台的记者临走时说："下周五晚上八点整播放这个节目，请村民们到时收看。"

—○—

　　隋阳在唐王镇召开扶贫现场会，第一书记龚道辉开着自己的车去了，会议其中的一个内容就是参观唐王镇养老院。参观时人多，不便细问。会议结束后，龚道辉特意找到养老院负责人，听他介绍养老院情况。

　　这是一家纯福利性养老院，由民政局协助建成，镇政府直接管理，接收了附近几个村的五保户，里面住着几十个独身老人，政府按人头拨款，管理人员的工资也由政府支出。敬老院规模虽然不大，但设施比较完善，伙食也不错，只收 60 岁以上的五保户，不够这个条件不收。

　　为了掌握更多的养老院信息，他还去了 40 多公里外的另一家民营养老院。养老院距离隋阳市不远，来这里的老人都是附近的农民，他们没有固定的收入，缴费能力有限，导致这里运营情况不太乐观。负责人说："收上来的费用有时都无法维持日常开支，估计用不了多久，养老院就有可能倒闭。"

　　看了两家养老院，第一书记龚道辉还觉得不够，又在网上查了多家养老院的经营状况，结合欠发达地区的隋阳市，人口老龄化现象日趋严重，许多地方都处于"空巢"状态，农村老人的养老形势十分严峻。

他用了三天时间，特意写了份调查报告，快递到隋阳民政局，市民政局很重视他的报告，为使全市的孤寡老人老有所养，隋阳市出台了一系列养老的优惠政策，解决养老机构建设中普遍存在的缺场地、缺资金、缺编制等难题，将养老机构用地纳入了建设用地规划，采取划拨形式供地，优先给予保障，对民办养老机构则实行基础设施配套、减免多项税费政策……

一〇二

入冬了，枯黄的树叶随着朔风的呼啸纷纷寻找自己的归宿，树下有蓬蒿的，落叶归根在蓬蒿间不会被吹走，树下没有遮掩物的被吹得人仰马翻，仿佛人世间的弃儿，没有着落。看着那些黄叶，第一书记龚道辉不由地想起了自己的童年。

记得五岁那年冬天，父亲下放到富兴市槐树庄村改造，母亲受不了这突如其来的打击，心情忧闷至极，不幸病倒了。家里只有他和妹妹两个人，他五岁，妹妹三岁。母亲这一倒下，他和妹妹连饭都吃不上。妹妹除了哭什么也不懂，他也不太懂父亲为什么要离开家，但他知道照顾母亲。他给母亲喂水、喂药，学着下面条。母亲看着五岁的龚道辉，问他："你怎么不哭？你不想你爸吗？"

龚道辉说："想啊！可是你得快点好起来，等着爸回来呀！"他心里清楚，如果母亲再走了，他和妹妹就是那无依无靠的落叶，任由寒风侵袭。

这句话龚道辉已经记不清了，是母亲后来告诉他的。

母亲说："要不是你给妈妈打气加油，妈有可能就活不下去了。"

龚道辉记得那时真觉得自己是家里的男子汉了，父亲不在家，母亲病倒了，他得扛起家里的重担。第一天，他早早起来，模仿父亲的样子生炉子，烧炕。母亲以为他就是一时地心血来潮，干一两回也就算了，毕竟只是个五岁的孩子。没想到，母亲好了之后，他也坚持起床生炉子，整整一个冬天，一天也没断。中间有一次，他用斧子砸煤，煤块碰到头，头破了个口子直流血，母亲不让他干了，他不听。母亲说："你可真像你爸，不撞南墙不回头！"

再大点，他能干体力活了，挑水，扛煤。在父亲不在家的日子，一下成了家里的顶梁柱。父亲没吃过苦，在槐树庄生病回来之后，什么活也干不动了，家境越来越差。龚道辉初中毕业之后说什么也不再念高中了，父母不同意，坚持让他读高中，考大学。父亲说："你是读书的好苗子，肯定能考个好大学，家里困难是暂时的，等我身体好了，就不会发愁没钱用了，听话，必须好好念你的书。"

"好。"龚道辉点点头，高高兴兴地走了。要念的高中在家的东边，他却骑着自行车朝西走，去了一所技校。他瞒着父母报了技校的车工班。

家里实在太困难了，一年能添一件衣服就不错了，吃饭只能勉强维持个温饱。他知道父亲的病一下子肯定好不了，想挣钱补贴家用不可能了。他不想让妹妹退学，上技校两年就可以毕业找工作，就可以早点挣钱帮爸妈养家。

有一天下雨，母亲发现他上学往西走，当即喊住他："龚道辉，学校在东边，你怎么往西走啊？"

龚道辉骑回来，笑着对母亲说："我走错了，又假装往东边走。"

母亲说："龚道辉，你是不是在骗我呀？你到底上没上高中？"

龚道辉停下来，跟母亲说了实话。

母亲当即眼睛潮了，凄切地说："你个傻孩子！不上高中，你将来会后悔的，连高中都不念，将来咋样生存呀？"

龚道辉平静地说："妈，这是我自己做的决定，为了我们这个家，我不后悔。"

一〇三

20 世纪 80 年代，似乎一切都得用票据。买饭要用粮票，全国通用粮票最吃香，省级粮票、市级粮票也能用。买菜的票票更多，肉票、豆腐票、油票。买自行车得有自行车票，买缝纫机得有缝纫机票，买布得有布票……

龚道辉最关心的是粮票，一两、二两、半斤、一斤、五斤、十斤，面额不一样。在龚道辉心里，半斤和一斤就是大面额了。家里把一两二两都看得比较珍贵，因为常常吃不饱，饿肚子。那时候，满大街都是黄皮寡瘦的人，三高的人少之又少。

技校毕业之后，龚道辉进了一家工厂，当了一名普通的车工。第一个月工资十八元，他全部交给了母亲，母亲摸着他满手的老茧，心痛地流下了泪水。

没到车间工作不明白母亲的那句话的含义，真的干了一个月，才感觉到在技校学的知识确实不够用，龚道辉有种书到用时方恨少的惋惜！上了高中和不上高中，上了大学和不上大学，有明显的区别，说话做事在实际工作中很吃力，遇到一些高深点的理论问题，只得向人家请教。当时龚道辉工作的作业区里只有两名大学生，他每次站到人家跟前，都觉得自己低他们一等。他觉得没听父母的话，好好地念高中，很有些后悔。当学徒工那段时间，龚道辉话很少，领了工资就交给母亲，每天回到家里就看书。父亲在床上叫他："龚道辉，工作任务很重吗？"

龚道辉说："不重，爸放心。"

父亲就不再问了。

母亲给他端一碗冰糖水，说："累了就歇歇，别老是看书。"

龚道辉瞅瞅母亲，说："我不累，多看点儿书有好处。"龚道辉不甘于知识的匮乏，好像有使不完的劲儿，每天他在自己的小屋里看一些理论书。看不进去他就大声念，读一遍，虽然不全懂但也有点印象，再结合白天的实际工作，慢慢地也就懂了。这样看了一年多，后来终于遇到个机会，省工学院要在隋阳市办夜大。龚道辉听到消息激动坏了，现在自己能挣钱了，正需要补上缺失的大学课程，他急呼呼地往报名的地方赶，生怕去晚了报不上名，车子骑得飞快。赶到报名现场，他傻眼了。楼道里挤满了人，远远看去，黑压压一片，龚道辉心里咯噔一下，顿时凉了半截。这么多人报名考试，像千军万马过独木桥一样，自己能过去吗？

等报完名，听很多人说，500 多人参加考试，只录取 50 个人。龚道辉咬了咬牙，心里想着，自己一定要考上！他更下功夫了，每天学到深更半夜，直到母亲催他几次，他才合上书睡觉。有一天，母亲睡着了，等他感觉到困乏时，公鸡开始叫鸣了，天已经拂晓了！他匆匆洗把脸，赶紧吃了早饭去上班。

白天上班工作，晚上回家熬夜学习，等到走进考场看到考题时，龚道辉兴奋不已，所有的考题他都复习过，好像考题是为他量身定做的一样。

两周之后，考试结果出来了，龚道辉顺利地被录取。副市长参加了他们的开学典礼，给他们讲话鼓劲儿，龚道辉浑身充满了力量，感觉自己是一名真正的大学生了，他总算没留下遗憾，接下来就好好学习吧。

龚道辉像个小学生似的认真去上每一节课，对老师说的每一句话都生怕落下。有一天，老师在课上多说了一席话，说现在中国的热处理还比较落后，原因是这个领域难题较大，从事这方面研究的人才太少。龚道辉按捺不住了，他老想着一个问题，再难，还能难成什么样儿？水滴石穿，只要有不懈努力的钻劲儿，一定能战胜困难。他在心里默默树立目标了。

夜大毕业后，龚道辉又去参加脱产考试，并取得了第一名的好成绩。他打算挑战一下老师说的难题，但单位不同意他去脱产学习。领导说："现在正需要人手，你这一走，谁顶你的缺？你要去学习就辞职吧，不能说你占个位子，让别人来替你干活儿吧？"

龚道辉一时发愁了。他往家里走，心里一直斗争着。停好自行车，龚道辉掏出随身装着的纸和笔，写了两个纸团，一个是辞职，一个是上学。他揉搓了一阵儿，直到看不出破绽来，弯腰往地上一抛，捡起一个打开，写的是"辞职"。他立刻跳起来喊道："不能辞职啊！辞职了怎么挣钱？不能挣钱，妹妹怎么去念书？家里花销怎么办？"他又把纸团搓好，再一抛，再捡起来，这次是"上学"。他低下头，"是啊，不去上学多不甘心啊！"

他扔掉两个纸团，迅速掉转车子，骑回去又找领导。科长正要锁办公室的门，龚道辉气喘吁吁地跑到他面前，叫了声："科长！"

"你怎么又来了？你那事肯定不行，没有这个先例。"

"科长，我家里情况您也知道，辞职我辞不起呀！"

"那你就别上了，在工作中学习不也一样吗？"

"不一样。我是好不容易考上的，不想放弃。我学好了，将来也能给咱工厂做出更大的贡献呀！您再帮我想想辙，看看还有没有其他办法？"

285

　　科长被他说得没辙了，让他先回去，等他把这情况上报，看看工厂领导怎么指示。

　　还好，工厂领导很体谅龚道辉的难处，最后采取了折中的办法：半脱产。

　　这样，龚道辉就一边上学，一边上班，跟念夜大差不多。跟别人比，学习的时间少了很多，龚道辉只能抓时间，白天工作不能耽误，能抓的时间只有晚上。后来他习惯熬夜了，一头扎进学习中，不知不觉就听见鸡叫，一抬头，哦，凌晨五点了，赶紧休息一会儿准备上班，大多的时候都是这样的生活节奏。

　　龚道辉这样抢时间，辛辛苦苦地工作、学习，按说这是件很多人梦寐以求的好事，也是厂主要领导点过头的事。可半年后，厂里突然换了新领导，新领导知道此事大发雷霆。因为这事违反了当时厂规，上班不满两年的不允许考大学，龚道辉上的这个脱产大学是龚道辉自己做主擅自考的，厂办主任找龚道辉谈话，龚道辉不愿辞职，任凭单位处置。

　　厂里认为龚道辉在重要作业区半脱产，不利于安全生产，对确保质量也有风险，就把他调到库房工作，虽说工资比以前低了，成天杂活不断，但龚道辉接受了，厂里多少还是照顾他了。

　　库房的任务很多，没人管你什么脱产不脱产，熬夜不熬夜，对新来的工人想咋使唤就咋使唤，本来龚道辉就是杂工，也没有什么含金量，哪里需要人都来喊他。龚道辉觉得自己像《三毛流浪记》里的小三毛，不停地有人叫他干这干那，跟个陀螺似的忙得团团转。不过，龚道辉一点也不生气，有时想想还觉得自己运气不错，能让念这个学就烧高香了，干点杂活累活不算什么。这么一想，他跟指使他的人老是笑呵呵的，时间一长，有人就问他：你天天有什么好事儿？怎么老是笑呵呵的？他不吭气，自己心里的小九九，不能说给他们。他们也看出来了，龚道辉这小子有点城府，后来不再动不动就使唤他了，不像开始那样有事没事地就喊他。大家都夸奖他，"这个龚道辉任劳任怨，脾气也好，再怎么忙再怎么使唤，他都不生气。"

龚道辉的好口碑还是有很好作用的，一次市团委书记来厂里调研，听到很多人夸奖这个半脱产的龚道辉，就找他谈了一次话，第二天就把他借调到市团委，从原来下苦力，变成跟人打交道的工作了，结束了被人使唤的命运。最后一年的大学学习，团市委书记特批让他脱产学习，他激动得给团委书记连鞠了三个躬。

团委工作非常锻炼人，很多年轻人都向往。在那里，你的为人处世、办事能力方面，都会得到很好的锻炼、提高。龚道辉毕业后，正式调到了团市委。

一〇四

想想那么艰苦的条件，自己都没有放弃学业，现在遇到一点身体不适，就放弃来朱家湾的初心，没有道理呀！

这次，龚道辉像以前来朱家湾一样执着，还是没有听妻子的。他很倔强，坚决不住院，也不请求辞职，做事情半途而废不是他的性格。

"朱家湾的老百姓刚能填饱肚皮，还没有脱贫，我咋能撂挑子，知难而退让领导另请高明呢？那我是什么人了？还是个党员吗？"

"呵，你还来劲了！你要是一口气上不来，那朱家湾的扶贫工作就没人做了吗？"

"有人做。"

"那你还要逞强？"

"我不是还有口气吗？我才40多岁，怎么能半途而废呢？我不想留下遗憾。"

龚道辉是参加全市扶贫现场会结束，又到隋阳市郊考察养老院的当晚，发现自己身体的异样的。半夜里，他突然被憋得上气不接下气，胸腔像压着一块巨石一样地憋闷，他大喊了一声，好不容易坐了起来，一旁的李琰琪吓得赶紧打开床头灯，一看他满脸的乌青，觉得不妙，立马给医院的急救室挂了个电话，救护车不一会儿就到了楼下，经过诊断治疗，第二天下午就没事了。

"你还逞能？你以为呼吸暂停综合征是闹着玩的吗？死亡率高达百分之三十七。你别以为戴上了呼吸机就万事大吉了。危险时时在处处在，那不是个小病。"

尽管没去朱家湾前，夫妻俩小吵大闹没有间断过，但在危急关头，李琰琪还是关怀备至的。李琰琪是好心，还是心疼他的。他知道李琰琪也不容易，跟着他没有享多少福，于是说话态度缓和了许多，他安慰李琰琪："医生说话都往危险地说，你还记得三年半以前的那次心脏病不？我快走几步就上气不接下气，头晕胸闷，你们医院叫我赶紧做造影，准备心脏搭桥，说我的心血管有堵塞，把你吓得直流眼泪，我没有住院，也没有做造影，而是查阅了大量心血管的资料，发明了心脏保健操，几天的强制锻炼，没吃一片药，哎，血管通了，现在不是好好的吗？随便地跑，随便地跳。李琰琪，你别担心，根本没那么严重，没事儿的，我以后注意点，尽量不熬夜，干体力活悠着点，就没事儿了。"

李琰琪看他那一根筋的样子，不再跟他争辩了，而是换了一种方式，心疼地问他："你在朱家湾一年多，你说实话，你觉得苦吗？"

他点着头回答："苦！是有点苦！说不苦是违心的。可我觉得值！你要是看到朱家湾的孩子上不起学，大人瞧不起病，住在快要倒塌的房子里，你肯定比我还难受。你再看看他们的眼神，那是一种什么样的眼神？无助、无奈又充满渴望和期待，你咋忍心逃避呀！我每天面对他们，他们望着救世主般的眼神盯着我，我心里就着急，恨不得马上就帮他们都脱贫致富，吃喝不愁，上学不愁，能住上好房子，那样我这心里才能踏实。生活在同一片的蓝天下，他们也应该享受同样的阳光雨露。我能为他们做点事，我觉得特别有意义，特别值得。

再说我是党员，响应国家的脱贫方略是责无旁贷的。现在朱家湾正需要我，我怎么能当逃兵呢？作为一名共产党员，不能看他得到了什么，应该看他为这个国家，为这个社会，为他负责的一亩三分地贡献了什么……"

李琰琪像听了一堂政治课一样，受到了深深的感染，不再言语了。她跟龚道辉生活了二十年了，她太了解龚道辉了，他不是说大话、说空话的人，他是一个心里怎么想，嘴上就怎么说，行动上就怎么做的男人。

李琰琪拿他没一点办法，说不通算了，就由着他去吧。住院不到一天，李琰琪默默地帮他办理了出院手续，根据医生的建议，买了个呼吸机就准备回朱家湾去。

两人分别时，李琰琪没再跟他说一句话，只是悄悄地抹眼泪。看到倒车镜里李琰琪的背影，龚道辉心里也不好受，他启动了几步又停了下来，他知道李琰琪肯定会回头看过来的。果然，李琰琪走了几步就踅身追了上来，哭着说："龚道辉，你答应我，每天戴好呼吸机再睡觉，不要累着自己，你的命不单单是你自己的，也是我的，也是孩子的。"

龚道辉随手扯了张纸巾，下车给李琰琪擦了擦泪水，柔情地说："你不用担心，我会照顾好自己的，我不会有事的……"他有点哽咽，轻轻拍了下李琰琪的肩膀。

一〇五

　　周五晚上七点多，朱家湾的家家户户早早地吃完了饭，都把电视机打开，等着村里的节目上演。八点刚到，一个几秒钟的广告节目一完，主持人就开始讲述朱家湾见闻，镜头里，第一书记龚道辉、病人陈大为、徐小月、陈芳菲、胡家鲜、刘厚淳、朱刚等的影像都有出现，重点内容是陈大为卧床十几年，由一个植物人到苏醒，到站立起来的报道，用事实弘扬并继承我国中医传统的重要性……

　　全村人看得心花怒放，节目结束后，全村人自发地聚到小广场里说笑，村书记何晓功借此机会在舞台上给大家鼓劲儿，说了村里下一步发展构想，大家都说好，并鼓起了掌。当何晓功讲完，请第一书记龚道辉讲话时，村民们更是激动不已，掌声后马上安静得鸦雀无声，都想听听龚书记把朱家湾带上致富路的下一步怎么走，村民们应该咋样配合。

　　龚书记讲话比较朴实，没有一句客套话，"乡亲们，大家晚上好。没想到我给陈大为扎针的事儿上了省电视台，这对我们朱家湾来说是一件好事，起码给我们朱家湾扬了名，给我们朱家湾下一步的发展拉开了序幕。我来朱家湾一年多，谢谢村委会一班人的积极配合，谢谢全村人共同出力，我们走上了水泥路，用上了照明电，喝上了自来水，卖出了我们的土特产，每家的生活有了不同程度的改善，但这才是小康生活的开始，今后我们还要根据朱家湾的现状，除何晓功书记上面说的以外，还要在养殖和种植上下功夫，种植上，陈芳菲已经做出了样板。养殖上，夏晨水也蹚开了路子。我们打算还在乡村旅游上做点文章，开发漂流、垂钓、农家乐、红枣采摘等多个项目，到时把城里人吸引到我们朱家湾来消费。我们会根据进展情况，适时组织人出去参观、培训，学习接待、烹饪等知识，为朱家湾的脱贫做些实事、好事……"

龚道辉的讲话赢得了长久的掌声。他们相信龚书记有这个能耐，他们期待更美好的幸福生活。

眼看到了年底，村里事儿少多了，家家户户都在准备年货，第一书记龚道辉回到办公室，撰写《关于申办朱家湾养老公寓的可行性报告》。天越来越冷了，屋外的水桶结了厚厚一层冰，屋里气温只有七八度，夜里他没敢生炉子，怕万一煤气中毒要了命，不是他怕死，而是他还有许多事情要做。他写一会儿就停下来朝手上哈口热气，搓一搓，就这样熬夜，连续写了三天。

第三天夜里快十二点，他的"可行性报告"总算改完最后一个字。烧了半壶水，烫了烫脚就上床睡觉了。迷迷糊糊的，他忽然感觉胸口发闷，很不舒服，他感觉自己掉进冰河里，想喊喊不出声音，想游游不动，急得胡乱扑腾，手乱划拉脚乱蹬，使出全身的力气呼啦一下才坐起来，他这才发现原来是个梦，但他那难受的感觉却是真的，浑身出冷汗也是真的，被褥都湿了，身上冰凉冰凉的，他大口大口地喘着气，浑身没一点力气。他摸了摸呼吸机，才想起来忘了戴上呼吸机了……

天亮了，正洗漱着，李琰琪打来电话，问道："龚道辉，你好着的吧？"

他说："好着的呀！咋啦？你一大早就打来电话。"

李琰琪说："我做了一个梦，梦见了你掉进冰河里淹死了，吓死我了。"

"你不用担心，你听，我说话不是好好的吗？"龚道辉心里一惊，两人的梦竟然高度一致，真是不是一家人不进一家门呀！想想自己前些年，有时自己使性子，没给李琰琪好脸色，心里有种愧歉感。

"你们爷俩没一个让我省心的。老的老的为了朱家湾的脱贫不要命，小的小的是一个犟怂。"

"上次回来大伟没在家，也没有说到他的事儿。我考虑了好几天，正想跟你说孩子的事哩，一直忙得顾不上。儿子现在成人了，做什么决定是他自己的事情，他又没走歪路，你为啥要阻止他呢？去农村有什么不好？我都后悔四十大几才到农村来哩，应该早点来就好了，早来会早点改变这里的面貌。你就别再过分关注他了。"

"我管得了吗？有你这个榜样在，我说什么都不管用。现在先别说儿子了，连你也不让我省心，你干吗不把炉子生起来呢？一个人住在冰窖里，咋受得了呀？"

龚道辉似乎看到妻子满脸的愁容，觉得自己老是拗着她怪不忍心的，李琰琪说啥，他不再抵触。他离开快两年了，家顾不上，两边的老人也顾不上，孩子大学毕业了，也关心不够。家里家外有她操不完的心，她一个女人，毕竟也需要人关心。自己没给她做过什么，家里的一切都撂给她一个人。自己不是一个合格的丈夫。

"你都这个年纪了，还这么拼命，到底为了啥呀？"

"为了啥？"

龚道辉愣住了。他自己一时说不清了，是的，自己年龄不小了，荣誉啊奖励呀都没有多大意思，到隋阳最贫穷的村扶贫，遭了不少罪，受了不少苦，为了啥呀？当初真有点奔县级的想法，真正把身心都投入到了朱家湾，做着一件件实实在在的事情，那种想法反而慢慢地淡漠了。官不官无所谓，给朱家湾做些看得见摸得着的好事，是自己最大的愿望。

龚道辉知道，单位里有人不理解，说他有官瘾，还想往上爬哩。还有人说风凉话，说他脑子傻。别人都是指派下去的，他是自告奋勇地去的，并且是专挑最穷的朱家湾村。别人说啥，龚道辉都不往心里去，四十多岁了，大风大浪也见过不少，一点儿流言蜚语，不值当搁在心里。面对妻子的质问，龚道辉真不知道该怎么回答才好。

一〇六

　　村书记何晓功专门去了趟镇里，找到万福镇的书记，汇报朱家湾要申报"美丽乡村"的事情。镇书记看完何晓功简单的规划书，十分赞赏。他说："看来我们没有白费周折，把朱家湾村书记交到你手上还是交对了。这份规划做得切合实际，朱家湾的自然风光在咱市里都是数一数二的，确实应该开发旅游。现在路修好了，山上易地搬迁的三户也落实了，龚道辉正在筹划建养老院，你再把'美丽乡村'项目拿下来，朱家湾的前景可观啊！这样，你回去找个拍照技术好的，把咱村里的美景拍下来，配上解说词，上报材料也要全。有什么需要我协调的尽管来找我。"镇书记的话让何晓功吃了颗定心丸，他回来跟村班子成员一起准备上报的材料，拍风光片，又配上解说词，这跟拍电视剧差不多，朱家湾哪有这样的技术人才呀！

　　村主任胡家鲜说："大学生夏晨水肯定会。"

　　村主任胡家鲜虽说有时有点软弱，但这人特别细心，擅长观察，会用人。他把村里人都看得比较准，谁有啥长处，有啥不足，他都能说个八九不离十。

　　何晓功笑着说："好，那我们就动手吧。"

　　说干就干，村主任胡家鲜带着夏晨水又是录像又是拍照，其他人在会议室里准备材料，各司其职，如此隆重地忙活，这还是新媳妇坐轿子头一次。用村书记何晓功的话说："我只是出出点子，具体工作还得靠大家。"

文字和影像资料上报之后，何晓功每天在村里、在山里转悠。村主任胡家鲜问他："要是批下来了，清理河道的资金从哪里来？"

村书记何晓功稍微犹豫了一下说："我们公司出，你只管组织好人手干活就行了。"

看何晓功胸有成竹的样子，村主任胡家鲜也信心倍增，他说道："那就好，有钱就能干点事儿，到时把咱朱家湾的历史文化也开发出来，那是最好的了。"

"你是说那个关于咱们村名字的传说吗？"

"不是，传说不是历史。咱朱家湾有红色历史，老一辈人都知道，我也是前几天才听说的，这不都在说开发旅游项目吗？我说的红色历史，是我爹亲口给我说的。"

"我们可不可以去看看。"

"好啊！我现在就带你去山上看看，边走边说。"

何晓功跟着村主任胡家鲜，顺着小路往山上走。这是朱家湾靠西边的山。

何晓功在城里养尊处优惯了，走山路还是有点费劲儿，累得满头大汗，跟村主任胡家鲜之间的距离拉得越来越远。村主任胡家鲜头也不回，转过一个山弯儿，才停下来，见村书记何晓功走近，才指着前面的断壁残垣说："看见没有？那有几间倒塌的屋子，原来是一座庙宇。"

村书记何晓功吃惊不小，"这是什么时候盖的？我怎么从来没听人说过呀？"

村主任胡家鲜说："你很少上来，咋样听人说呀？这是个'老道庵'，具体什么时候建的不清楚，什么时候塌的也不知道。我爹说在抗日战争时期，这里曾经住过四个老道，他们分别是姚老道、朱老道、张老道和李老道。这里山高林密，外边很少有人知道这个地方。当时，日本兵驻扎在隋阳，我们的队伍打游击战，去隋阳打完日本鬼子回来就藏身于此。四个老道虽是世外之人，但都有爱国之心，他们不但腾出庙宇给我们的队伍住，还主动打掩护，迷惑鬼子。可天底下哪有包得住的火焰，时间久了，还是被人知道了。那时朱家湾的邻村有个汉奸，那汉奸不知怎么打听到了这件事，跑到市里去告密。日本鬼子每次被偷袭后，总也找不到八路军的下落，听完汉奸的话才明白怎么回事。日本鬼子感到机会来了，连夜赶到朱家湾，摸黑爬到山上。正巧那天庙里没有我们的人，鬼子冲进来时，四个老道才从梦中惊醒。姚老道拼死抵抗，被鬼子一刀刺死，英勇就义了。鬼子想抓活的，把朱老道、张老道、李老道推到外面院子里。三个老道踹倒了旁边一个鬼子就往山上跑，张、李二位老道被当场打死，朱老道被追得走投无路，在一处崖壁上跳崖而死。

鬼子没抓着活口，把庙宇洗劫一空，走了。

"那为什么又叫庵呢？"

"据说新中国成立后这里又住过一个女人。女人从哪儿来的，没人知道。听说女人剃光了头发，是个姑子。还能掐会算，会瞧病，附近的人就来山上找她。村里上了年纪的人都知道这个传说，有一年有个女人来山上找姑子看病，又担心她瞧不好，所以把带来的几块儿牛舌饼放到山根儿了，心想着：要是姑子真有能耐，瞧好了病，那就回去再把饼拿上来；要是瞧不好，那就再带回去，这样也没什么损失。来人把牛舌饼放在山根底下一块石头上，还用树枝遮住。这才上山来，见了姑子，还没说话，就听那姑子说道，你快回去吧，你的牛舌饼被狗吃了。女人慌忙下山，果然看见一条大黑狗正在石头上吃饼哩。女人羞愧难当，一步一磕头地又回到庵里，请求姑子宽恕，姑子给她看好了病，女人一回到村里就传开了，说姑子是神仙，啥事也瞒不过姑子。这样口口相传，十里八村的人都知道姑子的厉害，一时间这个庵的香火旺了起来。破四旧时，姑子不知去哪儿了，庵就被毁了。"

村书记何晓功坐在废墟上擦着汗，看着朱家湾的山中美景，不由得深深地吸了口气。多年在市里，总感觉市区挺好，啥都不缺，一个电话，外卖送到家，但总觉得少点啥。来朱家湾几个月，才体验到少的是新鲜的空气和舒适的环境，他觉得有点累，但肺是舒服的。这么好的地方，有故事，有传说，都是正能量的东西，的确应该开发出来，让更多的人来享受一下朱家湾的红色文化，还有这天然的氧吧。

下山时，他跟村主任胡家鲜说："这个'老道庵'要想重建起来得多少钱？我想修一条环山公路，再把这老道庵建起来，这不是一条红色旅游路线吗？"

村主任胡家鲜说："主意倒是好，可这项工程得不少钱，比清理河道的工程量大多了！"

"那是的，修路是个大工程。咱的美丽乡村项目要是批下来了，我再去旅游局，还有交通局，分别去化缘。"

两个人走到山下，还没到村委会，就听见有人骂仗。村主任胡家鲜说："听声音好像是肖森林，不知跟谁干起来了。"

一〇七

　　邱道君家大门口外围了一圈人，有人在骂，有人在劝架，乱哄哄的。村书记何晓功和村主任胡家鲜扒开人群，只见肖森林和邱小强两人酷似两只斗鸡，都伸着脖子对骂，两人都攥着拳头，眼看就要打起来了。邱道君站在邱小强后面，也帮着邱小强骂，这个场面出乎村书记何晓功的预料，以往邱道君都是拦着邱小强的，今天这是怎么了？

　　何晓功顾不上多想，上前拉住邱小强，村主任胡家鲜上去拉住肖森林，把两个人拉开了距离，防止真的打起来。何晓功这段时间已经对这个书记的职责有了很多感悟，最深刻的感悟就是凡事得从大局出发，得从全村出发，不能乱来。所以，他处理任何事情都本着这个原则，先稳住局面。

　　他问邱小强："你们这是为啥？"

　　邱小强说："何书记，你看，他跑到我家门口卖煤来了，这不是存心要我们'倒霉'吗？"

　　何晓功这才看见人群后面有一辆三轮车，车上装满了煤面子。

　　邱道君看何晓功脸色沉下来，便补充说："咱们现在申请美丽乡村哩，你看他弄一车黑煤面子来了，这不是给村子抹黑吗？"

　　何晓功想的正是这一点。他转身大喝了一声："肖森林！"肖森林也不是个善茬，回呛道："咋啦？"声音不比何晓功低。

"你个混球！这么脏的东西你往村里拉，谁让你拉的呀？啊？你把咱新修的路，新刷的墙弄脏了，你负责吗?!"

肖森林也来劲了，他跳着脚说："凭什么我负责？你让邱道君管公司，你帮邱道民公司的何晓功来当书记，好事都让你们邱家占去了，谁知道那公司挣了多少钱了，也不给大家伙分点儿，这哪是什么集体企业，分明就是邱道君一家的公司了，说不定他儿子赔人家的钱都是从公司里拿的哩。"

邱小强一听不干了，嚷道："你血口喷人！"喊着就冲过去要打肖森林。

村书记何晓功一看这阵势，得赶紧压下去，不然会出大事，他一把拽住邱小强，让他和邱道君先赶紧回院子。他问肖森林："你先别乱说，公司的事有财务，有账目，清楚着哩，用不着你瞎操心。你先说这车煤是谁的?"肖森林指着一旁的小伙子，我朋友的。何晓功不搭理肖森林了，他问那小伙子："你卖这煤有许可证吗？这不符合环保要求，现在对环境保护都很重视，要求也严了。"小伙子被问得哑口无言，低下头想上车走人。何晓功抓住他说："往后不许再来，更不许让别人来，我们朱家湾人懂法，懂各种规定，不是好欺负的。"

三轮车一路狂奔，突突地跑了，后面留下两道黑轮子印儿。

村书记何晓功说："肖森林，打扫这条路的煤渣今天归你了，你不打扫干净，啥也不要说。"

一〇八

　　村主任胡家鲜那天带夏晨水拍照后，夏晨水一下子来了兴致，最近连续几天都在朱家湾的沟沟岔岔里溜达。他在微信上下载了一个识别软件，对准一朵朵花拍照，当即就识别出这是什么花，属什么科。他还在前后山上找药材，看看哪种药材数量最多，长势最好。

　　朱家湾山上的药材不少。阴面山上苍术多，还有野百合、知母、黄芪以及桔梗等等十几种，半阴半阳的地方还有远志。夏晨水让母亲带着自己上山去认，母亲边走边讲年轻时候刨药的故事。母亲说："那时候真穷啊！全村妇女都往这山上扑，都为了给孩子刨学费。药材倒也不少，可架不住人多呀，轮番地上来找，轮番来挖，多少也搁不住啊！有时为了找药材，就跑到特别远的地方去，故意躲开人，这样能多挖点儿。有一次，一个人走得太远了，跑到大山里面，山特别陡，有的地方得手脚并用连爬带蹭才能过去。那天碰到这样一个地方，脚下有一大片儿远志，长得特别好，可那地儿太陡，没有下脚的地方，也没有放篮子的地方。我端详了好半天，才在旁边一处找了块石头，勉强把篮子放在上面。然后我好不容易溜到远志下边，踩在两撮荆棵子上，这才举起镐头照着远志刨下去。这一镐下去没把我吓死，那远志旁边的石头被掀翻了，里面盘着一条大长虫（蛇），亮黄亮黄的颜色，静悄悄的、一圈一圈的。我心里说快跑快跑，可被吓掉了魂儿，脚一下也动不了。眼看着那圈越来越大，马上变成直线了，我才"妈呀"一声扔掉镐头，转身朝下面跑，没命一样地跑，后面的篮子也跟着我滚下了山……可惜了那一篮子药材，散得到处都是。从那往后，我被吓破了胆，再也不敢一个人跑得太远了。"

夏晨水望着母亲瘦小的身躯，心里酸酸的。母亲还在兀自说着，"那时候真穷，穷得呀连柴火都没有。现在虽然也不富裕，可跟那时候比强多了。"母亲倒是挺满足的，夏晨水笑着说："会越来越好的，现在社会好了，致富的机会也多，咱们村肯定能富裕起来。"

夏晨水跟母亲说着，心里也在想，一定要带着大伙儿发财致富，让从苦日子里过来的老一辈们以后过上好日子。

山前山后地跑了半个多月，夏晨水基本确定了方向。他的地属于半阴半阳，阴面居多，土质也比较适合种药材。他这次准备得相当充分，信心十足。

他去找龚书记商议，把了解的情况和想法都说了，龚书记很高兴，说自己没有看错人。夏晨水说："这段时间我一直在想，朱家湾最适合发展什么，这点一定要看准。我觉得应该以种植为主，以养殖为辅，二者有机地结合起来，大棚可适当建，养殖可继续搞，但种植不能轻视，种植成本小，人力投入少，比如种药材就比较省心。"

第一书记龚道辉说："我同意你的想法，一定支持你，你就放心干吧，只要你领头创出一条路来，后面的效仿效应不会差的。药材的销售，我会帮村里联系销路的，在团委干的时候，我调研过几家制药厂，多少有些熟悉，到时候收购应该没有问题。"

夏晨水挠了下后脑勺，欲言又止。

龚道辉看出他的犹豫不决，连忙说："有啥就直说，不用藏着掖着，你说吧，还有啥问题。"

夏晨水说："我养长毛兔，养野猪，您都跑前跑后想办法，在资金和种兔、种猪上给予了大力支持，我心里一直感激您。下一步搞种植，前期投入肯定得需要资金，我都不好意思向您张口。"

龚道辉爽朗地一笑，拍了一下夏晨水的肩膀头，"小夏啊，别为钱发愁，我去信用社帮你跑贷款。"

夏晨水一把握住龚道辉的手，连声说："谢谢龚书记，谢谢龚书记。"他用力地握着，把所有感激之情都放在这"用力"上了。

龚书记是他创业的坚强后盾，养长毛兔和养野猪的先期投入，都是龚书记跑来的补贴，要说夏晨水养长毛兔和养野猪的成功，都离不开龚书记的鼎力扶持。这次的药材种植，夏晨水让村民们自愿参股，做到有钱大家赚，有好处大家分享。

龚书记知道有些贫困户根本拿不出资金，就从自己的存款里拿出一部分，交到贫困户手里，作为股金，参加到夏晨水的药材种植中来。很多人不知道内情，还以为是龚书记找市里申请的。

夏晨水暗下决心，种植药材只能成功不能失败，否则对不起大老远从隋阳来朱家湾扶贫的龚书记。

一〇九

隋阳市民政局关局长召开会议，专门研究了第一书记龚道辉《关于申办朱家湾老年公寓的可行性报告》。第一书记龚道辉的报告内容十分详细，王副局长念道：

留守老人大多生活比较困难，居住条件比较差，养老问题比较突出。老年公寓作为专供老人居住的住宅，是一种居家养老与社区服务相结合的模式，满足老年人对居住的特殊需求，解决传统养老模式的不足，是一条老年公益性事业市场化运作的新路子，是解决老龄化问题的有效对策之一。

一、需求市场分析：全市老龄事业社会化运作尚处在起步阶段，现有福利机构较少，养老机构普遍存在养老模式单一，完全依赖民政部门，资金投入不足，养老居所品质及功能落后，服务项目不配套，不能适应老龄群体的需求等问题。朱家湾地带，现尚无一所能提供老年人娱乐、康复助残、自费养老的老年公寓。据统计，万福镇 60 岁以上老年人占总人口的 28%。另外，在外定居的外出人员逐年增多，他们大多数子女已成家立业，不在身边，无人照顾，又有思念家乡之情，想回归故里，叶落归根。本项目提出后，周边市区及乡镇的老人会来入住。部分农村老年人因子女外出工作，无精力照顾老人，均考虑由子女出资，入住老年公寓。本项目建立起来后，必将出现供不应求之势。

二、建设规模论证：本项目预计投资 200 万元，建设老年公寓及生活配套设施。项目建成后可接收 60 多位老年人安度晚年，为老年人提供一个休闲、娱乐、健身、康复等综合的活动场所。本项目老年公寓建筑按二星级标准建设。建设内容为：二层公寓楼、综合服务楼、文化广场、门卫、值班室、厕所、配电房、锅炉房、污水处理房、污水处理池、围墙、道路、停车场、运动场、绿化、消防等。

三、建筑方案分析：老年公寓宜建在乡镇所在地，但应离主干公路近一些，以方便入住老人外出旅游和就医。应配备各种安全设施，包括：适合老年人行走的地面，防跌滑设计；电气的安全设计，防盗和应急呼叫装置。应该有室内公共活动场所、娱乐设施、老年健身设备，在室外有园林式的宽阔休闲活动场所和运动场所。要保证公寓的水、电、气、电话、电视、宽带网 24 小时不中断。要设有各种服务设施，如公寓厨房、公寓洗衣房、医务室、餐厅、洗理按摩房、保安室及管理用房。还应设置残疾人专用房间。老年人住房的特殊要求一般应突出环境清净，采光好，进出方便，特别是要坚持无障碍原则。比如，要有防滑地面、防跌扶手、坐式便器、紧急呼救装置等，公寓楼内还应有各种生活服务、娱乐、医疗保健设施等，配备专门的服务人员和医护人员。公寓建造、房间设计应考虑到老人的多样要求，可分别建造单元式带卫生间和阳台的房间，有单人或双人房，楼房二层以上安排电梯。同时应有一定的室内、室外活动空间，花草绿地，营造一个舒适温馨的养老环境。

四、公寓服务模式：按照养老、康复、休闲、娱乐、服务一体化的服务要求，形成功能合理，方便老人的服务模式，力争把公寓办成"内部设施现代化，休闲场所园林化，康复设施医院化、管理服务制度化"的老人乐园。

五、可行性研究：朱家湾老年公寓需要市上的大力帮扶。本项目建设将促进万福镇的老龄事业发展，推进小康社会的和谐发展，对周围乡镇也会起到示范效应。朱家湾的自主产业已经形成了规模，下一步开发旅游业之后，经济优势会更多，特别适合老龄人颐养天年……

会上达成一致意见，实地考察场地、资金投入、公寓入住人源等后，再决定是否修建朱家湾公寓。

一一〇

朱家湾的"美丽乡村"项目终于申报成功，村书记何晓功做了大量工作。

有了上面的批复，工作就有了方向。他打算先清理河道，在上游建一个蓄水坝，这样一来，既能形成水面亮丽的景观，利于下游的水稻灌溉，又能为漂流储存水源。这项工程量不小，他不好意思给邱道民汇报，让公司掏腰包。他找到万福镇书记，说了自己的想法，希望书记能跟水务部门打个招呼，具体的事宜他自己去跑。镇书记当即就给水务局局长打了电话，可人家说需要详细了解，调查之后，再做研究决定。村书记让何晓功手绘一张朱家湾河道草图，拿过去让人家看看。

何晓功在邱道民公司工作多年，耳濡目染受到熏陶，积累了一些文化底蕴。他绘制了一张朱家湾河道草图，连最小的弯儿都画上了。

他拿着图纸直奔水务局，前两次去得早，人家还没上班，他就在大门口一蹲，门卫都认识他了。跑了几趟，总算见到一把手了，他跟局长好说歹说，请人家去朱家湾实地考察，局长说开完会就去。何晓功担心他们太拖拉，连续几天，天天去候着。

水务局局长说："好你个何晓功，没见过你这么能磨的人，什么事儿都有个过程啊！看把你急的。"

何晓功说："局长啊！我真的是急呀！"

局长笑他，是那种被磨得无奈的笑。局长带人去了一趟朱家湾，对水坝位置、河道如何清理，做了具体安排。

何晓功的软磨硬缠真是有些作用。在何晓功的不懈努力下，朱家湾的水坝和河道项目，一个多月就批下来了，先期资金也到位了，虽然比预计的少了很多，但毕竟有了第一笔奠基款。

自从第一书记龚道辉来朱家湾后，把每个人的积极性都调动起来了，村里基本没有啥闲人了，就连好吃懒做的肖森林父子，也参入了好几个项目，忙忙碌碌。建蓄水坝需要机械和人手，谁都想抓住这个机会，去干几天，出点力，挣点钱。徐小月跟陈芳菲说："大棚没啥事就别叫我去，让你爸帮忙盯着点，我去修大坝多挣俩钱。"陈芳菲抿嘴一笑，没有吱声。徐小月知道这是闺女默许了。雨季过了，大坝也修好了。坝里的水几乎蓄满了，水鸭子在大片的湖水里游弋，水里倒映着青山的影子，清凌的、绿茵茵的，像铺着平展展的大镜子。水往坝下流，落差形成一道瀑布，溅起的水花在阳光下晶莹剔透，煞是好看。哗哗啦啦的水声，像一首首美妙的歌曲，让人心旷神怡。

接着开始清理河道，有些淤泥、石头，人为的塑料袋、破布头之类的垃圾，经过十几个人五天的辛劳，一一进行了清理，水流畅通无阻，河两岸的野花野草、杨柳树映入眼帘，还真有点美感。用几个老人的话说，整个朱家湾的河沟里像脏脸的大姑娘，忽然洗得干干净净，那真叫个水灵。用第一书记龚道辉的话说，有一种天然去雕饰的美感。

太阳落山了，很多人跳到河里洗澡，大人小孩嬉嬉闹闹，比城里的游泳池热闹多了。

———

第一书记龚道辉睡觉要戴呼吸机，朱家湾人觉得很稀奇。好好的呼吸多畅快，戴个口罩都不舒服，还要戴个机器，多难受啊！

有些村民好奇地跑到村委会大院，想目睹一下呼吸机长的啥样。村委会有两间客房，大多时候是第一书记龚道辉和村书记何晓功住。几个村民到村委会，刚好村书记何晓功在，何晓功堵住他们，责怪道："看啥看？那玩意儿有啥好看的？人家大夫都不让龚书记来山里了，让他回隋阳好好休养，可龚书记不放心咱村里脱贫，坚持要回来，带这么个家伙是帮他呼吸用的。"

几个人静了下来，陈老二挤到前面去，递上三百块钱，对村书记何晓功说："这是去年救龚书记要的好处费，我想了多次觉得不应该要，真的不应该要，托你还给他。"一起来的几个人都从兜里掏出来钱，嘴里附和着说："何书记，老二说得对，那钱不应该要，看龚书记来朱家湾后，实心实意为咱们过上好日子操劳，我们不忍心要，都退给他！"

村书记何晓功为难了，不知该不该接钱。正犹豫间，第一书记龚道辉走进院子，他赶紧制止大家，"谢谢你们的好意。这样吧，这钱算我奖励大家的，你们这段时间付出了辛勤汗水，咱朱家湾人的生活比过去明显好了，这算是给大家的奖励吧。等全体村民脱贫致富了，还有更多的奖励哩！"

第一书记龚道辉以为有了呼吸机就不怕了。虽然医生说得很明确，带上呼吸机也不是百分之百安全，如果夜里呼吸机的接口掉了，那也一样有危险。第一书记龚道辉就觉得医生的话不可全信，医生总是往最严重的说。所以，他从心里就没把这些话当回事儿。可是，这次医生的话成真了。不到一个月的时间，第一书记龚道辉碰掉了两次接口，都是在睡梦中无意识地碰掉了，憋出一身冷汗，被褥湿透，差点儿背过气去。次数多了，他反而不当回事了，那口气不是那么容易就咽下去的，他谁也没说。怕再一说出来，又得把他送到医院去，一到医院就会耽误很多事儿。

随着三九天的到来，朱家湾的气温越来越低，有时甚至达到零下15摄氏度。端一碗开水往室外泼，还没转身回屋，开水立刻就被冻上了。外间的厨房也是零下11摄氏度左右，水桶里结了厚厚一层冰，每天早上起来第一件事是先砸冰。室内生着煤炉子，可室温只有五六摄氏度。朱家湾的人说："冬天里如果没有一盘大火炕，炉子再旺，屋里也不会暖和。尤其是晚上睡觉，进被窝就像钻进冰洞一样冷。"晚上睡觉，第一书记龚道辉是不敢生炉子的，因为煤气中毒比他的呼吸暂停征更凶险。他一般都是用电褥子。

一一二

村书记何晓功为给朱家湾漂流项目招商，按照邱道民的安排，专门跑了趟省城。

省城有位姜老板是何晓功的老朋友，也是隋阳市人，名下有一家较大的影视公司。年轻时在影视圈跑场子，组织过不少影视的群众演员。后来看得多了，体验多了，迷上了影视，跟别人合伙做起了制片人，腰包逐渐鼓了起来。再后来，自己开了一家华夏影视有限公司，做起了老总，不用再跑龙套了。他回过一两次隋阳市，曾有过旅游投资的想法。何晓功在市里那会儿，他们在一起聚过，吃饭喝茶聊天，姜老板说现在的旅游业类似项目太多，造景大同小异，大多没什么特色，导致人造旅游景点越来越不受欢迎。相反的，那些自然景观越来越受到青睐，人们还是喜欢自然的风景，都是独一无二的，特色鲜明。那时的何晓功只是听热闹，根本没往心里去，他一年到头跑公司业务，哪有时间出去旅游。现在他常常想起姜老板那些话，越想越觉得有道理。朱家湾的景色不错，都是原汁原味的天然特色，他试着给姜老板打了电话，说了说朱家湾的山水和空气，邀请姜老板来朱家湾做客。

姜老板先是要了几张照片，跟何晓功说什么时候回去了，一定到朱家湾看看，切身感受一下。

何晓功说干就干，带上那段带解说词的自然风光视频就去了省城，当面跟姜老板谈这件事。令何晓功没想到的是，见到姜老板，心凉了大半截。姜老板的华夏影视有限公司才两间房子，两个业务员，姜老板把何晓功让到里面小隔间。隔间只有一张单人床，一把椅子，姜老板坐在床沿上，何晓功坐在椅子上。

"你是不是嫌我这狭窄呀？"姜老板皱了皱眉头，问道。

"咱们是老朋友了，不瞒你说，我有点失望。我以为你这边怎么也得有个自己的办公室，有个大办公桌，茶具、花盆摆一屋子，没想到……"

姜老板笑了，说："你动动脑子，这是省城，寸土寸金的省城，哪像老家的隋阳市，可以摆阔气。这里只是个联络点，方便业务接洽！公司的正式办公地方在郊区，那里有600多平方米。"

"那你这业绩怎么样？挣不挣钱呀？"

"3年的疫情赔了一些钱，多亏以前有点老底子。现在好了，总算又盈利了。何晓功你记住，包子有肉不在褶皱上。"

"哦，你这么一说，我心里就有数了，而是在里子里。"

何晓功往姜老板跟前挪了挪，把手机录好的片子放给姜老板看。

几分钟看完，他问姜老板："有没有兴趣投资？我挺看好那个漂流项目，现在蓄水坝也建好了，花不了大钱就能投入使用，到时利益分成，你的回报不会少，你考虑考虑。"

姜老板说："看着用不了太多钱，但动起真格的来，还得不少的钱。等我有空了，到朱家湾去看看，考察完再决定投不投资。"

这天刚吃完饭，第一书记龚道辉正在洗碗，突然来了一辆省城车牌号的小车，从车上下来4个人，一个领头的人气势汹汹走过来，不客气地问道："朱家湾村有个第一书记龚道辉，你认识吗？"

龚道辉说："找他有事吗？"

领头的说："我们在省电视台看到他给村民扎针治病，想和他见一面。"

龚道辉迟疑了一下说："我就是龚道辉，请讲。"

领头的说："我们是省卫健委的，想看看你的医师执业证。"

龚道辉说："我没有医师执业证。"

领头的说："你没有医师执业证，咋能给村民看病呀？你收了村民多少钱？"

龚道辉说："我只是扎扎针，可能是碰巧吧，把陈大为治好了。扎了几个月，全是义务的，没收他一分钱。"

领头的说："不好意思，你得跟我们走一趟，你这属于非法行医，要接受我们的调查。"

龚道辉嗓门一下子大了起来："笑话，我义务给村民治病，并且治好了，咋就非法了？"

领头的严肃地说："没有医师执业证给人看病，就是非法行医！"

两个人正说着，村书记何晓功回来了，问清了情况，顿时火冒三丈："你们卫健委的职责是为老百姓服务的，你们不但不服务，反而来找为百姓服务人的茬，你们是谁的卫健委啊？"

村书记何晓功的话恰好被路过的邱小强听见，他到村里一吆喝，很多村民聚到村委会，卫健委领头的见来这么多村民，大声嚷道："咋啦？你们还要造反吗？"

邱小强骂道："你妈拉个巴子，你一个癞皮狗还扎个狼狗势，你敢带走我们的龚书记试试，老子不把你的腿卸了。"

村民们都叫喊开了。

"还有没有天理？龚书记不要任何报酬，为村民治病，还戴上了非法行医的帽子，这是哪儿的王法？"

"你们胆子不小啊！竟然敢到我们朱家湾抓我们第一书记龚道辉，你们是不是看错秤了？"

"你们卫健委没听说我们朱家湾吧？看到朱家湾的病人站起来了，你们嫉妒了是吗？你们巴不得我们的病人都病死，都给医院送钱，你们多得好处，是不是？"

"你们卫健委不好好总结传统中医的经验，而是干了西医做梦都想干掉我们中医的勾当，你们是中国人吗？"

"你们自己看不了病，还找会看病人的茬口，你们还是人吗？"

"朱家湾的人不是好欺负的，你们不给龚书记道歉，就别想出这个院了！"

"老子就坐在你们的车前，有本事从老子的身上轧过去。老子是已经死过一次的人，有本事朝老子来。你们敢动我的救命恩人试试，老子不把你们送上西天，老子都不姓陈！"陈大为搬了把椅子放在省卫健委的小车前面，一屁股坐了上去。

卫健委领头的见朱家湾的人不好惹，不再张狂了，赶紧闪到一边打110报警，说几个人的生命安全受到威胁，请求隋阳市公安赶紧出警，不然就会出现流血事件。

一一三

隋阳公安接到报警，立马向值班领导汇报，因为此事牵扯到与省上卫健委的关系。值班领导迅急给万福镇派出所打电话，让所长亲自带人处理，平息事态的发展。

万福镇派出所的韩所长挂了领导电话，就往朱家湾赶，到了朱家湾村委会大院，一看院子里站满了人，就把警车停在院子外，准备进院子，发爷拄着拐杖拦住了韩所长一行，"你们警察是保护老百姓的，省上卫生局的人来抓我们的龚书记，我和龚书记一起住了几个月，那真是个好人啊！龚书记把大为的病瞧好了，不收一文钱，天底下哪儿找这样的好干部啊？卫生局的人说龚书记非法行医，那医院治病把人治死了就是合法行医吗？你们要是抓龚书记，就得从我的身上走过去。我已经是多半身子入土的人了，我不怕死！"

韩所长见过发爷，很礼貌地说："发爷，我们来不是抓人的，是维持秩序的，是担心出事。"

发爷放下拐杖，"不抓人就行，那你们进去吧。"

韩所长进来后，把第一书记龚道辉叫到一边，相互沟通交流了一番，龚书记随后大声对村民们说："乡亲们别激动，省卫健委来了解情况，不是来抓我的，大家不要误会！都回去吧！"

村书记何晓功说："有什么要问的，就在这问，不许把龚书记带走，龚书记还有病，要带走，必须写个字据，龚书记有个三长两短，全部由卫健委负责，卫健委几个人都要签字。"

村民们大声响应，都喊道："我们同意，我们同意！"

韩所长是个老所长，知道民意不可违的道理，本来他对卫健委给龚书记非法行医的定性就有看法，西医治不了的病，中医治好了，本来应该大力宣传、弘扬中医的疗效，反而给戴上了非法行医的帽子，确实让人难以理解。他听到不少限制中医、扼杀中医发展的事件，也愤愤不平，只是隔行如隔山，力不从心。但面对民怨沸腾的现状，他也不能感情用事，既然出警来了，就要把事情妥善平息下来。于是他计从心来，把卫健委那个领头的叫到一边，语重心长地沟通了一会儿，总算达成了一致意见。

后来，在韩所长、何晓功书记的见证下，卫健委的人和第一书记龚道辉一起到村委会会议室，第一书记龚道辉现场回答了卫健委人的问话，后来又把陈大为叫进去，现场进行了对证。

直到下午5点多，卫健委的小车走了，万福镇派出所韩所长一行也走了，村民们才渐渐散开各自回家了。

夏晨水养殖的长毛兔成功后，就交给了夏大柱打理，他每天只走一趟看看。夏晨水养殖的野猪有了上次的教训，第一书记龚道辉带人亲自加固了围墙，并把洪水冲垮的猪圈重新垒好，不久就走上了正轨。为防止意外，夏晨水坚持每天晚上住在养猪场。

对于种植药材，夏晨水没有经验，应该说是从零开始。他在互联网上查阅了大量资料，从经纬度、气温、湿度等，多方面地学习。

不同的药材有不同的种植方法，有不同的土壤和气候条件需要。夏晨水一一下载归类，到镇上打印了几厚沓子，装订得整整齐齐。龚书记看了很感动，说："夏晨水，我还真的没看错人，朱家湾的致富带头人，非你莫属啊！"

"龚书记过奖了，我只是想试试！"

为了有的放矢，做到不打无准备之仗，第一书记龚道辉主动联系了隋阳市一个中药材种植基地，让他去参观学习。

夏晨水准备好录音笔，手机充满电，带上笔记本，约了陈芳菲一起去。二人来到中药材种植基地，看到多种药材长势喜人，夏晨水信心十足，基地的技术人员耐心讲解，夏晨水受益匪浅，一一录音并拍照。回到朱家湾后，及时给村委会一班人汇报，并谈了自己的想法，村委会讨论后，觉得这事不仅可以做，而且可以做大做好，会上确定了适合朱家湾气候、湿度、土壤等条件的六种药材，然后勘察用地，最后决定用青山绿水公司的盈利，无利息借给种植户，作为种植的启动资金。

一一四

种药材需要人手。村里除了给陈芳菲干活的几个人外，几乎都让夏晨水找来干活儿了。夏晨水知道他们需要钱，虽然自己资金困难，但从不拖欠工钱，当天干完活当天结算。朱家湾人对夏晨水的评价有了改变。一提起夏晨水来，多数人都说老夏家那小子别看赔钱了，可做人杠杠的，一是一二是二。但也有个别人对夏晨水耿耿于怀，如陈芳菲的母亲徐小月。徐小月对夏晨水一百个看不上，尤其是上次野猪跑了之后，他更是瞧不起夏晨水了。

陈芳菲有时有意无意在她面前提起夏晨水来，她就嗤之以鼻，说："那是个败家子！家里辛辛苦苦供他上了大学，给他老爸累得快吐血了，结果怎么样？还不是竹篮打水一场空，跑回来鼓捣什么长毛兔，后来又养野猪，虽说有点起色，但我还是瞧不上。"

陈芳菲看着母亲那副嘲讽的样子，心里十分不满。

"你个死丫头，胳膊肘朝外拐！"她骂着陈芳菲，心里又多出一层恨来。夏晨水在药材种植接近成功的时候，向陈芳菲求婚，两个人商量先订婚，遭到了徐小月和陈大为的强烈反对。

当然，反对的还有夏晨水的父亲夏大柱。

两家上一辈因为厕所窥探之事，关系一直闹得很僵。虽说是邻居，但很少来往。夏晨水养野猪，刚有点起色，被洪水冲倒了墙，导致野猪跑了一些，夏晨水受了一些损失，夏大柱一直怀疑是徐小月所为，苦于没有真凭实据，只得忍气吞声，泪水只得往肚子里咽。

　　年三十放炮是除夕，古人说夕是一种动物，鞭炮声可以吓走，现在寓意是除掉晦气和邪气。大年初一放炮是迎新年，相互比赛地放，看谁家的爆竹响，看谁家爆竹放得时间长，整个朱家湾都沉浸在迎新年的欢乐气氛中。

　　长鞭放完了，还要来几根接神的冲天放，这是朱家湾近些年来的习俗。夏大柱看到一万响的鞭炮响到最后一声，连忙摸黑到睡房里提了几根冲天放走了出来，走到院墙跟前，把冲天放摊开摆好。点着烟抽了一口，借着光瞅准了炮捻儿，侧过脸伸手去点，嗞嗞的火星冒出来，随后就是"砰"的一声响。夏大柱耐心地等啊等，那第二响好久没出声，不由得心里咯噔一下，感到不太吉利。

　　朱家湾一直有个忌讳，那就是大年初一早上的鞭炮"一响"。当炮捻儿一点火，砰地响一声，后面就会噼里啪啦响个不停，象征着小日子越过越红火。可一旦断了线，不继续响，主人家这一年都不太顺当。

　　夏大柱垂头丧气地进了屋。老婆唠叨着："今年这炮仗可不咋样，咋竟是一响呢？平常一响也就算了，这大年初一的才这么一响，真叫人心里膈应（不舒服的意思）。"

　　夏大柱说："表弟来的那天，当街放了十几响哩，都是响得很顺利啊！"

　　"那是表演给人看哩，为了吸引客户，肯定拣好的放。"大柱媳妇向荣的话音刚落地，一声惨叫夹杂在一声炮仗声里传了过来，夏大柱心一震，暗叫："坏了，出事了。"

　　当街响起杂乱的脚步声，震得房檐下的红灯笼摇摇摆摆地晃悠起

319

来。朱家湾不大，只有30多户人家，弄清一个声音的来源是不用费劲儿的。不知谁喊了一声："徐小月的手被炸了。"接着，踢踢踏踏的脚步声便奔向徐小月家去了。夏大柱也夹杂在人群里。

徐小月不在当院，院子里有一摊血，血滴一直通向屋里。天冷，血凝得快，一眨眼的工夫，就冻住了。夏大柱挤进屋里，眼前的景象让人大惊：徐小月举着血淋淋的右手，鲜红的血顺着手指往下滴，模模糊糊一摊肉，已看不出徐小月到底有几根手指。

有人说："赶紧去找幺大夫啊！去上药啊！"

还有人说："直接去幺大夫家不就行了吗？"

有人说，"幺大夫初一不看病，带血的更不会看。"

徐小月咧着嘴，疼得丝丝地吸气，"我姑娘去找了。"正说着话，陈芳菲跑进来，上气不接下气地嚷嚷道："我幺叔不来，他说大年初一的，见血不吉利。"

"救人要紧，当大夫的哪还有这讲究呀？"有人说道。

"我去请。"夏大柱仗义地说。不知情的还以为徐小月的对头夏大柱突然发了善心，其实不然，真实的情况是徐小月的爆竹都买自夏大柱的表弟。夏大柱心里不踏实。

"对，就让夏大柱去，夏大柱面子大，幺大夫一准能来。"有人附和道。

徐小月"哼"了一声，想说点儿啥，可实在太疼了。他的额头已经沁满汗珠，手筛糠一样抖动着。

不一会儿，夏大柱就垂头丧气地回来了，嘴里骂骂咧咧："这个幺大夫，真他妈不像话。"

"你们别急，我去吧。"德高望重的刘厚淳大步走了出去。

一一五

村里幺大夫掂量了又掂量，虽说也有点迟疑，但还是给了刘厚淳面子。刘厚淳毕竟当过县公安局副局长，村里人都很敬重他。他带着幺大夫一路小跑来到徐小月家，头上像蒸馒头一样，直冒热气。刘厚淳帮忙打开药箱子，幺大夫取出几个瓶瓶罐罐，用镊子夹着棉球，开始麻利地处理伤口。这时人们才看清，徐小月的食指中指伤得最重，肉都炸烂了，无名指也破了皮儿，还在流血。

陈大为关切地问："你是用手夹着放的？"

徐小月有个嗜好，但凡放炮仗，一手用食指和中指夹着，一手点捻儿，她觉得这么放爆竹才潇洒，可她没想到这次的冲天放压根儿就没往上蹿，直接在手里炸开了。徐小月心里很懊丧，嘴上还不服软。她说："一直这么放了多年都没事儿，偏偏今年炸了手，真是晦气。"

"是不是冲天放有啥问题？"有人提出异议。

"对，肯定是冲天放质量有问题。"徐小月眉头紧锁地说道。

有人就恍然大悟，附和着道："哦，难怪今年的鞭炮不能响个不停呢？"

有的人直接问夏大柱："哎，老夏，你表弟的炮仗在哪儿进的货？是不是假冒伪劣产品呀？"

夏大柱的脸腾地一下红了，他真想找个耗子洞钻进去，干吗要多管闲事，在这逞能呀？

徐小月的话好像在他耳边重复着哩。夏大柱心里着实不好受，不由得叹了口气。大家没再说啥，徐小月也没说别的，晃晃吊在胸前的那只伤手，可就这么一晃，夏大柱觉得老脸更是没处搁了。

夏大柱决定先问问表弟。

他立马给表弟打了电话，可表弟根本不当回事，还说徐小月的手被炸了，跟他那炮仗没半点关系。夏大柱想多说几句，表弟不耐烦地把电话挂了。正月初二，班车还没通，夏大柱让儿子夏晨水用摩托把他送到万福镇，又改坐拼车到隋阳市。拼车的司机担心罚款，还没进城就让下车。

夏大柱冒着严寒走了好几里地，才找到表弟家。表弟正在跟几个人打麻将，见到风风火火的夏大柱一点儿也不热情，张口就问："表哥，你不会是为那点儿事儿来的吧？"

夏大柱取下棉帽子，点头说："是的。"

表弟更不高兴了，把麻将让给媳妇儿打，去厨房把剩饭剩菜热了热，端到餐厅让他吃。走了两三个小时，夏大柱确实饿了，他坐下来吃饭时，表弟在旁边看着他直叹气，"表哥，大正月的，你这是何苦呢？"夏大柱嘴里含着饭说："你得跟我到朱家湾一趟，给人家一个说法。"

"说法？又不是我让她炸手的，我凭什么给她说法？"

夏大柱噎住了，他觉得表弟说得也确实有道理。他思来想去好一会儿，不知道该说啥好。他觉得不应该来找表弟，可等他撂下饭碗，总觉得这事儿哪儿有些不对劲儿，就说："你去跟村里人说，你那冲天放不是假冒的。"

表弟生气了，坐在那儿一言不发，理都不想理夏大柱。

夏大柱起身要走，表弟也没留他，只把他送到门外。看着表弟要转身，夏大柱急忙说道："初三就通班车了，你在家也没事儿，要不就去一趟吧！"

表弟看了他一眼，一句话没说就转身回去了。

夏大柱心里很不是滋味，像是做了亏心事一样，头都没抬一下，赶紧往回赶。幸亏有儿子夏晨水来镇上接他，不然回到家会到半夜十一二点。八点半到家，吃了几口饭摸了根烟抽了起来，眼前顿时烟雾缭绕。他突然感觉身体飘飘忽忽的，一点儿也不真实，他抬手摸摸脸，手掌上的老茧挂得脸丝丝拉拉地疼，他心想真是丢脸呀！要是有张二皮脸多好啊！丢一层，还能剩下一层。夏大柱唉声叹气的，躺在床上好几个小时难以入眠。

一一六

一个正月里，别人都是笑逐颜开的，而夏大柱由于心里不爽，没敢串门了，也没再去找城里的表弟。桃花开的时候，徐小月的手还没好利索。夏大柱想来想去，觉得还是应该去找表弟，这事儿只有表弟出面解释一下或者象征性地给人家拿点儿赔偿，才合适。他又硬着头皮去市里一趟。表弟家没人，他打电话也没人接，就在楼下等了好几个小时，天擦黑表弟才从外面回来。他蹭一下站起来挡在表弟面前，把表弟吓了一跳，没等表弟说话，夏大柱把憋了一天的话倒了出来："人家让我给他家种地，种地就种地吧，我能帮就帮了，可你怎么也得出面跟人家问候一声啊！"

表弟沉默了一会儿，两眼看他，说："天黑了，你先住下吧，明天再说。"

"不行，你现在就得给我个说法。"

表弟不再说话，径直往家里走，夏大柱没辙，也只能跟在后面。第二天夏大柱要走时，表弟说炮仗是他朋友的，他跟朋友商量一下再说，让夏大柱先回家等信儿。

过了好几天，夏大柱再打电话，表弟说他没空，他朋友出国了，找不到人，等着吧。这一等就是几个月，夏大柱越发没有底气了，连走路也觉得矮人三分。村里很长时间也没有人来找夏大柱了，没人给他机会长脸，他也懒得讲究了，胡子好几天才刮一次，洗脸也是抹一下就挂了毛巾。

"唉——"，夏大柱常常唉声叹气，因为着急上火，大病了一场。病好以后，村里有啥事都往回缩脖子，老觉得低人一等。老婆说他："你以前的虎劲哪去了？不就是那么点事儿吗？她徐小月不小心自己炸坏了手，你还帮忙她家种地，也算对得起她了。咱有村里致富带头人儿子夏晨水，杠杠的。咱家的长毛兔、野猪养殖场，都不是成功了吗？现在草药种植也有了起色，你成天愁啥？"

"你为啥不早点开导我？让我几个月抬不起头。"

"别人都是外人，老婆才是最疼你的人。当初为啥看上你？你是个好男人，现在都说好男人有三个标准，要有钱，要忠诚，还要那方面行。但老天不会都让男人行的，大多两个方面行，就算好男人了。有钱还忠诚的男人，大多数那方面能力差。有钱，那方面也行，大多不会太忠诚。很忠诚，那方面也行，大多数不会太有钱……"

夏大柱的老婆还没说完，夏大柱就插话道："没想到你一个修地球的山村农妇，还一套一套的，你在哪学习的？"

"学习个鬼，都是我自己琢磨出来的。"

"那方面是啥？"

"你个猪！那方面就不知道。那方面就是夫妻生活。"

"那你说，我属于哪一种？"

"你是对我忠诚，那方面还行的男人，就是没啥钱。"

"我咋没钱？儿子的长毛兔交给我后，我的收益跟芝麻开花一样，节节高。"

"那是你的吗？那是我们家的。"

"村里好多爷们说，女人是甘蔗，不要嚼碎了，不然就是越嚼越没有滋味。城里爷们都说，女人是口香糖，不要嚼久了，不然就是越嚼越想吐出去。"

"哎，没想到你个脸朝黄土背朝天的大老爷们，对女人的研究还一套一套的。你这话赶紧收回去，这是对我们女人的歧视。这话从你的嘴里说出来，我都不敢相信。"

"咋？只兴你一套一套的，就不兴我一套一套的。告诉你，我可是有文化的新型农民。"

"好啊！你现在三个好男人的标准都有了，就站成一个杠杠的爷们，好好地跟我过日子吧。"

"嗯嗯，谢谢老婆，还是我的老婆懂我啊！"夏大柱一把搂住了老婆。

此后，夏大柱像换了个人似的，又振作起来了。

一一七

徐小月的手终于痊愈了。地里的活儿也不指望夏大柱了。

陈大为也恢复得不错，生活可以慢慢自理了。

女儿陈芳菲的木耳大棚也过了试验期，每周都有收益了，成本费早收回来了。她和夏晨水的关系受到双方父母的竭力反对。

徐小月气得脖子上的青筋像一根根刚挖出来的蚯蚓鼓得老高，她从来没生过这么大的气。她破口骂道："陈芳菲啊！你咋那么贱呀！天底下的男人都死绝了吗？你这么多年不找对象，要找就找个像样的。你找谁都可以，就是不能找夏晨水！"

"夏晨水咋啦？不秃不瞎不跛，正儿八经的大学生，村里的致富带头人，哪儿都不差。"陈芳菲想说服母亲。

"陈芳菲，你难道没人要了吗？你是不是嫁不出去了？就是没人要，就是嫁不出去，你也不能嫁给夏晨水！"徐小月的语气没有商量余地。

"孩子，按说你找男朋友是你的自由，但我们跟老夏家几代人的恩怨不能忘啊！为了院墙拉直的事儿，你妈没少操心。"

"爸，老夏家上两辈的人不地道，不代表夏晨水是个坏人。我跟夏晨水接触这一年多，他不仅有文化，而且品行端正，对我木耳大棚也给予了很多帮助。我喜欢夏晨水，不是一时的冲动，而是深思熟虑了好久了。"陈芳菲对陈大为很尊重。

"陈芳菲，我打开窗子说亮话，你要是跟夏晨水好，你就不是我闺女，咱俩断绝母女关系，你立马滚出这个家，滚出朱家湾，滚得越远越好，再也别让我见到你！"

徐小月一顿猛呛，陈芳菲无言以对，气得直抹眼泪，她头一扭，回道："你想断就断。"转身出了家门。

徐小月后面的话骂得更绝，只是陈芳菲听不到。

"好了好了，你不要跟娃赌气，气坏了身子我还帮不了你，地里的活儿还得指望你，我只能打个下手。"陈大为劝徐小月消消气。

陈芳菲跑出家门也没地方去，只能到木耳大棚里哭去了。

再说老夏家这边，刚走出麦城的夏大柱听说儿子夏晨水要娶邻居老陈家的陈芳菲，反应丝毫不亚于徐小月，也是烟熏火燎地不太平。

夏大柱想起了一系列与老陈家不愉快的往事，心里的怨恨像大中午的炊烟越飘越高。

夏晨水试探性的话刚一出口，夏大柱白净的脸一下子就乌黑下来了，他点了一支烟三两口就吸完了，好半天不说一句话。

不知过了多长时间，他把烟头狠狠地摁灭在烟灰缸里，站起来走进内屋，取出一根光滑的褐色拐杖，用力地在地上戳着，从牙缝里挤出几句话来："夏晨水，你给老子听着，这是你爷爷的拐杖，他临死时嘱咐我不能跟老陈家来往，这是他唯一的要求。"

夏晨水听得云里雾里，不明白夏大柱想表达什么，爷爷那些陈年旧事，夏晨水只听说过只言片语，对老一辈的恩怨一知半解，他预测到的只是徐小月会反对，因为徐小月一直不正眼看他，没想到自己的亲爹也阴阳怪气地跟自己过意不去。

"难道我不该找媳妇吗？"夏晨水很生气，他一百个想不通，"不谈对象的时候你们动不动就催我，谈了你们又百般阻拦。"

"你跟城里那个闵珍珍谈，我们没有说你呀？你也不想想，那徐小月是啥样的人？陈芳菲这么大了，为什么找不到对象？"

夏大柱的一连两问，竟然把夏晨水说蒙了。是啊，陈芳菲为什么这么大了还没对象呢？夏晨水想过，可他没往深处想，他觉得这没有什么大不了的，应该是陈芳菲没有遇到合适的。

夏大柱接着说："这些年陈芳菲一直在省城卖服装，听说她也处过对象，还是隋阳市的，干什么的不太清楚。徐小月跟人家要彩礼，要二十万块钱，给要黄了。"

夏晨水"啊"地张大嘴巴，半天没合上，嗫嚅道："他要那么多钱干吗？"

"你说干吗？给陈大为治病呗。她没钱，也挣不来钱，只能靠闺女卖钱。她要是跟你要二十万，你给得起吗？"

夏晨水沉默了。他明白自己给不起，别说二十万，就是十万，他现在也拿不出来啊！长毛兔开始赚钱了，野猪的本钱还没回来，哪来的那么多钱？

夏大柱说："谁也给不起。所以，陈芳菲到现在也没个对象，连个媒人都没有。要我说，娶谁也不能娶徐小月的闺女，何况我们与他们家还有老一辈的过节，你就死了这条心吧。"

夏晨水心里像装满了过年的米粉，不停地在锅上熬煎，难受了好半天才说："陈芳菲的爸已经站起来了，开始跟她妈一起下地干活了，人家现在不会要那么多钱。假如徐小月不要那么多钱，你跟我妈会同意吗？"

夏大柱的第二支烟屁股又摁灭在烟灰缸里，瞪了夏晨水一眼，火气好像更大了，"就是不要彩礼，我也不同意，你打光棍也不能娶徐小月的闺女！"

　　见父亲把话说得很绝，夏晨水不想辩驳什么，他起身拿了顶草帽就出门了。

　　本来要去野猪养殖场的，可脚下长了眼睛似的，就走到了陈芳菲的木耳大棚。他撩开门帘进到大棚，看到陈芳菲在哭，就默默地挨着陈芳菲坐了下来，捋了捋陈芳菲的刘海，故意调侃陈芳菲说："咋？女汉子也有软弱的时候啊！来吧，借你个肩膀，往我这儿靠。"

　　陈芳菲真的顺势靠了过来，仿佛委屈到了极点，哭得呜呜的。

　　夏晨水揽着陈芳菲的肩膀，"都什么年代了，还有罗密欧与朱丽叶的故事，真是有点可笑。"

　　陈芳菲忽然不哭了，擦了擦眼泪，淡定地说："我不是朱丽叶，你也不是罗密欧。吃药寻短见的事儿咱不干，咱俩得同仇敌忾，想办法对付他们。"

　　"怎么对付？冰冻三尺非一日之寒，他们之间那恩怨像冻了几千年的冰山一样，咱俩就是扛着火箭炮，估计也难以轰开。"

　　"我就不信，能那么难？"

　　夏晨水很想问陈芳菲，确认一下父亲说的彩礼钱的事，是不是真有其事。他沉吟良久，终于鼓足勇气问道："咱们在父母同不同意这个事之前，有必要弄清我们自己的事。我跟闵珍珍那事儿你也知道了，也没什么好隐瞒的。我们在大学里一个班，她希望我能在省城找个好工作，挣钱买房。我工作倒是有，可一下子去哪儿挣那么多钱呀？我家的情况你也清楚，根本拿不出钱给我在省城买楼房。我和她之间越走越远，后来我就回朱家湾了。"

　　陈芳菲说："你跟我说这些，是想让我也坦白什么吗？"

　　夏晨水立马说："不，不是这个意思。咱们都不小了，谁都有过去，你不说我也不会问。我的意思是，你妈有什么条件，比如说是想要彩礼钱多少，弄清楚这个，我才能找到解决的办法。"

陈芳菲说："也没什么不能说的。到我这个年龄要说没谈过男朋友，也没人相信。我谈过，省城一个给保险公司领导开车的司机，老家离咱们朱家湾不远，家里条件很一般，我妈管人家要二十万，人家吓住了，当了缩头乌龟。其实，他是没经受住考验。那时我手里有点钱，如果他要坚持的话，我会跟我妈谈判，我也准备拿自己的钱给他当彩礼。如果他足够爱我，足够勇敢的话，我们偷着把证领了，我妈再要强，又能怎么样？"

两个人说了会儿话，都静了下来。

夏晨水想，都是因为钱！陈芳菲的男朋友是，自己曾经的恋人闵珍珍也是，陈芳菲的母亲徐小月也是。

唉，这些年来一切向钱看的熏陶，从上到下，从里到外，处处散发着钱的铜臭味道，给学校交了钱才能进教室，给医院交了钱才能看医生。人与人之间的感情，也要拿金钱来衡量。有钱谈感情，感情才有含金量。没钱谈感情，那是一派胡言。即使是神圣的爱情，也得用金钱去装修，去维护，否则随时都会失去光泽。没有金钱的爱情，就像没有根基的彩虹，随时都会烟消云散。长辈们爱情的那种纯洁，那种忠贞，那种包容，那种理解，早已随着朱家湾的河水流进长江，消失在东海了。

时代到 21 世纪了，科技进步了不少，人们的钱袋子也在慢慢地鼓起来，金钱至上的观念已经深入人心，见利忘义似潮水般汹涌澎湃，不可遏制，许多人应该有的品德、情谊、亲情、助人等，却日渐褪色。夏晨水心湖的涟漪一圈又一圈的总也散不开，一个人想扭转社会的走向只能是螳臂当车，自寻烦恼。他懒得想了，想了也是白日做梦。与其说改变不了河水的走向，还不如顺流而下，融入其中。他忽然对爱情的期待变得缩水了，他对陈芳菲说："芳菲，我们的婚事父母都不支持，我看还不能太着急，得慢慢跟父母沟通。当务之急是，你弄好木耳大棚，我把野猪养好的同时，把药材种植也兼顾起来，给乡亲们找到致富的门路……"

陈芳菲若有所思地说："也对，毕竟父母养我们一场，我们得把喜事办到父母的心坎上，不能让父母添堵。"

一一八

一晃一个月过去了，眼看夏天就要说再见了，姜老板才来。何晓功亲自到隋阳市里去接他。

那天天气特别晴朗，万米高空像被洗过一样明净，朱家湾的上空更是蓝得透明，几片棉絮似的云朵在山头上翩翩甩着衣袖。山上郁郁葱葱、绿颜欲滴，山脚下的河水弯弯曲曲扭着秧歌向前延伸着……姜老板一路欣赏着。

特别是河水灵动的声音，时而哗哗啦啦、时而婉转清脆、时而絮叨委婉、时而倾泻如注，看着听着，姜老板终于心动了，爽快地答应了投资。姜老板对朱家湾的旅游开发前景十分看好，他跟何晓功说："要单单就这一个漂流，恐怕不会长久。一是这个项目季节性强，时间短；二是朱家湾距离市区较远，大老远来一趟，就玩这么一个漂流太不划算了，也不具备长远性。久而久之，人就不爱来了，吸引力就会下降，这个项目落单的可能性比较大，还需要慎重论证。"

何晓功说："这你别担心。我们马上要开发山上旅游线路。建一条环山公路，山上还有景观哩。至于你说的季节性，我也正在考虑这个问题。朱家湾春天有山杏花、桃花、梨花、郁金香、杜鹃花、蒲公英等；夏天有石榴花、牵牛花、荷花、飘香藤、茉莉花等多种山花，非常好看；秋天的树叶有红的、黄的、紫的，五彩斑斓，也让人神清气爽；冬天还有冰雪景致，还可以滑雪。其实，一年四季景色都不错，只是现在刚刚起步，还没开发出来，不过时间不会长，两年，最多三年，肯定能变成现实。只要漂流项目试验成功，其他的项目紧锣密鼓跟上，也就水到渠成了。"

何晓功说这些话，有临时发挥的成分。他心里只有环山公路这一项计划，其他的都是听了姜老板的话之后，突然冒出来的想法。他担心姜老板一犹豫就退缩了，连漂流的项目也泡汤了。

姜老板听完何晓功激情地演说，果然同意投资，不需要再考虑了，他说："下一步就可以签合同，商量好具体的投资细节。"

姜老板走后，朱家湾开了一次村民代表会。商量这个漂流项目的租金、门票及其他具体问题。合同是由双方共同商量起草的，姜老板给出租金每年四万元，所卖门票和村里五五分成。朱家湾村没有意见，他们私下算过每个人能分到多少钱，不管怎么说，不用出工出力，那河流闲着也是闲着，如今能赚点钱了，等于白捡的，谁都没意见。后来看到姜老板运来的漂流艇，朱家湾人都心潮澎湃，好像漂流人排着老长的队似的。

陈老二的媳妇忽然想到一条挣钱的路子，就问陈老二："游客来了是不是得吃饭呢？"

陈老二说："你这话说的，谁不吃饭啊？玩了半天挺累的，肯定得吃饭了。"陈老二忽然明白了媳妇话里的意思。

陈老二媳妇说："咱开个'农家乐饭馆'怎么样？就做朱家湾这些家常饭菜，野菜大馅饼、小米饭、大米饭团、豆腐脑啥的，肯定有人爱吃。"

陈老二不说话。他在想开饭馆投资的问题，万一赔了钱怎么办？毕竟漂流只有夏天一个季节，剩下多半年都闲着。

两个人商量来商量去，谁也拿不定主意，二人想得多合计合计。

陈老二找到村委会，找龚书记，又和家里人商量，都说这想法行，但陈老二胆小，他怕赔钱，就想着不租房，把自家院子好好拾掇拾掇，再把厢房重新粉刷一下，就拿厢房做饭店。反正夏天厢房也不热，实在坐不下，也可以在院子里撑几把大伞，放几张桌子，这投资不多，即使将来没有客人，也不用担心赔钱。这么一想，他就没有后顾之忧了。

可让陈老二没想到的是，想开饭店的不止是他一家。等到他这"农家乐饭庄"的牌子一挂，村南头的刘厚淳，村西头的成大，也先后挂起了牌子。陈老二不免担起心来，这样一竞争，大家能不能挣到钱呢？

虽说夏天已过半，但由于姜老板抓得紧，漂流项目很快有了眉目。开业那天免费体验，远近的村民、万福镇和隋阳市也来了不少人，没想到非常受欢迎。何晓功组织村里通过各种手段宣传朱家湾的漂流。第一书记龚道辉专门到隋阳市里发传单，在电视上、报纸上做宣传，吸引了一些人前来。不过夏天时间短，虽然信息传到市里，也有些效果，来参观的人倒不少，但漂流的人不是太多。

陈老二有点犯愁了。同样犯愁的还有其他几家饭庄，因为游人吃饭的不多。

一一九

秋日的一个早上，忽然来了两辆大巴车，车身写着"隋阳旅行社"字样。这些人一下车就引起了轰动，一方面来自他们自己的欢声笑语，另一方面来自朱家湾人的欢呼雀跃。

朱家湾重新热闹了起来。

隋阳旅行社先后组织了好几拨人来朱家湾旅游，这一带动效果很好，周边县市来的人也越来越多了，朱家湾忽然间有了些名气。小孩子奔着漂流而来，大人奔着农家饭庄而来。陈老二算了算，虽然没挣到大钱，好歹也挣了一些，没有白辛苦，第一次摸着石头过河能有这样的结果，他很知足了。

第二年春天，成大家买了个大冰柜，他和媳妇米小菊背上背篓上山采马莲菜。马莲菜长势正是最喜人的时候，绿油油的，嫩生生的，在山坡上成堆成片地长。以前，这些野菜都是给猪吃的，掺到玉米面里熬成糨糊喂猪。那时谁也没想到，如今这些野菜成了纯天然绿色食品，不论城里乡下，人人都青睐。两口子把野菜用开水焯一下，攥成团，趁着新鲜放到冰柜里速冻，专等着夏天招待客人吃野菜馅饺子。冻了一冰柜，剩下的成大卖到青山绿水有限公司了。

现在，朱家湾的山上河沟里留不下什么野菜了，朱家湾有自己的公司收购，村里人又多了一份收入。

第一书记龚道辉负责的环山公路也是第二年春天开始施工的。这项工程很是麻烦，涉及交通局、林业局和旅游局，好长时间，他就在这三个局来回跑。有时材料欠缺，有时手续不太规范，连续跑下来，腿都跑细了。好在龚道辉已经习惯了，软磨硬泡是无可奈何，他也不嫌烦。经过他的努力，手续终于跑下来了，但资金不到位，还得想办法。

没有钱，龚道辉想办法借钱了。

整个环山公路修了五公里，一直修到"老道庵"。龚道辉本来计划整修一下"老道庵"的，实在没钱就放弃了。他让人把这片遗址圈起来，立了块碑，上面刻上"老道庵"，并把打鬼子那个红色故事也刻上去了。这里算是环山公路游玩的一个景点。这个"点"与自然风景相结合，就增加了历史的厚重感，就有了底蕴。

当年夏天，朱家湾的旅游总算步入了正轨。来的除了隋阳的旅行社外，省城的也组团来了。龚道辉让村主任胡家鲜把宣传资料送到市里大小几十家旅行社，效果还真不错。

朱家湾就像一锅煮开的水，沸腾起来了。

几家饭馆的生意越来越好。夏晨水让夏大柱在路边摆摊儿，摆上猴头菇。徐小月看见了，也让陈芳菲把木耳给她些，她也摆在路边卖。这两人又斗上气儿了，坐在路边有一搭没一搭地说着闲话。见生意还不错，很多人参与进来了。孔明英摆上了小米，还有人拿来山核桃、榛子之类的野果，连懒惰成性的胡健都竖起了木牌子，上面写着"绿色食品大鹅蛋，可以提前预订"，旁边摆一篮子现成的鹅蛋。

一二〇

时光荏苒，热闹了一个夏天的朱家湾，随着秋冬季的来临，也慢慢安静了下来。

随着秋叶的凋零，光着脊背的树干在朔风的抽打下瑟瑟发抖，这一年的冬天好像迫不及待，零零星星的雪花一直不甘寂寞地飘飘洒洒，朱家湾的房屋、山川、河流都被皑皑的白雪拥抱着。人们外出都得套上厚厚的棉衣，双手要么插入裤兜，要么裹在袖筒里，只要张口说话，仿佛小火煮开的水冒着热气。许多村民都窝在家里，尽量不出门。第一书记龚道辉却不一样，他每天都要出去，不出去溜达溜达，他心里不踏实，尤其是近期，他正煎熬地等待着，等待市里开会商讨养老社区的方案，是否可以通过正悬着他的心。

来朱家湾快三年了，第一书记龚道辉总觉得时间过得飞快，好多计划还处在启动阶段，他生怕四年时间一到，他的扶贫工作一结束，那些规划都夭折了，他总盼着时间能慢点走。他这几个月的等待，就像几年一样长。怎么这么慢呢？有时急得像热锅上的蚂蚁，晚上睡不好觉。

第一书记龚道辉琢磨着做点啥事，总比这么干等着强。他这个人闲不住，坚持三天给方丫丫的奶奶扎一次针，特别是多年植物人的陈大为经过他一年多坚持不懈地治疗，现在不仅能够生活自理，而且还能下地干一些轻活了，因此他对方丫丫奶奶的治疗更加尽心了。虽说上次省卫健委的人来村里故意找茬，闹得警察都出面了，但正义的力量还是战胜了邪恶。据说省上主管卫生的副省长得知情况后，对卫健委主任提出了严厉批评，严禁今后再出现打压中医的非理智做法。所以，龚道辉的信心更大了。他坚信，只要不懈地在穴位上刺激方奶奶的神经，早晚有一天，方奶奶也会站起来。

龚道辉驻村爱转悠的习惯一直没改，他觉得转悠是接触村民、熟悉村民、发现问题、解决问题的一个卓有成效的好方法，还利于身体健康。他有时去夏晨水的长毛兔院子里看看，带着夏晨水到几个长毛兔养殖户家走走。他用扶贫资金给孔明英和方丫丫家买了几只羊，方刚养了几个月不养了，他把羊给了孔明英，说孔明英在山顶上住的时候都放羊，有经验。方刚除了地里的农活外，还是专心养长毛兔。孔明英如果去陈芳菲的大棚里干活，就把羊拴在山坡上。龚道辉有时也去看看孔明英养的羊。去年初冬，孔明英的一只母羊生小羊羔，龚道辉专门带了些棉絮，送到孔明英的羊圈里，孔明英非常感动。

重阳节那天，第一书记龚道辉给村里六十岁以上的老人送红包，一人一百块钱。钱不多，都是从第一书记经费里省出来的。老人们很高兴，握着第一书记龚道辉的手久久不愿松开。第一书记龚道辉说："一点儿心意，别嫌少啊！"夏大柱逢人就说："这些年来村里的工作队不少，大部分都是蜻蜓点水，敷衍一下就走了，只有龚书记是实实在在为朱家湾干实事。活了大半辈子，真还没见过这么好的驻村干部。"一提起龚道辉，发爷更是激动难掩，开始一起住的时候，龚道辉经常给发爷端洗脚水，现在住到村委会了，只要做好吃的，就把发爷叫过来一起吃。

一二一

下午，邱道君来找第一书记龚道辉。刚走进院子里，邱道君就喊上了："龚书记，龚书记！"

第一书记龚道辉以为出了什么事，赶紧走出来，一看邱道君满面春风，笑得合不拢嘴，他才放下心来。

"老兄，还以为公司出了什么事呢？"

"是出了事儿，是出了好事儿。"邱道君笑呵呵的，"昨天公司几个人盘点算了一下，咱青山绿水公司挣钱了！"

"是吗？能挣多少钱呀？"

"这笔生意做完就算出来了，估计能挣二十多万哩。"

第一书记龚道辉说："很好，给村集体创收二十多万元的利润，真不少。"他把邱道君请到办公室，给他倒了杯热水，继续说，"一年的辛苦总算没白费，虽然赚得不是很多，但这只是个开头，往后公司积累了经验，会越来越好的。按照原计划，办公司的初衷就是让村民治病有个保障，现在这笔钱正好能给村民们交医疗保险费。"

邱道君说："公司是您来后提议办的，挣的钱要用在哪儿，您说了算。"

第一书记龚道辉说："不能我一个人说了算。咱还是跟村委们一块儿商量，也得经过村民代表们通过。"第一书记龚道辉跟何晓功通了电话，找来村委几个人开会，让村民代表也参加，先听邱道君把青山绿水公司这一年来的运营情况简单做了介绍了，并让大家看了账目。第一书记龚道辉提议用挣的二十万给村民们投保。第一书记龚道辉说："我走访的时候发现咱村有很多人不投保，虽说钱不多，可对一些困难家庭来说也是负担，这后果很严重啊，万一得了大病住院，没有保险怎么行？所以我提议给村民交保险，不知大家同不同意。"村委们一致认为，公司是龚书记亲自操办起来的，他们当然没意见，几位村民代表也说这个提议很好，相当于给各家各户解决了实际问题。提议通过，邱道君执行，为全村 200 多名村民投保了新农合医疗保险。这样能解决一些因病致贫的问题，也能防止因病返贫。

为巩固合作销售的良好成果，第一书记龚道辉再次到隋阳市炎皇商贸有限公司，专程了解这一年里的销售情况，和张总经理谈了会儿话。张总告诉他小米销售情况非常好，今后可以多收一些。野菜销量不行，可能很多人吃不惯或者不会吃，考虑一下在包装上写明做法功效之类的说明，再完善一下售后服务。试试看吧，看看效果如何。

从炎皇商贸有限公司出来，第一书记龚道辉想回家看看，他有半年没回家了，其间父母住过两回医院，他打过多次电话，人没有回去。还有儿子大伟的事到底怎么样了，他也想见见江院长，两家人坐在一块儿说说，把事情说开说透，也许问题就好解决。他想再做做妻子李琰琪的工作，要是李琰琪不闹，或者支持大伟……他正想着，电话响了。邱道君在电话里语气很急："龚书记你赶快回来吧，要出人命啦！"第一书记龚道辉想再问问什么情况，邱道君的电话已经挂了。他掉转车头就往朱家湾赶。

第一书记龚道辉回去时，村口围着一群人，离很远就听见吵吵嚷嚷的，还夹杂着骂人的粗话。看来他们吵了好几个小时了，从邱道君给他打电话到现在，没消停过。

邱道君发现了第一书记龚道辉的车，跑过去迎上第一书记龚道辉。邱道君已经脸红脖子粗，气得不轻，说话声音很大，语气很冲，他喊道："龚书记，这个公司的经理我不当了，谁爱当谁当去，都是些不识好歹的家伙！"

胡健冲过来，挥舞着拳头说："就不想让你当！"

"龚书记，我们怀疑他贪污公司的钱。"

第一书记龚道辉明白了。他沉下脸来问胡健："你有证据吗？"

"还用证据吗？他儿子邱小强撞人赔人家好几十万，他搁啥赔？肯定从公司里拿钱了。"

"就是，八十多万哩，他拿啥赔？肯定占了公家的便宜。"肖森林父子也跟着嘟囔。

"你血口喷人，咱人穷志不短，我要占了公家一分钱便宜就不得好死！"邱道君跳着脚赌咒发誓。他的脸本来就黑，此时黑得发紫，好像一口气上不来就要背过去似的。

照这样下去，不知会出什么乱子。何晓功去跑招商引资了，不在村里，村主任胡家鲜在一旁劝着，也不起多大作用。大家心里都清楚，这个经理是第一书记龚道辉任命的，都在看第一书记龚道辉的态度。第一书记龚道辉看出来了，说话的虽然只有胡健和肖森林父子，围观的虽然没说话，眼睛里都露出怀疑的神色，那意思再明显不过了，就是和胡健说的一样，怀疑邱道君占了公司便宜，贪了钱。

第一书记龚道辉意识到问题的严重性了，说不好的话这真是个事儿。他快速地动着脑筋，想着怎么快速控制住局面。他看了看胡健，这个人物很关键！他上去拉住胡健，喊道："都别吵了！你们这样怀疑可以理解，但是在没有证据的情况下说出来，这就叫作诽谤，在法律上是要负责任的！既然大家怀疑公司的账目有问题，那咱就马上去查账，胡健、肖森林！你俩一起来，其他人先散了，明天我和邱经理会把账目公开贴在村部宣传栏里，大家都可以去看，贪没贪，占没占，一目了然。"

邱道君把账本拿出来，气呼呼地扔到桌子上。胡健鼻子一哼，说道："账面上能看出啥来？成心贪，谁不会做假账？"

邱道君气得浑身哆嗦，指着胡健想骂，可眼睛一翻突然晕过去了。第一书记龚道辉就在邱道君身边，赶紧拦腰抱住邱道君，直接驾到车上，村主任胡家鲜也跟上来，两个人立马把邱道君送到了镇医院。

在医生的救治下，邱道君终于醒了过来，看着第一书记龚道辉和村主任胡家鲜，眼泪直往出涌，他越想越窝囊。"这一步步走的呀！要是我不那么高风亮节，不让出支书的位置，也不会当这个破经理，不当这个破经理，就不会有这些烂事儿。我邱道君一辈子没受过这窝囊气，也没让人家这么怀疑过！"

第一书记龚道辉说："我知道你是清白的。你安心养病，我回去一定把事情办好，绝不让你在这里边受委屈。"

村主任胡家鲜也说："邱哥你也别把那些话放在心上，胡健那个混球，又不是一天两天了，你跟他一般见识，不值得。"

第一书记龚道辉说："你好好养病，我先回去，把事情解决了再回来看你。"

第一书记龚道辉把青山绿水公司所有的收入和支出账目按月份打印出来，张贴到宣传栏里，然后启用村部的大喇叭，"乡亲们，我是第一书记龚道辉，给咱朱家湾张罗的这个集体企业青山绿水公司，本来是给大伙儿做好事儿的。有了这个企业，咱村就有收益，村集体想干点什么事情，就有钱可以花了。今年公司收入这二十万，给大家买了保险，不也等于给大家分红了吗？等于给每个人分了几百块钱。这只是个开始，往后公司经营有了经验，咱还能多挣些钱。昨天我去市里了解情况，咱们的小米、板栗卖得特别好，以后跟咱合作的炎皇商贸有限公司还要加大收购小米、板栗的数量，明年会挣得更多，除去交保险外，还能给大家再分点钱。我想着照这样发展下去，肯定会越来越好！没想到啊没想到，没想到今天出了这么糟心的事儿。邱道君同志，是咱们村的老书记，为了咱朱家湾更好地发展，建成'美丽乡村'，甘愿让出村支书的位置，我想问问大家，你们谁能做得到？就从这一点上看，他就是个人品德高尚的人！我就是看他人品好，又有能力，才提议让他当咱青山绿水公司的经理，难道他不胜任吗？当这个经理要跟外面的老板打交道，要给咱的农副产品跑市场，要协调各种关系，不是谁都干得了的？今天我明确地告诉大家，我这第一书记早晚要离开朱家湾，以后咱的公司就靠你们自己经营，你们看咱村谁能胜任这份工作？邱道君经理今天提出辞职，不干了。那大家看看谁能干？让那些调皮捣蛋，没有真本事的人来当这个经理，你们放心吗？我觉得除了邱道君，咱村没有人能胜任这个经理！公司的账目是公开的，如果还有人怀疑，随时可以来查账，或者来监督，我们绝不推诿，但是谁都不能在没有证据的情况下瞎说，伤人！如果邱道君有个三长两短，在法律上是可以追究相关人员的罪责的。乡亲们，于情于理，咱都不应该怀疑邱经理，我希望以后这种事情不要再发生。"

第一书记龚道辉这次没给胡健留一点面子，就在当街，当着好多人的面，第一书记龚道辉说："胡健，我还真小看你了，你这一出一出的，真让人刮目相看啊！这样吧，给你两条路，一是你当青山绿水公司经理，二是你惹的事你自己解决，去医院给邱道君经理认错道歉。"

"凭啥给他道歉？我还不能怀疑了？让我当，我就当，有啥了不起的。"

"不行，不能让他当。"人群里七嘴八舌地叫着，"龚书记，还让邱道君当吧，我们都没意见。"

"对，我们信得过。"

"好，既然这样，那就只有第二条路可走了，胡健，你要不去给邱道君道歉，那就等着被起诉吧，诽谤罪轻则赔偿，重则判刑。要是邱道君的儿子邱小强回来追究你，你就受着吧。"

这句话一出口，胡健当场就傻眼了。他就是再愣，邱小强可不是好惹的，他知道邱小强的厉害。胡健当时脑袋一耷拉，不再说话了。徐小月拉着胡健，"孩子，你明天去给邱经理赔个不是，往后别再惹事了。"说着话，眼泪就出来了，一边抹眼泪一边劝胡健。这时，陈芳菲也从大棚里赶了过来，问明了缘由后说："表哥，我陪你去，大丈夫敢作敢当，知错就改，没什么丢人的。"

第一书记龚道辉坚持让胡健去给邱道君道歉，不是故意为难胡健，他有他的想法。这样做，是想杀杀胡健的威风，他是朱家湾的刺头，不把他降服，凡事都难开展。另外，他也给邱道君找个台阶，让他以后踏踏实实地安心把公司经营好，毕竟这个公司能长远地为朱家湾创收，一定不能让公司垮下去。就像他说的，这个经理，朱家湾没有比邱道君更合适的人了，交到邱道君手里，第一书记龚道辉放心，这个人有责任有担当，办事能力又强，绝对能管理好青山绿水公司。

带胡健去之前，第一书记龚道辉给邱道君打了电话，跟他说了这一个下午发生的事情，希望他给自己点面子，接受胡健的道歉，继续管理公司。邱道君是个明事理的人，他一听这情况就知道第一书记龚道辉做了不少工作，怎么好意思驳回第一书记龚道辉的面子呢？再说，他也没想不当这个经理，支书让出去了，再让出经理的位子，那他在朱家湾就是闲人一个了，更没人把他当回事了。他躺在医院里还在想，要是自己还是支书，那胡健敢这样跟自己说话吗？人走茶凉啊，有的人是势利眼啊！他辛辛苦苦一年，到头来落了个里外不是人，叫谁都伤心、委屈，村主任胡家鲜在他旁边说了很多话，他基本都没听进去。现在第一书记龚道辉给他搭了个台阶，再怎么难受，也得顺着台阶走。这么一想，邱道君心里好受多了。

第一书记龚道辉拉着胡健去给邱道君道歉，顺便接回了邱道君。回到村里之后，肖森林父子也来到邱道君家，给他赔不是。邱小强听说这事之后，从市里回来，非要找胡健他们算账去。邱道君劝他别再惹事了，再瞎折腾，让人家龚书记怎么看咱？人家把事情解决了，就让这事过去吧，往后多注意点就是了。邱小强现在不像过去那么冲动了，经历这些事情之后也成熟了不少，不光知道攒钱还债，他爹邱道君的话他也能听进去了。他有时一想起他爹那么大岁数，给人家下跪求饶的一幕，心里就像被人拧了两把似的疼痛。打那时起，他真佩服起邱道君来，老爹是真硬气，堪称大丈夫，能屈也能伸。要不是那一跪把人家打动了，他现在还在服刑哩。

邱小强说："行吧，这事就这么过去了。以后你把账整明白点，时不时给大伙儿看看。"

邱小强这话提醒了邱道君，他说："对，应该一个月公开一次账目，让大家明明白白，以后就这么办。"

一二二

　　转眼到了阳历新年，第一书记龚道辉安排人专门买了米、面、油，拿上挂历，带着村书记何晓功、村主任胡家鲜、经理邱道君，一行四人到贫困户家中慰问。

　　当时寒风呼啸，雪花翻滚着身躯直往人的脖子里钻。贫困户看到第一书记龚道辉几个人送来的米、面、油和挂历，心里都热乎乎的。最高兴的是方刚和徐小月两家，方奶奶拉着第一书记龚道辉的手，眼睛里像看到亲人一样，全是温柔和谢意。"龚书记，你看，我的腿可以动弹了。"方奶奶把被子掀开，穿着衬裤的腿可以左右摇摆了。"好啊！方姨，估计我回隋阳之前，你就可以下地了。"丫丫在一旁高兴地跳着，"太好了太好了，我奶奶有希望下地了，谢谢龚叔叔！"龚道辉摸着方丫丫的头，"奶奶可以下地了，丫丫就可以专心读书了。"不善言辞的方刚激动地说："我们一家人都感谢龚书记的大恩大德，免费给我妈治病，让龚书记费心费力。"

　　在徐小月家，陈大为一把抱住第一书记龚道辉，满脸憋得通红，说话突然利索了："龚书记，谢谢您！您不仅救了我，还救了我全家。"龚道辉拍拍陈大为的肩膀，笑着说："不用谢我，应该谢你的夫人徐小月，是她积极配合我的治疗，才让你醒过来，这才让你站了起来。"

　　恰在此时，村南的刘厚淳过来还扁担，听到陈大为说话不再结巴了，拉着陈大为的手说："恭喜大为，终于彻底好了，喜事啊！你们等着我。"说完快步走出了陈家院子。不一会儿，刘厚淳抱着一盘鞭炮走进陈家院子，点着鞭炮就放起来了，鞭炮声响彻朱家湾的云霄。

　　朱家湾有个习俗，谁家遇到喜事，都会放一挂大鞭炮，以示祝贺。随着陈家大院炮仗的脆响，许多村民聚到陈家，陈大为抱着双手向龚书记和刘厚淳作揖，也向看热闹的村民们作揖，"谢谢龚书记，谢谢刘大哥，谢谢大家。"大家看到陈大为面色红润，说话不再吞吞吐吐，都鼓掌庆贺。陈芳菲拿着一盒烟，不停地给村里人散发，场面十分感人，十分喜人。

　　"我的娘生了我，龚书记救了我。没有龚书记，就没有我的今天，龚书记的恩德，我一辈子都还不清。龚书记不厌其烦地为我扎针，为我按摩，直到我醒过来，直到我站起来，直到我说话不结巴，龚书记还分文不收。今天我当着大家的面，给龚书记磕三个响头，表达我的感恩之情。"陈大为说着，扑通就给龚书记跪下了，龚书记立马把陈大为拉起来，"万万使不得，万万使不得。"陈大为站起来继续说道："感谢厚淳大哥的鞭炮，我们老陈家终于有盼头了。自从龚书记来咱村后，村里发生了翻天覆地的变化，大伙儿告别了煤油灯，告别了茅草房，告别了泥巴路，告别了几代人的穷日子。我提议，大伙儿给龚书记鼓掌。"村民们齐呼："好！"热烈的掌声响了好久好久。

　　龚书记说："谢谢大家，谢谢大家的认可。大家的掌声就是动力，我龚道辉在朱家湾一天，就会为朱家湾做一天事，绝不说半句假话，我已经把朱家湾当作我的第二故乡了。下一步，计划把乡村旅游搞起来，把养老机构建起来，再把茶叶园、板栗园、奶牛基地等等，一件一件地落到实处，明年是我来朱家湾的最后一年，我相信在村委会的领导下，在全体村民的共同努力下，朱家湾的未来会越来越好！"

一二三

万物生长的季节，朱家湾的老老少少都忙乎起来了。除正常的农活儿外，各自根据自家的实际，按照村委会的统一协调，划出可行的位置，有条不紊地各自忙碌着。以前那种靠天吃饭，顺其自然，或在朱家湾消极等待，或进城找出路，另辟蹊径，都是为了改变生活的窘境。自从第一书记龚道辉来朱家湾后，朱家湾的山还是以前的山，朱家湾的水还是以前的水，朱家湾的人还是以前的那些人，但山变了，山上有了公路，有了种植的多样化，有了养殖的多个基地；水也变了，有拦水坝，有清洁的河水，有漂流娱乐项目；人也变了，思路开阔了，不再靠天吃饭了，在城里谋生路的见在山村也可以致富，都陆陆续续回来了，加入到奔小康的队伍中来了。

村南头的刘厚淳在后山松坡边建起了奶牛养殖厂，场地虽然不大，只有六头奶牛，但由于购买的是成年奶牛，第二个月就开始产奶，万福镇一个牛奶销售户听说刘厚淳的奶牛吃的是天然草料，还配有纯粮食，没有任何添加剂，没有犹豫就跟刘厚淳签了销售合同。每天的鲜奶人家来车拉走，不用刘厚淳家发愁销售。看着六头奶牛黑白相间的皮毛光鲜滑溜，产的奶醇香白净，牛圈里没有臭烘烘的牛粪味，买家录制成短视频，在店门口循环播放，迎来镇上许多人排队购买。

邱小强有了上次撞人的教训，变得比以前成熟多了。他回到原单位上班，利用休假时间，回来包了一片地，全部种植了板栗。板栗树长势喜人，一片片巴掌大的树叶在微风中翩翩起舞，像是对来人呱唧呱唧地鼓掌。"希望它们早点挂果，早点还清我的欠账。"邱小强对村书记何晓功说。

村里的刺头肖森林看到大家各显神通，都在通过辛勤劳动，想办法改变贫困的命运，他也跃跃欲试，想做点事情。他找到第一书记龚道辉，说了自己的想法。龚书记鼓励道："好啊！肖森林果然睡醒了，草莓大棚好。草莓一年四季都可以挂果，特别是每年冬季和开春，都能卖个好价钱。"村里人听说不争气的肖森林要建草莓大棚，很多人嗤之以鼻，就连村书记何晓功也不赞成给肖森林划地。"一个人不会游泳，给他十个游泳池，也是白搭。对这种刺头不能心慈，水坝那块地是好地，给了肖森林，就是糟蹋那块地。"第一书记龚道辉接过村书记何晓功的话茬："肖森林是不受人待见，惹了不少事，但在致富的路上，我们不能落下一个人。对肖森林，我们该帮扶的还得帮扶。我们都相信他一回吧。"在第一书记龚道辉的主张下，村里在拦水坝跟前给肖森林划出了一片地，不到一个月，肖森林的草莓大棚就搭建好了。为防止肖森林创业失败，龚书记特意带着肖森林到临近县有规模的草莓大棚参观、取经，购买了草莓苗。肖森林投了钱也怕钱打了水漂，对草莓格外上心，专门在大棚外盖了间草屋，白天黑夜守着大棚，没想到第三个月，草莓就开始结果了，第四个月就到万福镇集市上销售了。

一二四

　　秋天到了，朱家湾漫山遍野的树叶变得五彩斑斓，红的黄的绿的，点缀着岭上岭下的沟沟岔岔，坡坡坎坎，朱家湾秋天的美一点不比春天逊色。天高云淡，万里无云。置身于朱家湾，有一种仙境的享受。躺在草丛里，树、草的香味裹着充足的氧气，在你的味觉里抚摸；斑鸠的咕咕声，喜鹊的唊唊声，还有山鸡振翅的飞翔声，在你的听觉里徜徉；多种树本和草本植物展露着不同的红——大红、粉红、紫红、绛红、朱红、嫣红、深红、橘红、杏红、桃红、玫瑰红等；不同的黄：藤黄、石黄、鹅黄、鸭黄、雄黄、杏黄、姜黄等；不同的绿：豆绿、橄榄绿、茶绿、葱绿、苹果绿、苔藓绿、水晶绿、松石绿、孔雀绿、墨绿等；在你的视觉里万花筒般地闪现。你不得不佩服大自然的魅力，难怪久住大城市的人都向往与田野山川高度融合的生活，原来山水的魅力并不比高楼大厦差。所以，朱家湾的旅游逐渐兴旺了起来。

　　夏晨水种植的药材也到了收割的旺季。龚书记帮忙联系的药材收购公司嫌路远，量小，派车来拉成本太大。夏晨水跑到市里邮局打听，看能不能通过邮寄的方式。邮局工作人员算了算邮费，夏晨水觉得不划算。走到车站时，他突然想到用大客车捎货，给人家运费，这样算下来比较合适。他雇了一辆皮卡，把药材拉到车站，他和药材一起上了去市里的大客车。按照龚书记留下的联系方式找到药材收购公司，人家说品质差了点，本来要降价收购的，看在贫困村的分儿上，人家说价钱不变了。但要是质量太差的他们不要，告诉夏晨水往后种的时候多注重品质，争取质量上能够过硬。夏晨水连连点头，表示感谢。临走时收购商还告诉他，黄芪不能重茬，种过的地就不能再种了。夏晨水心里热乎乎的，虽然这些知识在龚书记送他去培训时学过，可人家那么热心，他打心底里感激。

卖了药材有了钱，他去商场买了个戒指，三千多块钱。他打算回去后向陈芳菲求婚。

药材从种植到收割，还算得上顺利，但收益比预期的要差很多。头一年缺乏经验，药材比较娇贵，能有点余头就不错了。一年来，夏晨水雇的人天天在地里忙乎，刚种的时候缺水，他得想办法浇水。有的地方缺苗了，他安排又及时补齐。但也有不尽如人意的地方，如施肥后培土不到位，有的地阶肥力还欠火候。他虽然在农村长大，但读书十几年，农活接触不多，种植药材的经验还很欠缺。夏大柱观察了一阵子，替他总结了一下："这药材啊也没啥大不了的，跟种谷子差不多，也要间苗、薅草、施肥、灌水，哪一样都不能少……"

夏晨水让爹说说种谷子怎么种。夏大柱说："地里不干不湿时下种，苗长到齐脚脖子，间苗，缺苗的地方及时补上。地里长草了就薅草。还有肥料，底肥一次，追肥最少一次……"

夏晨水听爹说得头头是道，就说："明年你给我把把关，我的重点精力还是放在长毛兔和野猪上。"

夏大柱后来有事没事就往地里走，什么时候要干什么，他掐得很准确。朱家湾可以干农活儿的人，好像越来越少了，很多人跟夏大柱年龄差不多，有的比夏大柱的年龄还要大一些。需要干活儿时就找他们来，工钱按天算，一天一百。老人都很乐意来，收益看得见摸得着。夏晨水在他们眼里是个大能人，不仅长毛兔养得好，野猪也养得膘肥体壮，现在的药材也种植成功了。村里许多人说："还是有文化好，肚子里有墨水就是不一样。看样子他的大学没白念。"尤其是几家贫困户，在夏晨水的带动下，先后都挣到钱了，家里日常开销都有保障了。他们十分感激老夏家这小子。

一二五

时间是检验许多事情的试金石。随着日出日落，岁月更迭，慢慢地，徐小月对夏晨水的态度悄然发生了变化。

夏晨水卖完药材回家，到村口时，陈芳菲截住了他。陈芳菲诡秘一笑说："夏晨水，有两个消息，一个是好的，一个是坏的，你先听哪一个？"

夏晨水一把刹住摩托，双脚支地说道："当然是好的呀！"

"我爹妈不像以前那样，坚决反对我俩在一起了。"

"是吗？那太好了，那咱们马上就结婚。坏的呢？"

"坏的就是，我妈还是坚持要十万块钱彩礼。"

"有了这个好消息就是好事，那坏消息也就无所谓了。我这几天碰到她，可以跟她谈谈，看能不能打点折。"

陈芳菲嗔怪地说："你现在真的成了生意人了，干什么都砍价，连娶媳妇这样的大事都要砍价呀？"

"我能理解你妈的心情，好不容易把你养大，养成了人家的媳妇，怎么说也得收点抚养费啊！再说，这些年你妈服侍你爸，没少受罪。我们也得理解老人。"

"嗯，还算有良心的男人，说明我还没有看错人。"

"没一点担当，就不配做陈芳菲的男人。"夏晨水说着就抓住陈芳菲的胳膊往跟前拽，被陈芳菲甩开。

"大白天的，不要被人看到了嚼舌根儿。我问你，你还真打算给我妈十万的彩礼吗？"

"不给怎么办？我不能被你妈吓唬住了，对吧？只是现在还没那么多闲钱，等我的几头野猪出栏了，再凑凑就够了。"

"咱这地方还是穷，十万彩礼是有点多，我觉得不太合理。"

"要不说呢，这就叫恶性循环。地方穷，没人愿意嫁过来，就可劲儿要彩礼，越要男方家就越穷了。这么循环下去不是什么好事。"

"你这话跟龚书记说的一样。龚书记也说咱们这儿应该移风易俗了，应该把高价彩礼的风俗移走。"

"真的吗？龚书记真是细心，连这多年的习俗都晓得。"

"龚书记善于调查研究，他还知道咱俩的事儿哩。"

"那好，我抽时间找他取经，让他给我出出主意。"

第一书记龚道辉找徐小月之前，先去看了看胡健。

胡健现在有事干了，每天去河里放鹅。鹅在河里游累了，跑到岸上叼草吃。胡健说："吃也不好好吃，那大扁嘴一伸，一甩，草就在嘴里留不下多少了。"

第一书记龚道辉说："鹅的脖子细，挑食吃很正常。"

"龚书记说得有道理。我就喜欢它这大长脖子。"

第一书记龚道辉说："你要专心致志地养，这些鹅不会让你失望的。你知道我找你干什么吗？"

"不就是看看我的鹅养得怎么样吗？"

第一书记龚道辉说："不完全是。我要是问你，最近，你玩牌了没有？"

"没有、没有。"

胡健把头摇得像个拨浪鼓。"我哪有空玩啊！让这些鹅把我拴得

356

紧紧的，哪也去不成了，咱朱家湾现在没有闲人了。"

"这就对了，你看咱朱家湾这些人的干劲儿，谁也不想太落后，日子过不好会被人耻笑。你也好好干，彻底戒掉玩牌的恶习，等你的鹅挣了钱，说不定媳妇会找上门哩。"

这句话说到胡健心坎里了。胡健叹了口气说："不想那事儿，都是我不好。"

"你的闺女今年多大了？你不想她吗？"

"想有什么用？离婚后她就跟她妈走了，她妈又嫁人了。前两年，我还想去看看她，可兜里没钱，去了也不管用。这两年也不怎么想了。"

"大人离了婚，苦的是孩子呀！"

胡健眼睛里噙着泪花，不再说话了。

第一书记龚道辉说："这事儿确实怪你。你要是不离婚，媳妇能带走孩子吗？当然，现在说这些已经没用了。我就是希望你以后好好做事，好好过日子，有合适的再娶一个，有个女人管着你，你就不想着摸牌了，就能存下钱。"

"龚书记，你咋这么了解我呀？我就是存不下钱。我兜里要是有点钱，就像有只兔子在兜里跳来跳去一样，总想把它拽出来宰了，熬汤吃肉。"

第一书记龚道辉笑了。对这个胡健的事儿他早有耳闻。前不久镇里的扶贫干部来时，就提到过这个人。镇里那个来扶贫的干部是个刚毕业的大学生，大家都叫他小马。小马信心满满地来朱家湾参加精准扶贫工作，听村主任胡家鲜说起胡健的情况，村主任胡家鲜说朱家湾最难啃的骨头就是这个胡健，小马就说他试试，看能不能啃动这块骨头。

小马找到胡健，一番苦口婆心地游说，说帮他发家致富，胡健以为给他钱哩，非常高兴，一个劲儿地夸小马人好。当小马说帮他栽枣子树，给他买树苗时，胡健不说话了。小马心想等把树苗买来，帮他栽上，他就会好好伺候了。

小马做事也挺利索，第二天就自己花钱买来树苗，雇车把树苗一直运到胡健家门口，大声招呼胡健出来卸车。

胡健一点高兴的表情都没有。胡健不屑地说："这么多树苗往哪儿栽呀？"他拿了几棵，手上沾了些土，往地上一丢，转身要走，小马赶忙拦住他，说："你别走，帮忙把树苗搬到院子里吧。"他瞅小马一眼，不情愿地说："我嫌麻烦，你自己慢慢干吧，也没多少。"小马不知说什么好，只好找胡健的姨——徐小月，一起把树苗抬到胡健家院子里。

临走的时候小马叮咛说："记住，明天就栽上。"

胡健看着树苗回复了一句："这么多，往哪儿栽啊！"

小马瞅了瞅胡健，说："山坡上，地里都行啊！"

胡健说："山坡那么远，怎么栽？地里栽成树了，怎么种粮食？"

这个胡健还真把小马给问住了。这个问题小马没仔细想过，小马觉得这事儿就是好事，等树苗长大了，结了枣子，卖了钱他就不这么说了。小马咬着牙说："你不用发愁，明天我来帮你栽。"

胡健坚决反对往平地里栽。小马扛着树苗，跟胡健一起走上山坡，选了一片相对平坦的地方。放下树苗。胡健挖坑，小马栽。胡健累了，小马就接过镐来，自己刨。自上初中以后，小马没再干过农活，一镐一镐挖下去，感觉很吃力，一会儿就满头大汗了。小马真有点儿后悔了，干吗自讨苦吃，帮这种人呢？想想胡健的固执劲儿，还有那懒劲儿，真是透心凉。可看到胡健家一贫如洗时，小马又觉得这么做值得。小马手里干着活，思想不停地打着架，一天下来累得腰酸背痛，手上打了好几个水泡。

后来邱道君也带了两个人来帮忙，折腾了近两天，总算把枣树苗栽完了。小马长出一口气，以为大功告成了。胡健却说："这山坡上，怎么浇水？"小马这才想起来，栽树需要浇水啊！一时间，小马哭的心都有了，刨坑的活儿还能凑合干，挑水？这山坡上，打死也干不动啊！想来想去，也找不到能干这活儿的人，小马无可奈何地苦笑着，难道这树都白栽了？胡健说："我有个办法，让牛驮。"但随后，他又说他可没钱找牛。小马说："我付钱，你去请吧。"

第三天，龚书记出面，找到方刚，借用方刚的大黄牛驮水，虽说磕磕绊绊的，总算把水都浇上了。小马这才彻底放下心来。看着山坡上那一片枣子树苗，小马觉得有希望了，似乎看到枣子开花了，结果了，卖钱了，看见胡健终于挣到钱了，知道感谢自己了。回到镇里，他给镇领导汇报了这事。镇领导也很高兴，在会上说过段时间来朱家湾看看小马的成绩。

一个月后的一天，镇领导准备带着镇里的几个班子成员到朱家湾参观小马帮扶的果树。小马既兴奋又紧张，赶紧给村支书何晓功打电话，告诉他领导要来看看胡健家的枣树。村支书何晓功在电话里只说了一句，"你还是自己先来看看吧。"小马撂下电话就赶到朱家湾。何晓功正在村口皂角树下面等着，见了小马就叹气。你那枣树啊，没活几棵！小马爬到坡上去看，眼前是一棵棵枯干的枣树小苗，小马气得直抹眼泪。

出了这个事儿，镇里都知道朱家湾有个胡健了。不过后来镇里也研究过，小马的做法有些不切实际，朱家湾山坡上缺水，栽枣树造价太大。再说枣树需要勤快人侍弄，浇水剪枝打药，哪一样都需要有耐心，给因懒惰致贫的胡健栽枣树，确实不太适合。

第一书记龚道辉想着这件事，看着眼前这个三十大几的男人，心里研究着对策。

看人啊，不光看他说了什么，还要看他做了什么。倡导一夫一妻制的康有为，先后娶了5个老婆。为了改变性能力，据说他花大价钱请西医把大猩猩的睾丸移植到自己身上，因为排异的反应，不久就命丧黄泉。有时一个人说的，与他做的恰恰相反。这个从小在穷苦环境下娇生惯养出来的胡健，最能触动他灵魂的是什么呢？或者说他最需要的是什么呢？

第一书记龚道辉目不转睛地盯着胡健，胡健有点发毛，摸摸脸颊，又摸了摸头发，怯怯地问道："龚书记，你看啥呢？我脸上不干净吗？"

第一书记龚道辉笑了，忽然就找到开门的钥匙了。胡健这个人挺注重外表，注重形象，这说明胡健有向往美好的愿望。如果胡健身边有个他喜欢的能管得住他的女人，或许就能改变他。对，他就需要一个这样的女人。想到这儿，第一书记龚道辉说："胡健，你把这鹅养好了，挣了钱，再把赌博也戒了，我就帮你介绍个好对象。"

胡健挠挠后脑勺，脸上显出不自在的表情，不过倏忽就过去了。他大声问第一书记龚道辉："真的吗？那你说话可得算数啊！"

第一书记龚道辉说："君子一言，驷马难追。"

胡健爽快地说："好！"扭头就走了，走进一群鹅里，腰板挺得直直的。

第一书记龚道辉看着他的背影，突然想起一件事，他又喊住胡健："胡健，我差点忘了，今天来找你还有件事儿，就是你表妹陈芳菲嫁人的事儿，你能不能跟你姨妈徐小月说说，别让她要那么多彩礼钱了，时代不同了，靠嫁闺女多要男方的钱，说出去也不太好听。"

胡健犹豫了一下，说道："我试试吧。"

一二六

江院长再次打来电话，第一书记龚道辉这次坐不住了，跟村里交代了一下，不得不回去了。

江媛媛跟龚大伟闹僵了。媛媛坚决反对大伟去农村，大伟不接受江院长给他安排的市委工作，非要自己去农村闯一闯。两个年轻人吵了好几天，老江受不了了，他又没啥好办法，就给龚道辉施加压力，要他无论如何要回隋阳一趟，劝劝儿子大伟，别让大伟去农村当村官，走一条艰辛的弯路。

龚道辉觉得这事再不能拖了，正好朱家湾养老机构的审批也一直挂在心上，这一趟应该是公私兼顾。他把工作给村书记何晓功交代了一番，就回到了隋阳市。

李琰琪这次见了他不像以往那样居高临下，也可能是龚道辉上次病了一场，引发了李琰琪的怜悯之心，也可能是李琰琪有求于龚道辉。她见了龚道辉就抹眼泪，龚道辉说："我活得好好的，你见了我就哭，咒我吗？"

龚道辉不说还罢了，这一说仿佛戳到了李琰琪的痛处，李琰琪竟然"哇"的一声哭了。"你上次回来，大伟跟几个同学出去逛了，你们连面都没有照。你的身体那样了，随时都有危险，叫你写个申请，让组织另外派人去，你一根筋，还要硬扛。老的老的，让我不省心。

小的小的，让我呕不完的气。大伟跟媛媛的婚事，严重影响到我这次评职称。"

还真让龚道辉猜对了，大伟跟媛媛的关系，不仅影响到两家的关系，还直接影响到李琰琪的职称晋升。江院长是隋阳市医院的党政一把手，可以说在隋阳市医院是一手遮天，他一句话就可以决定李琰琪的命运。龚道辉理解妻子，由于这些年她个性太强，与龚道辉的婚姻并不是很幸福，只是因为有大伟的挂牵，才没有走到尽头。她希望大伟留在隋阳，不仅可以每天回家，还可以跟媛媛经常在一起，对自己职称的晋升也是变相的助力。她这个想法没有错，龚道辉十分理解李琰琪，她担心儿子当村官吃苦受累，担心儿子与媛媛的关系从此冰冻。"琰琪，你的想法没有错。我尽量支持你，让儿子留在市委上班，继续保持好与媛媛的关系。这是皆大欢喜的结果。不过，儿子也不是三岁的孩子了，他有自己的思想，我也不能用父亲的强制力，干涉儿子对未来事业的选择，等他回来了，我会好好跟他谈谈的。"

江院长听说龚道辉回隋阳了，下午就来找他。他进屋没有半点客套，直截了当地问龚道辉："老龚，你怎么打算的？对大伟是啥态度？对他和媛媛的婚姻有什么想法？他俩一起长大，我是真心希望他俩能走到一起。咱们是几十年的老朋友了，相处这么多年，脸都没红过。大伟的工作，我都打好招呼了，让他在组织部门上班，你在市政府上班，知道在机关工作是多么的不容易，好几个领导的子女都安排不进来，好在大伟条件够了，我下了很大的功夫才把事情办成。你的儿子不但不领情，还要执意去当什么村官，你去朱家湾这几年，其中的辛苦是最有感受的。你的现身说法，对他的影响将会起到决定性的作用，希望你配合我们做好大伟的工作。"

"你先喝口水，我的大院长。你的一阵机关枪把我都打晕了，你让我好好想想。"龚道辉把茶水端给江院长。

江院长接过茶杯刚喝了一口，有人敲门，李琰琪把门打开，见是院长夫人，连忙笑脸相迎地说："哎呀，真是贵客，快进来。"

"听说老江来你们家了，我就赶了过来。"

"欢迎欢迎，晚上我请客，一起坐坐。"龚道辉站了起来。

"哪里让你请客，你从朱家湾回来了，我给你接风。"江院长大手一挥说道。

"谁请客无所谓，主要是我们好好聚聚。"龚道辉说。

"老龚回来就好，大伟肯定听你的。我的想法，大伟到市委上班后，国庆节就把两个孩子的婚礼办了。"

"好，好。我没意见。"李琰琪一百个赞成。

两家人饭毕回家的路上，李琰琪问龚道辉："你有办法做通儿子的工作不？"

"我尽力试试吧。这小子从小主意正，做他的工作很难。"

"不难我叫你回来干啥？你把吃奶的劲儿拿出来，只要说服他就行。做通了，我把你伺候得好好的，做不通，别想碰我。"李琰琪看龚道辉的眼神好像有点淫邪。

"咋还软中带硬呀？你知道的，我是服软不服硬的主。再说了，去农村锻炼也不是啥坏事，他俩结婚了，短期内两地分居，也没有啥大不了的。"

"好你个龚道辉，刚才吃饭的时候，你咋不说出来？你是诚心跟我过不去啊！"

"两家人好不容易聚一聚，我要是那样一说，江院长那狗脾气，不得把房顶捅个大窟窿！"

李琰琪在一旁抹眼泪，"没见过你这样当爸的，不为孩子好，还顺杆儿爬，把儿子往外面推。我今天就给你画一道红线，你做不通大

363

伟的工作，儿子跟媛媛的婚事要是黄了，我就跟你离婚。你知道我的性格的。"

"你让我再好好地想想，儿子马上回来了，我得找个说服他的充分理由。"

"那好吧。"李琰琪去了卧室。

不一会儿，龚大伟哼着小曲儿回来了。看到龚道辉书房的灯亮着，大声叫道："爸，你回来了！"声音中带着惊喜。

龚道辉几个月没见到儿子了，看到龚大伟明显瘦了，也黑了，龚道辉惊讶地问道："大伟，你怎么又黑又瘦了？"

"黑是晒的，瘦是被逼的。"

"谁逼你了？逼你啥了？"

"老娘逼我，不准到乡下当村官。媛媛逼我，到组织部上班，国庆节把婚结了。"

"这没啥不好啊！组织部是多少人梦寐以求的单位，能去，为啥不去呢？结婚也没说不好啊！男大当婚，女大当嫁，这很正常啊！"

"爸，你在市政府上班，朝九晚五的，上班一杯茶，多清闲的，你为啥要申请到全市最贫穷的朱家湾去当那个第一书记？"

"你这个臭小子，还将爸爸一军。爸爸 40 多岁了，想借这一国家战略，去闯一闯，一来给农民做点好事，中国的农民实在是太苦了，中国的历朝历代，都离不开农民的支持。解放战争，没有农民的大力支持，中华人民共和国不可能成立。三年自然灾害，农民勒紧裤带给苏联还债，很多农民吃树皮吃红土，后来活活饿死。20 世纪 70 年代，中国城市就业压力几乎到了崩溃的地步，国家一声令下，知识青年上山下乡，是并不富裕的农民张开双臂接纳了城市的学生。改革开放先从农民包产到户开始，城市基础建设的发展也是靠农民工辛勤的血汗浇灌出来的。大伟啊，于情于理，我们都亏欠农民，农民应该得到回报。我去朱家湾，也是想帮帮农民，让他们早点走出困境。二来是爸爸这一生不想留下遗憾，想最后奋斗一把，也给咱老龚家挣点颜面，压压你妈那眼头，也给你做个样子。爸爸跟你不一样。"

"咋不一样？我也不是想在农村锻炼锻炼，为以后有个更好的发展吗？"

"儿子啊！现在大学生多如牛毛，就业环境越来越恶劣，媛媛他爸托人把你安置到组织部，费了多大劲儿，你知道吗？"

"知道不容易。"

二人正说着，李琰琪推门进来，"大伟，爸妈把你养大容易吗？你现在大学毕业了，也算成功了一半。今后人生的路还很长，怎么走主要靠你自己，但爸妈比你年长20多岁，见的世面，走过的路，肯定比你多得多，爸妈都是设身处地为你着想，媛媛的爸妈，包括媛媛，也都是为你好。你可不要辜负我们的一片好心啊！"李琰琪说着，眼睛的泪花扑闪着。

"妈，听到了。"

"儿子啊！爸爸知道你是个有理想的孩子，这一点我很欣赏。爸爸给你个主意，既可以实现你的愿望，又会让爸妈和媛媛，包括媛媛的爸妈都会满意。"李琰琪站在龚道辉后面，用手捏了捏龚道辉的肩膀，像是在给龚道辉加油。

龚道辉明白李琰琪的意思，以往教育大伟时，李琰琪就是这么做的。

大伟疑惑地盯着龚道辉，"爸爸还有这么高明的办法，让大家都满意？"随手端起茶杯递给龚道辉。

龚道辉吹了吹上面漂浮的茶叶，呷了口茶水，慢条斯理地说："要不说，姜还是老的辣，爸爸的官虽然不大，但也在官场摸爬滚打了十多年了，多少还是有些经验的。你这件事这样处理，你先到组织部报到上班，这一步很关键，首先是有了正当的职业，然后考虑当村官的事，不影响你去农村锻炼。走一步说一步，先把第一步走稳。如果你不去组织部，先到乡下当村官，往后再想回到组织部，有可能就是老虎吃天，无处下嘴。目前情况下，跟媛媛不要提当村官的事，她爸妈想让你们国庆节结婚，你完全可以答应下来。结婚跟当村官不矛盾。"

"你爸的这个主意好，可以说是万全之策，没有比这更好的了。"

"儿子啊！按我说的做，你跟媛媛的矛盾没有了，你跟爸妈的矛盾也没有了，你跟媛媛爸妈的矛盾也没有了，是不是皆大欢喜啊？"龚道辉瞅着大伟的眼睛，等待大伟的回答。

"爸妈的意见我可以采纳，但有一条我说清楚，上班一段时间后，我申请下乡去当村官，组织部的职位保留住，你们不得干预我。如果你们答应我，我下周就去组织部报到。"大伟总算没有让龚道辉和李琰琪失望。

这个晚上，李琰琪兴高采烈了小半夜，龚道辉也是高兴得心潮澎湃……

一二七

今晚的亢奋，龚道辉十多年没有过了。去了趟洗手间，龚道辉回到床上，看到李琰琪怪笑地瞅着自己，他突然感到余情未消，一把将李琰琪揽进怀里，心里好像燃着一团小火，火苗燎来燎去，李琰琪像一尾瘫软在岸上的鱼，任由龚道辉拨弄着身体，恰在两人准备再亲热时，隋阳民政局的朋友打来电话："刚开完会，朱家湾的养老计划书通过了。"

"太好了，太好了！"龚道辉放开李琰琪，高兴得手舞足蹈。

李琰琪问道："啥喜事？把你激动的，有点得意忘形了。"

"朱家湾的养老中心，市上通过了。"龚道辉一边回答，一边往身上套衣服。

"你这个龚道辉，接了个电话，就不知所以了。"

"亲爱的，这个项目是我在朱家湾的最后一个项目，这个项目完成了，我就可以打道回府了。你好好睡觉，我得出去走走。"

龚道辉走在隋阳市的大街上，累了一天的城市喧嚣一下子安静了下来，霓虹灯闪着耀眼的光芒，中心广场上的几盏射灯在夜空中交相辉映，几座新建的立交桥灯火通明。这些，龚道辉无心欣赏，他满脑子装的是朱家湾的灯火，全市最贫穷的朱家湾终于有希望了！

想想自己到朱家湾的三年，的确吃了不少苦，准确地说，应该是把前半生没有吃过的苦都吃过了。拉电线，修公路，通自来水，几户山顶危房搬迁，发展多种经济，搞乡村旅游，建朱家湾养老中心，治好了植物人陈大为，把全村人致富的积极性都调动起来了。虽说自己苍老了好几岁，还得了呼吸暂停综合征，但在自己的带领下，让隋阳市最贫困的村不再贫困了，也算实现了到朱家湾的初心。

前天，一块玩大的好友闵利民问自己："你全身心地投入到朱家湾值得不？看你胡子拉碴的，晒得黑不溜秋的，上次急性肠胃炎疼得爬都爬不起来了，还有你那呼吸疾病，那可不是闹着玩的，一口气上不来，就会去见马克思了。你别太天真了，我上周去柳青的墓地看了看，就是任过长安县县委副书记的那个刘蕴华，写《创业史》那个作家，几十年与农民一起摸爬滚打，工资和稿费几乎都给了村里，可村里谁记得他？要不是省作协出钱给他立了个碑，估计早被遗忘了。你就不要在朱家湾玩命了，记住我的话，千条万条，生命最重要。赶紧回来吧。"

"谢谢利民的关心，我到朱家湾扶贫，压根儿都没想到回报。"

"你呀！不听我的劝告，就不会善终，你别多心，没有咒你的意思。啥事都不能研究得太透，印证了水至清则无鱼，人至察则无徒的老话。你看那算卦的，算得精准的，自己的命运都不是太好；你看那真正的婚姻专家，基本都是离过婚的；你看那养生的顶尖专家，没有一个是长寿的。所以啊，啥事适可而止，尽量低调，乃是上策。现在啊，冥冥之中都有第六感，尽管肉眼看不见，耳朵听不到，但它实实在在地存在。欧洲科学家经过多年研究论证，把它称为量子纠缠理论。北京鸟巢近前的水立方，当年计划建在娘娘庙地址，因为突然的大旋风导致了建筑事故，水立方不得不另外选址。为了应对武汉的新冠肺炎疫情，国家建了两所医院，一个叫雷神山医院，一个叫火神山医院，为啥取"神"的名字，都是来源于古代中国神话中的两位神祇。还有花 8 亿元巨资兴建的南海观音，用 6 年时间建了 108 米高的一体三面观音，老板是人人夸赞的张晖，按说他做了件千古流芳的大好事，但就在观音建成不久，他却意外地死在海边，死因莫衷一是，众说纷纭，我觉得那些说法都不靠谱。按照我闵利民的理解，应该是这样的：观音是普世的菩萨，而修建南海观音的终极目标不是在普世上，而是为了挣钱，这就有违观音的意旨，后面不用我明说，你懂得的。所以啊，龚道辉，听我一句劝，见好就收，赶紧撤!"

"好你个闵利民，三年没见面，一套一套的说辞都把我灌晕了。谢谢老朋友的关心，我会认真思考你的建议的……"

……

龚道辉一边走一边想，他仿佛看到养老社区已经建起来了，住在里面的朱家湾和附近村庄的老年人笑得合不拢嘴。不知不觉，龚道辉走到了渭河人工湖边，夜色里的湖面在观光桥的映照下波光粼粼，湖里的水波此起彼伏，很像他此刻的心情。

一二八

春节刚过，朱家湾的冰雪还没有融化，房檐一尺多长的冰凌依依不舍地挂着晶莹的光泽，严寒丝毫没有退出季节舞台的征兆，许多人冻得不想出屋。

胡健按照第一书记龚道辉的意思，给姨妈徐小月做了表妹陈芳菲彩礼的工作。

徐小月对晚辈胡健的规劝，本来是不当回事的，但念及第一书记龚道辉给陈大为治病有恩，不得不考虑第一书记龚道辉的意见，就对胡健说："你给龚书记说，彩礼钱可以少要点，但不能归零，本来跟老夏家就有几十年的恩恩怨怨，夏晨水的长毛兔、野猪厂，还有药材，都搞得风生水起的，他也不缺钱。"

"是这个理。"陈大为支持老婆的意思。

"姨妈、姨父，谢谢你们。"

徐小月家由原来见不得夏晨水，坚决反对女儿陈芳菲与夏晨水来往，到后来默认，再到后面的开始谈婚论嫁，也算是一个脱胎换骨的变化。与此相悖的夏大柱，根本看不到徐小月家的善意，仍然坚持着他以前的老观点。他对夏晨水说："晨水啊！你一个正儿八经的大学生，不在城里待也就算了，你还要找个高中生结婚？你不嫌丢人吗？"

夏晨水说："爸，改革开放初期，文凭是王牌，大家都很在乎，现在都什么年代了，谁还在乎学历呀？"

"你不在乎学历也就罢了，就是找，也要找一个门当户对的呀！谁家的姑娘都可以找，唯独不能找陈芳菲。不说你也知道，咱两家有世仇。"

"爸，什么世仇？那是你们老一辈的事情，我和陈芳菲是真心相爱的，陈芳菲的聪明和持之以恒的做事风格，我很喜欢……"

夏晨水好说歹说，夏大柱摆摆手，一百个不乐意，总是找理由阻拦夏晨水的婚事。

夏大柱这些天老是一脸的阴云密布，夏晨水跟他说话，他爱搭不理的头都不抬。夏晨水没辙，就想着办法跟母亲商量。母亲也不太情愿，她柔柔地问夏晨水："儿子，你非要娶老陈家的闺女吗？"

夏晨水说："我们俩志同道合，能一块儿创业，一起好好过日子，我觉得我俩比较合适。"

母亲叹了口气说："你年龄不小了，也该找了，再不找，越到后来越就不好找了。"

夏晨水顺着母亲的意思，立马撒娇道："还是老妈好，老妈知道我的心思。我成天在长毛兔、野猪圈和山上的中药材地里跑，哪有时间找媳妇，这朱家湾合适的女子就陈芳菲一个，我俩情投意合，老妈再不支持，难道你要看到儿子打一辈子光棍吗？"

母亲心疼地摸着夏晨水的脑袋，哀叹了一声说："我的儿啊！妈知道你不容易，省城的那个闵珍珍人倒是长得水灵，但她不可能落户到咱朱家湾来，这个陈芳菲虽说没念大学，但做事一点都不赖，做咱家的儿媳妇，妈还是欢迎的。你放心吧，我有办法把你爸那一根筋，掰扯过来。"

当天晚饭吃得早，夏晨水的母亲趁儿子姑娘都还没回来，先烙了几块葱油饼，炒了三个小菜，还特意给夏大柱温了一壶酒，倒了两杯，自己先端起一杯对夏大柱说："来，晨水他爸，整一盅。"

你别说，管好男人的胃还真顶用。夏大柱迎合地端起了另一杯酒，跟老婆的酒杯碰了一下，脸上的阴云倏忽间散开了。他温和地问老婆："太阳从西边出来了吗？老婆今天烧的是哪一壶呀？还跟我整一盅？"

老婆说："你是这个家里最大的功臣，儿子有些成绩了，也是你支持的结果，女儿的学习也不错，也有你的功劳。看到你这几天老绷着个脸，担心你憋出病来，今天特意把你慰问一下！"

夏大柱见老婆给自己戴了高帽子，气一下子就顺了，连续喝了几杯酒。

老婆见时机差不多了，就直截了当地说："儿子二十多了，他的婚事儿你就别再拦着了。城里那个闵珍珍细皮嫩肉的，她能嫁到咱朱家湾吗？不可能的。你再掉过头来想想，老陈家的闺女让咱的儿子娶过来，成了咱老夏家的人，来伺候咱俩，咱是赚了还是赔了？徐小月养了二十年的闺女，是给咱夏家养的，这多好的事啊！傻子都明白，谁赔了，谁赚了。你难道想让咱的儿子打光棍吗？你想在儿子这一辈，断了老夏家的烟火吗？"

夏大柱仰脖又干了一杯，吧嗒吧嗒着嘴说："哎，老婆子这一点拨，我才明白过来，也是这个理！对呀！咱夏家娶了陈家的女儿，那肯定是咱们赚了，陈大为和徐小月肯定是输给咱们了。来、来，老婆端杯子，老公也敬你一杯。"

老婆笑着说："来，趁娃们没回来，我陪你一盅。"

夏大柱一手端杯子，一手抹了一把嘴上的油腻，说道："其实，我们家最大的功臣应该是你。给咱老夏家生了一儿一女，把家里操持得井井有条，不用我操半点心。这杯酒，是我的感谢酒。"夏大柱"吱"一下，还喝出了响声。

"哎、哎，对了，刚才我给你说的话，咱俩知道就行了，千万不能往外说，要是让陈大为和徐小月知道了，他们肯定会反悔，这门亲事就会黄了。"

一二九

夏晨水到家后，夏大柱没有理会他，又背着手出了门，到村广场溜达去了。母亲对夏晨水说："儿子，你爸的阻拦，妈用一壶酒疏通了。你爸很高兴，他同意你娶芳菲做媳妇了。"

夏晨水给母亲一个热情的拥抱，"谢谢老妈，谢谢老妈，还是你最了解我爸的心思，一壶小酒就把他俘虏了。"

母亲说："儿子你要记住，世界上的事情说难也难，说容易也容易。很多时候是卤水点豆腐，一物降一物。遇事不要慌张，冷静一下，办法就来了，啥样的坎儿都会迈过去的。"夏晨水心领神会地点着头，打心底里佩服母亲。他也终于悟到自己为什么能放弃城里生活，回老家来吃苦的原因。原来真的是儿子遗传最多的，来自母亲的基因，他骨子里很多方面像母亲，有股子韧劲儿。

夏晨水和陈芳菲的婚事，总算向前进了一大步。按照第一书记龚道辉彩礼尽量少要的提议，夏大柱带着老婆到陈大为家，给徐小月送了5万块钱。

徐小月笑着说："远亲不如近邻，咱两家由冤家成了亲家，最应该感谢的是龚书记，他不来咱们朱家湾，我的芳菲不会回来建蘑菇大棚，你们家晨水也不会在朱家湾立住脚，两个孩子也不可能成为好朋友。我老公大为也不会站起来……"

一三〇

隋阳扶贫联席会批准了第一书记龚道辉的《援建朱家湾养老社区规划方案》的那天，第一书记龚道辉激动得到大街上溜达了大半夜。

第二天一大早，第一书记龚道辉就往朱家湾赶。路上，他给村书记何晓功打了电话，让村委会成员们在办公室等他，有重要事情。

听说有重要事情，村委会几个人都聚到村委会大院，不知道有什么大事要发生，都在大门口等着龚书记。看到第一书记龚道辉走近村委会，脸上洋溢着兴奋的表情，大家悬着的心才安稳下来。坐进会议室，龚书记喝了一口水说："给各位报告一个好消息，咱朱家湾的养老社区规划，市上批了。"几个人立马报以热烈的掌声。朱家湾从来没有这么大的事儿，村主任胡家鲜惊诧地说："龚书记，开始张罗这事儿我还以为你是说说而已，没想到经过你的努力，成了真。毕竟这养老社区不像修路那么简单，没有几百万肯定是不行。"

村书记何晓功说："这事儿太好了，以后，朱家湾的老人不愁老有所养了。不过，还不能高兴得太早了，不知市上能给多少资金呢，图纸、施工、配套设施，事情多着的，咋样落实到位，后面还有很多活儿。"

"龚书记，方案是通过了，具体落实的时候不知能给多少钱？"

"大家的担心我可以理解，我会主动跟进的，不会让这个好事落空的。"第一书记龚道辉也担心一旦耽搁，资金这个硬性问题就不好解决了。

随后一段日子，龚书记在市扶贫办、民政局和镇政府之间来回跑，沟通协调，跑了十多次，最后决定该项目政府主导为主，社会捐资为辅，从上到下，都对养老社区建设大加赞许。

不久，隋阳市、万福镇、朱家湾正式签订了三方协议。为使项目尽快落实，就援建资金和工期、质量保证上，经过沟通，又签订了补充协议，进一步明确了三方的权利、义务和制度程序。镇政府负责朱家湾养老社区的运营与管理，优先安排朱家湾符合条件的贫困人口当工作人员，方便这些人早日脱贫。

这个项目的主要目的有两个：一是解决朱家湾及其附近村庄单人单户的贫困户。二是养老社区的建设，搭建绿色朝阳平台，促进当地康养事业的健康发展，从而培养可持续发展的经济增长点。

随后把位置选在朱家湾堰塘前面公路边的半坡上，方便交通，方便用水，占地5.5亩，建养老房间40间……

在镇政府的主导下，养老社区工程4月底正式开工，计划在年底交工，春节前交付使用。

一三一

跟邱道君闹那场不愉快之后，胡健老实了好一阵子，要不是每天看到大白鹅在河沟里扭来扭去，朱家湾人都想不起他来了。

一天早上，胡健赶着鹅下河，忽然想起之前有人说过的话，当初他要养鹅的时候，村里有人嘲讽他。他当真站在街面喊起来："谁说要买我鹅炖着吃的？快来买吧！"

胡健喊了不止一声，当街的、屋里的、附近地里的人都听见了，当初说过这话的人也懒得搭理他。

成大说："这个胡健真有意思，明明是求人的事情，也弄得像给人下通牒一样。"

刘厚淳说："他这种人宁折不弯，就是求人，他也不会说软话。"

成大说："不过，他不去赌钱了，能好好养鹅，进步也不小。咱们给他捧捧场去吧。"

成大和刘厚淳一人买了一只鹅。胡健笑得跟喇叭花儿似的，他说："这一喊还真管用。其实龚书记早就答应我了，说帮我卖鹅。我想试着自己卖。"

几个人正说着话，邱道君过来了。胡健立马闭了嘴，把头扭向一边，他不知道邱道君干什么来了，但肯定不是来找他的，他们刚打完架，胡健还到医院给邱道君赔过不是。胡健怕尴尬，碰上了不搭腔显得小气，说话又抹不开面子，他快走几步，想一走了之。

"胡健，你等等。"邱道君喊住他，"你那鹅不愁卖，我跟炎皇商贸的经理介绍过你这些野生鹅，整天在河里在野外溜达，纯自然养殖，他说他要了，有多少要多少。"

胡健没有说话，就站在那里，喉咙里呼噜了一声，连他自己都听不清说的啥。

成大说："胡健再也不用喊着卖了，邱经理想得多周到，你还不快谢谢邱经理。"

邱道君摆摆手说："谢倒不用，就是……"他迟疑了一下，没再往下说，转身往回走了。

胡健还是抹不开面子，自始至终没说一句完整的话。等邱道君走远了，他望着人家的背影，才大声说："谢谢邱经理！"

一三二

半个月后，首期启动资金八十万元拨付到万福镇，养老社区工程正式开始。

几个月里，第一书记龚道辉主要精力都在忙活这项大工程，一些具体的琐碎事情，都交由村主任胡家鲜和村书记何晓功去办。他知道在朱家湾的时间不多了，按照规定，今年年底就会撤离，他想在回隋阳前，见证一下朱家湾养老社区投入使用。

这年伏天，朱家湾人来人往，顺河漂流的、山上看风景的、民居里度夏的、大棚里摘草莓的、上树吃枣的、堰塘钓鱼的、吃农家饭的，一拨一拨又一拨，就连村委会大院、小广场、湾子前面的堰堤，都停满了小车，着着实实红火了一阵子。全村人忙忙碌碌的，比过大节、唱大戏热闹多了。家家户户、大人小孩，没有一个闲着的，有收票的，有维持秩序的，有指挥停车的，用"人尽其才、人尽其用"来形容，毫不为过。大家都想借用这个良机，挣个辛苦钱。

见过世面的刘厚淳说："这个仲夏啊！跟河北的北戴河有一比，一到大夏天，人们像候鸟一样迁往那里，海边上、购物市场、度假村、路边饭馆、夜市，到处是熙熙攘攘，人满为患。一到9月1日，人们跟约好似的，纷纷撤离。到了10月，那里的商店基本都闭门谢客了。我们朱家湾啊！跟北戴河有一拼。”

第一书记龚道辉去过北戴河，有刘厚淳同样的体验。“朱家湾有了这样的良好开端，以后每年都有个热闹的夏天。”

奔耄耋之年的发爷也没闲着，他推了个小车车，驮了一壶酸梅汤，在树荫下叫卖，有人喝了一杯还嫌不过瘾，连续干了两杯，小生意还不错。

村干部们都戴着红袖章，拿着小广播，按照分工，有条不紊地履行着各自职责，确保整个秩序井然，确保游客和朱家湾的村民安全。

万福镇派出所特意派出两名干警，每天到朱家湾执勤。

人声鼎沸的夏季是白天最长的日子，但在朱家湾人的心里，每天都很短，就连吃饭、上厕所都紧紧张张的。游客众多，来也匆匆，去也匆匆，村民们都不想错过每个环节，人人都想往钱袋子里做点贡献。

随着夏季的慢慢消退，秋季像一个花姑娘，身着一身花裙子，一走一摇地展现在人们面前。山上的树叶，着急点的红了，迟钝点的黄了，耐着性子的保持着当初的那份绿，他们装点着朱家湾的山山岭岭。第一书记龚道辉来朱家湾的这三年多，朱家湾发生了翻天覆地的变化，村容村貌，村民的精神面貌，是几百年来没有过的。

一三三

国庆节到了，龚道辉提前回到了隋阳。他将按照与江院长商定的日子，在天外天大酒店给儿子龚大伟举办结婚典礼。

婚礼上，两家人站在主席台上，龚道辉和李琰琪、大伟站在左边，江院长和江夫人、媛媛站在右边，四位家长高兴得合不拢嘴，大伟和媛媛般配地站在中间，司仪讲着喜庆的说辞，轮到龚道辉讲话时，龚道辉接过麦克风，亮着嗓门说道："今天是祖国的大喜日子，也是我们龚家和江家的大喜日子。大伟和媛媛是青梅竹马，一起长大，今天结为伉俪，可喜可贺。在这个庄严的时刻，我首先要感谢我的亲家江院长夫妇，他们养了个聪明伶俐、孝顺美貌的女儿，其次感谢我的夫人李琰琪，她在大伟成长的旅程中，付出了比我更多的心血。希望两个孩子始终铭记父母的养育之恩，在解好一元一次方程的基础上，解好当下的二元二次方程，保持等号两边的长久平衡，过好每一天。结婚，意味着锅碗瓢勺交响曲的开始，一切浪漫和甜蜜都会回归到家庭元素里来，做饭、洗衣服、扫地都得亲手而为，希望小两口共同经营好小家庭。在单位做一位工作能手，要明事理，让同事仰视你。在家里做一位好保姆，多为对方分担家务，多装糊涂。总之，希望你俩恩爱有加，事业家庭双丰收！"亲友们报以热烈的掌声。

接下来，江院长代表女方家讲话，毕竟是当院长的，随口说了几条，说得头头是道，赢得了不少的喝彩声。

大伟还是个听人劝的孩子。以前一门心思地要先当村官，干几年再说结婚之事的想法，后来在媛媛，还有媛媛父母，特别是龚道辉和李琰琪的压力之下，总算屈服了，乖乖地到市委组织部上班了。这小子几个月来还干得不错，部里上下都对他评价很好，结婚时许多同事不请自来。

一三四

办完大伟的喜事，龚道辉又回到了朱家湾。

青山绿水公司经理邱道君在村委大院里忙着收购农副产品，亲自验货过磅，公司会计在一旁登记。朱家湾和附近村庄的村民担着自家的板栗、红薯、小米、谷子、苹果、橘子等，送到朱家湾村委会大院，大家排着队，公司五六个人在那忙碌着。库房里堆了半屋子的土特产。

看到这些，龚道辉心情十分愉悦。

入冬了，朱家湾的气温骤降，养老社区幸亏前期工程抓得紧，现在只剩下内部简单装修了，不然霜冻天，后续工程就难以完成。

这两天村书记何晓功回隋阳公司去了，村委会大院只剩下龚道辉一个人留宿了。入夜，除了北风呼啸和偶尔有几声猫头鹰的惨叫外，龚道辉感到阴森森的不舒服。他习惯性地在睡觉前，要做一些日志类的登记。因为没有暖气，就打开电褥子，坐在床上记录。可能是白天在养老社区干活有点累了，写着写着，就打盹儿了，他把本子收好，戴好呼吸机，迷迷瞪瞪地就睡了。

后半夜突然感到身上发冷，呼吸机也停止运转了。原来是停电了。起初，龚道辉感觉有点心慌、憋闷，随后感到呼吸越来越困难，心律也失常了，他用尽全力大喊了一声，可惜整个村委会大院就他一个人，没有人知道他在生命的最后时刻，遭受了多大痛苦。由于呼吸衰竭，最后窒息而死。

翌日上午，村主任胡家鲜两次经过村委会大院都看到大门紧闭，觉得有点奇怪。因为龚道辉从来不睡懒觉，每天都是早早地起来。胡家鲜看看手表，已经九点了，就赶紧敲大门，连敲三次，大院里没有任何回应，胡家鲜感到不对劲，就给邱道君打电话，让把他家的梯子搬过来，邱道君一听龚道辉书记有可能出现了意外，一路小跑把梯子扛了过来，胡家鲜协同把梯子靠在院墙上，就赶紧爬了上去，在院墙上把梯子抽起来，又架到院墙里面去，顺着梯子下到院内，打开大门门闩，二人一边叫着龚书记，一边往龚道辉住的房间跑，打开房间一看，龚道辉穿着秋衣秋裤直挺挺躺在床上，被子和呼吸机在床边地上，床边桌子上放着没写完的工作日志。胡家鲜摸摸龚道辉的脸，冰铁一样的凉，"我的龚书记啊！还有两个月你就要回隋阳了，你……你咋就不声不响地走了呀！"胡家鲜哭了。

"可怜的龚书记呀！你为了我们朱家湾得了一身病，我们还没来得及好好谢谢你，你咋就离开我们了？"邱道君哭声更大。

胡家鲜急忙给村书记何晓功打个电话，"何书记呀！赶紧回来，龚书记昨晚上走了，我和邱道君经理发现不对劲儿，从院墙上翻进院里来的。"

"啊？这……这可是大事啊！我正在开车的路上，等我回来了再上报。"村书记何晓功惊诧得嘴半天没有合上。

一三五

第一书记龚道辉突然去世的消息，在朱家湾像一枚重磅炸弹爆炸，那可是天大的噩耗。

村委会在村委大院里设了灵堂，把龚道辉的大照片挂在灵堂的上方，照片两边的巨幅对联是村南刘厚淳写的，他的书法苍劲有力："天道愧龚，道辉逝去堪长恨；山水犹噢，扶贫朱村留百芳"。大院大门两侧也贴着一副挽联："全村哀伤苍天洒泪；功德仰慕大地垂青"。村广播里播放着令人落泪的哀乐，全村老少都戴着孝布，经理邱道君登记着礼单，村主任胡家鲜把礼单条挂在绳子上，院子里摆满了花圈，就连耄耋之年的发爷也戴上了孝布，随了200元的礼钱，万福镇、隋阳市都派人来参加吊唁。特别是龚道辉的夫人李琰琪带着儿子大伟和媳妇媛媛进到大院时，全村人都哭出了声，一来表示对龚道辉的不舍和留恋，二来表示对龚道辉的悲哀和痛苦。

李琰琪趴在龚道辉的尸体上放声大哭，声音凄惨动人。大伟和媛媛拉着李琰琪，生怕李琰琪哭晕过去。尽管李琰琪和龚道辉的关系一直不怎么好，吵架、冷战家常便饭，为防止婚姻的温度降到冰点，走到尽头，龚道辉主动要求到隋阳最北边的朱家湾驻村。这三年多的日子里，相距100多公里，聚少离多，不见不烦，矛盾自然少了许多，有时还有点挂念。特别是在大伟工作和媛媛的关系上，李琰琪用尽招数都无济于事，大伟根本不听她的相劝。李琰琪感觉孤立无援，快接近崩溃的时候，龚道辉回来了。龚道辉并没有训斥孩子，而是设身处地为大伟着想，语重心长地讲道理，硬是把执拗的大伟说服了。大伟顺利到市委上班，国庆节办了婚事，李琰琪的职称晋升也画了个圆满的句号。没想到家里一切都一帆风顺的时候，龚道辉却因疾病走完了人生。想到自己的个性太强，没有给龚道辉多少温暖，间接地逼他离开了家。如果在隋阳市内，即使龚道辉患病，也会得到及时治疗，绝对不会导致生命的终结。想到这里，李琰琪哭得更厉害了……

隋阳市委、市政府为了表彰龚道辉以身殉职的先进事迹，指示市融媒体中心组成采访团到朱家湾，拍摄了《第一书记龚道辉》的专题片，很多场面令人感怀。发爷颤颤巍巍地对记者说："龚书记是我这一生遇到的最好的村干部，他刚来村里落脚在我家，帮我搭建了厨房，在后墙上开了窗子，天天帮我做饭，还给我打洗脚水……好人啊！"发爷声泪俱下。

陈大为家里的柜子上供着龚道辉的灵位，"龚书记是我的再生父母，没有龚书记，就没有我的今天，也没有我现在家里的幸福。他治好了我的病，没有收过一分钱，还差点因为非法行医被卫健委带走，我真的想不通，为啥好人都要遭受那么多磨难啊！我的恩人啊！龚书记……龚书记……"陈大为说着说着，就泣不成声了。

邱道君的眼睛潮潮的，他悲哀地说："第一书记龚道辉真是个好党员，来朱家湾后，先摸底，家家户户地跑，一户一账，记录得清清楚楚，还几年如一日，坚持做工作日志，一件一件事抓落实。可以说，龚书记是全身心地抓扶贫，不带半点虚情假意。只可惜，他看不到朱家湾养老中心的落成了。"

方奶奶老泪纵横地说："人都要讲良心，我从来不说假话。我们朱家湾啊，要是没有龚书记来，今天还在点煤油灯，还在水井里挑水吃，还在走泥巴路。要是没有龚书记来，我儿方刚还在外地打工，我的孙女丫丫还得一边上学一边给我做饭，还有我几十年的残疾腿，在龚书记的治疗下，我的腿可以下地了，虽说还不能走路，但我知足了。如果龚书记还活着，我的腿肯定有救。可惜啊！龚书记说走就走了……"方奶奶哽咽了。

提起第一书记龚道辉，何晓功感慨万千："龚道辉同志是我们村干部学习的榜样，他的敬业，他的无私，他的表率，他为村民着想，他带领村民修路，架电线杆，走在最前面。村里的小广场、木耳大棚、蘑菇大棚、草莓大棚、野猪场、奶牛场、河道漂流、中药材种植、乡村旅游、养老中心、青山绿水公司等等，哪一项都浸泡着龚道辉同志的汗水。建议市委、市政府授予龚道辉同志'最美第一书记'荣誉称号……"

……

这个专题片反响巨大，两天后省电视台进行了转播。一时间，第一书记龚道辉的先进事迹在全省乡镇干部中广为流传。许多乡镇开会前，都组织乡村干部看这部专题片。

隋阳市委、市政府鉴于龚道辉的扶贫成绩，追认龚道辉"优秀共产党员"和"副县级第一书记"两个荣誉称号，市委宣传部下发了《向驻村第一书记龚道辉同志学习的决定》，全市行政事业单位都开展了向第一书记龚道辉学习的高潮。

一三六

　　龚道辉的突然离世，对李琰琪来说，简直就是一个晴天霹雳的打击。中年丧偶，历来被称为人生的一大不幸。无论夫妻关系如何，即使是平时吵吵闹闹，狠心时骂对方咋不死啊，但真的看到配偶鲜活的生命化为灰烬时，心里的悲哀是难以抑制的。有时更多的是自责，后悔在对方有生之年没有善待对方，给了对方太多的谩骂、责难和不理解，把过往所有的恨都化为了无限的痛苦。活了101岁的文学大师巴金深爱着妻子萧珊，在妻子去世后，他夜夜怀抱萧珊的骨灰入眠，直到33年后去世，被世人一直传颂为夫妻关系的楷模。

　　李琰琪多次含泪对龚大伟说："儿啊，妈这一生最大的遗憾，就是对你爸生前不太友好，跟他吵，跟他闹，跟他冷战。如果妈善待你爸，他过得很愉快，就不会主动要求去最贫穷的朱家湾，就不会一门心思地搞扶贫，就不会把身体搞垮，就不会四十多岁就走完了这一生。儿啊，妈对不起你爸，要不是看到有你，将来要帮你看孩子，妈就随你爸去另一个世界了。儿啊，你一定要用心对待媛媛，能结为夫妻，都是上天给的缘分。媛媛的爸妈义无反顾把女儿交给你，你要对得起人家的托付，多为媛媛着想，让她天天过得愉快。"

　　大伟理解母亲的悲痛，他开导母亲说："妈，我完全理解你的悲伤。爸虽说身体已经走了，但他的灵魂没有走，他希望你过得好好的。人总是要走的，只是时间早晚的事儿。你多想你们在一起高兴的事儿，少想不愉快的往事。他给我们龚家争了光，你也去看了，他在三年多的时间里，把一个落后的村彻底改变了模样，看得见摸得着，在我心里，我爸是伟大的父亲！你在我心目中，也是伟大的母亲，你把全村人随的礼钱，一分不要地捐给村委会，让村委会把这些钱都用在村民的福利上，这很不简单。妈，我有个想法……"

"啥想法？说来妈听听。"

"以后给妈说，等我和媛媛带你出去散散心，回来了再说。"

一三七

夏晨水和陈芳菲俩人的婚礼在朱家湾小广场举行，证婚人是村书记何晓功。

何晓功在致证婚词时，先给夏晨水和陈芳菲鞠了个躬，他说："给你们证婚的本应该是龚书记，可惜龚书记已经走了。在他走的前两天，我俩一起吃饭的时候，他笑着说万一他有事，就拜托我来做你们的证婚人。本来在二位的大喜日子里不应该说这事，但我还得说。你们二位的回乡创业成功，都离不开龚书记的支持！我相信天上的龚书记，看到你俩喜结良缘，也会开心的。来，大家为两位新人喜结连理，为感谢龚书记的鼎力相助，鼓掌！"

何晓功还真有两下子，三两言就把龚书记去世的伤心事带入到喜庆的环境中来，这种敏捷的转换能力值得夸赞。他接着说，"感谢夏晨水，感谢陈芳菲，特别是要感谢陈芳菲，感谢陈芳菲的父母，感谢你们给咱朱家湾做了个好榜样，带了个好头。两位新人的婚礼，简单而不简陋，排场而不铺张，咱们往后就得这样，不能浪费。在城里饭店，现在都提倡光盘行动，咱们挣钱本来就不容易，再要无端地浪费掉，多可惜啊！从简办婚礼，不是丢人，是时尚！咱得紧跟时代潮流，不能还揪着过去那些旧规陋习不放……"

婚礼从简，份子钱也比以前少多了。

夏大柱家为儿子娶媳妇，按说应该是喜出望外，可夏大柱两口子是喜忧参半。高兴的是，儿子娶了个漂亮媳妇陈芳菲，花钱不多，娶的还是冤家的闺女。不高兴的是，这些年在朱家湾没少往外随礼钱，本来可以趁着夏晨水结婚往回收收，也不至于入不敷出。

两口子没想到，这次村委会出了个不成文的规矩，起步礼钱100元，最高不超过200元，村里来这么一出，份子钱一下子降了下去，这就比预计的要少多了。

夏晨水看到父母脸上的笑有点僵硬，凑近父亲的耳边小声劝道："爸爸别生气，往后咱给别人回礼也就少了，来来去去一样的，都减少了开支，多好啊！你得开心啊！"

陈芳菲对婆婆说："阿姨，不，妈，咱今天应该喜笑颜开才是。"

婆婆听到陈芳菲叫妈，一下子来了精神，连声说："好、好，妈应该高兴才对。"脸上瞬间堆起了笑容。

婚礼现场好几百人，有本村的，也有附近村的，还有很多远房亲戚，请的主持人也很给力，场面很热闹。伴郎伴娘都是婚庆公司带来的，连流水席的碗筷、桌椅都是现成的，走台和音响也是婚庆公司布置的。

八道凉菜八道热菜，香气袅袅，萦绕在小广场上空。

何晓功感慨地说："山里的炊烟是有味道的，有情调的，这味道醇厚、朴实，这情调是山野的天然雕饰……"

何晓功这番话说得大家哈哈大笑。

一三八

带着母亲出国散心了半个月，龚大伟和媛媛终于回到了家里。

龚大伟忘不了到朱家湾村委会凭吊父亲龚道辉的场面，全村人为一个不沾亲不带故的外地人披麻戴孝，在朱家湾是百年不遇，院子里摆满了花圈、灵幛，就连隋阳和万福镇相关领导都到场了，都感动得直抹眼泪。这些，足以证明父亲与朱家湾村民们的深厚感情。父亲的辛勤付出，村民们是看在眼里记在心里的，父亲走了，他们没有任何"树倒猢狲散"的冷漠，而是像对待自己的长辈一样吊唁、守孝，就连最年长的发爷也在头上扎着孝布。"爸爸，你在朱家湾的三年多日子里，想村民所想，急村民所急，用村民所用，汗水没有白流。听说村委会准备在朱家湾小广场给您立一个雕像，纪念您对朱家湾的贡献。"龚大伟在龚道辉的遗像前一边敬香一边念叨着。

龚大伟看着父亲的遗像，很多往事涌上心头。父亲虽说偶尔脾气不太好，跟母亲为一些鸡毛蒜皮的小事争执，还打冷战，但父亲顶梁柱的家庭责任感啥时候都没有放弃，父亲从来不打自己，有事总是商量着来，向来都尊重自己的选择，就是到乡下当村官，父亲也没有极力反对。父亲为了朱家湾，把命留在了朱家湾。

"爸爸呀！你辛苦了半辈子，没享一天福，儿子还没来得及孝顺你，你就匆匆忙忙地走了。我可怜的爸爸呀！"龚大伟抽泣了起来。

"爸爸呀！您四年的扶贫还有几个月就期满了，只可惜，我……我和妈等来的，是你不幸的噩耗。老天真是不长眼啊！那天为啥停电了呀？爸爸，儿子的申请已经交给市上扶贫办了，我要继承您的遗志，把你没有完成的项目完成……"

媛媛开门回来了，看到龚大伟眼泪汪汪的，惊诧地问："大伟，你咋啦？"

大伟揩了把泪水说："我刚才给我爸敬了三炷香。"

"人走不能复生，你要从悲痛中走出来。建议把爸的照片收起来，在爸的生日和忌日时拿出来，我俩一同磕头敬香。"媛媛希望丈夫振作起来。

大伟点点头，算是默许了。

第二天晚饭后，大伟给媛媛倒了杯茶，用谨慎的口气说："媛媛，有件事我得跟你商量一下，希望你能同意。"

媛媛疑惑地盯着大伟，"都是夫妻了，不是外人，有事你直说就是了。"

"我想了好久，以前我想当村官，锻炼锻炼自己，后来在你和我爸妈，还有咱爸妈的压力下，我放弃了，到组织部上班了。现在我爸走了，他不是还有几个月就满四年了，我想去朱家湾把我爸剩余的几个月顶个班，也算完成我爸的遗愿。你看可以不？"

"大伟，按说我们结婚时间不长，就遇到了咱爸的意外离世，咱妈才走出痛苦，你应该好好陪陪咱妈，让她少一份担心。咱爸后几个月的继任第一书记，应该由市上相关部门另外派人去，而不是让已经牺牲的龚书记的儿子去。当然，老公的想法我也尊重，就几个月时间，也是为了完成咱爸没有完成的工作，让他在那边也感到欣慰，同时也圆了你以前的梦想。我还是理解你，支持你的。你要征求一下咱妈的意见，看她同意不？"

"谢谢善解人意的老婆。有你的支持，我很高兴。明天我给我妈说去。"

次日，大伟和媛媛买了些水果去看李琰琪，李琰琪精神好了许多，不像旅游前成天以泪抹面。寒暄了一会儿，大伟步入了正题，原以为李琰琪会一百个阻止，没想到李琰琪没有半点犹豫，竟然满口答应。

"好，你们俩都商量好了，妈也同意你去，也算告慰你爸的在天之灵。不过，就几个月时间，不能拼了命地干，要保护好自己，通过了年底省上的检查，立马回来，到组织部好好上班。"

"儿子知道了。"

一三九

听说龚道辉的儿子龚大伟来继任第一书记，朱家湾全村人都很欢迎。在发爷和刘厚淳等人的提议下，要请龚大伟到每一家吃一顿饭，表示对龚道辉书记的感谢和对龚大伟的接风。龚大伟说："这可使不得，我在学校入的党，党员有党员的纪律，我可不能违反。谢谢乡亲们的好意。"

乡亲们都不乐意，只是一顿饭的事儿，咋能叫违反纪律呢？

这事儿僵持也不好，后在村书记何晓功和经理邱道君的协调下，第一书记龚大伟可以到每家吃一餐饭，时间定在晚上，标准为四菜一汤，龚大伟交5元的伙食费。

朱家湾的人向来好客，哪能四菜一汤打发龚道辉书记的儿子？家家都不少于十个菜，都是热情有加。龚大伟也很随和，到每家吃饭都提点礼品，以示谢意。

朱家湾养老中心是龚道辉在世时最关心的项目之一，龚大伟来了后，每天都到养老中心走一趟，宿舍、饭厅、灶房、健身房、澡堂、暖气等，龚大伟都看得很仔细，希望农历新年前，村里的发爷等老人，还有周边村的孤寡老人都能开心地在养老中心过个新年。工人们干劲儿很大，所有工程都在结尾阶段。

隋阳市扶贫办根据省上脱贫验收的通知，制定了完整的细则，然后一个村一个村地考评，做好迎接省上检查组的准备工作。

朱家湾村接到通知后，进行了明确分工，邱道君经理负责登记每个家庭的收入情况，还有青山绿水公司的经营情况。村书记何晓功准备河道漂流、乡村旅游、几个农家饭店的运作情况。第一书记龚大伟准备村里几个种植大棚、几个养殖场，还有板栗园、核桃园、药材等等。为防止有遗漏情况，村委会特意把夏晨水抽过来帮忙，准备文字材料。

还真让第一书记龚大伟说着了，隋阳脱贫综合验收组把第一站就选到了朱家湾村。按照市上领导的说法，全市最偏远最贫困的朱家湾村脱贫了，就意味着全市百分之九十以上的村就可以摘掉贫困帽子了。验收组检查前所未有的精细，一厚沓表格，一项一项地核对、填写，最后汇总，讲评，一是一，二是二，不带一点水分，不带一点肥皂沫，整整验收了三天。村委会几位成员忙前跑后，积极配合。由于准备充分，大数据小数据都清清楚楚，验收组问到村民，村民都能对答如流，回答得实实在在。

讲评的时候，市扶贫办主任和带队的副市长分别对朱家湾村给予了高度好评。市扶贫办主任说："朱家湾村我来过多次，那真是穷乡僻壤啊！那天下着雨，小车到朱家湾对面的山上就走不动了，泥巴糊满了轮胎，我们只得下来步行，那个泥巴真是亲热啊！越走越重，走几步就得停下来刮泥巴。后来没办法，只好把鞋提到手里，赤脚走。村里一半的家庭吃不饱饭……"

副市长高兴地说："这次来，朱家湾是第一站，走在路上，我心里还在打鼓，担心第一站过不了关。这三天的检查，看了家家户户后，再看田间地头，山上河里，几个大棚，养牛、羊猪、养鸡、养鹅的，可以说，在朱家湾没有吃闲饭的，人尽其才，人尽其用，积极性都调动起来了，三年多的光阴，变化这么大，村委会一班人没少出力。特别是第一书记龚道辉，一心扑在朱家湾的脱贫上，处处走在前面，事事都是带头干，急朱家湾所急，想朱家湾所想，直到牺牲在工作岗位上，真是党的好儿子啊！村里在朱家湾广场给龚道辉立了个塑像，这是朱家湾村民对龚道辉的纪念。这充分说明了一点，你把老百姓放在心上，老百姓就会把你敬上。龚道辉的儿子龚大伟要求来朱家湾继承龚道辉的遗志，我非常欣赏，龚大伟来了，每件事都是身先士卒，对市上来检查，工作做得非常细致。我相信，朱家湾村过省考，没啥问题……"

第一书记龚大伟最后代表村委会表态："感谢主任和副市长对我们朱家湾村的充分肯定，朱家湾取得的成绩，是村委会一班人带领全村村民共同努力奋斗取得的。我父亲龚道辉同志只是起了个协调和沟通的作用，感谢朱家湾村，还有主任、副市长一行的各位领导，对我父亲龚道辉同志的肯定。我来了以后，何晓功书记、胡家鲜主任、邱道君经理等同志，非常支持我的工作，在这里也表示感谢。接下来，我们会结合市上检查指出的问题，尽快完善硬件和软件的候补工作，做到硬件更硬，软件不软，经得起检查，为隋阳市增光添彩！"到底是上过大学，当过大学学生会主席的人，龚大伟的收尾讲话中肯、实在，工作组十分满意。

一四〇

　　三年级的丫丫个子明显长高了，走起路来马尾巴辫一甩一甩的。自从父亲方刚回来后，她的压力小多了，再不用操心每天给奶奶做饭，每天喂鸡喂牛了。她的学习一直是班级前三名，每学期都有奖状拿回家。今天学校要召开教师会，提前放学了，她高高兴兴往回走，快到家时顺带把大黄牵回来了。

　　这些年，丫丫每天都要跟大黄打交道，跟大黄建立了深厚的感情。丫丫有时不想走路，就把大黄牵到地势低点的位置，骑在大黄的脊背上，大黄就小心翼翼地往回走，生怕自己身体的扭动，把丫丫摔了下来。有的小孩羡慕丫丫，试着想骑在大黄的身上，还没走近，大黄就用敌视的目光瞪着小孩，大胆的小孩不怕威胁，径直跑过去，一个跃身就骑在大黄的背上，大黄猛地一个抖动，小孩就落在了地上。

　　丫丫走到自家门楼跟前，看到一个女人坐在门楼的门槛上吸烟，旁边放一个很大的行李箱，丫丫心里打着问号，这是谁呀？丫丫最讨厌女人吸烟，在丫丫的心目中，吸烟的女人都不是什么好人，都是有乱故事的人。

　　当大黄接近门楼五六米远时，丫丫看清了，女人就是自己的妈妈高柳梅，高柳梅也看到了丫丫，她立马站了起来，喊道："丫丫，你放学了？"丫丫没有答应，待大黄靠近门楼，把高点的台阶留给丫丫，丫丫哧溜一下就跳下了牛背，站在高柳梅的跟前。大黄径直走向牛栏，像没看见高柳梅似的。高柳梅拉着丫丫的手，笑着说："丫丫，你不认识妈妈了吗？"

丫丫挣脱高柳梅的手，冷淡地说："我不认识你，我没有妈妈。"

高柳梅说："妈妈给你买了新衣服，还有好吃的。"高柳梅再次拉丫丫的手。

丫丫再次甩开高柳梅的手，说了句："我不要。"头也不回地走进了家，把高柳梅晾在那。

坐在椅子上剥玉米的奶奶看到丫丫回来，问道："丫丫，你在大门口跟哪个说话啊？"

丫丫躲避着奶奶的目光说："路过的人向我问路。"她不想让奶奶知道妈妈回来了。接着把书包放在桌子上，拿出课本和作业本，开始写作业了。

丫丫写完语文作业，刚把数学作业本拿出来，就听见大门口的嚷嚷声，是方刚跟高柳梅的争执。

"你还有脸回来？当初你狠心撂下我和丫丫，你知道我们多么艰难吗？"方刚很气愤。

"我这不是知道自己错了吗？回来跟你好好过日子。"高柳梅丝毫没有觉得自己有错。

"我们已经离婚了，你跟我没有任何关系了。我怕你把我们家的空气污染了。你赶紧走！"方刚发出了逐客令。

"我俩是离婚了，可我是丫丫的亲妈，我有养她的权利。"高柳梅理直气壮。

"赶紧给我走，走得越远越好。方家不欠你的，没有你的立足之地。"方刚说着，就要关大门。

高柳梅站着不动，用身体扛着大门。

"你想站在这就站着，反正不许进我家的门。"方刚提着菜走进了院子。

高柳梅见女儿和前夫都不接纳她，嘤嘤地哭了。她怕被村里人发现，丢人现眼，只能是隐忍地哭。原想自己的哭能唤醒前夫方刚和女儿丫丫对她的同情，没想到夜幕降临，她仍然像一株孤立无助的小草，任由初冬的寒风扇着巴掌。夜色的凄凉似一张网，越收越紧，又冷又饿的她决定找一下村南的刘厚淳，刘厚淳当过隋阳县公安局副局长，在村里有较高的威望，许多难办事只要他出面，基本上都可以得到圆满的解决。她用力敲着刘厚淳家的大门，来开门的正好是刘厚淳。看到高柳梅满脸的泪痕，拉着一个硕大的行李箱，刘厚淳愣了一下，问道："柳梅，有事吗？"

"局长叔，让我去你家喝口水可以吗？"

"可以，跟我来。"

到刘厚淳家堂屋，高柳梅顾不得颜面和以往的高傲，扑通给刘厚淳跪下了："局长叔，你得帮帮我。女儿丫丫不认我，方刚不让我进屋，我这大老远地回来了，就是想好好过日子。"

"快起来！老婆子，快把柳梅扶起来。"

高柳梅接过刘厚淳递给她的温开水，咕噜咕噜喝了几口，说："三年前是我不对，新冠肺炎疫情暴发后，我才体会到人情的冷暖，挣了钱穿得光鲜没有用，好不容易等到疫情消停了，我这就往回走。方刚家虽然穷点，但人实诚，再说还有我身上掉下来的肉丫丫，我回来复婚不复婚无所谓，主要是想把丫丫好好养大，把我过去对娃的亏欠补回来。"高柳梅一边说一边流眼泪，可怜巴巴的。

"这样吧，我老婆给你热点饭，你先吃几口，我这就去找方刚，你在这等着。"刘厚淳披了件外套就去了方刚家。

一四一

见刘厚淳过来，方刚很热情，方奶奶也支撑着身体坐到椅子上，"他刘大哥，哪阵风把你吹过来了？"

刘厚淳没有拐弯抹角，直截了当地说："方姨，给你说件好事，你儿媳妇回来了。"

"啊？那个妖精还有脸回来？她不是在城里挣大钱吗？咋，在城里待不下去了？"

"这样的，方姨，前几年不是有疫情吗？到处在封城，她就是想回来，也回不来呀！现在疫情过去了，她把挣的钱都带回来，这不是好事吗？"

方刚忍不住插话说："我从陈芳菲大棚里收工回来看到她了，不见还好，一见气就来了，都不想搭理她，她想进我家门，被我一口回绝了。丫丫也不待见她。我方家也不是收容所，想来就来，想走就走。我跟她已经离婚了，她在城里没人要了，就想到回来。刘大哥，你说，我能接收她吗？"

"方刚兄弟，高柳梅跟我不沾亲不带故的，我来不是为她说话的，而是为方家来的。方姨虽说能下地了，但还不能走路，也做不了饭，你一个大男人，又当爹又当娘的，洗洗涮涮，你现在还没有另外娶女人，要是娶了，我来都不会来。高柳梅在我家哭哭啼啼的，说明她已经认识到当初的错误了。只要是人，哪个人一生没有点错。错

401

了，改了，就是个灵醒人。她回来了，低头了，还是咱方家的媳妇。有了这次的教训，以后你就是赶她走，她也不会走。再说，你方刚也不可能打一辈子光棍，还会找个女人。这个女人不可能是大姑娘，肯定是二婚。二婚人家也会有孩子，人家带不带孩子？带孩子来，跟咱丫丫能不能合得来？不带孩子来，人家老惦记着自己的孩子，经常要回去看孩子。还有，二婚女人会把丫丫当作自己的亲生女儿吗？显然是不可能。高柳梅回来，起码对丫丫不会有外心。还有啊，方刚老弟你再找一个，说不定还比不上高柳梅。高柳梅起码是你的原配妻子，再找一个，那个人跟多少男人睡过觉，有什么前科，有什么恶习，你都得一年半载熟悉。还有，你还得提防这个人，会不会把你家的财产偷回去给她的子女。高柳梅回来，她把挣的钱都带回来了，做家务做农活，高柳梅都是一把好手，对你、对方姨、对丫丫，高柳梅起码不会使坏心眼。我让她把挣的钱都交给方刚老弟，显示她回来的真心和决心。方姨，你看呢？方刚老弟好好想想。这次你们要是把高柳梅拒之门外，她可能就彻底远走高飞了，再也不会回来了，让其他男人捡个现成的媳妇。"

"他刘大哥，你说得很在理。你真的是在为我儿刚刚，为我孙女丫丫着想。我谢谢你了。不过，我有个想法，得让高柳梅写个保证书，请他刘大哥在保证书上签个字，做个见证人，她以后再走出方家的大门，就永远得不到原谅。"

"方姨这个想法很好，我会让高柳梅写个保证书的。方刚老弟还有啥想法？"

"谢谢刘大哥，刘大哥是真心实意为了我，为了丫丫来的。我没有啥想法，按照我妈说的办。"

刘厚淳回家把方家的想法告诉了高柳梅，高柳梅没有半点踟蹰，一个劲儿地说："谢谢刘局长，谢谢刘局长。"当即就写了保证书交给刘厚淳，刘厚淳看了看，写得很诚恳，就和老婆一起带着高柳梅到了方刚家。高柳梅先给方奶奶磕了三个头，把保证书递给了方刚，方刚念了一遍，方奶奶点了点头，说："还可以。"

刘厚淳当场在保证书上签上了自己的名字。

丫丫当场面对高柳梅叫了声妈，丫丫哭了，高柳梅也哭了，方奶奶和方刚也抹了眼泪，刘厚淳眼睛也湿润了。

一四二

　　市上工作组走了后，朱家湾村委会并没有因为受到表扬而沾沾自喜，而是找漏补缺，就检查项目全部过筛子一样重新过了一遍，直到都很满意才歇下来。

　　第一书记龚大伟坐在屋檐下，看到迎风飘扬的五星红旗，心生无限感慨。父亲龚道辉为了朱家湾的脱贫倾注了全部心血，这飘扬的五星红旗见证了父亲龚道辉扶贫的点点滴滴，也见证了朱家湾村民吊唁父亲龚道辉的悲壮场面，还将见证朱家湾村迎接省考过关的美好时刻。一个人的生命在人类历史长河里只是眨眼的一瞬间，但在这一瞬间发出一点光泽，让人们看得见，并留下美好的记忆，这就算你没白来这世上一趟。父亲龚道辉做到了，他的生命虽然定格在40多岁，但为共和国的国旗添了彩，为共和国的脱贫战略尽了力。作为龚道辉的儿子，从父亲手里接过接力棒，把父亲未完的项目做好，把父亲未完的岁月衔接好，也是儿子的使命和担当。

　　出于对父亲龚道辉的纪念和爱戴，朱家湾村对龚大伟的那一餐餐纯情接待，令龚大伟非常感动。朱家湾村的每一个村民都是淳朴的、厚道的，自己没有半点理由怠慢每一件事、每一个人，力争比父亲龚道辉做得更好。

省脱贫验收小组来朱家湾了，第一书记龚大伟带领村书记何晓功、村主任胡家鲜等一班人在村委会大院门口迎候，省上验收组一行8人走下车，很随和地跟村委会成员们一一握手。

在村委会会议室，桌子上摆满了朱家湾村家家户户的台账。台账上记录了每家的人口、年龄、住房、车辆、田地、种植、养殖、存款等详细信息。第一展室展出的是村青山绿水公司的经营和收入情况，第二展室展出的是村所有种植成果的情况，第三展室展出的是村所有养殖业的情况，第四展室是未来规划。所有展览既有实物，也有图片，都比较直观。

村容村貌也进行了统一规划，所有墙壁一律为白色，各家院内物品摆放基本一致，各家室内各自根据实际情况布置，但整洁美观是一样的。村里每月大检查一次，评出样板给予奖励，一定程度调动了大家的积极性。

为了直观、简洁，村委会统一制作标牌，标牌上红色大字是项目，下面是项目简要介绍，项目负责人。如：夏晨水的野猪养殖场，标牌上很清楚地都有说明。红色大字是野猪养殖场，下面是野猪养殖场建立时间，野猪的数量，养殖注意事项，最下面是负责人夏晨水。

省上验收组分工明确，一个人负责一项，除了录像、拍照外，还全部细化到登记表上，如一家养了几只鸡，种了几亩地，有多少斤米、多少斤面、多少斤玉米、多少斤红薯、多少床被子……

验收组把所有项目检查登记完后，又对朱家湾养老中心进行了现场指导。

一四三

　　省上验收组最后的评定意见是朱家湾脱贫，通过了"国考"。

　　当第一书记龚大伟在村广播里宣布这一好消息后，全村顿时沸腾了，很多村民燃起了鞭炮，噼里啪啦地欢叫声响彻云霄，那个热闹劲儿丝毫不亚于过新年。村民们都笑逐颜开，有的说："从今天起，我们再不是穷山沟了。"

　　有的说："我们的儿子再不会因为穷，娶不到媳妇了。"

　　有的说："好日子，这才是开了个头，往后会更好的。"

　　有的说："我明天去省城买车，摩托该退休了。"

　　有的说："现在农闲了，我要去隋阳跟旅行团旅游了。"

　　……

　　很多人在原第一书记龚道辉的雕像前鞠躬行礼，打心眼里感谢他改变了朱家湾一穷二白的落后面貌。

　　发爷来了，方刚一家四口来了，夏大柱带着儿子夏晨水、儿媳陈芳菲和老婆、女儿来了，陈大为和徐小月两口来了，成大带着米小菊和两个孩子来了，谢大拿带着方花花和女儿谢梅、谢桃来了，一向撒泼的孔明英也变得温文尔雅的来了，改掉赌博恶习的胡健来了……

　　没有人维持秩序，大家都很自觉，排着队，一家家地三鞠躬，都虔诚地表达对龚道辉由衷的谢意。

　　排到后面的是村委会成员，虽说天气已经很冷了，大家没有一个催促的，做完鞠躬礼的村民们并没有马上离开，而是自发地站到一边，等待所有人的礼节进行完，那肃穆、庄严的场面着实令人感动。最后一个是现任第一书记龚大伟，他含泪给父亲的塑像鞠躬后，又对所有村民深深地鞠了一躬。"谢谢大家，谢谢大家，天气冷了，大家都回家吧！"

　　……